故事会

2012 · 53

（9月－10月）

合订本

I0553137

STORIES

上海故事会文化传媒有限公司　出品

图书在版编目(CIP)数据

2012《故事会》合订本.53/《故事会》编辑部编.
上海: 上海锦绣文章出版社, 2012.11
ISBN 978-7-5452-1189-4

Ⅰ.① 2… Ⅱ.①故… Ⅲ.①故事－作品集－中国－当代 Ⅳ.Ⅰ ① 1247.8

中国版本图书馆 CIP 数据核字（2012）第 246716 号

责任编辑: 鲍 放
封面设计: 李宝强
责任督印: 张 凯

2012 故事会合订本 53
(9 月 -10 月)
《故事会》编辑部 编

上海锦绣文章出版社·上海故事会文化传媒有限公司出版
地址: 上海绍兴路 74 号
电子信箱: gushihui@263.net
网址: www.slcm.com
中国图书进出口上海公司发行
地址: 上海市广中路88号
电话:36357888
ISBN 978-7-5452-1189-4/Ⅰ·399

518

2012 SEMIMONTHLY 上半月刊 9月

STORIES

欢迎登录本刊主办的"故事中国网"（www.storychina.cn）

故事会 —STORIES—

2012年9月
上半月刊·红版

社 长、主 编：何承伟
副社长：夏一鸣
常务副主编（兼绿版负责人）：吴 伦
副主编（兼红版负责人）：姚自豪
本期责任编辑：吕 佳
电子邮箱：lujia411@yahoo.com.cn

红版发稿编辑：
姚自豪 叶小萌 石莎莎 丁娴瑶
美术编辑：李宝强
电脑制作：郭瑾玮

本社办公室电话：021-64375030
上半月刊编辑部电话：021-64332325
下半月刊编辑部电话：021-64336469
（上海市绍兴路74号 邮编：200020）
主管、主办：上海文艺出版（集团）有限公司
出版单位：《故事会》编辑部
发行范围：公开

出版、发行总监：张 凯
电话：021-64313938
广告业务：上海故事会文化传媒有限公司
广告总监：张 淮
广告业务：021-34010383
广告投诉：021-64333738
广告经营许可证
沪工商广字3100320080016号
发行：中国图书进出口上海公司

· 笑话 ·

女人的天性

表弟在追求同校的一个女生，每天短信无数，可那女生从来都不回复他。表哥知道后就对他说"女人的天性是好奇，就你这样还想追女生呢？看你哥的！"

于是表哥用表弟的手机给那女生发了一条短信："你是我们学校三大美女之一，但我只喜欢你。"

半分钟后，女生回了短信"另外两个是谁？你为什么只喜欢我？"

（何大熊）

（本栏插图：包丰一）

悟空很傻很天真

两个朋友聊起《西游记》，甲说："孙悟空很傻很天真。他看守蟠桃园，七个仙女过来摘桃，他喊了一声'定'，七个如花似玉的仙女就都定在这儿了，可是他呢？竟然转身就去摘桃了，可见猴就是猴啊！"

朋友乙就问："那要是你呢？"

甲胸有成竹道："要是我呀，肯定得先去拿个篮子。" （汪 杰）

某人清明节前去买祭品，看到居然有纸糊的最新款苹果手机，便问老板："清明节烧苹果手机，怕老祖宗不会用吧？"老板白了他一眼，说："乔布斯已经下去教了，你还瞎操什么心呀？"

那人便买了一个，老板提醒道："再买个充电器吧，别忘了烧充电器，回头祖宗找你要就不好了。找你要还是小事，叫你送过去就麻烦了……"

（右 侬）

注意事项

4

搭讪新法

有个男的坐在咖啡馆等朋友。一个女孩走过来问道："你是通过王阿姨来相亲的吗？"

男的抬头打量一下女孩，正是自己喜欢的类型，心想何不将错就错，于是忙答道："对，请坐。"

一年后，他们结婚了。婚礼当天，男的向老婆坦白，当时自己不是去相亲的，不料老婆笑道："我也不是去相亲的，只是找个借口和你搭讪。"

（千　寻）

哪壶不开提哪壶

一天，威尔太太对丈夫说："我打算去安慰一下邻居太太，她的丈夫昨晚在阁楼里上吊自杀了。"

丈夫反对道"我看还是算了，你不知道自己总是说错话吗？"威尔太太却说，她会注意言行。

到了邻居家，威尔太太果然言辞谨慎，后来她为了找话题，冒出一句："最近老下雨。"邻居太太叹道"有什么办法呢？我这个星期的衣服都还没晾干呢！"

威尔太太不假思索道："得了吧，蒙谁呢？我想你不会有这种困难的，你有这么好的一个阁楼，正好可以用来吊点儿东西！"　（鱼多多）

有才的哥

小张去北京出差，他听说北京的出租车司机都能说会道，特别有才。在机场打上车，小张就想找个难题考考的哥，于是他问的哥，对中国足球怎么看。的哥想了想，说："找十几个二十岁左右的死刑犯，让他们练四年足球，然后让他们踢世界杯，出线了就出狱，出不了线拉回来枪毙，国足一准儿出线。"

小张很佩服，又问："那怎么解决现在离婚率高的问题呢？"司机掐断烟头，狠狠地说道："真正能阻止离婚的婚姻法是：离婚后房子归国家。"

（任　水）

排行第二

两个同学聊起四大名著，甲同学说："你有没有发现一个规律，书里排行第二的都是很厉害的顶尖人物。"

乙同学不明白，问："为什么这么说？"

甲说："你看《水浒传》里的武松武二郎、《三国演义》里的关羽关二哥、《红楼梦》里的宝玉宝二爷，都是绝顶人物。"

乙想了想，问："那……二师兄呢？"

（从　容）

原谅你了

有个人走路没注意，一脚踩在一条狗的尾巴上，狗"嗷"的一下蹦起来。路人吓了一跳，本能地跟狗说了句"对不起"，说完感觉不太对，又鬼使神差地脱口而出："Sorry！"

这时，旁边的狗主人发话了："你说什么它也听不懂，没事儿，它不咬你就说明原谅你了。"

（如　夏）

妙　问

某女要去相亲，临出门，母亲叮嘱一定要问清对方的底细，是否有房有车。女孩和对方一见面，顿生好感。聊了一会儿后，女孩突然想起母亲的叮嘱，忐忑了许久，这才涨红了脸，极小声地问出一句话："你……你家小区的停车费多少钱？"

（勿再浮沙高筑）

留条活路

一男一女在餐厅里讨论结婚的事。

女的怒道："你到底娶不娶我？你不娶我，我就在这餐厅里随便找个人嫁了！"男的一脸无奈，还没说话，服务员走了过来，对那女的说："小姐，请给小店留条活路行不行？"

女的不解，服务员解释道"你刚才说的那句话，吓跑了我们所有的客人……"

（闻　风）

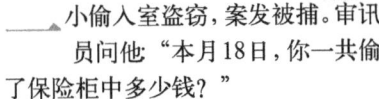

猜 谜

幼儿园上课，老师让小朋友们猜一个谜语："一把刀，顺水漂，有眼睛，没眉毛。"答案应该是鱼，老师说完后怕太难了，小朋友猜不着，就提示说："打一个小动物。"

说完，老师笑眯眯地等着小朋友回答。这时，一个小朋友站起来，郑重其事地说："爸爸告诉过我，动物是人类的好朋友，我们要爱护它。老师，为什么要打小动物呢？"

老师刚想解释，其他小朋友纷纷跟着响应："我——也——不——打！"

（王瑞玲）

为啥不偷

小偷入室盗窃，案发被捕。审讯员问他："本月18日，你一共偷了保险柜中多少钱？"

小偷说："柜子里有17000元，我只偷了其中的16888元。"

审讯员奇怪地问："为什么不全偷了？"

小偷答道："第一次作案，我想图个吉利……"

（王文华）

有个大学生熬通宵复习，寝室熄灯后，他就去了麦当劳，直到笔记本电脑没电。他想充电，却发现麦当劳没电源，就走到附近的肯德基。这时已经凌晨3点了，进门之后，大学生问店员："有电源插座吗？"店员说："没有，您想吃点什么？"

大学生郁闷地说："哎，那算了，我不吃东西，就是需要充电。"店员听了就是一愣。大学生转身出门，只听店员在身后说了句："天啊，现在的机器人这么牛了？"

（桃之妖妖）

机器人

本栏欢迎来稿，读者、作者可将有新鲜感、有精彩细节的笑话佳作投寄给我们。来稿一经采用，最高稿费为一则100元。本期责任编辑电子信箱：lujia411@yahoo.com.cn。

危险时刻

□冷 空

强子是个装修工人。这天他扛着一包瓷砖，正发愁腾不出手来按电梯，来了一个业主，是个三十岁左右的女人。她冷冷地斜了强子一眼，按了电梯就自顾自地走进去，接着猝不及防地一按关门键，把跟着进来的强子夹得"哎呀"一声。电梯门自动开了，强子赔笑道："麻烦你帮我按一下，我好把东西放下来。"那女的不耐烦地道："你等下趟不行吗？"强子求情道："下趟没人帮我按电梯，就更麻烦了。"女的极不情愿地按住开门键，强子费力地弯腰放下瓷砖，赶紧说了声："谢谢！"

两人都按了二十多层，电梯开始往上走，这时问题出来了，强子干了一天活，现在一出汗，电梯里满是汗味。女的皱起眉头，厌恶地转过身去，没过两秒，又转了个方向。强子感到了对方的厌恶，不觉低下了头。正在

这时，只听电梯突然"哐"的一声，还没到二十层就停了，门却久久不开。女的一下子转过身来，惊恐道："怎么回事？"强子诚惶诚恐地说："我不知道……"

"吱嘎"一声，电梯突然开始往下掉！开始很慢，一边往下掉一边"咔咔咔"地响个不停，接着，那声音越响越厉害，电梯也越降越快。强子还没明白是怎么回事，那女的突然"啊"的一声尖叫，"嗖"的蹦起，两手搂住强子的脖子，整个身子蛇一般紧紧地盘在他身上。

不料随着女人猛的一跳，电梯"哐"的一声，竟停住了。那女的愣了

一下，赶紧松开强子。强子脸红了一下，跟着"刷"的就白了，他已经明白了——女的是怕电梯直坠下去，想拿自己当肉垫子呢！

女的看了强子一眼，似乎也为刚才的行为感到不好意思，惭愧地低下了头。也就在这么一瞬间，电梯晃了一下，"吱吱嘎嘎"地又开始往下掉了。女的看了一眼强子，这次她没有扑上来，而是缩在了角落，两手紧捂住脸。强子想也没想，蹲下身去，一把抱起了那女的，自己一蹲马步，站稳了脚跟。说来也巧，他刚站稳，电梯一顿，又停住了。强子抬头看看指示灯，不错，真的停住了！

女的缓缓睁开闭着的眼睛，红着脸说："谢谢你，放我下来。"

强子放下那女的，脸上自始至终没一丝笑容，板得比铁还硬。女的看了他一眼，竟忍不住笑起来，问："你为什么要救我？"见强子不说话，又问："你为什么不生我的气？"

强子从牙缝里挤出几个字："赶紧打电话！"女的这才想起来：还没脱险呢！她赶紧打电话给物业，小区刚建好，物业还不健全，一听情况慌了神，说立即打110。女的一听有了哭音"打110还用你们？"物业迟疑道"要不……打119？"女的差点崩溃，大喊道："打吧打吧！"挂掉电话，她忍不住哭起来，说："天啊！就这水平，还三块钱一平米的物业费！"

"三块钱一平米？"强子吃了一惊，道："那一个月要多少钱！"女的哭着说"一个月要两百呢。我省吃俭用八年，从大学毕业攒到现在，才攒了这么个单身公寓的首付，这不，刚交钥匙，还没装修呢。电梯要掉下去，就再也住不成了，呜呜呜！"

强子心软了，说别哭了，电梯再掉，有他给撑着！女的瞪了他一眼，突然"扑哧"一声，破涕为笑，说："谁的命比别人贱呀？我再也不那么做了，一开始我是吓昏头了。"

强子假装生气，问："怎么，嫌我

脏？"女的红了脸，道"你人挺好的，脏……其实也不脏，我……挺喜欢的！"强子也红了脸，说"不嫌脏，到时候就抱住我，我又没房子等着享受，一穷二白，死了就算了。"

接着强子叹了口气，沉重地道："但我还有爹妈。他们老了，还不知道靠谁。"

女的也叹了口气，说："算了，你有父母孩子要养，怎么能死？电梯要真的掉下去，你踩我身上吧，反正我单身一人，赤条条来去无牵挂。"

"你说什么啊！"强子大窘，辩解道，"我还没结婚呢，哪来的孩子？"他想了想说："这样吧，电梯要真掉下去，这么高，我们都必死无疑。不如我抱着你，垫在你下面，你要是活下来，就帮我给父母养老，如何？"

女的看了他几秒钟，郑重地说："你把我当什么人了？刚才我真的是吓昏了头，现在无论如何，我不会让你替我死……"

她话没说完，突然电梯又"咔咔咔"地响起来。强子一惊，就想抱起女的。不料女的已经退到角落，大喊道："不许过来，你不要抱我！不许你抱我！"

电梯"哗"的一声打开了，原来是110赶来，强行打开了电梯门，不料里面竟然是这样一副景象。警察当即大喝一声："干什么？出来！到底怎么回事？"

强子尴尬地出了电梯，正要解释，女的突然"噌"的跳起来，紧紧地抱住他，然后就呜呜地哭开了……

（题图、插图）安玉民　梁　丽

红版编辑部各编辑邮箱：
姚自豪：yaobianji68050@126.com;
吕　佳：lujia411@yahoo.com.cn;
叶小萌：xiaomeng.ye@gmail.com;
石莎莎：ssasha@163.com;
丁娴瑶：dingxianyao@126.com。

□木　木

阿P改签名

阿P爱交朋友，他的QQ聊天工具上有几百个好友，为了方便区分，阿P将这些好友分了类，有同学组、同事组、朋友组，还有铁杆组等等。阿P经常把自己的生活动态写进QQ签名里，你别说，他还真用这些签名办成了很多事。

三年前，阿P的QQ签名是"上哪里寻找另一半"，这签名挂上去没多久，就有一批又一批的朋友为他介绍对象，最后，还真让阿P找到了意中人小兰。前年春节，阿P工作忙，没时间去车站买票，于是他把QQ签名改成"春运啦，我回家的车票还没着落"。刚挂出去，铁杆组的一个哥们儿就打电话过来，说他正要去火车站排队买票，可以顺便为阿P代购。就这样，阿P毫不费事地买到了两张车票，腊月二十八那天，他和小兰开开心心地回了老家。

QQ签名给阿P带来了很多便捷，经常更新签名，已经成了阿P的生活习惯。

这天早晨刚上班，阿P就忙得两个脚后跟不沾地，好不容易忙过了这一茬，阿P坐下来，随手就把QQ签名改成"忙得快没气了"。这时，老总又打来电话，让他马上过去。

阿P急急地来到了老总办公室，老总拿起上周阿P做的计划书，让他修改一下，下午开会要用。阿P翻开计划书一看，只见上面用红笔划杠的地方到处可见，往后翻，还有要重写的地方，他不由脑子里"嗡"的一声，这份计划书长达26页，下午就要用，看来今天的午饭是吃不成了。

回到自己的办公室，阿P打开文档，双手敲字如飞，一直到下午一点

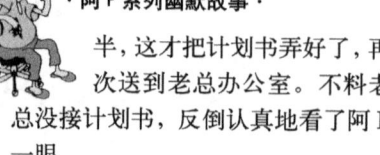

半，这才把计划书弄好了，再次送到老总办公室。不料老总没接计划书，反倒认真地看了阿P一眼。

阿P心里一激灵，他对老总的脾气很了解，老总如果没事盯着人看，通常没有好事。于是阿P战战兢兢地问道："老板，您审阅一下吧？"

老总"嗯"了一声，又看了阿P一眼，说："阿P，你的精力好像有些跟不上呀！"阿P吃了一惊，连连否认："不不，没有啊，我精力充沛着呢。"

老总信手打开QQ，只见阿P的头像亮在那里，签名上赫然有一行字："忙得快没气了"。老总漫不经心地问："是不是今天弄计划书累了？"

阿P连声说："不不，没有，我写着玩的。"老总这才脸色稍好，挥手示意阿P可以离开了。

回到办公室，阿P仍心有余悸，他立即删掉了那则签名，把签名改成了"忙工作，不聊天"，相信细心的老总马上就会注意到。

傍晚时分，老总通知阿P，今天晚上要加班。阿P又信手把签名改了"今晚加班"，他相信整天挂在QQ上的小兰会注意到自己动态的。果然，不一会儿小兰也改了QQ签名："今晚我也加班，记得带点吃的回去。"阿P咧开嘴乐了，这签名可真省事，连个电话都不用拨，他一高兴，忙把签名又改了，改成："加完班就去买老婆最爱吃的水饺。"

夜里十点半，阿P终于下了班，他在小兰常去的小吃摊上买了水饺，立即往回赶。到家后，阿P发现门虚掩着，他以为小兰已经回来了，就哼着歌一推门，还没走两步，突然被绊了个嘴啃泥，低头一看，地上到处散落着衣服、杂物，原来家里遭贼了！

阿P痛心疾首地清点着损失，等到小兰回来，他又挨了好一顿训。阿P想想，真是纳闷了，怎么这贼把时间选得这么准，正好利用他们两口子同时加班的空当来下手呢？

第二天，阿P还没有缓过劲来，他在公司心不在焉地上着班，忽然QQ上有个陌生人给他发来一条信息："哥们，以后小心点吧，两口子同时加班的事就不要外传了。"

阿P一愣，马上追问对方是谁，可任凭他怎么问，对方再也不说话了。阿P气急败坏地骂开了，骂着骂着，他突然想到了什么，于是弹出了QQ窗口，只见有十多位好友的签名大意都是："还是阿P两口子恩爱啊，这个加班，另一个加班的还准备夜宵。"敢情这毛贼是这十来位好友中某人的熟人，从签名上判断出了阿P家里没人，这才上门行窃。

阿P愤愤地将自己的QQ签名删了，想了想，又改成了"此人已气死，再不改签名"。

（题图：顾子易）

徐文长是民间故事中有名的机智人物，人称"北有阿凡提，南有徐文长"。徐文长本名徐渭，是明代的大才子，在诗文、书画、戏剧等方面都有独树一帜的成就。老百姓喜爱他的聪慧，至今民间还流传着许多关于他的传说……

卖布断案

徐文长有十匹白布，让伙计扛到县城去卖。路上要过一条河，伙计扛布上船，正好和一个瞎子坐在一块，于是两人搭讪起来。瞎子问："你去县城干啥？""卖布。"瞎子就问布的多少、颜色，伙计朴实，回答得一清二楚。瞎子又抚摸着布匹，用手一层一层地摆弄着，伙计也不在意。

不一会儿，船靠了岸，伙计就要扛布，不料瞎子按住了，说："这是我的布。"伙计大吃一惊："你怎么耍赖？这明明是我的布！""你耍赖，这是我的布！"两人相持不下。

船上的人都围了过来，一个看热闹的说："如果布是瞎子的，他必然知道布的多少和颜色。"瞎子立刻说："这是十匹白布……"大家一听，纷纷指责伙计，伙计有口难辩，于是两人打官司到了县衙。去县衙前，伙计托人把发生的事告知徐文长。

县衙大堂上，瞎子向县太爷道："我知道每匹布卷了多少层。"接着说了出来，果然分毫不差，正在这时，徐文长赶到了。徐文长对县太爷说："这是我的布，有一点我没向伙计交代，

我的布背面染有两道蓝色小花，布行的都知道。"说着把布掀开，让县太爷看，"请老爷过目。"

瞎子一听慌了，暗想：这情况怎么没掌握？赶快说："老爷，刚才你没问，我也忘说了，我的布背面是有两道蓝花。"

县太爷一拍惊堂木，喝道"大胆刁民，竟敢骗人白布，这布上哪有什么蓝花！看你是瞎子，饶你二十大板，给我轰了出去！"瞎子顿时面红耳赤，垂头丧气地走了。徐文长让伙计把布扛了出去。

张三、李四两个朋友拜访徐文长。李四为人不苟言笑，张三却爱诙谐打趣，他悄悄将徐文长拉到一边说："文长兄，今日你若能让李四'呱呱呱'叫三声，我就请客吃饭。"徐文长笑道："这有何难？"

于是徐文长将两个朋友带到一片西瓜地中，他手指瓜田，对李四说："李兄啊，你看这一片葫芦长得多好。"李四纳闷道："文长兄，这明明是瓜，你怎么说是葫芦呢？"

徐文长摇头道："是葫芦。"李四道："是瓜。"徐文长大声道："葫芦！"李四回道："瓜！"徐文长连声道："葫芦、葫芦、葫芦！"李四也恼了，道："瓜、瓜、瓜！"

题写店名

绍兴城里新开了一家点心店，徐文长常常光顾，店主就央求他写一块招牌。徐文长一挥而就，并嘱咐店主不得改动。招牌挂出来不久，点心店果然门庭若市。有了名声之后，店主就开始偷工减料，生意也渐渐不景气了。一天，一个顾客对店主说："你看，徐文长给你写的招牌，点心的'心'缺一点，难怪生意不好。"

于是店主找到徐文长，请他加上一点。徐文长笑道："加上去不难，你可不要后悔啊！"店主连说不会后悔，于是徐文长用黑漆在"心"字中间补了一点，可是，点心店的生意不但没好转，反而更加萧条了。店主摸不透个中奥妙，就来请教徐文长。徐文长说："'心'无一点，引人注目，店就有了人气，而且缺少一点，使人有空腹的感觉，来吃点心的人就多。加上一点，变成了个实心肚子，谁还要来吃？只要你以后不再偷工减料，再把'心'上那个黑点改成红的，生意还会兴隆。"

店主恍然大悟，照办了，果然灵验。

巧救民女

有个贪色的员外，抢了个民女，要强逼成亲，民女的母亲在街上哭哭啼啼。这事刚好被徐文长撞见，他听了老太太的哭诉后说："不要紧，我来想法救你的女儿。"

于是徐文长买通了那员外的丫头，如此这般地嘱咐了一番，丫头点头答应了。第二天，徐文长咋咋呼呼地闯进员外家，嚷嚷说，员外抢了他的夫人。员外见来人是不好惹的才子徐文长，就赔笑脸解释，说自己并没抢他的夫人呀。徐文长毫不理睬，一把拖住员外，上县衙评理。

到了衙门，知县问徐文长："你夫人有什么特征？"徐文长说"我夫人屁股上有一个很大的黑圈，那是她小时候不小心坐在炭盆上烫伤的。"知县立即传来那民女，命人领到内室，请自己夫人验明。一会儿夫人来报，果然和徐文长说的一模一样。徐文长这下喉咙响了："你青天白日抢走我的夫人，是何居心？"员外有口难言。知县一声令下，员外当即挨了五十大板。徐文长将民女领出，交给她的母亲，母女俩千恩万谢。

那么，徐文长怎会知道民女的屁股上有黑圈？原来徐文长买通了员外府的丫头，要她在民女用的马桶上撒上一层锅底灰。民女小解时，锅底灰便印到她的屁股上去了。

字号由来

徐文长本名徐渭，"文长"是他的字，这个字有个有趣的由来。

徐渭不想做官，但是两个哥哥逼他去应考。考场上，他看过题目便一挥而就，文章虽短，却很精辟。剩下许多时间没事干，他便在卷子空白处画上祖先像，又画上供桌和祭品，最后画上他自己穿着举人的服装在祭祖。画完后，他在边上写上"不过如此"四个字。主考官看了卷子，很佩服他的短文，后来看到那幅画，却连连摇头，在卷子上批道："文章太短脸皮厚，名次排在孙山后。"当然没考取了。

三年后家里人又叫徐渭去赴考，刚巧又遇到了上回的那个主考官。徐渭心里很火，便在卷子上大作文章，列举了科举的种种弊病。他越写越火，文章也越写越长，试卷上写不下，就写在桌面上、凳子上，最后连凳脚上都写满了。交卷时间到了，徐渭把试卷连同桌子凳子一齐背上去交给主考官。

主考官不由得大吃一惊："你要干什么？"徐渭笑道："你不是喜欢长文章吗？我就写篇长文章给你看看吧！"

这件奇闻很快传了出去，从此，徐渭就被人称为"徐文长"了。

利息几何

徐文长的邻居急等钱用，来找徐文长借，可徐文长手头也很拮据，只好陪邻居去向放高利贷的借债。放高利贷的说："借给你十两银子的本钱，明年到期，利息要四两银子。有徐先生作保，字据就不必出了。"

徐文长笑道："四两利息多了点，我看，就给三两九的利息吧！"借高利贷的想，四两和三两九相差不多，就答应了。

一年过去，邻居按照徐文长的指点，凑齐了十两银子，再带了一瓶好酒，由徐文长陪同，送到借高利贷的那里。借高利贷的见只有十两本银，

就问利息呢，徐文长说："去年明明说好利息是'三两酒'，你怎么可以赖呢？"借高利贷的因为没有真凭实据，只好自认倒霉。

妙戏秀才

一天，徐文长在酒店喝酒，有几个不认识他的秀才坐在邻桌，大讲徐文长只有歪才，并无真才实学。徐文长听了就走过去道："这么说，几位仁兄很有些真才喽？我们来赛诗怎样？"

秀才们见他穿得寒酸，就说："赛就赛，就是徐文长亲自来，也不在我们话下，何况是你？"

店里的伙计认识徐文长，但并不点穿，只是提着酒壶上来凑热闹说："就以这酒壶为题如何？"大家都说好。徐文长让那几个秀才先做，他们摇头晃脑，哼哼哈哈了半天，也没吟出一首像样的诗来。最后轮到徐文长，他吟诗道："嘴儿尖尖背儿高，才免饥寒便自豪。量小岂能容大器，两三寸水起波涛！"

旁边喝酒的人一齐说："对呀！酒壶就是这样的。"小伙计却说："不见得吧，据我看，徐文长吟的倒更像是这几个秀才哩！"

秀才们这才知道，面前的就是徐文长，便在笑声中狼狈地溜出去了。

（本栏插图：安玉民　梁　丽）

都说"职场如战场，同事如仇敌"，一条奇特的新闻却告诉我们：在竞争之外，还有更宝贵的东西……

抢新闻

□ 于 强

就在这时，黎斌感觉身后有动静，回头一瞧，原来是个叫吴海的同事。吴海和黎斌都是见习记者，当初进报社时，社长告诉他们，两人中只有一个能被聘用。为了饭碗，两人表面上客客气气，暗地里却较上了劲。

眼看实习期快到了，黎斌正发愁有啥法子再做个精彩报道，为自己留下加码，没想到如今天随人愿。他赶紧把马老九的地址揣进口袋，带上相机、采访袋，急匆匆往外跑。谁知没走多远，黎斌就觉得有点不对头，他假装系鞋带，蹲下身子往后一瞧，发现吴海正鬼鬼祟祟地跟着自己。

黎斌心里一沉，暗想不好，刚才自己接爆料电话时，一定被吴海偷听到了，绝不能让到嘴的肥肉被夺走！这时，路边恰好有一辆出租车开过，黎斌立即拦下，钻进车内对司机喊："快开车！"车子开出不远，黎斌就从

这天，见习记者黎斌接到一个爆料电话，说有一个叫马老九的人，家里养了一条奇特的狗。这条狗叫阿黄，是条土生土长的笨狗，它有一样怪异的本事：不论什么人，只要拿着刀子之类的凶器靠近它，它就立即双眼翻白，四肢抽搐，一下子"昏死"过去。过上半天，它又会苏醒，照样活蹦乱跳。爆料人还给黎斌发来了一段视频，看到视频里阿黄那惟妙惟肖的"装死"表演，黎斌不禁眼前一亮，赶紧记下了马老九的地址。

后视镜里看到，吴海也钻进了一辆出租车。

司机问黎斌要去哪里，黎斌咬牙说"你别问，只管加大油门开！""好嘞！"司机一踩油门，车子一路飞驰。不料，黎斌的车子快，吴海的车子也快，他的车慢，吴海的车也慢，就像一帖狗皮膏药，牢牢粘在他车后。

黎斌气得发抖，思忖半响，计上心头。他对司机说，自己是一名记者，为做报道，卧底进了毒贩的匪巢，然后一指车后"你瞧后面，那辆车上是一个跟踪我的毒贩。司机师傅，拜托你了，一定要想办法甩掉他。"

司机是个热心肠，黎斌的话听得他热血沸腾"记者同志，你放心。"说罢加大油门，转大街穿小巷，不一会儿，后面就没了吴海的影子。黎斌心里得意，这才告诉司机马老九的地址。到达之后，黎斌刚下车，就听身后一声刹车，只见吴海满头大汗地钻出车子，冲他得意地一笑。

黎斌顿时瞠目结舌，忍不住问吴海，他是怎么跟来的。吴海小声说："我告诉司机，我是警察，前面车上是个通缉犯，司机使出吃奶的劲，好容易才追上你们。"

黎斌差点气晕，他指着吴海的鼻子说"马老九这条新闻，是我接的爆料，你甭想染指。"吴海不服："凭什么？人家爆料给报社，又不是给你一个人。"两人正吵得不可开交，马家的院门开了，一个十五六岁的小姑娘伸出头问："你们是干什么的？"

两人忙亮出名片，说找马老九。小姑娘是马老九的女儿，她告诉两人，她父亲这几天出门了，不在家。黎斌忙问："那他什么时候回来？"小姑娘说："说不准，就这几天吧。"

黎斌又问，她家是不是有条能装死的狗。小姑娘说："有倒是有，不过阿黄是我爸的宝贝，他不在家，我不能给你们看。"

看来，只有等马老九回家了。

黎斌知道，吴海是不会放过这个机会的，于是第二天他起了个大早，天没亮就赶到了马家。谁知刚到门口，就见门外蹲着个人，仔细一瞧，不是吴海是谁？黎斌又惊又怒，幸好今天马老九没回来，不然这报道就被抢走了。

两人在马家大门口等了一天，直到天黑黎斌才离开。晚上，黎斌睡不着，凌晨四点他就爬了起来，赶到马家一看：天哪，吴海还是比自己快了一步。黎斌忍不住问："你小子是不是属夜猫子的，晚上不睡觉啊？"吴海一指地上的铺盖，原来他压根没回家。黎斌气得直翻白眼，一不做二不休，自己也弄了铺盖。两人一边一个，就像门神，睡在了马家门口。

第二天，两人继续守着，彼此像斗鸡似的，我瞅你不顺眼、你瞧我恶心。正僵持着，突然，一辆车停在门口，马老九终于回来了。两人立即上前，恳请马老九让自己独家报道那条叫阿黄的狗。

这下马老九犯难了，他说："你们合作报道，不行吗？"

两人头摇得像拨浪鼓："那可不行。"见马老九一脸为难，黎斌脑筋一转，问马老九，听他的口音，他的老家是不是清河？马老九说："是呀，我父亲在清河插过队。"黎斌就说："太巧了，我老家也是清河呢。"

旁边的吴海一听不对，黎斌这是在打老乡牌啊，于是他也问，马老九的父亲在哪里工作，马老九说父亲退休前在红星毛巾厂上班。吴海忙笑道："巧了，我二叔也在红星毛巾厂，说起来，我应该尊称您大哥呢。"

黎斌见状急了，他咬咬牙，从口袋里掏出五百块钱，塞给马老九，说"您是半个清河人，我也是清河人，咱们是老乡。老乡见老乡，两眼泪汪汪，这点小意思，您一定收下。"

吴海也急了，他没带钱，情急之下，就拿出自己新买的手机说"我二叔和您父亲在一个厂里吃过饭，工友情，不可忘，这手机算是见面礼吧。"说着就把手机往马老九手里塞。

黎斌一看恼了，推了吴海一把："你小子是不是成心跟我较劲？"吴海也推他一把："八仙过海，各显神通，你管得着我吗？"两人你来我去，忍不住推搡起来，接着厮打在一块。

"住手！"只听一声暴喝，马老九把两人分开。看着鼻青脸肿的两人，他不禁摇头："你们呀！看来，今天我要给你们上一课了。"

马老九把两人叫进院子，然后吹了声口哨，一条黄毛瘦狗奔了过来。这就是传说中的阿黄？黎斌和吴海一阵激动，忙跑上前去，可瞅了半天，这就是条普通的土狗，没啥特别之处。黎斌就问："听说只要有人拿刀子靠近阿黄，它就会立即晕倒装死，是不是真的？"

马老九笑着说："耳听为虚，你可以现场试验嘛。"

对呀！黎斌立即找来一把刀，慢慢走近阿黄。怪了！阿黄见了刀子，不但没像传言里那样，四肢抽搐，倒地昏死，反倒摇着尾巴，朝他叫两声，还伸出舌头舔了舔他的手背。黎斌差点气昏，难道那个爆料电话是假的？他和吴海都上当了。

正在两人垂头丧气时，马老九却说："告诉你们，要看阿黄装死，有窍门！"说着，他提来一个鸡笼，里面有只花尾巴大公鸡。马老九把公鸡放出来，对黎斌说："你再拿把刀子试试。"黎斌不知道马老九什么意思，满心疑惑地拿出刀子，朝阿黄走去。

就在这时，怪事出现了！只见那只花尾巴公鸡突然仰首，"喔喔喔"怪叫了几声。听到鸡叫，阿黄先是一愣，随即四肢颤抖，浑身抽搐，双眼一翻，竟然"扑通"一下，真的倒地昏死过去。过了大约十分钟，阿黄才慢慢苏醒，又爬起来活蹦乱跳。

黎斌和吴海都瞪大眼看不懂了，难道阿黄怕鸡？马老九哈哈一笑说："我养的这只公鸡叫花花，只要花花一叫，阿黄就装死。这倒不是因为阿黄怕鸡叫，而是因为阿黄和花花是生死之交，花花怪叫，是为了救阿黄啊！"

马老九告诉两人，他以前是杀狗的，买来的狗都关在一个大笼子里，客人想吃哪条，就到笼子前现点，他就牵出来当场宰杀。那年，马老九买了几条肉狗，其中有条才一个月大的狗仔，他嫌狗太小，就没放进狗笼，而是随手丢在了鸡笼里。狗仔就是阿黄，鸡笼里是那只叫花花的公鸡。阿黄当时还小，十分依赖花花，平时同食同卧，亲如同类，竟然成了好朋友。阿黄长大后，别的狗欺负花花，阿黄就保护花花。

这天，又有客人来点狗，有个客人就走到阿黄面前。花花以前见多了杀狗的场面，似乎知道接下来会发生什么，它突然奔到笼子前，对着阿黄怪叫两声，阿黄好像听懂了花花的"警报"，竟躺在笼子里装死。客人喜欢吃鲜活的狗，一见阿黄半死不活的模样，就没看上。从此以后，只要花花一叫，阿黄就装死，就这样躲过了无数次灭顶之灾……

"阿黄和花花的秘密被我知道了，我敬重它们的友谊，就把它们留下，养了好几年了。"马老九看着两人，意味深长地说："都说现在职场如战场，同事如仇敌，可我觉得，人与人之间除了竞争，还有非常宝贵的东西，那就是友情。鸡狗都懂得互相帮助，人为啥不懂呢？"

黎斌和吴海听罢面面相觑，都低下了头。

（题图、插图：杨宏富）

品酒有品酒师，品茶有品茶师，但人们很少知道，有一种新兴职业叫"品水师"。好的品水师，不但为水质把关，更能品鉴人心……

君子之交 清如水

□ 蔡美美

品水结缘

周倩是个海外华人，虽然年轻，但已是个颇有名气的品水师。最近，周倩决定回国发展。一下飞机，她就受到了国内一家饮用水企业的盛情邀请。

宴会上，这家公司的老总李同亲自为她斟酒，举杯说道："周倩小姐，咱们曾在一次国际饮用水展会上有一面之缘，算得上君子之交。人说君子之交淡如水，可今天是你的接风宴，水不足以表达我们的盛情，咱们还是喝酒吧。"

周倩闻言一愣，她觉得李同说的"君子之交"用在这里并不准确，不过也不好说穿，她给自己倒了一杯矿泉水，举杯说道："多谢李总盛情，不过品水师这一行，舌头是吃饭本钱。为了保持味蕾的敏感度，是不能沾酒的，我还是以水代酒吧。"

席间，周倩说起自己回国发展的计划，李同一拍大腿："周倩小姐，咱们是英雄所见略同啊，国内高端饮用水市场刚刚起步，咱们强强联手，一定能打响品牌。"

周倩笑了笑说："我这次回来，还有一个重要目的，我要参加今年在中国举行的国际品水师大赛。这次大赛有一个要求，每个品水师必须推荐一种新发现的饮用水。我想在中国——自己的故乡找一种满意的饮用水，不

过中国那么大，我还不知道从哪里找起呢。"李同听后连连点头，当即表示愿意提供方便。

第二天，周倩去了李同介绍的一个水吧，水吧不大，但门口挂的牌子吸引了周倩的注意。牌子上写着："如果你能在本店品出三种以上的水，就可以免费享受本店所有饮品。"

周倩一下来了兴趣。店主是个年轻小伙子，名叫王鹏，听说周倩要挑战，他拿出几个杯子，里面都是透明的液体，从外观根本分辨不出水的种类。周倩端起第一杯尝了尝，肯定地说："这是纯净水。纯净水虽然很'干净'，可在过滤有害物质的同时，也过滤掉了对人体有益的物质，所以并不适合长期作为日常饮用水。"她又拿起第二杯水，放在鼻子前嗅了嗅，说："这是苏打水。"见王鹏脸上露出惊讶的神色，她微笑着端起第三杯，呷了一口说："这是来自意大利阿尔卑斯地区的矿泉水。现在，我可以免费享用贵店的饮品了吗？"

王鹏连连点头，忍不住问起周倩的职业，听说周倩是品水师，他一脸羡慕："我的理想就是当个品水师。"周倩扬了扬眉毛"哦，那我可得考考你了。"她拿出自己带的一瓶水，倒了一杯给王鹏。王鹏仔细品了品，肯定地说："这是深层海洋水，它洁净、富含矿物质、极易吸收，是真正的'绿

色'之水。"

这一次，轮到周倩惊讶了：这个小伙子竟有如此敏锐的味觉，对水的品种也十分了解。两人惺惺相惜，越谈越投机。周倩说起此行的目的，发愁自己找不到好水。王鹏犹豫了一下，说道："我知道一眼泉水，不过，咱们得先订个君子协定，你不能向别人透露水的位置——"

泉水叮咚

于是周倩跟着王鹏去了他的家乡。这里是山区，快到村子的时候，周倩见山脚下有一条小河，水流浑浊，散发着一股怪味。周倩不由得皱起了眉头——这样的地方，能有好水？王鹏看出了周倩的想法，说："这条河原来很清澈，前些年上游开了一个矿，水就变成这样了。"

王鹏的家住在半山腰，王鹏的母亲是个腿脚不方便的老太太，见儿子带回来一个漂亮女孩，高兴得嘴都合不拢，忙着端茶倒水。周倩心里暖乎乎的，不过，她对那泡茶的水实在不敢恭维，这又一次加深了她的疑问：这个地方，真能找到好水吗？

第二天，两人出发去找水。山路陡峭难行，也不知道翻过了几个山头，王鹏终于停了下来。周倩累得一屁股坐在地上，问："到了？"王鹏说："还没呢。肚子饿了吧，咱们先搞点吃的。"说着，王鹏跳到土坎下，从地里

掏出来几个土豆。

周倩好奇地问："这地是你家的吗？"王鹏说："不是。"周倩说："那你不就是偷菜了？"王鹏笑道："咱们这里，这样不算是偷。我小时候放牛，午饭都是这么解决的。"

王鹏又在山上摘了几个野山椒，生起一堆火，又变戏法似的掏出一个纸包，打开一看，里面是一块黑乎乎的东西。周倩问："这是什么？"王鹏说："腊肉，出门时我妈特意塞给我的。"周倩皱了皱眉头："这些东西能吃？"王鹏嘿嘿一笑"别担心你的味蕾，我从小就吃这些东西，现在还不是一样能品出水的好坏？"

王鹏把几样东西放在火上烤着，不一会儿，香气四溢。周倩禁不住诱惑咬了一口土豆，这一咬就再也停不下来了，她觉得自己尝到了平生最好吃的东西——撕破皮就往外冒香气的烤土豆、脂香四溢的烧腊肉、还有那让舌尖跳舞的野山椒……

吃过饭，两人又上路找水，终于，王鹏在一片长满荒草的岩石前停了下来。"就是这里，我找了好几年，才找到这眼泉水。"周倩四处张望，却什么也没发现，王鹏让她把耳朵贴在石头上。终于，周倩听到了细微的水声，原来水在石头下面！

王鹏拨开草，石头下面露出了一个洞口，洞口很小，仅容一个人弯着腰进去。王鹏做了一个请的手势："周倩小姐，敢陪我深入地下探险吗？"周倩挺起胸脯："有什么不敢的？我连南极的冰川都去过，还怕这个小小的地洞？"

一进入洞口，一股凉凉的水气就扑面而来。周倩吸了吸鼻子："好水！大家都说水无色无味，其实水是有味道的，有时我仅凭鼻子，就能嗅出水的好坏。"

洞口下面原来是个溶洞，幽深曲折，水声时有时无，王鹏打着手电，二人摸索着前进，走了好久，终于看见了那股泉水。泉水从石缝中喷涌而出，直接流入了地下暗河。

王鹏的眼睛在黑暗中放光："品

水师，试试这水怎么样？"周倩拿出取水用的瓶子，小心地接了点泉水，轻轻抿了一口，她的嘴角立刻扬了起来，似乎有点不敢相信，她又抿了一口，眉头舒展开来："好水！这是我尝过的最好的泉水。"

出洞后，周倩说"我想把这水带去参加品水师比赛，你同意吗？"

王鹏摇了摇头："你得遵守君子协定，不能透露泉水的位置。"周倩不解："为什么呢？这太可惜了。"

王鹏问："你喝过我们家的水了，那水怎么样？还有我妈的腿，你也看见了。"周倩笑了："你家的水实在不敢恭维。你妈的腿——和这水有关系吗？"

王鹏叹了口气，说："以前，村里的水不是这样的，这些年味道才变了，村里生病的人也越来越多，都是腿关节肿大。大家都说，是因为开了矿，矿渣污染造成的。我这些年一有空就到处找水，终于发现了这眼还未被污染的泉水。我想攒够了钱，就把水引到村里去。"

周倩说："从这儿到你家那么远，引水得花多少钱啊？你得多久才能攒够钱？"王鹏低下了头："是很难，但我相信有一天能办到。"周倩说："你可以和有实力的企业家合作啊，比如李同，我这次回来，受到了他的热情接待，我觉得他是个不错的人。"

王鹏苦笑着摇摇头："周倩，你知道那个矿是谁开的吗？就是李同！矿渣污染水源的事，村里找过他多次，可他就是不理。他的生意做得很大，现在又想染指高端饮用水的领域，听说我发现了一眼好泉水，他亲自找我，开出了诱人的条件，但我没有同意。如果泉水落到李同手里，一定会全部开采出来卖高价，到时候，村里人就再也喝不上这么好的水了。"

周倩想了想说："我相信你，尊重你的想法。"

好水无价

周倩回到城里不久，李同就亲自来找她。见她正在收拾行李，李同吃了一惊，问："周倩小姐，这么快就要走了？品水师大赛就要开始了，你不参加了吗？"周倩说："这次下乡，没有找到好水，我准备放弃这次大赛了。"李同哈哈一笑："原来是这样。正好，我的公司通过多年开发，找到了一种优质矿泉水，请你先品尝一下吧。"说着，他拍了拍手，有人端上来一瓶水。

周倩品了品那水，脸上露出惊讶的神色。李同问："怎么了，这水不好吗？"周倩摇了摇头："不，这是我尝过的最好的水。"李同哈哈大笑："好极了。周倩小姐，如果你能在品水师大赛上把这种水推广出去，我将用你的名字来命名它，我们强强联手，一

前提：必须保证村民有足够的饮用水，并能分享到开发的好处——"

从领奖台上下来，周倩被李同拦住了，李同愤怒道"你没有按我们的约定办事！这是我提供的水，我要告你，让你身败名裂！"

周倩冷笑道"李总，这水真的是贵企业开发的吗？那天我一尝，就知道这是王鹏发现的那眼泉水。我想，你一定让人跟踪我们了吧？还有，我去水吧，也是你精心安排的吧？你真是煞费苦心啊！可惜，我今天当着这么多媒体公布了水源的真正发现者，你的阴谋再也不能得逞了。"

李同悻悻地走了。周倩打电话向王鹏解释"对不起，我没有信守我们的君子协定……"却听电话那头王鹏兴奋地说"没关系，我已经知道李同派人跟踪我们的事了。就在刚才，已经有几家知名企业联系我，要共同开发饮用水。地方政府也和我取得了联系，他们也很支持，村里人有好水喝了，我不知道该怎样谢你……"

周倩笑了："那么，我们再来一次君子协定吧，希望下次我回国的时候，你能请我喝你开发的饮用水，可以吗？"

"一言为定！"

（题图、插图：张恩卫）

定能成功！"

国际品水师大赛如期开幕。周倩凭着超凡的品水技能，一路过关斩将，进入了决赛。大赛的最后一关，是推荐一款新的饮用水，周倩向评委们推荐了李同提供的那瓶水。她在介绍中说："这是一款来自中国的矿泉水，它的口感、酸碱性，对人体有益的微量元素含量都恰到好处——"

评委们品尝后，对这种矿泉水做出了很高的评价。在热烈的掌声中，周倩获得了品水师大赛的冠军，但领奖时，她出人意料地说："其实，我并不是这款水的发现者，这款水的真正发现者名叫王鹏，他没有经过任何专业训练，却有着非同凡响的品水天赋。为了给水源受到污染的乡亲们寻找饮用水，他在荒山野岭里找了几年，他愿意同有诚意、有信用的饮用水企业合作，开发这种水，但有一个

竹林疑踪

□ 佘远香

这天一大早，市野生动物园传来一个惊人的消息，有只豹子突然野性大发，冲破防护栏逃了出来。据目击者称，那是一只成年金钱豹，它跳出栏杆后飞快地游过了旁边的一条小河，一头扎进了对岸的茫茫山林。

市公安局接到报案后非常重视，负责安保工作的周队长带着十几位民警立即进山，全副武装展开了搜捕，可是几个小时过去了，丝毫不见豹子的踪影。这片山林连绵起伏，地势复杂，豹子藏身真是太容易了。

时近中午，周队长一行人又翻过了一道山岗，眼前出现了一片翠绿的竹林。竹林里隐约传来一阵说话声，众人一愣，走进林里一看，才发现原来是七八个山民打扮的女人正在挖竹笋。那些女人看见民警，吃惊地问发生了什么事，周队长严肃地说："今天有只豹子逃到这里，现在山上非常危险，市里已发出通告封山了，你们快点离开吧。"

那些女人听了，吓得脸色都变了，有几个慌忙就想下山。这时，一个身形高大的女人大声说道："大家别慌！这山这么大，哪有这么巧，豹子就刚好到这片竹林里来？"

说话的女人叫翠珍，做事果敢麻利，在同伴中很有威信，她洪亮的嗓门一下子给了女人们勇气，大家都停住了脚步。周队长见状急了，大声道："不怕一万，就怕万一啊！难道为了这些竹笋，你们连性命都不顾了吗？"

翠珍头也不抬地道："现在正是竹笋上市的季节，我们都指望着这个赚钱呢。"

周队长明白了，现在鲜笋价格正高，每年就这么一次机会，山民们当然不想放弃赚钱的大好时光。周队长正要继续劝说，却听不远处有人喊道："队长快过来，这里发现了豹子的踪迹！"周队长一看，说话的是民警小张。小张是个二十来岁的小伙子，去年刚从警校毕业，他不仅身形矫健、功底扎实，而且心思缜密、足智多谋，在局里很受好评。

周队长忙走过去一看，只见地面上果然有一行梅花状的脚印。那些挖竹笋的女人围过来一看，不由脸色惨白，翠珍也不说话了，大家纷纷转身拿起背篓，向林外走了。

周队长这才松了一口气，忙带领大家跟着豹子的脚印追踪下去，可是走出不远，脚印就消失不见了。大家忙碌了大半天，一无所获，都感到又饥又乏。周队长看到前面有间简陋的小屋，大概是护林员留下来的，忙招呼大家进去休息。

大伙吃着随身带的干粮，讨论接下来的搜捕方案。最后，周队长决定大家分头行动，民警们分成几组，周队长带着小张继续在这座山头搜寻，其他民警分散到附近山头搜寻。

吃过饭，众人便再次出发了。周队长和小张路过竹林时，猛然呆住了，只见上午那几个女人又成群结队地上山来了。周队长有些生气，上前大声道："你们的胆子也太大了，难道还不相信豹子会来竹林吗？"

翠珍抢着答道："光凭几个脚印，哪能断定是豹子呢？说不定是只大野猫。就算是豹子，它也早走了，不然你们找了这么久，怎么没发现呢？"

周队长一时难以反驳，想了想说："就算非要上山挖笋，也该让家里强壮些的男人来吧？"女人们听了这话都低下了头，翠珍叹了口气道："我们村的男人都去外地打工了，家里就剩下我们这些女人。"说完她扬起头，冲周队长道："警察同志，你们放心吧，我们会保护好自己的！"

周队长闻言暗暗着急，他走到竹林外，皱着眉头对小张道："现在怎么办？豹子一天没抓住，危险就存在一天，可封山的禁令对山民一点作用也没有，我们一离开，她们又上山了，总不能一直守在这里吧？"

小张点头道"是啊，豹子行动敏捷，真要攻击起来，只怕我们守在附近也难免有人伤亡。"说罢，两人一齐陷入了沉思……

这时，翠珍望着周队长和小张远去的身影，却露出了笑容。她瞟了一眼身边的背篓，那背篓底下正躺着一

杆黑黝黝的猎枪。其实，这些女人哪有不怕豹子的，之所以还敢上山来，一是赚钱心切，二也是因为翠珍的猎枪给她们壮了胆。想当年村里有不少打猎高手，翠珍性子泼辣，经常跟着她男人上山打野獐野兔。这几年国家下了禁猎令，山民们才都把枪收起来，眼前的这杆枪还是翠珍在家里找了好一会儿才找到的。

有惊无险地度过了一下午，太阳落山时，女人们都挖了不少竹笋，大家直起酸痛的腰，准备回家。就在这时，有个女人用手指着前面，惊叫道：

"看，豹子！"众人一齐顺势望去，此时天色已暗，但仍能看见十几丈开外的一株竹子下，趴着一只色彩斑斓的大豹子。女人们个个吓得不敢动弹，空气似乎一下子凝固了，四周一片寂静，连竹叶落到地上的声音都可以听见。

就在这时，翠珍一声大喝："姐妹们别怕，看我的！"说完，她飞快地从背篓里抽出猎枪，瞄准了那只豹子。豹子面对枪口，似乎一下子呆住了，就在枪声响起的电光火石间，只见豹子迅捷地腾空跃起，"啪"的一声脆响，子弹打在了它身后的竹竿上，竹竿剧烈摇晃起来，叶子簌簌地直往下落。翠珍见一枪落空，马上又补了一枪，这时豹子一个利落的飞跃，隐入了旁边的一块巨石后，不过翠珍还是看到，子弹擦过了豹子的身体。过了一会儿，翠珍听到巨石后没了声息，想必豹子已经负伤逃走了。

就在女人们惊魂未定之际，周队长听到动静跑了过来，问她们怎么回事。翠珍有点得意地说："刚才豹子出现了，被我一枪打跑了。"

周队长看着翠珍手上的枪，一脸惊讶地说："你竟然带着猎枪上山？"接着又着急道："你怎么能开枪呢？这豹子是稀有品种，非常珍贵，我们用的都是麻醉枪，不敢让它受伤，唉……"

翠珍听了一愣，忙解释道："我情

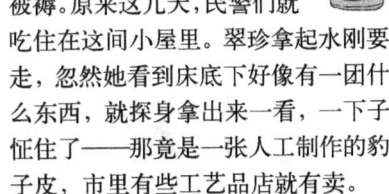

急之下来不及细想了，不过你放心，这是我们自己做的土枪，里面装的是铁砂和钢珠，杀伤力不强，而且我刚才打偏了，豹子应该没有大碍。"周队长听到这里，似乎松了口气，对她们道："耳听为虚，眼见为实，这下你们相信了吧？豹子藏在竹林中，随时都可能对你们发起攻击，还是快点回家，等豹子抓到后再来吧。"女人们这时早已吓得汗流浃背，连连点头，向山下走去。

第二天，翠珍和同伴们都呆在村里，再没人敢上山了。她们站在村口，远远地望着山上，隐隐约约看到民警们在林间不停地穿梭……

三天后的傍晚，村里的女人们突然听到竹林方向传来几声枪响，大家一起出门察看。不一会儿，就见几个民警抬着铁笼走下山来，笼子里躺着一只已昏死过去的金钱豹。周队长告诉她们，原来这只豹子一直躲在竹林附近的一个山洞里，由于洞口位置隐秘，一直到今天才发现。最后周队长笑着对她们说："豹子抓到，禁令解除了，明天大家就可以上山了。"

女人们都很高兴，第二天一早，她们就迫不及待地出发了。半路上，翠珍发现自己忘带水了，刚好附近就是护林员的小屋，她便离开同伴，独自向小屋走去。

走进小屋，翠珍见桌上有几瓶矿泉水，还散落着一些来不及收拾的方便面碗，床上有几件衣服和被褥。原来这几天，民警们就吃住在这间小屋里。翠珍拿起水刚要走，忽然她看到床底下好像有一团什么东西，就探身拿出来一看，一下子怔住了——那竟是一张人工制作的豹子皮，市里有些工艺品店就有卖。

翠珍拿着豹子皮陷入了沉思。昨天她看到铁笼里的豹子，就觉得与自己在竹林中所见的豹子有些不同，现在再回想豹子当时的一举一动，她忽然间全明白了：那天自己射击的豹子是民警假扮的，目的就是让她们感到害怕后下山去。翠珍后悔得直想抽自己耳光：我真是糊涂啊，为什么要无视禁令上山？为什么不肯配合民警们的工作，还让人白白挨了一枪？

翠珍心事重重地走进竹林，正想和同伴说这事，忽然，一阵脚步声传来，只见周队长和几个民警走了过来。女人们一惊，忙问山里是不是又出了事。周队长笑道："危险已经过去了，大家别草木皆兵。今天是休息天，我们几个正巧没事，就来帮你们挖竹笋，替你们把前几天的损失补回来。"说完就和民警们一起动手掰起竹笋来。看到他们笨拙的样子，女人们忍不住笑了。就在一片欢声笑语中，翠珍注意到，那个叫小张的年轻民警走起路来，脚还有些跛，虽然他很努力地装出没事的样子……

（题图、插图：谭海彦）

改编自西村京太郎的小说。西村京太郎，1930年生，日本著名推理小说家，作品悬念迭起，可读性强，代表作有《天使的伤痕》等。

天降三亿元

杏子是个平凡的小白领，她长相平平，年过三十还没有男朋友，日子过得十分乏味。这天，杏子走在下班路上，突然有人向她打招呼："对不起，这不是奈美子小姐吗？有泽奈美子小姐？"

显然，打招呼的认错人了，杏子抬头打量了一下眼前这个陌生男人：只见他不到四十岁，穿着雅致昂贵的西装，十分英俊干练。杏子本想回答："你认错人了。"但就在一瞬间，她突然觉得，这也许会是一次美妙的邂逅，小说里的爱情故事不都是这么开始的吗？于是杏子没有否认，反而露出了一个暧昧的微笑。

男人脸上也露出了笑容："果然是奈美子小姐呀，这下好了，我可放心了！方便的话我请您吃晚饭吧，我们边吃边聊。"

杏子稍微推托了一下就答应了。男人把杏子带到附近的一家高级餐厅，这种地方是杏子不敢奢望进入的。吃饭时，男人做了自我介绍，说他是一名律师，名叫竹田久一郎，他对杏子说："你当然还不认识我，因为我们是第一次见面，但我看见过你的照片，对你很了解。"

杏子一言不发，因为她不知道对方接下来要说什么。这时，竹田注视着杏子的脸，说："我受人之托，到处在寻找你。"

杏子奇怪地问："受人之托？"竹

田点点头，说出了事情的原委：

托竹田办事的是一位老太太，名叫高桥富美，是一名孤老。几个月前她找到竹田，说自己没有亲人，想把财产留给一个帮助过自己的女人。那是一年前，老太太独自出门，突然心口疼起来，幸亏一个三十岁左右的女人路过那里，她把老太太背回家，还请来了医生。知道老太太是一个人生活，那女人就每天都来看望她。在女人的悉心照顾下，老太太痊愈了，因此她想立一份遗嘱，把财产都留给这个热心人。竹田就问老太太，那是个什么样的女人，老太太说，只知道她叫有泽奈美子，还有一张她的照片，请竹田一定要找到她。立完遗嘱后不久，老太太就因病去世了。

说到这里，竹田高兴地对杏子说："我手里只有一张照片和一个名字，真是找得好辛苦，没想到今天在街上遇到了你，太巧了！"

杏子听到这里，已经明白了，那个救了老太太的有泽奈美子一定和自己长得很像，竹田这才会认错。杏子忍不住问道："你说遗产……"

竹田点点头说："是的，高桥富美留下了丰厚的遗产，包括房屋、存款等，总共价值三亿元。"

三亿元！杏子吓了一跳，这可是一笔巨款啊，竹田似乎没有看出她的慌乱，微笑着问："你准备好领取这笔遗产了吗？"

杏子想了想，回答说："这事太突然了，我现在脑子里一片混乱。"

竹田点点头："我理解，这不是小数目，是你的同情心帮你赢得了这笔财产啊！请你回去准备一下能证明身份的户籍证明，然后给我电话。"

两人在饭店门口分手，杏子迷迷糊糊地回了家。到家后，她忍不住做起亿万富翁的美梦来：只要把三亿元存进银行，每年的利息就是一笔巨款，是自己年薪的十倍！那时，自己就可以搬去豪华公寓，还可以环游世界……可是，要实现这美梦有一个最大的障碍，杏子毕竟不是真正的有泽奈美子，没有户籍证明，事情迟早会穿帮的。

第二天，杏子没有去上班，她在家里呆呆地想，如果能知道真正的有泽奈美子住在哪里就好了，可以想法搞到她的户籍证明……正在这时，电话响了，是竹田律师打来的。竹田在电话里说有事要约她见面。

两人在咖啡馆见了面，竹田拿出一张报纸，对杏子说："今天，有个女人拿着这报纸来我的事务所了。"

杏子接过来一看，那是一星期前的报纸，报道的标题是"三亿元遗产没有着落"，报道上说：高桥富美因心脏病发去世，她是一位孤老，三亿元遗产现在还没有着落，引起了人们的关注云云。杏子看完后把报纸还给竹

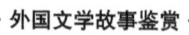

田，竹田说："今天有个女人拿着报纸来找我，说高桥富美活着时，自己在路边帮助过她，还照料过她……"

杏子试探着问："既然她知道这些事，那……"

竹田摇摇头说："高桥富美在世时经常和邻居们讲起受到有泽奈美子帮助的事，所以即使有人知道这件事，也并不能说明什么。"

杏子又问："那个人也叫有泽奈美子？"

竹田点点头，说那个人还留下了名片，说着把名片递给杏子。杏子一看，上面果然印着"有泽奈美子"，还有住址信息。竹田说，对方自称是个设计师，还说明天就可以送户籍证明

来。杏子的心一下子凉了，看来这个女人才是真正的有泽奈美子，三亿元果然只是一场梦。

不料竹田说道："我觉得那个女人是冒充的，同名同姓的人多得很，你不也叫有泽奈美子吗？再说，高桥富美还给我留了照片呢。"说着，竹田从口袋里掏出一张照片给杏子看。

杏子看了一眼照片，立刻惊呆了，照片上简直就是她本人啊！竹田笑着说："怎么样，就是你吧？今天来找我的女人和照片一点也不像，我和她一说照片的事，她就慌了，说什么自己刚做过整容，所以才不像，但又拿不出整容前的照片。相比之下，我相信你才是老人真正要找的人，最迟明天，希望你能把户籍证明带来。"

两人分手后，杏子细细琢磨起来：那张照片上的人和自己一模一样，只要弄到户籍证明，三亿元就是自己的了……她突然想起，有泽奈美子的那张名片上写了地址，不知不觉，杏子走到了那一带附近。很快，她就找到了有泽奈美子的公寓，那是一幢漂亮的楼房，杏子一想到有泽奈美子住在这么好的公寓里，却还想得到三亿元，就忍不住火冒三丈。

杏子拿出名片，确认了一下房间号，就坐电梯上了楼。她也不想把那个女人怎么样，只想看一眼对方的长相。但是她怎么按门铃也没人答应，房间里却亮着灯，也许对方正好出去

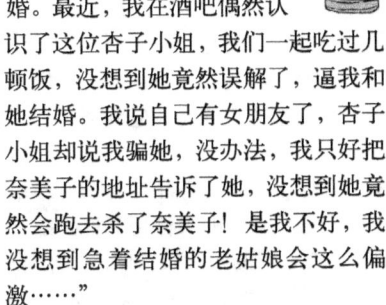

了吧。杏子突然想到，自己何不悄悄溜进房间，对方也许已经从区办事处开了户籍证明，自己找到后偷走不就行了吗？

杏子轻轻推了推房门，发现门竟没有上锁，她蹑手蹑脚地走进房间。一进入客厅，她就看见桌子上放着一个信封，信封上印着"区办事处"的字样，啊，里面一定就是户籍证明。杏子正要伸手去拿，后脑突然被猛击一下，她昏倒在了地毯上。

杏子不记得自己昏倒了多长时间，后脑的疼痛使她醒了过来，她摇摇晃晃地站起来。这时她才发现，有一个满身是血的女人躺在自己身边，女人的身上、地毯上，甚至连杏子的手上都沾满了血！杏子浑身发抖，不知该怎么办，只想赶紧离开这里。她慌慌张张地走出房间，来到楼道里，正好有个女房客出门，看到杏子那沾满血的双手，发出了一声尖叫。

警察很快赶来了，到了警署后，杏子说她要找律师，只要找到竹田律师，就一切都清楚了。时间不久，竹田就来到了审讯室，杏子松了口气，不料竹田一看到她，就严厉地说："杏子小姐，你干了一件蠢事啊！"

杏子大吃一惊：竹田不是一直将自己当成有泽奈美子吗？他怎么会喊自己"杏子"？这时，竹田对着警察讲述起事情经过来：

"我是一年前与设计师有泽奈美子认识的，我们正准备结婚。最近，我在酒吧偶然认识了这位杏子小姐，我们一起吃过几顿饭，没想到她竟然误解了，逼我和她结婚。我说自己有女朋友了，杏子小姐却说我骗她，没办法，我只好把奈美子的地址告诉了她，没想到她竟然会跑去杀了奈美子！是我不好，我没想到急着结婚的老姑娘会这么偏激……"

杏子听完脸色苍白，惊呆了，她拼命地向刑警诉说着竹田怎样在街上喊住自己，还有高桥富美、三亿元遗产、照片、户籍证明……刑警听后，问竹田有没有这样的事，竹田却一口否认了。他说，自己倒是听说过高桥富美，那是他拒绝了杏子的求婚后，杏子拿来一张报纸，上面写着三亿元没有着落的报道，她说自己会继承那笔遗产。竹田当时听了就不相信，去调查后果然发现，高桥富美的遗产最后归国家所有。

警察听完点点头，冷冷地对杏子说："你还是说实话吧，你胡编出什么户籍证明的事，但在有泽奈美子的房间里，信封里装的不是户籍证明而是结婚申请表。你去见她，是想叫她把竹田让给你吧？但你遭到了拒绝，当你看到结婚申请表时就勃然大怒，用厨房里的菜刀把有泽奈美子杀了。"

杏子就这样被关进了看守所，到了这个时候，她才知道自己完全中了

竹田的圈套。

整件事的起因根本不是什么遗产，而是竹田被有泽奈美子逼着结婚，但他有其他更好的结婚对象，正拿不定主意时，他看到了那三亿元无主的报道，由此制定了一个计划，好让自己杀了有泽奈美子也不用承担责任。竹田的目标是那种生活无聊、贪恋钱财的老姑娘，不出所料，杏子很轻易地就上当了。至于那张照片，本来就是杏子的照片，是竹田趁她不注意时用远焦镜头拍摄的。以三亿元为诱饵，诱惑杏子去拜访有泽奈美子，也是竹田精心策划的。他将奈美子打昏后，把房门打开，等候着杏子这个猎物走进房间……

杏子绝望了，她在看守所里呆了三天，没有人来提审她。第四天中午，杏子才被提了出去。接她的刑警不知为何，对她微微笑着。刑警说："我们已经查明你是清白的了。"

杏子已经有些麻木了，她没有感到轻松，只问了一句"你们查到了什么？"刑警说："竹田犯了一个错误。你知道是什么错误吗？"杏子摇摇头，刑警说："其实，我们很重视你的供词，于是到你说的邂逅地点去调查了，那是个繁华地段。最后我们找到两名女性，她们都证明竹田曾在路上和她们搭讪，问'这不是有泽奈美子小姐吗'，这两位都说他认错人了。你是竹田找的第三个人，所以我们才知道，竹田确实给你下了圈套。"

杏子点了点头，突然，她想起一件事，就问刑警："如果，我是竹田找的第一个人，那会怎么样？"

刑警想了想，说："这个嘛，恐怕你会因杀人罪被起诉，可能被判有罪。"

（推荐者：顾　诗）

（题图、插图：佐　夫）

您手中有没有得意之作？本刊辟有二十多个原创性栏目，如新传说、我的故事、情感故事、16岁故事和中篇故事等；您读到或听到什么有趣事可以和大家一起分享吗？3分钟典藏故事、外国文学故事鉴赏和快乐辞典等都是本刊推荐性栏目。热忱欢迎来稿，可从邮局寄发，邮寄地址：上海绍兴路74号《故事会》杂志社，邮编：200020；如来稿为电子邮件，可投至本期责任编辑信箱：lujia411@yahoo.com.cn。

珠　魂

□ 尘世伊语

走盘珠

清朝嘉庆年间，南海湾一个不知名的小海岛上正热闹地开着庙会。

庙会上，一个老汉守着珍珠摊子叫卖着，老汉姓冯，冯家村人。海岛临海，本是盛产珍珠的地方，冯老汉卖的珍珠虽然饱满圆润，但还是少有人问津。偶尔有个富家小姐上前，问冯老汉有没有珍珠粉，冯老汉气得直摇头，连说成色这么好的珠子碾成粉，真是可惜了啊！

眼见没有生意，冯老汉叹了口气，小心翼翼地拿出个玉盘，放在地上，唱开了："走盘珠，珠走盘，珠圆个大显精神。走盘珠，珠走盘，珍珠滚动盘不动……"

众人听到歌声，都好奇地围了过来，有人问："老爷子，你唱的啥？走盘珠？难道你的珍珠会自个儿走路不成？"

冯老汉笑眯眯地点点头，从怀中掏出个布包，里三层，外三层，打开一看，里面是一颗晶莹圆润的白色珍珠。有人就问："老爷子，您这颗不就是正圆珠吗？除了比别的珍珠长得圆些，有什么特别吗？"

冯老汉笑而不答，他把珍珠放入玉盘内，珍珠落盘，叮咚作响。珠子先在盘里晃荡了几下，接着奇妙的事情发生了——珠子像被施了法，沿着玉盘，一圈一圈、不紧不慢地滚动起来。珠子越滚越快，由盘子边沿滚向盘中央，绿色的玉盘、白色的珠子，滚动起来煞是好看，最后，珠子稳稳地定在了玉盘中央。

众人凑近一看，原来那玉盘上被

细细地凿出了一圈圈的珠道，只有圆润得毫无瑕疵的珍珠才能如此"走上一遭"。大家纷纷喝起彩来，都要买这神奇的"走盘珠"，不一会儿，冯老汉的珍珠就被卖光了。正当他收摊准备回家时，一个人拦住了他。

此人一身白衣，掏出一张银票递给冯老汉，冯老汉一看，竟是一千两纹银，忙说道："这位爷，可惜您来晚了一步，我的走盘珠都卖光了。"

白衣人笑笑说："不，我这一千两银票只要老伯您怀里的那一粒珍珠。"冯老汉暗自一惊，原来此人一直在旁边不动声色地观察，自己用怀中的走盘珠招揽生意，又悄悄放回怀里，都被他看得一清二楚。

冯老汉爽朗地笑起来，从怀里掏出那颗珍珠，说道："罢、罢、罢，朋友，老夫不瞒你了，这颗是最上等的走盘珠，就算在不平的盘子里，它都能走上几圈。朋友眼光好，卖给你，算老汉我交了个朋友。"

白衣人双手接过珍珠，小心翼翼地放好，道："今日偶尔路过宝地，得了个宝贝，真是夺人所爱了。"

冯老汉道"珠民采珠辛苦，性命绑在裤腰带上。上等的走盘珠得之不易，要不是着急给家人抓药，我也不会卖它。"

说到这里，冯老汉自觉话说得有些多了，忙收了银票，转身去了药铺。

定盘珠

就在冯老汉卖了走盘珠后没几天，官府的告示就贴在了村口，要每家每户上缴走盘珠。珠民们都被赶下海去寻找粒大、精圆的走盘珠，可哪里有这么多上好的珍珠？珠民被淹死了数人，还没达到上缴的标准。冯老汉懊恼得直拍自己脑袋，知道是自己给乡亲们招来了祸事。这时有人想个方法，偷偷把不够圆的珍珠打磨了，交上去，不料被官府发现，全部挑出，还被重重打了五十大板。

眼看最后限期就要到了，冯老汉对乡亲们说道："事情因我而起，大家放心，我一定会把它平息下来。"

这日官府来收珠，冯老汉一看，带头的不正是那日集市上买珠的白衣人吗？原来他就是新上任的巡抚，姓李，想必走盘珠也是他下令采的。

于是冯老汉迎上前去，恭恭敬敬道："禀告大人，天下已再无走盘珠。"大家都呆住了，不知冯老汉葫芦里卖的什么药。只听冯老汉继续道"走盘珠是龙王家的宝贝，龙王哪里舍得让人大肆采珠？因此特意派来了定盘珠。定盘珠一出，所有走盘珠都不会再移动半点。"

有走盘珠，还有定盘珠？李巡抚哪里肯相信，冯老汉就从怀里掏出颗小小的珍珠，说道："这就是我昨日下海采得的。"

冯老汉将这颗不起眼的珍珠定定

地立在盘中央，立刻，盘里所有的走盘珠都不滚动了。众人连连称奇，都说是龙王显灵了。冯老汉说道"定盘珠一出，什么走盘珠都不会走盘了，我看你们死了这份心吧。"

李巡抚沉吟片刻，拿起定盘珠，仔细看了起来。突然，他猛地一拍桌子，怒道："大胆冯老汉，竟敢欺瞒本官！"只见桌上的定盘珠碎了，原来它是用贝壳做的。贝壳就是珍珠母，把它做成珠状，所有珍珠见到母亲，自然是纹丝不动。

冯老汉见自己的计谋被识破，索性打开窗子说亮话："珍珠长成需要时间，一时哪里去找那么多走盘珠呀？"

李巡抚为难地说："皇上过寿，要摆百珠宴，我这也是奉旨行事。"冯老汉问："那得多少走盘珠啊？"李巡抚说："一百颗上等的走盘珠。"冯老汉又问："那现在有多少颗了？"李巡抚答道："就差最后一颗了。交齐了走盘珠，我一定向皇上进谏，封海养珠。"

冯老汉悠悠地问道："真能做到吗？"李巡抚微微有些面红，说了句"冯老哥，算我求你了。"话说到这份上，冯老汉仰天长叹一声，只有去准备下海的工具了。

冯老汉是数一数二的采珠好手，可他在南海湾来回游了几次，就是找不到最后一颗走盘珠。李巡抚站在岸

上急得直跺脚，连说："最后一颗了，只要一颗就好。"冯老汉看了他一眼，深深吸了口气，再次向南海湾的深处游去……

天色慢慢黑了下来，岸上的人都等急了，可冯老汉还没有冒出头来，大家都说冯老汉八成上不来了。李巡抚正打算打道回府，突然海上刮起一

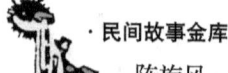

阵旋风，波浪翻滚，接着就见冯老汉居然从浪花中冒出头来。

大家惊诧极了，冯老汉上岸后脸色惨白，似乎耗尽了所有的精力，他冷冷地说："第一百颗走盘珠已经采到，不过有一个条件，我要进京亲自把珍珠献给皇上。"李巡抚又急又恼，派人上前搜身，可寻遍了冯老汉全身上下，都没找到珍珠。有个衙役凑在李巡抚耳边小声说："这些珠农，为逃搜身会把珠子吞进肚里。"

李巡抚无奈，只得捧着九十九颗走盘珠，带着冯老汉进了京。

百珠宴

听说李巡抚献珠庆寿，皇上龙颜大悦，下令在金銮宝殿上摆起了百珠宴，排场挺大，大臣、嫔妃都坐满了。皇上一招手，李巡抚恭恭敬敬地献上了九十九颗走盘珠。皇上一看，有点不高兴"这是百珠宴，怎么还差一颗珍珠啊？"李巡抚赶紧把冯老汉的事说了，皇上听后微感好奇，命人将冯老汉带了上来。

皇上问道："冯老汉，你为何定要见了朕，才献出第一百颗走盘珠啊？"冯老汉答道："俗语说得好，'无瑕不成珠'，天然珍珠多多少少都有些腰线、皱褶、凹坑，得珠难，得走盘珠更难，要牺牲多少珠民的性命，才能采到一颗走盘珠啊！"

皇上听得微微皱眉，李巡抚赶紧截住冯老汉的话头："快，把走盘珠拿出来。"冯老汉这才心不甘情不愿地从怀里摸出了那最后一颗珍珠，只见珠子通体圆润、光彩照人。

皇上笑了笑，说道"献上来的走盘珠个个圆润无比，哪会像你所说的那样难采？朕还要下令，继续采走盘珠，明年办个千珠宴。"

冯老汉正想分辩，李巡抚不耐烦地打断他说："百珠宴开始了，快把走盘珠放入盘中。"

金銮殿正中央摆放了一个硕大的玉盘，一百颗走盘珠"叮叮当当"落入盘中，可不知为何，那些珠子都一动不动地定在那里，像一百个无精打采的小精灵。众人见状，纷纷交头接耳起来，皇上脸上青一阵白一阵的。

这时冯老汉哈哈大笑起来，说："我倒是有个办法，能让这些珠子都走起来。"皇上赶紧道："快，快说。"

冯老汉说："可以用真珠做引，使盘中的珠子走动起来。"

皇上奇道："以珍珠做引？要什么珠子？快说，朕命他们到库房去速速取来。"冯老汉摇头道："这真珠不是珍珠，是女子的眼泪。"李巡抚一听，立刻厉声打断道："大胆，难道你竟要在皇上的寿宴上，让娘娘们都哭哭啼啼吗？"

可皇上早被这走盘珠吊足了胃口，沉吟片刻说道："哭就哭吧，朕倒要看看，真能以此'真珠'引动彼'珍珠'吗？如敢欺君，定斩不饶。"

嫔妃们你看我，我看你，一听下旨要哭，哪个敢不哭？于是一滴一滴眼泪滴入玉盘中，奇怪的事发生了：一百颗走盘珠像久旱逢甘露，随着泪珠一点一点动了起来。

皇上见了，乐得直拍手，大声道："快哭，哭得最多的，朕重重有赏。"那些嫔妃平日里没少悄悄流泪，一听哭得好还有赏，哭得越发厉害起来，一时间，金銮宝殿上哭声一片。

那些走盘珠在玉盘中各行其道，纷纷滚动起来，越走越快，越转越厉

害，渐渐地升腾起一层白雾，巨大的玉盘上方，如海市蜃楼般显出一片大海的景象。

大臣们惊呼起来，纷纷跪地磕头，说道："好兆头，这是恭贺我皇福如东海啊！"皇上不禁哈哈大笑，拍手道："继续哭，使劲哭。"

随着惊天动地的哭声，海市蜃楼越来越清晰，只见海水拍打着海岸，浪花越来越大，浪花中隐隐出现了人影，那是一群采珠工，带头的正是冯老汉。他们一个个跳进海里，迎风破浪，在水中不断沉浮，寻找着珍珠。突然，海面上霹雳闪电，狂风暴雨，有的采珠工体力不支，力尽而死；有的遇到鲨鱼被生生咬死，海水渐渐地染红了……金銮殿上众人都看呆了，他们哪里想到，那些精美绝伦的走盘珠背后竟有如此惨痛之事？

这时，只听"轰"的一声，海市蜃楼瞬间消散，再看玉盘上，一百颗走盘珠都不见了，只留下一盘泪水。再看冯老汉，他猛地一仰身，笔直地倒了下去，早无气息。原来，他那日下海，刚采到最后一颗走盘珠，就因体力不支而淹死了，死后他的魂魄惦念乡亲们，还要向皇上进谏。

皇上思索良久，第二天下旨封海，厚葬了冯老汉。

（题图、插图：黄全昌）

一张充满悬疑的告示，打破了小镇的平静，最终能改变悲剧结局的，只有爱……

死亡预言

□ 焦松林

最近，铁尼镇上出了件奇事，罗伯茨是镇上的塔罗牌算命师，他算出自己这几天之内会有血光之灾，于是在住处门外张贴了一张告示，上面写道："本人推算出最近一周内自己会死于意外，所以即日起不再接待任何顾客，敬请谅解！"这张告示很快传遍了全镇，一时间，人们茶余饭后都在聊这件事。

罗伯茨今年58岁，独身，几年前从外地迁居到此，没有人知道他的过去。他的告示一贴出来，邻居凯维尔就嘟囔着对妻子说："如果一周后罗伯茨还活得好好的，恐怕以后再也没人找他算命了。"

妻子温莎看着丈夫，小心翼翼地问："你说，罗伯茨真能算到自己要死

吗？他会怎么死呢？"

凯维尔摇了摇头，说："管他呢，一个外乡人，几年了也没见到有人来探望过他，估计他在这个世界上是没有什么亲人了。"

温莎听到这话，眼睛里突然闪出光亮来："你说，他要是真死了，又没有亲属，谁会帮他料理后事？"凯维尔显然没明白妻子的意思，他不耐烦地道："我说过了，这不关我们的事儿。"

"不，和我们有关系。"温莎定定地看着丈夫说："他没有亲人，需要有人料理后事，让他入土为安。我们如果答应帮他做这些，你想想，他的那些财富？"

凯维尔听到这里，忽然兴奋起来

了，罗伯茨挣得不少，以前自己常常嫉恨他：凭什么一个靠嘴皮子吃饭的，比自己这个下苦力的装卸工挣得还多？想到这里，凯维尔搓了搓手，问妻子："你说怎么接近他呢？毕竟我们的邻里关系很一般啊。"温莎想了想，出了个主意"我们可以邀请他过来共进晚餐。"

凯维尔一把抱住妻子，轻轻在她的腮边吻了一下，"你真聪明，好，我这就去请他。"

走出家门，往东走数十米，就能看到罗伯茨家的花园。花园里开满了五颜六色的鲜花，凯维尔暗想：只要罗伯茨接受自己的邀请，在饭桌上又能谈得拢，用不了多久，这么大的房子、这么好的花园就都是自己的了。

走进花园，凯维尔发现罗伯茨家的门开着，屋里除了罗伯茨，还有两个街坊：一是小约翰，他是镇上最有钱的富翁老约翰的儿子；另一个叫莫尔，一个浪荡子，经常出入酒吧夜总会，挥金如土。他们到罗伯茨家里来干什么？

屋里的三个人看到凯维尔走进来，都没有出声。凯维尔酝酿了一下情绪，故作轻松地对罗伯茨说："我妻子温莎做了顿好吃的，你愿意过去喝一杯吗？"

罗伯茨听到凯维尔的话，先是一愣，接着站起身来，嘴唇哆嗦着说："那可再好不过了，只是，我没有准备礼物。"

凯维尔哈哈大笑道："你能过去，就是最好的礼物了，还要带什么礼物呢？就这么说定了，咱们走吧？"

罗伯茨向屋里另外两个人看了一眼，耸了耸肩。莫尔叹了口气，起身走了。小约翰却没急着走，他向罗伯茨说道："我给的这个价，希望你能考虑考虑。"跟着也离开了。

这一晚，罗伯茨在凯维尔家里喝了很多酒，几杯下肚，他变得絮叨起来。"那个小约翰，他的父亲患了眼疾，他想要我的眼角膜，愿意花一大笔钱来买。莫尔更有意思，他愿意过继成我的儿子，说他准备替我送终。"

凯维尔听到这些，吃了一惊，他抬眼看了看妻子温莎，温莎也在看着他，两人再也没有先前那么热情了，态度慢慢地冷下来。可是罗伯茨丝毫没有要走的意思，他说这是自己第一次在邻居家里吃饭，要是能留张照片就好了。凯维尔脸色铁青，准备拒绝，倒是温莎拿出了一部相机，给罗伯茨拍了几张照片。罗伯茨这才心满意足地告辞离开了。

他一走，凯维尔就一屁股坐在沙发上，恨恨地道："没想到被人抢先了一步！"是啊，他再有心，也比不过准备当罗伯茨儿子的莫尔啊。想到莫尔可能继承罗伯茨的所有财产，凯维尔心里有种说不出的痛。

两天后的傍晚，凯维尔正在码头上卸货，有个外地人找到了他，开门见山地问："听说你和罗伯茨关系不错？"

凯维尔一愣，盯着眼前这个满脸络腮胡子的中年人，中年人见状就解释说"是这样的，我是罗伯茨的老朋友，我和他打了个赌，你宴请罗伯茨的事他全告诉我了，这事有关我打赌的成败，所以，我想把他在你家吃饭的那些照片买下来。"

凯维尔万万没想到那些照片还能卖钱，就问："你打算付多少？"

"三千美金，怎么样？"中年人开了个足以让凯维尔动心的价钱。凯维尔立即同意了："行，成交。"

于是中年人跟着凯维尔去他家里取照片。凯维尔对这事很好奇，一个

劲儿地打听中年人和罗伯茨究竟打了什么赌，和自己的照片有什么关系。中年人却冷冷地并不回答。

转眼一周过去了六天，距离罗伯茨所说的意外死亡只剩下最后一天了，可罗伯茨还是活得好好的。这天傍晚，凯维尔家的电话响了，原来是罗伯茨，他打电话来回请凯维尔夫妇去他那里吃晚饭。

罗伯茨将凯维尔夫妇请到餐桌边坐下，只见桌上摆放着丰盛的菜肴，有火鸡、烤牛排、龙虾色拉，还有一瓶红酒。酒过三巡，罗伯茨开口了："很荣幸能邀请到你们夫妇俩，是你们给了我新生。"

新生？凯维尔夫妇不解地对看了一眼，只听罗伯茨继续说道："多年前，我在孤儿院领养过一个孩子。我领养时这孩子已经十来岁了，他小时候吃了不少苦，心灵已经扭曲，成年后走上了犯罪的道路。上个月，我的养子出狱了，我劝他重新做人，他却说，这个世界本来就充满罪恶，除非我能证明人心向善，他才会金盆洗手，不再犯罪。"

温莎听得入了神，忍不住问道："后来呢？"

罗伯茨苦笑了一声"后来？后来我就在门前贴了一张告示，说我将于一周内死

于意外。要是镇上的邻居们关心我，来看望我，并问一下究竟发生了什么，那么我和养子的打赌就赢了，可是，我没有遇到这样的好事。那些找上门来的人，有的想要我的眼角膜，有的想要我的遗产。"罗伯茨说到这里，情绪变得激动起来。

凯维尔一阵羞愧，不由得低下了头。温莎也把头低下了。

这时，罗伯茨发出一阵舒心的笑声："可是因为你们，我赢了。你们同情我，好心请我去你们家用餐，还拍了照。那些照片，就是我赢了的证据。"凯维尔听到这话，顿时明白了，那个买走照片的中年人，一定就是罗伯茨的养子！可是现在，罗伯茨已经没有那些证据了。

这时门铃响起，罗伯茨打开门，进门的正是那个络腮胡子的中年人，凯维尔和温莎对望了一眼，不知如何是好。罗伯茨热情地向凯维尔夫妇介绍："他就是我的养子纳克。"接着又向纳克介绍道，"孩子，这就是我向你提起过的邻居，他们是真正的好心人，不求回报地关心我这个孤老头子，所以，这个世界上还是有爱和温暖的。"

凯维尔和温莎脸色苍白，谁知纳

克却像不认识他们一样，对他养父点了点头，说："好吧，老爸，这次你赢了，我会试着找个正当工作的。"罗伯茨听了这话，不由喜极而泣。

饭后，凯维尔和温莎告辞离开，纳克说要送送他们。三人来到屋外，凯维尔忍不住好奇，问纳克"你买了我们请你父亲吃饭的照片，你父亲已经没有证据说明有人关心过他，为什么你还要认输呢？"

纳克没有回答，而是将一张纸塞到了凯维尔的手里："因为它，你好好看看吧。"

凯维尔打开一看，原来这就是罗伯茨贴在门上的那张告示。纳克低声说："这两天我仔细看了老爸的告示，突然明白了——如果这次打赌他输了，他就会真的自杀，这就是所谓的一周内死于意外！老爸这么关心我能否走上正路，甚至要因为我这个没有血缘关系的养子而自杀，这不正是世界上最深沉感人的爱吗？"

凯维尔和温莎听完都愣住了：原来是这样，这个死亡预言的真正含义，是那些利欲熏心的人永远也看不懂的……

（题图、插图：佐 夫）

公证爱情

□ 苏国安

水生和香菱一见钟情，"私奔"来到南方打工。两人心里揣着小九九：他们想通过自己的努力，衣锦还乡后再向父母摊牌。到时候，生米煮成了熟饭，当爹娘的准会同意他们的婚事。

有了行动目标，两人便玩命地挣钱。香菱在餐馆里刷盘子洗碗，外加看车、洗车；水生白天装卸货物，夜晚看守货栈，忙碌一天下来，身子骨像散架似的。可水生是个乐天派，回到出租屋，照样唱起那首自编的歌曲："等我有了钱，就当大老板，海枯石烂不变心，爱你一万年！"

香菱听腻了爱情宣言，对水生耍起了小性子："你烦不烦呀，公鸭嗓子哇哇叫，听得我耳朵都磨出茧子了，就不会来点新鲜的！"

水生拍着胸脯承诺"我保证，爱你一万年。如果我背叛了你，就脚底

板长疮，烂掉脚后跟，过马路撞汽车——不得好死！"

不久，香菱有了身孕，他们沉浸在对美好未来的憧憬中。不料香菱在一次横穿马路时，被一辆轿车撞倒。肇事司机见四下无人，加大油门一溜烟跑了。

香菱被送进医院，医生诊断后摇摇头，说："患者被撞断三根肋骨，肚里的胎儿已经死去，恐怕以后都失去做母亲的机会了。"闻此噩耗，香菱痛不欲生，水生强忍悲痛，坚定地对香菱说"孩子没了就没了吧，我今生今世有你就行，我要兑现诺言，爱你一

万年！"

不久，双方家人赶来，目睹浑身缠满纱布的香菱，无不凄然落泪。香菱爹像抓小鸡似的，拽住水生的衣领，甩下一记耳光："兔崽子，是你害了我家香菱，不能再生孩子，谁肯娶她？你说该怎么办？"

水生跪倒在香菱爹面前，还是那些话："大叔，对不起，这事都是我的错，要杀要剐我都认了，不过，我这辈子非香菱不娶！"

事已至此，香菱爹也只好就坡下驴，说："好，算你小子有种，只要你肯厚待香菱，我就同意你们的婚事，不过，你得写个字据！"

水生连忙点头，当时就写下"我爱香菱一万年"，还咬破手指按了手印。

香菱爹接过看了，仍摇摇头，说："这还不保险，你若到公证机关公证一下，我就放心了！"

"好！"水生拍着胸脯，掷地有声，"爹，等香菱伤愈出院，我们就去公证处公证爱情！"

一个多月后，香菱出院了，水生立即和她来到公证处。工作人员听完两人倾诉，不禁为之动容，但拿过水生按了血手印的字据，脸上却露出复杂的表情，好半天才为难地说"对不起，我不能为你们公证……"

水生闻言大惊，问："为什么？难道你怕我会变心？"

工作人员摇摇头，说："那倒不是，因为目前我国的法律条文中没有公证爱情这一条。"

水生和香菱苦苦哀求公证处帮忙，为他们的爱情保驾护航。工作人员耐心地向他们解释："公证的一个基本原则，就是公证事项的真实性、合法性。合法性是指公证机关办理的公证事项的内容、形式和程序，都必须符合国家的法律法规。而纯洁美好的爱情属于精神范畴，现在的法律还没有相关的依据，可以为无形的爱情公证……"

一堂法制课上完，水生和香菱明白了不少道理，水生搂着香菱动情地说："我们不再搞公证爱情了，可我会永远尊重承诺，和你恩恩爱爱过一辈子！"

律师点评：

《公证爱情》故事主要表述的一个法律问题，即我国现行法律的公证内容和范围中不包括"精神范畴"。公证是指国家公证机关根据当事人的申请，依法对有法律意义的事实和文书的真实性予以证明的活动。故事中水生和香菱的"爱你一万年"的承诺，当属精神方面内容，不属于国家规定的可以办理公证的事项，故公证处无法为他们公证。

（题图：刘斌昆）

纵使阴阳异路、天人永隔，也要实践这千金一诺……

正月十五雪打灯

□ 王乃飞

从前，有个叫李书成的富家子弟，二十出头便中了举人，人人都说他前途无量。不料李书成中举之后，志得意满，再也不求上进了，每天饮酒作乐，过起了放荡不羁的日子。

这年中秋，李书成突然诗兴大发，就吩咐仆人带着酒菜，随他来到绣江畔。绣江岸边有个小亭子，李书成坐在亭中饮酒赏月，抬头一看，只见大如圆盘的月亮被一块云彩遮住了，不禁脱口吟道："抬头不见桂婆娑，碍我诗情云聚多。"

话音刚落，忽然从江面上飘来一个声音："好诗，好诗呀！"

李书成抬头望去，只见江心隐隐约约有一只小船，便喊了一声："不知哪位高人，可否现身一见？"

那小船渐渐划向岸边，等靠了岸，船上走下一个身材伟岸的中年男子。李书成一见那个人，便有一种说不出的喜欢，拱手道："这位仁兄，想必也是吟诗作对的高手？"

那男子笑道："哪里，哪里，刚才听到仁兄佳句，情不自禁，打扰了仁兄雅兴，请勿见怪。"

李书成便请男子上岸饮酒，男子也不客气，进了亭子，说自己名叫谭有礼，是过路客商，夜宿在船上。两个人越谈越投机，李书成便邀请谭有礼到家里小住几天。不料谭有礼拒绝了："李兄，我们一见如故，可我还有要紧的事要做，不敢停留。"

李书成叹了口气，说："谭兄，我们萍水相逢，你这一走，不知是否还有相见之日啊！"

谭有礼想了想，说"不如咱约个时间吧，明年正月十五，再在这里相见如何？"

李书成皱了皱眉头，说"人生充满变数，从中秋到正月十五何止百日，那天你真的能来吗？"

谭有礼微微一笑，说："交友贵在言而有信，正月十五那天，你只要看到天上飘起了雪花，就往这里赶，一定能见到我。"

李书成对谭有礼的话半信半疑，可人家执意要走，他也不好挽留。谭有礼登上小船，划向江心，一会儿就不见了。这时，远处传来了鸡叫声，原来两人不知不觉竟谈了一夜。

过后，李书成越琢磨这事越觉得蹊跷：现在离正月十五还远着呢，谭有礼说，天上飘起雪花的时候相见，他怎么就能肯定正月十五那天会下雪？想了半天，也没想出个结果来。

时光过得飞快，很快就到了正月十五。这天早上，李书成一起床就想起了谭有礼和自己的约定。他忙开窗一看，外面晴空万里，不由心想，这事悬乎。哪想到，刚吃过午饭，天就阴沉下来，到了傍晚，天上果然飘起了雪花。李书成暗暗吃惊，立刻叫了下人，来到绣江岸边的亭子里。

李书成在亭子里等了许久，天渐渐黑了下来，也不见谭有礼的人影。仆人就劝李书成回去，一个只有一面之缘的人，怎么可能这么守信呢？李书成也有些动摇了，正在这时，突然听到水面上传来划船声，李书成一阵惊喜——谭有礼来了！

李书成站在岸上，向江里喊道："对面船上的可是谭兄？"

对面却传来一个稚嫩的声音："请问是李大官人吗？"

李书成回答说是，说话间小船到了岸边，只见船上站着一个小孩，很有礼貌地向李书成抱拳拱手，说"奉我家主人谭有礼之命，前来接李大官人到对岸饮酒畅谈。"

李书成一高兴也没多想，抬腿就向船上走去。刚要上船，只听见"轰隆"一声，河里掀起了一道水柱，水花四溅，从水里跳出一个人影来，对那个小孩说"大胆书童，竟敢背着我出来作恶！"那书童吓得打了个激灵，对那个人影说："主人，既然你不忍心下手，不如把他交给我吧，谁不想早日托生呀？"

那个人影说："胡说！我对你说过多少次了，不要害人，难道你忘了？"

李书成定下神来一看，那个人影竟然就是谭有礼。此时，谭有礼就这么站在水面上，李书成简直不敢相信自己的眼睛。

书童对谭有礼鞠了一躬，说："主人，我已跟随你五十多年，咱们主仆的情分也尽了，这次恕我不能从命！"说着伸手就拽住李书成，直往水里拉。李书成吓得魂飞天外，眼看就要被书童拉下水，谭有礼突然上前，与书童搏打在一起，从岸上打到水里，溅起无数水花，最后又都沉到水里，没了声音。

李书成呆若木鸡地站在岸边，一个仆人战战兢兢地说："主人，我们碰见妖怪了！现在是冰封期，整个江面

都结冰了，哪能划船呀？你看刚才那两个人，从水里冒出来，又进了水里，不是妖怪又是什么？"

李书成也醒悟过来了，慌忙转身要走。这时忽听浪花翻滚，谭有礼又从水中现身了，他向李书成躬身施了一礼，说："李兄，你受惊了！"

李书成指着谭有礼，结结巴巴地说："你、你是人是鬼呀？"

谭有礼说："实不相瞒，我就是这绣江里的一个水鬼。五十年前，我上京赶考，从这里路过，不想在江上翻了船……"

李书成更害怕了，说："你不要害我，我们萍水相逢，无冤无仇……"

谭有礼说："放心吧李兄，我若害你，八月十五你就做水鬼了。"

谭有礼告诉李书成，做了水鬼，只有把别人拉下水顶替自己，才有机会投胎转世。这条江里的水鬼一年有两次机会投胎，一次是八月十五，一次是正月十五。他做水鬼后，不忍心把那些无辜的人拉下水，一次次坐失良机，在江里一熬就是五十个年头。

"八月十五那日，我听到你吟诗，动了惺惺相惜之心，便来与你会面！今年正月十五，是我最后一次投胎的机会，如果不把人拉下水，我就要永远做水鬼了。刚才我没露面，就是怕见到你后，会忍不住把你拉下水。可没想到，我的书童竟忍不住了……这也不能怪他，他陪我在江底五十年

了，也不容易！"

谭有礼虽然是鬼，却是个仗义的水鬼，李书成的恐惧也消失了，就说："谭兄，今天你如果不把我拉下水，就要做一辈子水鬼吗？"

谭有礼叹了口气，说："只有一个法子能让我投胎为人，就看李兄肯不肯帮这个忙。"

李书成忙问什么办法，谭有礼说："办法就是治理绣江，让绣江水流变缓，河道通畅，不再闹水灾害人。那是功德无量的事，到时候我们这些江里的水鬼都能得到赦免。我能不能解脱，就看李兄你了。"

李书成听罢有些不解，就问："谭兄，绣江水患严重，可我这一介书生又能做些什么呢？"

谭有礼说："绣江早就该治理了，换了几任县令，却没有一个为民解难。以李兄的才学，进京考取功名绝非难事，到时候你当上官，便可以来治理河道了……"

李书成心里颇有些悔意，说："我的学业已荒废好几年了，只怕难以考中，就算能考上，也不一定就能当本地的县令呀！"

谭有礼却说："你可知道我为什么约你正月十五相见，还知道这一天一定会下雪吗？"

这正是李书成心里疑惑的，忙问为什么，谭有礼说："这很简单，我们老祖宗传下了一句谚语，叫'八月十五云遮月，正月十五雪打灯'。去年八月十五云遮月，你还作了诗句，今年的正月十五果然大雪漫天。你想，老天爷都这么守信用，何况人呢？只要你答应我，我相信你一定能做到！"

李书成心头一热，说："谭兄，我定不负你所托。"谭有礼点头道："那就拜托了，待我投胎到人间，再与你相见。"

李书成苦笑了一下："茫茫人海，你若投胎，还不知会投生在哪里，我们再见也就难了。"

谭有礼却说："大丈夫一诺千金，日后定能相见。"说罢，向李书成深施一礼，便沉入水中不见了。

李书成回到家里，像变了个人似的，把自己关进书房，刻苦攻读。第二年他进京赶考，果然高中榜首，皇上钦点他入翰林院，可他却再三恳请，只求回老家做一个小小的县令。

李书成到任后，头一件事便是治理绣江，结果一呼百应，百姓们受够了绣江的危害，都乐意来出把力。一年后，治理竣工，李书成特意在江边焚香烧纸，让那些水鬼尽快托生。

还没等烧完纸，家人突然来报，说夫人临盆了，生下一个男婴。李书成想起谭有礼的话，他果然投胎与自己相见了，不禁向江中喊了一声："谭兄，你果然守信呀！"

（题图、插图：谢 颖）

一场空

□雁翎

民国初年，秀明村有一对姓苗的堂兄弟，哥哥叫苗胜，弟弟叫苗风。

这天暴雨，苗风坐在家中，突然一道闪电划过院子，击中了地上的一块圆石板，石板表面立刻裂开几道缝来。苗风走近一看，只见石缝里隐隐透出一丝光亮，于是他拿来锤子敲打起来。不一会儿，石板表面就被敲开了，露出闪着青色光泽的石面。

苗风有些意外，这块圆石板是祖父留下来的，原是一张石桌，因为年代久远，桌腿断了，他就把桌面放在地上当窖井盖了。没想到这块看似粗糙的石头里，竟然还有这样漂亮的断面。苗风看着石头，觉得再放到地上可惜了，想了想，决定把它做成一张嵌石圆木桌，反正堂兄苗胜会做木匠活，请他帮忙最好。不久，圆桌就做成了，苗胜的手艺也真不赖，桌面和桌架都做得很精细，再配上中间的大青石，看起来大方贵气。

几天后，苗风正在吃饭，一个乞丐来到门口讨饭，苗风没有像别人那样把饭倒在他碗里，而是叫他进屋上桌来吃。那乞丐受宠若惊，小心地坐到桌边。吃完饭，乞丐突然敲着桌面，道："是个好宝贝，到城里至少能卖五百大洋。"说完飘然而去。

苗风只当乞丐在说疯话，就把这件事当笑话说给村里人听，谁知有人听后神秘地说道："你们知道那乞丐是谁吗？是省城洋行的周老板，我在他家做过事。想当初他生意没有败落时，真是富甲一方，什么稀罕物没见过？他说这张桌子是个宝，那上面的石头必是玉石了！"

这下苗风傻眼了，他想起，当年祖父是个商人，家中颇为殷实，很可能是祖父特意买了块玉石，传给后人。于是他把桌子擦拭干净，用一块布遮住，小心地珍藏起来。

苗风手中有了宝贝，心里便不平静起来。原来苗风曾结过婚，妻子姓李，长相秀丽。半年前，李氏带着儿子去县城抓药，一去就再也没有回来，有人在背后议论，说李氏是嫌苗风穷，跟有钱人跑了。苗风起初很伤心，后来想到妻子这么漂亮，跟着自己确实委屈，就慢慢地想开了，可现在，他又动了寻找妻儿的念头。

晚上，苗风带着一瓶酒来到堂兄苗胜家，对他道："哥，你走南闯北做买卖，到的地方多，如果碰见了娃儿娘，就把家里的事告诉她，对她说，如果愿意回来，我们还是好好过日子。"

苗胜听完这番话，一下子呆住了，其实自从得知苗风有宝贝，他心里就盘算开了：弟弟没有儿子，到时这玉石圆桌还不是归了自己？可哪料到，弟弟竟动起寻找妻儿的念头。苗胜心里不快，可也不好表露出来，只得随意地点点头。

不久后，苗胜进城贩货，突然看到集市上走来一大一小两个乞丐，仔细一看，竟然是李氏带着孩子在乞讨！苗胜本能地想躲起来，却发现李氏目光呆滞，似乎并不认识自己。苗胜很疑惑，就向人打听。打听完他才知道，原来那天李氏从药店出来，摔了一跤，伤到头部，失

去了记忆，连自己名字都忘了。有好心人给母子俩一间杂房栖身，母子俩就靠着乞讨度日。

苗胜暗想：村里常有人来县城办事，万一碰上这母子俩，也许会把他们带回去。想到这里，苗胜走到李氏面前，说要送她回家。李氏问他是谁，苗胜道："我是你哥啊，我现在带你去找苗风。"

听到"苗风"两个字，李氏的眼里放出了光彩，只觉得这名字有一种说不出的亲切感，于是忙点点头，抱起儿子就跟着苗胜走。苗胜雇了辆马车，带着李氏母子向省城方向赶去，他心想，一定要把他们送得远远的，让苗风再也找不到。

来到省城，苗胜不知把李氏往哪里送，想来想去，觉得省里大户人家多，一定需要用人，于是就走到一家宅门前，刚好里面出来一个体态发福的女人，苗胜忙问她要不要女佣。女人打量了他们一眼，道"我家是缺用

人，可这女的看着精神不好，还有这个孩子，是不是也要带在身边？"

苗胜忙道："她什么事情都能做，只要一口饭吃，不要一分工钱。"女人这才点点头。于是苗胜告诉李氏，苗风就在里面，李氏听了，高兴地抱着孩子进去了。

办完这件事，苗胜才放心地回村。他也知道这事办得有些缺德，但又想到，当年祖父偏心，去世前分家，把值钱的器物都留给了苗风的父亲，自己父亲只分得三间空荡荡的老屋……现在，自己不过是把应得的东西拿回来而已。

苗胜回到村里，听说苗风因为一直找不到妻子，整天酗酒度日，村里人都说，这样下去，苗风恐怕支撑不了多久了。一天，苗胜从家里出来，突然看到村里的寡妇雪花扶着苗风进了屋，又倒水给他洗脸擦身。苗胜暗暗吃了一惊，苗风什么时候被这寡妇盯上了？苗胜的妻子秦氏似乎早知道这事，她小声对苗胜道："我看雪花老实忠厚，对堂弟又细心，咱们不如找媒人帮他们撮合撮合。"

苗胜一听，差点叫出声来，自己好不容易才把李氏送走，哪能让苗风再娶一个女人？这雪花分明就是冲着他家的玉石圆桌来的！于是他严厉地喝斥妻子："别人家的事你少管！"

渐渐的，雪花往苗风家越跑越

勤，苗风的精神也一天天地好起来。苗胜见此，不由百爪挠心，暗生歹意。这天，秦氏带着孩子回娘家了，苗胜便备下一桌酒菜，叫苗风来自己家喝酒。苗风却红着脸对苗胜道："哥，我已经戒酒了，雪花不让我喝了。"

苗胜道："今天一定得喝！你知道吗，你嫂子已经去向雪花提亲了，今天咱们就提前喝你的喜酒。"

苗风听后脸更红了："哥，你对我太好了，我敬你一杯。"说完端起酒杯一饮而尽。

就这样，兄弟两人推杯换盏地喝起来，不知不觉间，苗风有些醉了，就趴在桌上睡起来。苗胜见状，忙把早已准备好的桐油倒在屋里，然后把煤油灯打倒，自己急忙走出屋子，躲到了后面的茅房。

不一会儿，屋里燃起了熊熊大火，附近人家听到动静，都跑来救火，苗胜装作刚从茅房出来的样子，见状就呼天抢地地喊起来："不得了，我兄弟苗风还在里面啊，也许是喝醉了打翻了油灯，大家快救火啊！"

大家听说里面还有人，更着急起来，可是因为屋里倒满了桐油，火苗呼呼蹿得老高，不一会儿屋顶都烧起来了，根本没法施救。苗胜假装要往里冲，被人死死地拉住了。不到半个时辰，苗胜家的三间老屋已烧得片瓦不留。火渐渐熄灭后，苗胜走到里面一看，苗风早就烧死了。

苗胜的房子烧了后，没有地方可住，村里人都劝他："就住你堂弟苗风家吧，他如今走了，又没有后人，财产自然归你了。"

苗胜要的就是这句话，苗风的房子归了他，房里的东西自然也归他了，至于自家烧掉的房子，反正也破旧了，烧就烧了吧。苗胜当下就搬到了苗风家里，他抚摸着那张玉石圆桌，心里感慨万千：经历这么多波折，宝贝总算到手了。

苗胜守着宝贝，也没心思干活了，不久后就动起了卖玉石桌的念头。消息传开后，从城里来了一个收藏家，他来到苗胜家，揭开圆桌上的布罩，不禁赞道："真是好东西啊！"接着就问苗胜要卖多少钱。

苗胜想起那个乞丐说过的话，就说："最少要八百大洋。"收藏家却说："我做买卖讲求诚信，不愿欺人，这样珍贵的东西，给你一千大洋吧。"说完把一只装满银元的箱子递给苗胜，然后叫人把圆桌抬上车去。

苗胜赶紧问收藏家："这桌面究竟是什么玉，这样值钱？"

收藏家摇头道："你弄错了，圆桌的桌面确实是青玉，可质地普通，并不值钱，值钱的是圆桌外围的木架和桌腿，用的是上等紫檀

木。前清时紫檀乃皇室专用，民间很少见到，此树需几百年才能长成，明清两朝早已伐尽，现在已见不到成年的木材，因此弥足珍贵。"

苗胜听完仿佛晴天霹雳，他发疯似的来到自家焚毁的那片废墟，翻找了好一阵子，终于找到了一根烧黑的木柱，可是刚拿起来，木柱就断成了几截。这时，地上露出了一块铁片，苗胜拿起来一看，只见上面写道："余年前下南洋购得紫檀两柱，然朝廷禁令不敢擅用，遂藏之于山野，传于吾辈后人。"后面落款写着祖父的名字。

苗胜看罢，禁不住对天大笑起来。原来当初苗风做圆桌的木材，就是苗胜从家里拿给他的。那时苗胜见自家正房中除了主梁，还立着两根无用的柱子，很是碍眼，就取下来一根。他切料时就感觉木质特别坚硬，但他从没在谁家见过这种木料，还以为只

是一种好点的硬木罢了，哪想到这就是传说中高不可攀的紫檀啊？

到此时，苗胜才明白祖父当年的良苦用心——自己的父亲和苗风的父亲是亲兄弟，苗风的父亲为人踏实，自己父亲却是个败家子，祖父分遗产时看似偏心，其实却很公平，把钱财留给了苗风父亲，贵重的紫檀却留给了自己一脉。想必祖父是寄希望于这一脉的后人能有出息，到时改朝换代，房屋也需拆了重建，后人看到铁牌，就可以把紫檀拿出来使用……哪料自己疯狂的贪欲，不仅害了兄弟性命，还毁掉了另一根珍贵的紫檀！

苗胜拿着铁牌，失神了半晌，突然拿起一截木炭，在地上写下长长的一行字，然后跑到后山，从悬崖上纵身跳了下去。

苗胜自尽后，妻子秦氏怎么也想不通，现在家里有花不完的钱，丈夫为什么却自杀了？秦氏回想起丈夫死前的那个下午，似乎去老屋看过，于是就赶了过去。当她看到地上的字迹时，不禁一声哀叹……

第二天，秦氏坐车赶到省城，来到一座大宅前，听到里面传来一声声惨叫，走进去一看，只见一个肥胖的女人正拿着竹条狠狠抽打一个女佣和孩子，两人身上都是伤痕累累。秦氏仔细一看，认出来了，那挨打的女佣正是李氏，她忙走上前说道："他们是我的亲人，我现在要带走！"

那胖女人看了一眼秦氏，道："好啊，留着这女人也干不了什么活，不过这孩子刚打碎了我家一只古董瓶，你得赔我八百大洋才能放人。"

秦氏把带来的箱子打开，放在那女人的脚边，那女人一看，两眼立刻放出光来。秦氏走过去，拉起李氏和孩子，道："走，咱们回家吧！"

（题图、插图：张恩卫）

2012年"山阳杯"全国幽默故事创作大赛征文启事

为进一步繁荣幽默故事创作，《故事会》杂志社与上海市金山区文广局、山阳镇人民政府决定联合举办2012年"山阳杯"全国幽默故事创作大赛，并面向全国征文。本次活动将于2012年5月开始，至10月31日结束，11月颁奖。

一、征文要求：1. 内容贴近生活；2. 情节生动有趣；3. 语言活泼，具有口头文学特点；4. 作品尚未在公开出版物上发表；5. 篇幅在1500字以内。

二、奖项设置：本次大赛设一等奖3名，奖金各3000元；二等奖5名，奖金各2000元；三等奖10名，奖金各1000元；创作奖10名，奖金各500元。优秀作品将陆续在《故事会》上发表，并结集出版。

三、征稿时间：2012年5月1日—2012年10月31日。

四、来稿方法：请在来稿中注明"山阳杯"幽默故事，发至各编辑信箱。

好运贵人

□ 蒋诗经

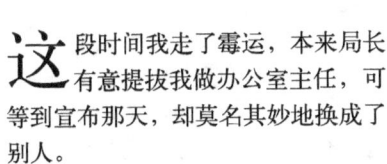

这段时间我走了霉运，本来局长有意提拔我做办公室主任，可等到宣布那天，却莫名其妙地换成了别人。

我的心情灰暗到了极点，下班后百无聊赖地在大街上闲逛，突然，一个人拉住了我的衣角。我回头一看，是个摆摊算命的。他一脸沉重地说："这位先生，你最近霉运当头，不妨算一卦破破晦气。"我本不信这些，但刚好被说中了心事，就停住了脚步。算命的煞有介事地掐掐算算一番，对我说，依卦象而言，我应该往南而行，在南方我会遇到一个好运当头的贵人，他赐我一句金玉良言，方可改霉运为好运。

我听了就想，很快就是国庆长假，出去走走也好，真的遇上了贵人最好，不然就当旅游散心。于是，我报名参加了一个南下的旅游团，到日子就出发了。

几天的行程一眨眼就过去了，我却连贵人的影子也没看见。回程的大巴上，其他游客都说说笑笑，我懒得参与，就低头打瞌睡。这时，有个游客在手机报上看到一则新闻，说一个打工仔花两块钱买彩票，中了个百万元大奖，运气真是太好了。大家听了，就议论起来。

坐在我身边的是个大腹便便的中年人，姓张，他听大家议论得热闹，突然用胳膊捅了捅我，问："小蒋，你说说，这车上到底谁的运气最好？"

我翻翻白眼，心想：谁运气好我不知道，要说运气差，大概就非我莫属了。老张见我不说话，突然没头没

脑地问了一句："你是第一次来这里玩吧？"

我茫然地点了点头，不明白老张啥意思，就反问道："难道你不是第一次？"老张有些得意地说："今年我这是第三次来了。"

我吃惊地问："三次？"

老张笑了笑说："要是自己花钱，谁也不会一年去同一个地方玩三次，但咱不是没花钱吗？这个旅游团跟一个白酒品牌合作，搞抽奖旅游活动，这不，我都第三次中奖了，白吃白玩，你说我这运气算不算好？"

我连连点头，突然灵光一闪，看来这车上运气最好的，就是坐在我身边的老张啊！踏破铁鞋无觅处，得来

全不费工夫，难不成老张就是我一直寻找的好运贵人？那么，他的金玉良言又会是什么呢？想到这里，我试探着问："老张，你的运气可真是不错，我能不能请教一下，你的好运到底是怎么来的呢？"

不料老张摆了摆手，故作神秘道："天机不可泄露！"

老张这话太抽象了，难道这就是贵人给的金玉良言？我不甘心，还想再和老张聊点什么，可老张说完那句话，就闭目养起神来。转眼，大巴车到站，老张一下车，就被一辆轿车接走了。

我叹了口气，也拿起行李，下车前我回头想看看座位上落下什么没有，突然发现老张的手机忘在座位上了。我刚想把手机交给导游，可转念一想：哈，好你个老张，和我卖关子，这下不愁你不说清楚。于是我带着手机离开旅游团，不出所料，不一会儿，手机就响了起来。

老张知道手机在我这里，顿时放心了，我这回留了个心眼，打着哈哈说："老张，手机回头我给你亲自送过来，但是你一定要告诉我，你一年连着中三次大奖，到底是怎么回事，你的运气为啥那么好？"

老张听了我的话，在电话那头哈哈大笑起来："你小子，还惦记着这事呢？这样吧，咱俩也算有缘，你把手机送过来也行，正好到了饭点儿，我

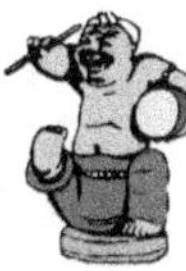

请你吃饭，顺便告诉你答案。”

老张告诉我他在哪里，我打了辆车就过去了。下车一看，老张正在一家装潢一新的饭店门口等着呢。我把手机还给了老张，老张不由分说就拉着我进了饭店。

我跟着老张走进包厢一看，酒菜早已备齐，桌子周围已经坐了七八个陪客，其中一个笑着对老张说：“张主任，我们这儿等着给你接风呢！”老张大手一挥，端起酒杯说：“来，老规矩，咱先喝完这杯再说。”说罢一饮而尽。

这顿饭我真是大开眼界，见识了什么是真正的豪饮。酒席才到一半，一箱白酒已经喝完了，酒桌上七零八落地扔着好几张从酒盒上撕下来的兑奖券。老张喷着酒气，拿起一张兑奖券，对我说：“小蒋啊，看见了没有？我中的奖，都是我们为了谈成生意，这样拼命喝出来的呀。其实啊，运气都是假的，还是要靠自己努力啊！要不，你也喝一个？”

看着醉态百出、却还在斗酒的众人，我猛然醒悟：上回饭局，局长让我代酒，我喝了一杯，觉得胃里难受，就偷偷地溜走了。难道，这就是我没能当上办公室主任的原因？

世上不存在好运气，要靠自己努力，真是好一句“贵人良言”啊！看着老张那醉得通红的脸，我猛地端起一大杯酒灌了下去，却分明感到了一股浓浓的苦涩……

（题图、插图：刘斌昆）

·本刊信息传真·

故事会■新浪 微故事大赛

9月征集主题：颜色

篇幅最短、含“金”量最高的故事，等待你的挑战！

《故事会》杂志和新浪微博（weibo.com）联合主办微故事大赛继续进行，邀请各路故事名家、草根英雄和世外高人展开较量！

本次大赛所有作品通过新浪微博平台征集（搜索＃微故事大赛＃），每月一个主题，当月设金奖1名，奖金1字10元（字数低于120的按120字计），银奖2名，奖金1字5元，另设年度奖项。优秀作品将在每月的《故事会》上刊登，并结集出版。7月最后悔的事获奖结果已经揭晓，情请登录故事中国网（www.storychina.cn）查看。

9月微故事征集主题：颜色——本月请你讲述一个关于颜色的故事，可以任选一种颜色作为主题，当然，也可以是彩色或者黑白……正文字数在130字以下，力求情节出人意表，立意隽永深远，文字鲜明生动。本月的微故事达人或许就是你！截稿日期：9月21日。（本期刊物特别选登7月微故事大赛优秀作品，详见P83）

窗外的微笑

女孩是个幼儿园老师，一次意外失火，为了救小朋友，她的脸烧伤了。她把自己锁在病房里，不愿见人。

医生对她说："你不让别人看到你的脸，怎么知道别人会给你厌恶的眼光，还是善意的微笑呢？"女孩苦笑着摇摇头，可是第二天她还是忍不住，把脸悄悄从窗口露了出来。

窗外走过一个帅哥，看到女孩，他放慢了脚步，女孩的心里一紧，正要将脸藏起来，却见帅哥对她笑了笑，走了。接着，一个抱孩子的女人走了过来，也对她微微一笑。又过来一对老夫妇，他们也对女孩露

出了笑脸……女孩在窗口趴了一天，几乎所有路过的人，都对她露出了微笑。

第二天，女孩终于走出了病房，经过病房的窗户下时，她突然发现，在窗旁的墙上贴着一行字：请给这位勇敢的女孩一个笑脸吧！

（作者：禾 丰）

心中的上帝

一个小男孩想去见见上帝，他在手提箱中装满了巧克力，踏上了旅程。当他走过三个街区，他看到一位老太太独自坐在公园里。小男孩注意到老太太看上去很饿，就递给她一块巧克力。老太太感激地露出微笑，男孩觉得这是他见过的最美的笑容。于是男孩坐在老太太身边，一起分享吃的。两人边吃边笑，度过了愉快的下午。

男孩回家后，母亲问他："今天干吗了，你这么高兴？"男孩答道："我与上帝一起吃饭了，她给了我最美好的微笑！"

与此同时，老太太也容光焕发地回到家里。她的儿子问："妈妈，你今天干什么了，这么高兴？"老太太说"我在公园里和上帝一起吃了巧克力，他比我想象中要年轻得多。"

分享和微笑就是人们心中的上帝。

（推荐者：王金海）

正确答案

·沧海拾贝 人生百味·

作文课上，老师给学生讲了一个故事：一艘游轮遭遇海难，船上有对夫妻好不容易来到救生艇前，艇上只剩一个位子，这时，男人把女人推向身后，自己跳上了救生艇。女人站在渐沉的大船上，向男人喊出了一句话……讲到这里，老师问学生："你们猜，女人会喊出什么话？"

学生们群情激愤，都说"我恨你"、"我瞎了眼"……这时老师注意到有个学生一直没发言，就向他提问，这个学生说："老师，我觉得女人会喊——照顾好我们的孩子！"

老师一惊，问："你听过这个故事？"学生摇头："没有，但我母亲生病去世前，就是对我父亲这样说的！"老师感慨道："回答正确。下面，大家听我把这个故事讲完。"

轮船沉没了，男人回到家乡，独自带大女儿。多年后，男人病故，女儿整理遗物时，发现了父亲的日记。原来，父亲和母亲乘坐游轮时，母亲已患了绝症。关键时刻，父亲冲向了那唯一的生机，他在日记中写道："我多想和你一起沉入海底，可我不能。为了女儿，我只能让你一个人长眠在深深的海底……"

故事讲完，教室里沉默了，老师知道，学生们已经听懂了这个故事：世间的善与恶，有时错综复杂，难以分辨，但只要心存美好，最终会给出正确答案。

（作者：包利民；推荐者：圣水泉）

卖菜的智慧

一个台湾商人在纽约开了一家中式快餐店，开业没多久，生意就开始下滑。老板的侄子决心帮叔叔找到症结。小伙子观察到，顾客来这吃饭，往往只点一个菜，就问叔叔："我们的菜每一份多少重量？"叔叔回答说："500克，非常充足。你以为顾客是嫌分量太少吗？"

"问题就出在这里。"小伙子说，"从今天起，我们把分量减到150克，菜价也做相应调整，我相信生意会好转的！"果然，150克的菜一推行，餐馆的生意真的越来越好。

叔叔不解，小伙子道出了其中奥秘："来快餐店的大多是散客，一盘菜500克是够吃了，但一顿饭只吃一盘菜，又有什么味道呢？改为150克，一个人就可以点几道菜，不用担心浪费，也不会觉得口味单调，这样，'小气'就成了优势！"

从此，老板把"150克菜"作为招牌来打造。30年后，这家快餐店已在美国开设了500家分店。

（作者：陈亦权；推荐者：于林娜）

（本栏插图：安玉民 梁 丽）

一只咸菜罐，突然变身为罕见文物，似真似假，几起几落，一家人的命运也随之起伏……

传家宝

□ 刘建新

1.宝物初现身

有个挺远挺穷的小村儿，最近出了一件宝贝。

村里有一户人家，名姓咱就不提了。早年这家人挺不容易，爹死得早，娘一个人带着仨孩子苦挣苦熬过日子。哥儿仨，老大、老二还有一个妹妹，老大和妹妹都早早辍学了，娘儿仨供着学习最顶尖的老二上学。

这老二还真不是白给的，那年高考，考上名校不说，还是当地的理科状元。大学一毕业，老二立马儿考上了公务员，又找了个城里的"孔雀女"谈对象。两口子自从结了婚，尽量避免回乡下，过年实在没办法，俩人才

唉声叹气回趟老家。老二媳妇够精明，带几盒点心应付一下，临走还得找婆婆要个大红包。

那位说了，扯了这么半天，怎么连"宝贝"的影子都没有啊？甭急，这就来了。

老二两口子都是文化人，如今各电视台的鉴宝节目正热播，这两口子也好这口儿。那天老二媳妇一边看节目，一边嗑着瓜子数落老二："哎，你看人家张姐婆婆送她块玉，李姐婆婆给个镯子，你家真就那么穷，没有一件家传的老东西？"

老二躺沙发上翻白眼儿："你又不是没去过，除了门口那两棵大槐

树，我家也就我妈上点儿岁数，我爹是个种地的，你说他能留下啥？他……嗯？"真是一句话点醒梦中人，老二一骨碌从沙发上爬起来"对啊，我怎么给忘了！"

老二媳妇眼睛一下就亮了："还真有啊？"老二摇摇脑袋又躺下了："不是金子也不是玉，估计值不了什么钱。"媳妇儿一把将老二扯起来："到底是啥你可说啊！"老二点根烟也来了精神："要说这东西挺平常，可细想想还真是有点儿来头。"

什么啊？他爹留下一个大瓷罐子。

老二小时候，娘跟哥儿仨说过这事儿：爹年轻的时候放羊，有回赶上下大雷雨，为避雨他把羊赶进一孔废弃多年的古窑洞，洞口已经被黄土埋去大半截儿。打雷吓得羊乱撞，这一撞，在后墙上撞出个大窟窿，原来废窑里面还有个夹层。爹大着胆子钻进去，里面大大小小有几个瓷罐子。这孔窑洞荒废了好多年，早不知道是谁家的了。爹后来把几个罐子搬回了家，娘把小的跟人换了新碗，最大的一个留着腌了咸菜。过年的时候还见过它，好好在墙角儿蹲着呢。

老二两口子是文化人儿，鉴宝节目又没少看，知道瓷器这东西不简单，表面上不如金银玉器响亮，可万一真是件好东西值的钱可大发了！

这罐子来路够神奇，两口子一宿都没睡好。第二天俩人一块儿发了孝心，请假回老家——看娘去啊！

老二媳妇这回也舍得出血了，竟然捎了点儿营养品。老太太抓着儿媳妇的手："城里过日子花销大，可不用惦记我老婆子！"可怜天下父母心，人家两口子哪是惦记您啊！

大哥和小妹也都早早地从地里回来，这个杀鸡，那个弄鱼，乐呵呵地忙着做饭。老二两口子的心思哪在吃饭上啊，抓个由头就围着那咸菜罐子转上了。老二媳妇一看，心就凉了半截：膝盖高的一个瓷罐，远看黑不溜秋，近看脏不拉儿，刻几个像字又像画的图案，不雅不俗配着两朵花，还不如娘家那泡菜坛子好看呢！要说还是老二沉得住气，反正大老远的都来了，万一真是件好东西呢？索性学学许三多——不抛弃，不放弃。嗬，他用这儿了。

老二把咸菜都捣腾出来，抱着罐子瞎研究，直悔恨当初没学考古，不懂啊！这得找行家给看看，直接抱走不对劲儿，咋办呢？媳妇递过来数码相机。

小妹觉出了不对劲儿，悄悄提醒那娘儿俩："娘，哥，我二哥两口子不年不节地跑回来，这是演的哪出呢？不会是盯上了爹留下的那个咸菜罐子了吧？"

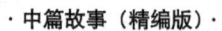
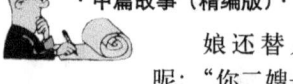

娘还替人家分辩呢："你二嫂是城里人，见了咱这粗笨东西好奇呗。"大哥在一边憨憨地乐"要是喜欢，我给他俩扛家去。"小妹听了撇撇嘴："就你傻！"

2. 密谋夺家传

老二两口子风风火火赶回城，立即把照片印了，马不停蹄地联系专家。

古玩街上打着"鉴定"招牌的门面不少，两人选了装修最豪华的一间走了进去。专家拿着一摞照片看了又看，最后盯住了罐身上那既像字又像画的四个图案，说："这几个符号应该是西夏文，初步判断这是件西夏罐。市面上少见，最好拿实物来看看。"

两口子一听很振奋，赶紧回家到网上搜索：西夏是介于宋元之间的一

个少数民族政权，遗迹留存甚微，西夏瓷更是因为物证太少，成为我国瓷器史上的难解之谜……怪不得专家说这罐子少见，这就叫物以稀为贵，这回是真抓到宝贝喽！

晚上，两口子趴在床铺上一遍遍地看那罐子照片，脑子里满是美好蓝图。事不宜迟，夜长梦多，俩人合计了多半宿，第二天火速杀回老家。

到了家，俩人水都顾不上喝一口，直扑墙角的咸菜罐子——娘啊，可悔了，罐子没了！俩人差点儿急晕过去，围着院子一通乱翻。大哥和小妹都在家呢，小妹冲娘和大哥挤挤眼儿："看，我说对了吧。"

老二两口子一边找一边可就喊开了："娘！咱家那咸菜罐子呢？"

"在呢，在呢。"小妹笑嘻嘻地迎出去，"二哥二嫂，那罐子是咱爹留下的，我怕哪天打破了，就给'保护'起来了。"

两口子这才长出一口气，用手擦擦额头的汗。小妹眨眨大眼看着他俩，故意问："二哥二嫂，看把你俩急的，那罐子是不是挺值钱的？"俩人心里"咯噔"一下，假装平静地撇撇嘴"一个破罐子，值哪门子钱啊？"

说完，两口子悄悄对眼色：小妹这丫头太聪明，看

来轻易糊弄走是不成了——执行第二套方案!

娘儿几个进屋落了座,老二媳妇咳嗽两声,老二这边咬咬牙,看来不豁出去是不行了:"娘,我们这次回来是想说说分家的事儿。"分家?娘儿仨一听全愣了。

小妹堵心坏了,说:"二哥,真有你的,你看看咱这穷家有什么可分的?这些年你上学、结婚、买房,不都是家里娘儿仨拼命挣钱供着你?分家?亏你想得出!家里有欠账的时候你怎么不想着分账呢?"

大哥"唉"的一声蹲在地上不说话,娘稳了稳神,开口了:"老二啊,娘知道你们在城里生活不容易,买房还欠了公家不少钱。这两年你哥和小妹没白没黑地种蔬菜大棚,总算把家里欠的这点儿账都还上了。咱娘儿几个谁也不背着谁,家里存折上还有3万块钱,是准备给你哥结婚用的,也算我的棺材本儿。你们看着分了吧。"老人哽咽着说不下去了。

人心总是肉长的,老二红了眼圈儿没脸搭茬儿了,老二媳妇可够强悍,为了宝贝也顾不得要脸了,从继承法讲到继承权,直说得唾沫星子满天飞,绕了足有八个圈,才扯到那只咸菜罐子上。说什么他们两口子根本不看重钱,只要那只不值钱的罐子,还说什么这叫继承"精神财富",要的只是对爹的怀念!

两口子算得太精了,为防以后大哥和小妹反悔,非逼着老娘立个遗嘱。"咱娘活得好好的,立哪门子遗嘱啊?"小妹和大哥都气坏了。反正最后是老二两口子发扬风格,视金钱如粪土,如愿以偿捧走了那只"精神财富"咸菜罐子。

他们走后,娘儿仨难过了好些天。倒不是心疼那个罐子,难过的是,老二肚子里装了那么多学问,怎么就把良心给挤没了?

3. 坑爹遇专家

话分两头,还说老二两口子。俩人小心翼翼把宝贝罐子请回家,心底的兴奋就像往大水缸里摁皮球——这边压下去,那边冒出来。俩人给罐子洗了八回澡,捧着怕摔了,放着怕倒了,恨不得搂进被窝里。老二媳妇做梦都乐醒了,这哪是一只罐子啊,分明是名车豪宅的幸福生活在向他们招手呢!

很快,俩人抱了罐子去找上回那位专家,这次得先交300块钱的鉴定费。毛毛雨,两口子现在还在乎这个?宝贝在手,这点儿小钱算个浮云!

专家还确实是够专业,戴上白手套,拿个放大镜,里里外外一通儿瞅,一会儿点点头,一会儿又摇摇头,弄得两口子的心就像波浪里的船,一会儿浮起来,一会儿又沉下去。最后,专家把放大镜一撂，白手套一摘，抿了口茶，不说话了。嗬，把这两口子急的，我的专家祖宗，您倒是说话啊！

专家终于慢悠悠地开口了："文字是西夏文没错，年头儿也对，初步判断这是一件西夏瓷罐。"两口子终于把心放回肚子里："那这四个字到底啥意思？"

"目前全国认识西夏文的专家也没几个，要想译出这几个字，恐怕得找顶尖的古瓷鉴定专家茅大都。"专家再抿一口茶，"要我说，找茅先生也没必要，路费再加鉴定费，卖了这个罐子都抵不上。"

啊？两口子一下就懵了，先别管什么茅先生草先生了，您就直说这罐子到底值多少钱吧。

专家撂下小茶壶，道："怎么说呢，这东西年头儿是不少了，有文物价值，可经济价值就难说了，市面儿上流通少，怕是没人认呢。既是家传的，我看你们就留着吧，做个纪念。要是嫌来回抱着太沉，500块钱搁我这儿也行。"两口子一听，差点儿坐地上，刨去300块钱鉴定费，这罐子才值200块？拉倒吧！蒙谁呢？俩人抱上罐子扭头就出来了。

路上俩人不甘心，一个劲儿地给自己打气："这家伙绝对是想骗咱宝贝，走，到别家看看去！"两口子打起精神头儿，这个阁那个斋的古玩店没少进，还真跟那倒霉专家说的一样，没人愿意要，给500块钱都算高价！

两口子的丧气劲儿就甭提了，那可真是"好一似冷水浇头，怀里抱着冰"，心底幻化出来的彩色大泡泡彻底破灭！俩人回家后，越看那咸菜罐子越堵心，一个劲儿地骂那专家：你说你这不是坑爹吗？看完照片直接告诉我们不值钱不就得嘛！何至于为这么个破罐子跟家人撕破脸？早知道，还不如要那3万块钱呢！得，两口子又眼馋那3万块钱了。

不过这回，老二有点拉不下脸，可架不住媳妇总吹枕边风："其实你老二才是你们家最大的功臣，是你辛辛苦苦学习才让你们家在村里露了大脸，祖宗都跟你沾光呢。你想想，那区区 3 万块钱能弥补你的辛苦吗？"老二一听很悲愤："3 万？给你 10 万，你也考个状元、考个公务员试试！我当初那才叫头悬梁、锥刺股……"

得，两口子越说越投机，思想又逐渐拧成了一股绳，目标直指那 3 万块。动心是动心了，可这泼出去的水怎么才能收回来呢？

有道是"世上无难事，只要肯登攀"，这事儿可难不住精明的老二媳妇。老二媳妇又去找了上次那位鉴定专家，没花多少钱就弄到一张鉴定证书——西夏陶瓷大罐，市场稀缺，价值 10 万！专家开完证书还递上名片："别说你这是真东西，只要鉴定费合适，新出窑的我也能帮你把它穿越到宋朝！"嗬，这年头儿，专家威武。

两口子谋划了好多天，带上罐子又回了老家。不过这回这罐子可体面多了，老二媳妇给它进行了包装：量身定制了一个锦盒，黄丝绒的里儿，罐子里外都擦得倍儿亮。这么一捯饬，咸菜罐立马就有了宝贝模样。

俩人到家不敢看他娘儿仨的脸，云山雾罩一通儿胡捂：说前些天找专家给鉴定了，这罐子现在少说也值 10 万，而且越放越值钱。祖上的宝贝两口子哪能独吞？立马儿就给送回来了，还信誓旦旦请出了那张证书。最

后，老二两口子再次发扬高风亮节，主动撕了遗嘱，放弃继承那只价值 10 万的宝贝罐子，舍大取小，拿走了盘算已久的 3 万块钱。

小妹是个聪明人，断定那"宝贝"罐子不值钱。娘和大哥又何尝品不出其中滋味，双双叹口气，娘说："不管那罐子值不值钱，家里把这最后的 3 万块钱给了他两口子，情分也算尽到头儿了。"

斗转星移，时间一晃就过了半年多。这期间也有几个串村的古董贩子看过这罐子，三百二百的都给不上价，个个见了那证书都乐呵呵地摇脑袋。娘儿仨都明白是怎么回事儿，唉，留着做个纪念吧。

4. 良马遇伯乐

真是无巧不成书，省电视台新近也跟风办了个鉴宝类节目，正好来本地搞活动。小妹听说了，就打算验验这咸菜罐子到底是不是个宝，征得了娘和大哥的同意，带上罐子就去了城里。

初选现场可真够热闹，专家组都被包围了。小妹抱着罐子耐心地等着，耳朵都听熟了专家的一句话："你这东西呀——不对。"

排了好长时间队，小妹的罐子终于挤上了桌。专家们见了好像挺感兴趣，翻来覆去看了好几遍，这罐子还就顺利过了初选，说是要参加晚上的

鉴宝直播。小妹听完高兴坏了，编导过来先给泼了冷水："小妹妹，经过初选的可不一定都是宝贝，最好有个心理准备，到时候可别哭鼻子。"小妹一听就乐了："这是我们家的咸菜罐子，从来没拿它当过宝贝。"

事情偏偏就这么巧，晚上这期节目请的评审组长正是国内顶尖的古瓷器鉴定家——茅大都先生。茅先生见了这个罐子很兴奋，问明来历，又仔仔细细看了好几遍，和其他专家交换意见后，茅先生给出了结论——

"从釉色、造型、剔刻技法来看，这是一件西夏瓷罐，全名应为'西夏黑釉剔刻花牡丹纹大罐'。西夏是中国历史上一个重要的少数民族政权，历时近190年，后被蒙古大军所灭，地上文物尽遭损毁。像这样器形较大的剔刻花瓷器极为少见，有文字款识的更为罕见。罐身的西夏文应为'天祐民安'四个字，'天祐民安'是吉祥语，也是西夏年号，大致在公元1090-1097年。由于遗存极少，近年西夏瓷在国内外的影响越来越大，很多博物馆、藏家都以拥有一件西夏瓷为傲。此件文物的收藏价值及升值空间较大，如果进入拍卖市场的话，我给一个保守价格——100万！"

哇，全场哗然，掌声雷动。小妹都有点儿吓傻了，抱着这个咸菜罐，啊不，这个"西夏黑釉剔刻花牡丹纹大罐"还没走出摄影棚，就被一群追随栏目组寻宝的收藏家围上了。茅先生认定的东西那还错得了吗？这个递名片，那个问地址，当时就有人出价150万！娘啊，小妹简直吓坏了，搂紧罐子逃也似的回了家。

这事儿怎么就这么巧，老二两口子不是也爱看鉴宝节目吗？正好就收看了这一期直播。两人惊得眼镜都掉下来，幸好有伸出的舌头接住了。两口子看节目早有经验了，这可都是真正的专家，而且他们给出的是保守价，实际价格往往能翻番。娘啊，可悔死了！这才叫有眼不识金镶玉，两口子撞墙的心都有了。

按说事情到这儿也就该打住了，老家娘儿仨的厚道留住了传家宝，老二两口子机算算尽却成空，挺符合咱国人"善有善报"的说法。您要这么想，那就小看老二两口子喽，这么精明的人能吃这亏吗？

5. 螳螂又捕蝉

节目播出没两天，小村里就热闹起来了。来看宝贝的乡亲和各地藏家踩破了门槛，已经有人出价200万！村长给派了联防队员，时常围着娘儿仨的小院转上两圈。其实，小妹最担心的倒不是外人。

正如小妹所料，节目播出没几天，老二两口子杀回老家来了。

这回两口子的如意算盘没打好，

老家铁将军把门，人去房空。哎呦喂，这是怎么回事？两口子惊出一身冷汗，四下里一打听才知道：大哥和小妹带着老娘出去旅游了，据说还带上了那个宝贝罐子。

嘀！险些没把老二两口子给气死。这穷人乍富真是没办法，钱还没到手呢，你旅的哪门子游啊？再说，带着个大罐子多碍事啊，万一弄破了呢！放我那儿不就完了嘛，农村人就是死心眼儿！

两口子一边在家门口转悠一边嘀咕：那娘儿仨不会是跑了吧？老二媳妇最有主意：躲得了初一躲不过十五，咱来个老虎吃鹿——死等！

于是两口子两天一来，三天一探，最后干脆都在单位请了长假，借住在乡亲的房子里，就差在老屋门口搭个帐篷了。一晃过了半个多月，两口子急得要崩溃，正琢磨要不要报案呢，人家娘儿仨回来了。两口子这回放心了，仿佛看见名车豪宅又招手呢，赶紧跌跌撞撞地奔回老屋。

进门一看，老娘面色挺红润，看来最近过得不错。俩人上去抓住了老太太就不松手。钱的动力是无穷的，两口子也真是拉得下脸，这个揉肩膀，那个捶大腿："娘啊，您这是上哪儿去啦？可把我们想死了！"大哥见了不言声，小妹可实在看不惯："二哥二嫂，你们两口子是想咱娘啊，还是惦记那个罐子呢？"

老二脸上一红一白的，老二媳妇可不是省油的灯，等的就是小妹你这句话："小妹啊，话可不能这么说。娘是大伙儿的，就不兴你二哥和我惦记？既然是你提起来，那西夏宝罐儿也有我们一份儿！"

老二忍不住也在一边帮腔："对，对！我们今天是来看娘，顺便也看看那西夏罐子。"

小妹看看大哥再看看娘："我说的怎么样？"又转头看着老二两口子，说出一句话来："那罐子卖了！"

啊，卖了？老二两口子眼睛都瞪圆了。老二媳妇绝对是个人物，她小手扶一下眼镜框，小脸儿立马拉下

来："卖了多少钱？那罐子少说也值300万，哥儿仨平分，今天不给100万，谁也甭想出这个门！"好家伙，文化人会武术，流氓都挡不住。

娘和大哥听不下去，娘儿俩转身要往外走，老二媳妇一下堵住了门口。这下把小妹气坏了，转身进里屋抱出那个锦盒："100万，亏你两口子说得出口！"老二两口子迫不及待地打开盒子，那西夏宝贝罐子好端端地躺在里面，哦，原来还没卖呢！

这时小妹又开口了："卖不卖的，好像都和你俩没关系了，你们拿了家里3万块钱，不是说放弃这罐子的继承权了吗？"

这下可戳上了两口子的肺管子，老二媳妇眼眉都立起来了："说话你得讲证据，那3万块钱我们只是借用！"说完从包里甩出三沓钞票，一下拍在桌子上："你说我们放弃宝罐继承权，请你拿出证据来！"老二媳妇是谁啊，一切早都料到了。

6. 黄雀早在后

小妹这下没话说了，摇摇脑袋只剩下苦笑："娘，哥，你们都听见了吧？二嫂，真有你的！"

老二媳妇一声冷笑："哼，有我的，这回可不一定有你的！"这女人真不是凡人，又打出一记盘算已久的组合拳："别以为我不知道咱老家的

规矩，农村祖祖辈辈分家产，根本没女儿的事儿。女儿早晚结婚算外姓人，这传家宝罐没小妹的份儿！"

啊？一家人听完她这番高论都愣住了。老太太气得胸口疼，小妹也顾不得争辩，进屋倒水伺候老娘吃药。老二媳妇看看大哥，立马换上一副笑脸："大哥，您看我说的在理儿吧？"这一手儿可真够损的，想让大哥和小妹先来个"窝里反"，拉大哥做个同盟军。

憨厚的大哥气得嘴唇直哆嗦，抡起大手拍桌子："这家里一砖一瓦都有小妹的份儿，谁也甭打歪主意！"老二媳妇碰了一鼻子灰，转头瞪眼看老二。老二都觉得有点儿过了，咳了咳，没吱声。

小妹强压住心头的火，走过来平声静气地说："二嫂，不用拿老黄历来蒙乡下人，你也是做女儿的，你说说，哪条法律规定了女儿没有继承权？"老二媳妇一看这事儿糊弄不住，立马给自己找了台阶："算了，谁让我跟你二哥都是厚道人，这事儿我们不和你计较。咱现在马上立个字据，哥儿仨平分，我跟你二哥一个子儿都不能少！"说完她大模大样坐下来，娘儿仨看了真堵心。

小妹叹了口气，把桌上的3万块钱塞到娘手里："娘，这是咱娘儿仨辛辛苦苦挣下的，留着给我大哥娶媳妇。"说完把娘搀进里屋。小妹再走出

·社会长廊 生活广角·

也该在一声叹息里收场了。不，先别急，还有下文呢。

咱不表老二两口子捶胸顿足回城去，单说家里剩下的这娘儿仨。那两口子滚蛋后，娘儿仨又掉了不少泪。最后小妹把那件"西夏黑釉剔刻花牡丹纹大罐"从柜子里捧了出来，娘和大哥看着宝贝直发呆——啊，不是摔碎了吗？怎么回事？

原来，聪明的小妹早料到老二两口子会来这么一手，说是去旅游，其实她趁娘和大哥逛的时候，找了个外地仿古瓷作坊，做了一件高仿复制品！当然，摔的是那件赝品。

故事说到这儿，最后还得啰唆两句：其一，正如老二两口子前面所说，这年头儿所谓的"专家"比那什么都多。遇事您得找那真专家，免得像老二两口子赔了亲情又伤财。话说回来，他们也该！

再有，您可千万别看完这故事就心血来潮，满世界踅摸"西夏瓷"。好东西可遇不可求，据说这两年随着收藏升温，市场造假越来越多——投资须谨慎，收藏有风险。

最后，这事儿您知道就得了，谁也别告诉老二两口子啊，那俩人要是知道了，指不定又打什么主意呢。

（题图、插图：张恩卫）

来，眼圈儿就红了："就因为这么一个咸菜罐子，害得咱一家人不像一家人。我看也不用立字据，现在咱就平分了它！"话一说完，小妹一把抄起罐子，双手高高举过头，"咣当"一声摔在水泥地上。可怜那件"西夏黑釉剔刻花牡丹纹大罐"，一下摔了个粉碎。

做梦也想不到会是这个结果，唉！大哥摇头叹气，转身也进了里屋。老二两口子惊呆了，半天才醒过味儿来，老二媳妇当时就嚎上了："败家子儿啊，300万啊！"老二气急败坏，都要疯了："我们告你去！"临走还不忘在碎瓷片上踹了几脚。

瓷器这玩意儿就这样，品相完好是个宝贝，碎了再粘上就甭说了，何况碎成了这德性。

家传的宝贝被打碎了，一家人的亲情也碎了，按说这事儿尘埃落定，

机关重重，如入迷宫，要想安然脱险，须以勇气为路标、以智慧为明灯、以天理人心为钥匙……

□ 於全军

机关师传奇

1. 来客

北疆幽州城，是个天高皇帝远的地方，再往北是辽阔的大草原，就属于匈奴的地盘了。这一年幽州地面遇上了大旱，从年头到年尾，愣是没下过一滴雨。这下坏了，幽州城外的田地颗粒无收，十多万灾民没粮食吃，就直奔幽州城逃难来了。

难民还没来呢，城里的商家富户就开始收拾细软搬家了。谁都知道，人要是饿极了比狼都厉害，十多万灾民啊，那可不是闹着玩的。可是街面上有一家铺子却没搬，招牌照样挂着，上书四个字：公输木器。原来这是个家具店，老板复姓公输，单名一个仇字，他和以往一样，稳稳当当坐

在铺子里。

这时帘栊一挑，店里进来一个中年人，一见面就朝公输老板施礼"公输先生，我想买双木头筷子。"

"筷子？自己选吧，有的是。"

中年人微微一笑，说"我要的这筷子特殊，它必须入水不浮，还能直立在水中。多少钱您说话，我知道这活计也只有公输家的人能做。"

公输仇打量了一下来人，说"筷子不难做，只要筷芯里暗夹铁器，调理好重心就成。只是我正在守灵，七天之内，不能制木器。"

中年人一脸失望，扭头就走，边走边叹气"老天爷啊，难道你真要放弃幽州城的十万苍生？"公输仇一听

这话，忙喊住他："您先别忙，把话说清楚再走不迟，不就一双筷子吗，和十万苍生有什么关系？"

中年人掉过头，说："您要是相信我，就给我做筷子，别的不要问；要是不相信，就当我没踏进这个门槛。"公输仇听后，又仔仔细细、从头到脚打量了来人，才说："看您举止不像一般人，今天就信您一回，我先跟亡者告个罪，马上开工做这个活计。"说完，他用手一按椅子上的木把，就见后墙"咔咔咔"一阵响，升了起来，里面露出七口空棺！

这是怎么回事？说来就话长了。这公输一家，自老祖宗公输班起，就擅制机关木器，就连《墨子》上都记载着，墨子跟公输班在楚国用机关术斗法的事。公输班临死前，把他的机关术传给了后人，传承千年，到了公输仇这一代，一家八口就在这幽州城开了铺子，靠手艺吃一碗饱饭。什么手艺呢？说小的，有木头做的玩具小马小鸟，自己会跑会飞；说大的，密室暗门啦、防盗机关啦，那都是蝎子拉屎——独（毒）一份。

不料天有不测风云，就在上个月，打幽州城外的阴山兵营来了一伙军爷，说是奉楚将军的军令，征公输一家去京城。去京城干啥？造墓！皇上的墓不叫墓，叫陵，造好了陵怕人盗，就要预先设置防盗机关。恰巧这一天，公输仇有事外出，于是全家八

口人被征走七口，等他回来家里就没人了。公输仇心里明镜似的，修皇陵有修皇陵的规矩，那是有去无回啊！皇上肯定会琢磨，要是让设机关的人活着回来，过个三年五年，他再自个儿进去盗皇陵，那还不是探囊取物？所以公输仇就设了七口空棺，用来祭奠家人，等守灵期满，他也得出去躲躲了。

话说这时，公输仇向亡灵上香完毕，即刻动手，很快一双乌木筷子就做好了。中年人接过筷子，放在水里一试，非常满意，掏出钱来就要重谢。公输仇慌忙拦住，说既然事关苍生，就该分文不取，中年人点点头走了。公输仇觉得自己做了件好事，颇感欣慰，没想到，第二天他偶然出城一走，竟发现这双筷子被用来作弊！

2. 验粥

幽州城外的郊野上，一拉溜支起了八口大锅，里面烧着滚滚的白米粥，一队队饥民你扶我，我扶你，在锅前排起了长队。这里是官府施粥赈灾的地点，正迎接饥民大军的到来。

不多时，八条队伍就排得见不到尾，粥一熬好，主持赈灾的幽州刘知州就向手下的鲁师爷点头示意，可以开始了。正在这时，从远处跑来一队骑兵，领先的是位顶盔贯甲的将军："刘大人且慢，本将军受皇命差遣，特来验粥。"

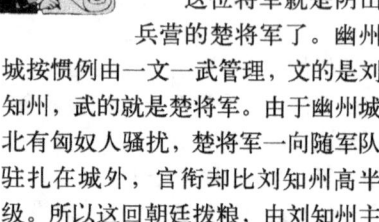

这位将军就是阴山兵营的楚将军了。幽州城按惯例由一文一武管理，文的是刘知州，武的就是楚将军。由于幽州城北有匈奴人骚扰，楚将军一向随军队驻扎在城外，官衔却比刘知州高半级。所以这回朝廷拨粮，由刘知州主持赈灾，楚将军负责验粥。

所谓验粥也简单，就是把一双木筷插进熬好的粥里，这筷子不能浮，要直立，就说明米多粥厚，要是浮起来就麻烦了，筷子浮起，人头落地！这时楚将军下令了："来人，拿筷子。"一旁闪出了刘知州手下的鲁师爷，鲁师爷把乌木筷子呈上，楚将军把筷子

插进粥里，果然不浮不摇。其实这就是公输仇特制的那双乌木筷子，而前晚定制筷子的中年人正是刘知州！这双特制的筷子插在水里都能直立，插在粥里就更不会浮了。

楚将军见筷子插粥不倒，向刘知州一拱手，打个招呼："本将军公务繁忙，就此别过。"上马就要走，不料旁边一个围观者跳了出来，这人是个大高个，他一把揪住楚将军的马缰，道："将军你上当了，他那双筷子是特制的，你换一双试试！"

楚将军半信半疑，命手下兵卒另取过一双木筷，插进粥里一试，筷子立刻就浮了起来。楚将军见此，嘿嘿冷笑："刘知州啊，本朝的律令你也清楚，我马上回营给皇上写奏本，你就洗干净脖子等着吧。"

楚将军一走，刘知州就傻在那里了。周围的饥民群情激愤，都说这刘知州一定贪污了赈灾粮，扒民皮，喝民血，一拥而上，就要痛揍刘知州。就在这时，刚才那个揭发刘知州的大高个一声断喝："等一等！"可现在哪还有人听得进去，大高个急了，一抬手，把自己的头给拿下来了！

在场数万人立刻鸦雀无声，大家这辈子也没见过这一幕啊！就见那人的脖腔子里一点血都没有，反而又伸出一个头来，谁啊，公输仇！原来，这也是他的一种机关术。要知道他本是楚将军下令征调修皇陵的人，刚才要

是露了真面目，还不被当场抓了去？于是他就顶了个木制的假头出来。这假头做得好，粗眉大眼，还能随着人说话做各种表情，不仔细看还真看不出蹊跷来。唯一的破绽就是个子特别高，你想啊，正常人头上再顶个木头脑袋，能不高吗？

公输仇扬声说道："刘知州施粥捣鬼，死有余辜，但他要是死了，咱们去哪里找被他贪污的赈灾粮？现在最重要的是，让他把粮食交出来！"这话一说，灾民们纷纷点头，都把目光投向了刘知州。

刘知州顿了顿，才说："粮食我有，但是不在幽州城，请大家给我三天时间，三天后不但有粮，而且一定让大家吃上白米饭。今天大家先喝粥，填填肚子。"这话大家谁也不信，缓兵之计啊，就又都抢起了拳头。

这时鲁师爷站出来了："刘知州刚才得罪了楚将军，问罪在即，又能跑到哪里去？再说他一家老小都在城里呢，他只有将功折罪一条路。"

这话在理，灾民们慢慢平息了愤怒，又在锅前排起了队。公输仇取出粥锅里的乌木筷子，正要走，刘知州却一把将他拉到僻静处，苦笑着说："公输先生，你把我害苦了。"公输仇冷笑，心想，你这种发国难财的，还不是咎由自取？刘知州叹了口气，从怀里掏出个小布袋，说"你看看这个，就知道真相了。"

3. 借粮

小布袋打开，露出里面的东西来，竟然是混有大量沙石的白米。刘知州苦笑："实不相瞒，朝廷拨下来的赈灾粮就是这种东西，我给大家熬粥，先要去除沙石，这一除，粮食剩下还不到一半，只够熬薄粥，要是熬厚粥，两天就得断粮。"公输仇奇怪了："那你刚才怎么不说？"

"因为押粮到这里的正是楚将军！"刘知州愤愤地说，"一定是他在路上混了沙石，然后把粮食扣下，好卖高价。我拿到缺了数的粮食，自然无法赈灾，他正好借机治我的罪，一石二鸟啊！更高明的是，我还无法跟老百姓明讲。刚才的局势你见到了，一旦说出真相，灾民会冲击楚将军的军队，马上就是一场民变。若楚将军派大军镇压灾民，不但幽州的百姓要生灵涂炭，虎视眈眈的匈奴也会趁机挥军南下——老刘我五十有四，一辈子只知道上保国下保民，楚将军吃准了我的心思，所以设了这个局，不怕我不钻啊！"

公输仇听后心里直发冷，好半天才说："看来，我揭破筷子的机关，是坏了您的事？"

刘知州摇了摇头，道"你就是不揭破，粮食也吃不了几天，现在只是让时间更紧了。我要做的，就是在三天里找到粮食，让灾民安然度过一个月，一月后就会有第二批赈灾粮到来。"说到这里，刘知州握住了公输仇的手，"现在唯一的办法，就是向幽州粮行的商老板借粮，你在城里很有威望，咱们一起去吧。"

说起这幽州粮行的商老板，可不是等闲之辈，光粮仓就有九个，在这大灾之年，居然仓仓充盈，足见此人神通广大。若他肯借一部分粮食出来，十万饥民熬过一个月，还真不是难事。两人来到商老板的粮店，只见门口一拉溜站着几十个伙计，个个顶盔贯甲，手执钢刀，不住地往外轰赶挤进来的百姓。

这是怎么回事？两人正疑惑，就

见鲁师爷从粮店里愁眉苦脸地走出来，腋下还夹着个布口袋。刘知州连忙喊住他，一问才知道，原来粮店涨价了，一斤白米十两纹银！那年月，一个中等人家一年的收入，也不过十几两银子啊！有的百姓气不过，想冲进去说理，可都被全副武装的伙计赶出来了。

鲁师爷苦着脸说："我拿出半生积蓄，只买了白米九斤二两。"刘知州看一眼公输仇，吩咐鲁师爷，进去通禀商老板，就说知州来访。

商老板客客气气地请刘知州进了店，眯着小眼听刘知州说完借粮之事，嘿嘿一笑"本人姓商，在商言商，眼下是十两银子一斤米的行市，我怎会傻得出借粮食？"

鲁师爷看不下去，厉声说"这是刘知州借你的粮，一州的父母官！"商老板不急不恼道："事已至此，我就直说了吧，这个店我说了不算，真正老板是楚将军，只要他一张亲笔手令到此，粮食你们白拿都可以。"

这时，一旁的公输仇说话了："你在十万饥民包围中卖高价，就和坐在火山口上一样，难道不怕众人强抢？到时玉石俱焚，悔之晚矣！"这话有分量，没想到商老板毫不在意，从身后的笼子里抓出一只信鸽来："我这信鸽乃是波斯名种，灾民若敢强抢，这信鸽半个时辰即可飞到阴山军营报讯，接信后楚将军的大军飞骑赶到，所谓富贵险中求，我姓商的就是要发这笔国难财！"

话到这儿，就说绝了。刘知州三人闷闷不乐回了府，都是愁眉不展。公输仇思索良久，忽然道"看来楚将军贪污的粮食，就存在商老板的粮仓里，只有杀掉楚将军，才能敲山震虎，在商老板那里借出粮食。我跟楚将军有灭门之仇，情愿去阴山大营刺杀他，可是怎么才能接近他呢？"

刘知州闻言，忽地跪倒在公输仇面前："我替幽州十万饥民跪你！接近他没问题，我让鲁师爷随行，就说押解你去面见他，凭你的机关术想必不难成功。楚将军一死，幽州城数我的官衔最高，便能随意调派粮食了。只是，这一趟你凶多吉少了。"

这时鲁师爷开口了："阴山大营还存有大批军粮，楚将军死后也可以调过来救急，只是需要您的知州印信。若能成功，我们就给您火速传递消息，您这里马上催促商老板开仓赈济，我们同时押解军粮上路，双管齐下，就万无一失了。"

刘知州点头，写了一份放粮公文给鲁师爷，写明：见信如见本官，即刻放粮，数量不限，然后盖上了他的知州大印。

4. 刺将

阴山大营距离幽州城并不远，公输仇和鲁师爷骑快马，半天就到了。

鲁师爷把公输仇交给守营的兵丁看管，然后直入帅帐见楚将军。一盏茶的工夫后，楚将军派陈副将传令，把公输仇押上来。

帅帐里人不多，只有鲁师爷、楚将军和陈副将。楚将军一见公输仇就大笑："你就是公输世家的漏网之鱼吗？"公输仇一口唾沫喷出去："姓楚的，我与你有不共戴天之仇！"楚将军摇头道："皇陵尚未修完，你家人暂无性命之忧，况且调派你一家进京，是皇上的圣旨，与本将军无关。"公输仇冷笑："那么在赈灾粮食中掺沙石呢？也是皇上的意思？"

楚将军一皱眉："你胡说什么？来人，给我押下去，明天押解上京！"公输仇忙道"且慢，我有一件关系天下苍生的东西，请将军看过不迟！"楚将军点头："呈上来！"

公输仇一伸手，从怀里取出一双乌木筷子，陈副将接过，递到楚将军的帅案上。楚将军拿起来细细看后，道"我若没猜错，这就是刘知州用来蒙蔽本将军的东西吧？这筷子的机关是很巧妙，可怎会事关苍生？"

公输仇厉声道："你不要忘了那句老话，国以民为本，民以食为天，这双筷子，就是国本，就是苍生！"

这话越说声音越大，当最后一个词"苍生"出口时，震得大帐都在颤抖，刹那间，两支乌木筷子忽然一齐居中而断，两道寒光直扑楚将军面

门。楚将军虽然身经百战，反应还是迟了，眼睁睁看着寒光分左右透脑而过！

楚将军像一座山一样倒下了，陈副将慌忙上前查看，却被鲁师爷拦住："你快去抓公输仇，这里有我！"此时公输仇已跑出帐外，陈副将闻言赶紧追了出去。等他押下公输仇后进帐，楚将军的尸身已被移入灵柩。鲁师爷拿出一道公文，说："我这里有刘知州的印信，先办正事吧。请陈副将运送一半军粮到幽州城，以解灾情。"

楚将军一死，幽州就数刘知州官大了，陈副将不敢有异议，立刻出去准备。这时帅帐里只剩下鲁师爷一个人，只见他从怀里抽出一把奇形怪状的钥匙，往帅案的一个孔里一插，帅案下方忽地弹出个抽屉来。抽屉里有一匣书信，鲁师爷拿起来揣到怀里，又把抽屉恢复原状，然后写好报捷

信，拴在公输仇事先给他的机关鸟上，出帐放飞。这是报给刘知州的，"刺将计划"成功！

不多时，粮食准备妥当，鲁师爷吩咐把公输仇关进囚车，和楚将军的灵柩一起送回幽州。启程时，后营有一只信鸽飞出，直奔幽州城方向。鲁师爷看了一眼囚车里的公输仇，两人相对一笑。

5. 中计

装载粮食的车走得慢，第二天才到了幽州城外。刘知州带领众衙役候在官道上，迎接楚将军的灵柩。

灵柩一到，刘知州做足表面功夫，焚香祭奠，然后对陈副将道："杀人凶手可曾抓到？"陈副将一指囚车里的公输仇："在这里呢。"

刘知州看了一眼公输仇，突然怒道："大胆凶徒，竟敢刺杀朝廷大员，给我立刻斩首！"公输仇却似乎并不意外，笑着说："我这一条命能换来老百姓十万条命，太值了。不过请您遵照约定，赶紧放粮赈灾。"

刘知州故作疑惑："什么约定？哪来的粮赈灾？军粮动不得，商家的粮又是私产，我拿什么赈？"

一旁的鲁师爷看

不下去了，低声提醒道："您忘了？我手里有您的亲笔印信，说明即刻放粮的。"刘知州哈哈大笑："楚将军已死，整座幽州城我说了算，你那印信是伪造的，陈副将你说是不是？快把这伪造公文的鲁师爷一块斩了！"

陈副将一脸媚笑："我本来就是您安插在楚将军身边的人，您说怎么办就怎么办。"随即领着几名心腹，直扑鲁师爷。

这时，公输仇不慌不忙，不知道在哪里一按，囚车忽然自动打开了，他从容下了车，说："刘知州，你想不到吧，那天在商老板的店中看到信鸽，鲁师爷就觉得眼熟，后来想起，这几只波斯鸽子常常在知州府出入；再联想到商老板这样有恃无恐，靠山不会是远在阴山大营的楚将军，该是你刘知州才对，所以我和鲁师爷决定留一手。"说着，公输仇在楚将军的棺木上一拍，棺盖立时弹起，里面的楚将军忽地坐了起来！

楚将军看着刘知州，就像看着案板上的鱼："鲁师爷一到军营，就找到我说了你的计划，所以我戴上了机关术制的假头，假装被刺身亡，这些都是做给陈副将看的。陈副将上当了，这才放出信鸽，报出我已死的消息。赈灾掺假，还治不了你死罪，但刺杀朝廷大员呢？哼，有公输仇、鲁师爷作证，足够灭你九族！"

刘知州立刻就瘫了。公输仇疾步

上前，对围观的灾民说："大家听了，楚将军运来大批军粮赈灾，大家赶紧排队领粮食！"灾民们一声欢呼，都赶紧排起了队伍。公输仇操起一柄尖刀，在米袋上"嗤"的一划，拉开一条口子，却发现里面竟然是沙子！

这是怎么回事？灾民们愣了，楚将军望望公输仇，再望望鲁师爷，冷笑道："私运军粮，也是一条罪名啊！为这些贱民，我犯得上吗？怕灾民闹事？不要紧，后方就是我的十万铁骑！本将军不会亏待两位，商老板的粮店，是犯官刘知州的财产，即刻予以没收，咱们仍然一斤米卖十两银子，到时候分给你们一成利润。"

公输仇咽了一口唾沫，觉得嘴里直发苦："我们有言在先，为了十万百姓的生死，您不能不守信啊！"

楚将军扬眉冷笑："这场争斗，说白了是幽州城的文武之争，也就是权力之争，你们两个都是工具而已，和工具谈什么守信？"

公输仇暗叹，难道真的斗不过这些官油子，眼看着十万灾民饿死？就在这时，鲁师爷忽然掏出一封书信，递到瘫软在地的刘知州手上："这是我从楚将军帅案下找到的，是他和匈奴人的来往密信。里面写明，楚将军曾倒卖军粮给匈奴人！"

刘知州接信在手，忽然就来了精气神："姓楚的，你说我是死罪，你的

罪更大，只要拿下你，我就说当初是知道你通敌，我才下的手。"

这下热闹了，楚将军带来不少心腹，刘知州有陈副将的亲兵帮手，两方面旗鼓相当，顿时打成一片。

6. 解饥

一片混战中，无人注意公输仇和鲁师爷，两人瞅个空跑出来，骑了快马奔进幽州城，赶到了商老板的粮店。鲁师爷拿出刘知州的印信给商老板看，告诉他：刘知州有令，楚将军的大批军粮运过来了，再卖高价根本卖不动，所以要他即刻放粮，这是为了收买人心，以便日后升官。商老板信以为真，马上喊伙计放粮。

众灾民领了粮食，欢天喜地，公输仇和鲁师爷混在灾民中，并肩往京城方向走去，他们要去京城皇陵解救

公输仇一家。等刘知州和楚将军分出胜负，想必粮食也放得差不多了。

还有一个秘密，在两人心中是心照不宣的。其实机关师世家的先祖公输班，因为是鲁国人，也被称为鲁班。他有一支后裔得罪了当权者，改姓鲁，以便避祸，所以，鲁师爷其实也是机关师的一脉后代。楚将军征调公输仇一家修皇陵时，正是鲁师爷事先得到消息，截住回家路上的公输仇，才使他幸免于难。刘知州定做乌木筷子的事，也是鲁师爷事后告诉公输仇的，公输仇才能揭穿刘知州的阴谋。鲁师爷还借机要到了刘知州的亲笔印信，就是为以后放粮作伏笔。

对于刘知州和楚将军的勾心斗角，出身机关师世家的两人是早有准备的——要是楚将军不肯合作，假刺杀就变成了真刺杀；要是刘知州信守诺言放粮，楚将军棺木上的机关将再也打不开，他会变成一个真正的死人；要是楚将军守信，鲁师爷会把事先拿到的私通匈奴的密信烧掉；要是两个官油子都不守信，那么就是现在狗咬狗的结局。

这些环环相扣的机关和计谋，就是为了在老百姓眼里和天一样重的两个字：粮食。

民以食为天！

（题图、插图：杨宏富）

故事会 新浪 微故事大赛

7月优秀作品选登　　主题：最后悔的事

@ 浅如白溪　父亲拿着大学时的照片给儿子讲当年的故事："当年，你老爸我太内向，喜欢这个女孩四年，直到毕了业都没敢表白，每每想起来，都觉得特别后悔。"儿子看着照片里那人，惊奇地问道："爸爸，这不就是我妈吗？"正巧妈妈走进来，儿子急忙追问到底是怎么回事，妈妈淡淡道："我不想悔。"

@喜乐真人　中考。答完题后，我瞅到了前桌"考神"的试卷一角。第六道题，他选的是C，而我选的是D。我一时纠结了，这道题我记得复习过啊，可人家是"考神"啊，会答错这么个小题？于是我把答案改了。结果，"考神"差两分满分，整张卷子就因马虎错了那一道题。而我因差两分，没能考上重点高中。

@HM 写微故事咯　那天，母亲满头大汗地载着一车货回家，父亲看着她喃喃道"真后悔娶了你……"母亲怒道"我那么辛苦，你居然说这种话！"父亲默默地低下头，眼里闪烁着泪光，说："那样你就不会被我拖累了。"

@手机用户288234031　在一场爱心募捐活动中，五岁的儿子把自己最心爱的泰迪熊捐了出去。回到家后，他看着电视中暴雨连连的灾区伤心起来，我以为他是舍不得小熊，正想给他做思想工作，他难过地开口："我真后悔没给小熊带把伞。"

@ 青山簇簇水中生　那天，当消防员的父亲打了我一耳光，叛逆的我哭着发誓道："以后决不再叫你一声爸！"父亲向我道歉，不理；接我下晚自习，不睬；送我生日礼物，不要……当我想再叫他一声爸时，却只能把"爸爸"写在手心让他看了——在一次火灾中，父亲被油罐爆炸的气浪掀翻在地，双耳永远失去了听觉。

@jlsclxlhw　小王夫妇是丁克一族。母亲多次劝他们生个孩子，自己也好有个乐趣，小王淡然一笑，置若罔闻。数年后，母亲突患重病，只说了"柜子"二字便撒手人寰，死时竟终不肯合眼……丧事完毕后，小王满腹狐疑地打开母亲锁着的柜子——里面是一垛叠得整整齐齐的婴儿衣服……

@ 心漫者　某电视台制作一期"最后悔的事"访谈节目，出外景采访路人。记者问一大妈，什么事让她到现在还后悔。大妈听了，一脸认真、又带点期盼地反问："……你要盐吗？"

（大赛启事见本期P59）

短信也能发微博！将作品编辑成短信发送到951318188，就可马上参与微故事大赛。移动／联通／电信全覆盖！无信息费。

老习惯

□ 张东兴

有个学校办校庆，想找个事业有成的校友在会上发言。于是办公室主任到处打听，校友之中谁最有成就。有人就给他推荐了一个校友，名叫王行建，现在是个大老板。

主任一打听，这个王行健如今果然了不得，如果他愿意回来，肯定能为校庆增光添彩。于是主任就打电话过去，电话是秘书接的，转机后王行健听主任说明来意，客套了两句，突然问了一句话："食堂老顾还在吧？"

能成为办公室主任的，那人情都够练达的，尽管王行健这话说得让人咂摸不出一点儿味儿来，但主任凭着敏锐的直觉，立刻明白：这食堂老顾必须在！想必王行健和食堂老顾不是有恩就是有怨，关系稍微一般点，都不至于特地问这么一句。而人混好了，不光愿意见恩人，更愿意见仇人，

所以主任眼都不眨地说："在，在。"

王行健说："那好，校庆我一定会去的。"

主任放下电话，第一时间就去食堂落实老顾的事，老实说，学校那么大，食堂又承包给了私人，主任根本不知道老顾是谁。承包食堂的老板姓崔，主任一问，崔老板就干脆利落地说："有这么个人，负责打扫食堂卫生的。"

主任听了擦把汗，说："那就好、那就好。"都在王行健那儿打了包票了，这老顾要是不在，可就热闹了。

不料崔老板话锋一转，说"这个

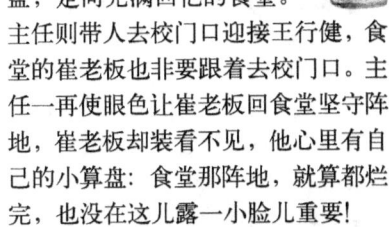

人早让我辞退了。他又懒又不听话，我这是食堂，讲究随时保持整洁，可他不，非要等学生都走完才一块打扫，打扫前还得先抽支烟，我说了几次都不听。"

主任听罢，斩钉截铁地说："辞退了就去请回来，立刻。"然后把经过给崔老板说了一遍。崔老板听傻了，只得表态说："我亲自去请，大不了低头弯腰就是。"

没想到，不用崔老板低头弯腰，老顾听说食堂想和自己续聘，挺高兴地就回来上班了。上班第一天，主任特地到食堂来见这传说中的老顾，一看，也就是一个普通打扫卫生的老头啊，看不出啥名堂，问他认得王行健不，老顾瞪大两眼，显得很迷茫："谁是王行健？"

崔老板就问主任怎么安排老顾，主任说："原来干啥，现在还干啥，但有一条，老顾不是爱拖拉偷懒吗？你得交代好他：校庆那天，食堂的卫生一定得及时打扫。学校中午请校友们吃食堂，吃的是个回忆，可不能让人家真的体验杯盘狼藉的脏乱差。"

到了校庆这天，眼见时间已过了中午十二点，王行健还没个人影，主任忍不住打了电话，王行健说一会儿就到，让校友们先吃饭，千万别让老师同学等他一个人。

话说到这份儿上了，主任不敢再等，就让大家先吃。在学生志愿者的引导下，校友们一路敲着饭盆，走向充满回忆的食堂。

主任则带人去校门口迎接王行健，食堂的崔老板也非要跟着去校门口。主任一再使眼色让崔老板回食堂坚守阵地，崔老板却装看不见，他心里有自己的小算盘：食堂那阵地，就算都烂完，也没在这儿露一小脸儿重要！

王行健说一会儿就到，其实还是等了半个小时。倒不是王行健拿架子，关键是学校也请了地方上分管教育的领导，这些人听说王行健要来，又通知了别的领导，于是就有人到路口去迎接，寒暄也要花时间啊！

等王行健一行终于步入食堂时，校友们已经结束战斗，撤了——食堂再怎么精心准备，也赶不上酒店哪，真没啥可吃的。主任一看，桌上杯盘狼藉，剩下的东西还不少：有没动过的整个馒头、有只吃了几口的整盘排骨……看来校友们果然都混出样来了，食堂的饭菜对他们是没啥吸引力了。看着眼前这混乱的环境，主任有点尴尬，他四下一打量，只见本该打扫卫生的老顾真像崔老板说的，正蹲在食堂外面抽烟呢，看来他还是准备等大家吃完再一块收拾。

主任只好尴尬地把贵宾们往食堂二楼引，那里是教工食堂，专门为王行健摆了一桌，特意请酒店大厨做的菜。不料王行健环顾食堂，说："不麻烦了，这儿有馍有菜，就在这儿吃吧。"

一句话把大家说愣了，还没反应过来，王行健已经动手了。他动作娴熟地端起一盘炒菜，又捡起一个白面馍馍，蘸着汤汁，有滋有味地吃起来。主任看了心里直嘀咕：这是闹的哪一出啊？

好在王行健动作很快，五分钟吃完。吃完后他看看大家的表情，就说"还是满足大家的好奇心吧。念书时我家里穷，顾嘴顾不了学，顾学顾不了嘴，我一咬牙，上学！至于饭嘛，就像刚才这样吃了。那时死要面子，都

是等大家吃完了，我才飞快地划拉一点剩菜馒头皮之类的。所以我要感谢食堂的顾师傅，他发现有我这样一个学生后，就躲在外面抽一支烟，然后才来打扫。"

听完这话，大家都愣了。王行健走到食堂外，对老顾大声道："顾师傅，今天校庆，没学生来食堂了，你可以打扫了。"

老顾点点头，走进食堂收拾起来。王行健接着说道："这次回来，一是想感谢顾师傅，二是我前不久听说，顾师傅因为一直保持着饭后一支烟的习惯，被辞退了，所以想借这个机会，替他解释一下。"

话音未落，食堂崔老板不知从哪冒出来了，接话道："您放心，我已经把顾师傅聘为终身员工了。"咦，这是什么时候的事儿？

王行健向他拱拱手，说："最后，我还有个想法，和各位校领导商量。既然顾师傅还保持着老习惯，就说明，像我当年那样的学生肯定还有！我想捐笔钱出来，成立个'吃饭基金'。这个基金就由顾师傅掌管，每餐向贫困学生免费提供一笼馒头、两盆菜。"

主任听了，大喜过望，这时他才明白，王行建一开始打听老顾的原因，原来就是为了在这"一顿饭"上做文章……

（**题图、插图：**安玉民　梁　丽）

捐款白条

□ 李子胜

小周大学毕业后在一所初中任教，担任初三年级的班主任。工作不久，就赶上了一次全国性的募捐活动，为一个地震灾区捐款。

同学们捐款都很踊跃，第二天，班长李红就把捐款交给了小周。李红说："老师，咱们班就学习委员没捐款，他交了一张自己画的支票。"说着，递给小周一张纸片。小周接过来一看，纸片是模仿支票画出来的，上面写着几个字：本人捐款给地震灾区二百元。下面还有一行小字：五年后兑现，按照年息5%计算，到期本息一并结清。最下面竟然还有一个方章，一看就是学生自己刻的萝卜章：杨强。

小周看完心里十分恼火：初三学生正值青春期，性格叛逆很正常，可是也别这么恶作剧啊！他克制着情绪，对李红说："把杨强给我喊来，对了，他学习成绩怎么样啊？"

李红说"老师您不知道啊，他是咱们班的珠穆朗玛峰——无人超越的高度。"

一会儿，杨强来了，小周把纸片拍在桌子上，问："这是怎么回事？玩个性，作秀？"杨强的脸一下子红得像大苹果，他低声说："老师，我是认真的，您看，我还按手印了呢。"

小周翻过纸片，果然，纸片背面按着清晰的食指手印，他顿时哭笑不得"按手印有什么用啊？五年后，人家灾区人民难道会拿着这个找你兑现吗？捐款自愿，你不捐没什么，但不该忽悠人家。"

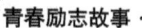

杨强听了，脸更红了："老师，五年后，我……我会主动把钱汇过去的。"

小周看着他认真的样子，叹了口气，改变了语气说："你先回班吧，支票先放在我这里好吗？"

杨强点点头，向小周鞠了一躬，说："老师，男子汉一诺千金，我会做到的。"说完就转身离开了。

当天放学后，小周喊住班长李红，打算按照家庭住址一起去杨强家

做个家访。两人来到城市边缘一片破旧的平房区，小周艰难地辨认着墙上斑驳的门牌号码，绕了半天，终于在一个小院前站下。院门是破木头钉的油毡，门上了锁，家里竟然没人。小周对李红说："这样吧，晚上我自己来，你先回家。"

李红却说："不，老师，我也想来，我们七点在他家门口集合好吗？"小周想了想，点头答应了。

晚上七点，小周和李红准时到了杨强家门前，这回门没上锁，两人就在外面呼喊杨强的名字。许久，他们看到杨强走了出来，看到老师和同学，他显得有点慌乱。走进院子，小周才发现院里有辆破三轮车，三轮车上有几个纸盒子，盒子里有芹菜、黄瓜等菜蔬。

进了屋，小周和李红发现，屋子里竟然点着蜡烛。杨强朝黑暗的里屋喊了一句："妈，老师来了。"里屋传来一个微弱的声音："快让老师坐，给老师倒水。"杨强走到墙边，拽亮了电灯，屋子里一下子亮堂了不少，他赶紧吹熄了蜡烛。小周看到，蜡烛旁边摆放着打开的书本。

一会儿，杨强搀扶着一个瘦弱的中年妇女从里屋走出来，杨强介绍着："妈，这是我们的新班主任周老师，这是我妈妈。"杨强扶妈妈坐下，自己却转身出去了。

杨强的妈妈开始向小周和李红介

绍起自家的情况。原来，杨强的爸爸前年生病去世了，杨强的母亲没工作，也没有城市户口，身体还不好，娘俩一分钱收入都没有了。幸亏有个卖菜的亲戚可怜他们，杨强每天下课后就去市场帮亲戚卖菜，挣点微薄的收入，娘俩就这么着生活了两年。

一切都明白了，小周没想到，杨强的家境如此困难。他想起自己对那张"捐款白条"的误解，不由得很是愧疚。

一会儿，杨强回来了，手里拿着两瓶矿泉水，递给小周和李红。小周接过水瓶，感到塑料瓶上还留有杨强双手的余温——这平房区附近根本没有像样的超市，这水很可能是杨强跑了很远才买来的。小周心头一热，他没有再提起捐款的事，而是和杨强母亲拉了一会儿家常，两人就告辞了。

回去的路上，李红也很激动，她向小周建议，应该组织同学们资助杨强，帮他渡过难关，但小周却隐约感到，这个坚强的孩子隐瞒了自家情况这么久，他未必会接受大家的帮助。

最后果然如此，杨强只接受了大家给的笔和本子，其他一概拒绝了。

中考前夕，小周又一次去了杨强家，这次，他是带着红十字会的干部去的。小周故意选择了傍晚前去，红十字会的干部看到屋里点着蜡烛，杨强光着膀子，在门窗紧闭的闷热屋内苦读，不禁好奇地问小周："这孩子为

什么不开窗户呀？"小周答道："点蜡烛能省电，开窗户有风，会让蜡烛火苗飘忽不定。"听到这个回答，红十字会的干部都沉默了。

中考过后，杨强顺利地被一所重点高中录取了，在红十字会的资助下，他每月都能领到一笔生活补助，可以让母子两人吃上饱饭。课余时间，杨强不用再去菜场打工，终于可以专心学习了。

转眼几年过去，小周已成了一名资深教师。有一天，他收到杨强寄来的一封信和一张汇款单，杨强在信上说，自己考了一所知名大学的物理系，学校免除了他部分学费，还为他找了实验室的工作。汇款单上的三百元钱就是他第一个月勤工俭学的工资。

小周打开汇款单，见单子上只有一句留言：男子汉一诺千金。小周明白，这是杨强归还给自己替他垫付的捐款。于是，小周来到办公室，打开抽屉，找出珍藏多年的那张捐款"支票"，快递给了杨强……

时光匆匆，很快又是四年过去了，这天，小周收到一张附了信的请柬，杨强在信上说，他已大学毕业，邀请老师参加他和李红的婚礼。小周顿时猜到了，当年自己替杨强垫付捐款的事情，应该就是李红"泄密"的吧。

（题图、插图：安玉民　梁　丽）

活个什么劲

□ 姜红梅

加亚索尔是个资深"驴友",这天,他来到一处森林。走着走着,他突然看到一个戴眼镜的男人搬了块石头,要在一棵歪脖树上自杀,上吊用的绳子都挂好了! 加亚索尔赶紧上前劝说:"你为什么想不开呀?"

眼镜男叹口气,哭得撕心裂肺:"我是个博士,却不懂爱情,老婆离我而去,你说,我还活个什么劲?"

加亚索尔安慰了男人,继续旅行。第二天,他遇到一个美丽的女人,女人搬了块石头,在树上套根绳子,就要上吊! 加亚索尔赶紧上前劝阻,女人哭得梨花带雨:"我以前找了个高学历的丈夫,可他不懂爱情,离婚了。后来,我找了一个卡车司机,仍然不幸福。两次婚姻受挫,你说,我还活个什么劲啊?"

加亚索尔劝过女人,又继续前行。没走多久,他发现一个彪形大汉站在树下要上吊! 加亚索尔忙上前劝说,彪形大汉哭得肝肠寸断:"我本本分分开卡车,四十岁才结婚,对方是个离了婚的女人,可我俩怎么也合不来! 你说,我还活个什么劲啊?"

加亚索尔劝过了他,继续往前走。不一会儿,他发现一个蓬头垢面的男人站在树下,树上套着根绳子,他这是要上吊! 这回加亚索尔有了经验,他对落魄男人说:"哥们,你是不是认识一个戴眼镜的博士、一个漂亮的离婚女人和一个卡车司机?"落魄男人点了点头,加亚索尔胸有成竹道:"你也是卷进了他们的情感纠葛才想自杀吧? 告诉你,他们三个已经被我劝住了,你也想开点吧。"

不料落魄男人哭得歇斯底里:"你知道啥呀! 我是个失败的人,做生意卖啥赔啥,今年开始卖绳子,可这么长时间了,一共才卖出去三根,你说,我还活个什么劲啊?"

最爱记车名

□ 芜湖人

这天，高武带着儿子小俊在小区里散步，驶来一辆加长车，小俊就问爸爸这是什么车，高武不认识。小区里开垃圾车的老王刚好路过，听到父子俩的对话，就停住脚步，呵呵笑道："这车是林肯，上面有英文呢。"

小俊一听来了劲，问："王伯伯，你也懂英语？"老王摆了摆手，说："我哪懂那个呀，不过车上的英文我都能认个八九不离十。"

高武听了，觉得这老王多半在吹牛，他一个开垃圾车的，哪会懂那些？小俊却一脸兴奋，对老王说"太好了，王伯伯，今天老师布置我们写一篇英语作文，题目是有关汽车的，可是好多名车的英文名称我都拼不出来，你能教教我吗？"

老王听了，红着脸说"我哪会教人呀？不过你要是只问车名，我倒知道几个。"

高武听了，更不以为然了，那些洋车的车名又长又难记，自己这个正牌大学生都有好多不认识，何况开垃圾车的老王？想着他就要拽儿子离开，没想到儿子挺当真，真的掏出纸笔请教起老王来。再看老王，也不含糊，提起笔来"刷刷刷"一通写，高武好奇地探过头去一看，天啊，真是地道的英文，一长溜十几个单词，全是顶尖的豪车品牌！老王这边文不加点，还在一个劲地写着……

高武顿时目瞪口呆，不禁说"老王，真有你的！"老王谦虚道："唉，我也就能记住那几个车名。"高武忙说"那才更不容易呢，你是真正的爱车一族啊！"

老王一听这话，笑了："哪儿呀？那是路政公司给我们培训的，让我们记住那些车名，在路上遇到时要特别小心，千万不要和那些豪车碰撞。碰了一家伙，就是把我卖了也赔不起呀！你说，我能不好好地把那些车名给背下来吗？"

产业链

□ 马 为

有个单位组织旅游，中午时分，导游小姐把大家带到了一家饭店，饭菜不但价格很贵，而且味道很咸，大家只得勉强吃下。

午饭后，导游小姐领着众人开始登山。大家爬了不一会儿就累得气喘吁吁、汗流浃背。此时，中午饭菜的咸度也起了作用，大家只觉得口渴难忍，纷纷提出要找水喝。导游小姐见

状，就把大家领到一个卖矿泉水的铺子。大家一问价格，都惊呆了：在别处2元钱一瓶的矿泉水，在这里要卖20元钱，可是附近找不到其他卖水的地方，大家只得无奈地掏钱。

买完水，大家在导游小姐的指引下继续前进。众人喝了一肚子凉水，不一会儿就嚷着要找厕所。导游小姐一笑，把大家领到了一个收费厕所。管理员胖大妈高声嚷着："10元钱入厕一次，10元钱入厕一次。"大家目瞪口呆，只得伸脖挨宰。

大家方便后继续前行，忽然有人开始喊肚子疼。也不知是情绪传染还是怎么的，很快大家都相继肚子疼了起来。导游小姐热心地把大家领到了一个药店，店员动作麻利，快速取药，每人都花了上百元。

旅游结束了，大家对导游小姐很是感激，一个同事说"这次旅游多亏你了，总能及时帮我们解决困难。"

一行人告别导游小姐，走了一段路后，一个同事突然发现把背包忘在了药店柜台上，就赶紧跑回去取。一进店门，就见导游小姐正在和店员说话。导游小姐眉飞色舞地说道："大姐，今天咱家的收入可真不错，我挣了导游费不说，咱爷爷只在饭菜里多放了几把盐，就让咱爹的水卖了个好价钱，咱爹的水又让咱妈的厕所火爆了，最后大姐你的药店也发了财……"

身份互换

□ 郭振宇

陈喜是个县令,这几年贪赃枉法,干了不少缺德事,惹怒了天上一位神仙。神仙施了法术:只要陈喜再昧着良心判案,他和受害者的身份就会互换。若受害者有好几个,陈喜就会变成他们之中受害最深的那个。这下陈喜老实了,不敢再违心断案。

这天,又有人告状,陈喜升堂。告状者叫张三,说他家的猪被同村王二偷走了。原来,张三和王二各养了一头猪,这两头猪是一窝抓的,长得几乎一样。前天,张三家的猪丢了,他到处找,看到王二家的猪,便说这猪是他家的,王二当然不承认。张三就对陈喜说:"大老爷,只要把猪饿两天再放出来,让我媳妇和王二媳妇站在两边,看猪去找谁。我媳妇天天喂猪,猪肯定去找我媳妇。"

陈喜觉得挺有道理,决定按张三说的做。

第三天,陈喜来到王二家断案,猪两天没吃东西,已经快饿疯了。这时,张三和他媳妇来了,陈喜一看到张三媳妇就呆了:这女人太漂亮了!

这时,猪跑出圈,径直向张三媳妇跑去。陈喜明白了,这猪是张三家的,定是王二先把自家的猪卖了,又偷了张三的猪,不过此时他已无心判案,满脑子都想着张三媳妇。

突然,陈喜想起神仙给自己施的法术——若违心断案,就会和受害者互换身份。这法术本是为了惩罚自己,如今却让自己有了机会——猪去找张三媳妇,说明猪是张三家的,如果违心断案,自己就会变成受害人张三,那张三的漂亮媳妇不就是自己媳妇了吗?自己已在一个秘密地方藏了不少银子,到时拿着银子和张三媳妇远走高飞,岂不比神仙还快活?县令嘛,不干了,以后不能昧着良心断案,也捞不着银子,这官做着也没意思。

陈喜打定主意,开始断案"猪是畜生,怎会认人?它去找张三媳妇,

钱生娃 （潘胜奎　编绘）　　　　　（《故事会》漫画版精品选登）

家里就这么点钱了，你还要拿去赌啊？

你妇道人家懂个啥？有钱不能放在家，得让它钱生钱地生娃娃！

咱那钱生娃了吗？

娃生了，可它妈死啦。

纯属巧合。这样吧，把猪杀了，张三和王二一家一半。"王二一听，连喊"大老爷英明"，张三却气得要死。

陈喜断案完毕，心里祈祷，希望神仙的法术应验，自己好变成张三。不料话音刚落，却发现自己趴在了地上，他一看大惊，原来自己变成了那头猪！陈喜脑袋里一片空白，慢慢地，他明白了——这个案件中，猪才是最大的受害者，人家活得好好的，

却被自己判了死刑，杀了还要分尸，唉，没想到猪也算当事者啊！

就在这时，王二跑来逮陈喜，陈喜赶紧撒腿就跑。王二拿起棒子照着猪腿就是狠狠一下，招呼人道"把猪绑了。"几个大汉把陈喜绑了，陈喜嗷嗷叫着，想说"我不是猪，是县令"，却说不出话来。那边，王二拿起杀猪刀，走了过来……

（本栏题图、插图：包丰一　顾子易）

519

2012 SEMIMONTHLY 下半月刊

9月

STORIES

欢迎登录本刊主办的"故事中国网"（www.storychina.cn）

故事会
—STORIES—

2012年9月
下半月刊·绿版

何承伟：社　长·主　编

夏一鸣：副社长

吴　伦：常务副主编(兼绿版负责人)

姚自豪：副主编(兼红版负责人)

本期责任编辑：颜轶超

电子邮箱：yanyichao1004@sina.com

绿版发稿编辑：

朱　虹　刘迎曦　黄美舟　陶云韫（见习）

美术编辑：李宝强

电脑制作：郭瑾玮

本社办公室电话：021-64375030

上半月刊编辑部电话：021-64332325

下半月刊编辑部电话：021-64336469

（上海市绍兴路74号 邮编：200020)

主管、主办：上海文艺出版（集团）有限公司

出版单位：《故事会》编辑部

发行范围：公开

————————————

出版、发行总监：张　凯

电话：021-64313938

广告业务：上海故事会文化传媒有限公司

广告总监：张　淮

广告业务：021-34010383

广告投诉：021-64333738

广告经营许可证

沪工商广字3100320080016号

发行：中国图书进出口上海公司

委屈的业务员

有个业务员连续三个月没有完成指标，被经理严厉地批评了一顿。他委屈地解释说："现在市场不景气，我已经尽力了。"

经理并不买账，仍是不停地批评。

业务员终于忍不住了，红着眼眶说道："经理，我现在心里特别难过，只想借个肩膀，哭个痛快。"

经理一听，更怒了，他说："还借个肩膀？我借你双翅膀，你给我有多远飞多远！"

（安　娜）

（本栏插图：包丰一）

可恶的触屏手机

有个男生原来用触屏手机，后来却换成了最老式的手机，还逢人就说："以后打死我也不用触屏手机了。"旁人问他原因。

男生苦笑着回答："前几天，我暗恋的姑娘主动给我发了短信，问我愿不愿意做她的男朋友。我高兴得手都发抖啊，当即打算回复'简直做梦一样'，可我刚打完第四个'梦'字，就不小心碰到了'发送'。"

（万青青）

如此要钱

女儿放学回家，向妈妈要五千块钱。

妈妈一惊，忙问她，要那么多钱干吗。

女儿回答道："我想买台电脑。"

妈妈又追问，为何突然要买电脑。

女儿轻轻地说："昨天我捡到一个漂亮的鼠标垫，所以想给它配台电脑。"

（张　妙）

开 会

居委会开会，三个小时过去了，居委主任还在没完没了地讲。这时，一位中年妇女站起身来，要离开会场。

主任忙问："你干什么去？会还没有开完呢！"

中年妇女回答说："我家里有孩子呀，等不到开完会了！"说完便心急火燎地往外走。

过了20分钟，又有一个年轻人起身要离场。

"不许走！"主任急忙阻止，并斥责说，"你要干什么去？你家又没有孩子！"

年轻人不假思索地回道："我要是总在这里开会，永远也不会有孩子了。"

（陈 启）

刮鱼鳞

妈妈买了条活鱼回家，正在刮鱼鳞，突然"哇"地惨叫一声，原来她把自己的手刮破了。

于是爸爸接手刮鳞，不一会儿又传来"啊"的一声，女儿跑去一看，原来爸爸也刮到了手。女儿便挽起袖子，准备接手。

"慢，"爸爸按着伤口，龇牙咧嘴地说道，"你别来了，留一双好手洗碗！"

（李 玉）

有良知的肇事者

有个男人去停车场取车，发现自己的车头灯被人撞坏了。于是，他赶紧环视四周，但没有发现可疑的肇事车辆。正在他火冒三丈之时，突然雨刷下压着的一张纸条引起了他的注意。这应该是肇事者留下的。

男人心说，这个肇事者还算有良知。他拿起纸条，只见上面写着：抱歉，我倒车时不小心撞坏了您的车头灯。众目睽睽之下，我拿出了笔和纸条。目击者们对我露出了赞许的微笑，他们都以为我在留联系方式给你，可是我没有。

（小 青）

一见钟情之后

一个男青年去手机营业厅充值，突然他眼前一亮：一个美女正好排在他前面。当美女报手机号充值时，男青年便暗暗记下了她的号码。

这一天，男青年都魂不守舍的。到了晚上，他终于鼓起勇气，给美女的手机号发了短信：交个朋友怎么样？

良久，对方才回短信问：你是谁啊？

男青年觉得有戏，立刻回复道：我是今天排队在你后面充值的。

这回很快有了回信，男青年激动地点开短信。只见对方回复：噢，今天是女朋友帮我代充的话费。

（淼 淼）

网购有风险

老板请年轻的女秘书帮忙网购，很快，买的东西便送到了老板家。老板不禁大赞网购的快捷便利。女秘书却说："不，网购也有风险。您不知道，我和您在同一天买了条连衣裙，到现在还没收到呢！"

过了两天，女秘书仍没收到连衣裙，便打电话去网站，一问她才发现自己当时留错了地址，如今连衣裙被快递到了老板家。

隔天，女秘书硬着头皮去问老板，有没有收到自己的连衣裙。

老板沉默了一会儿才说："网购果然有风险。为了那条裙子，我向老婆解释了一晚上啊。"（余 音）

舍不得

有个男生非常淘气，成绩不好，还总是惹是生非。妈妈便吓唬他，说要帮他转校。

第二天，男生到班里这么一说，一个漂亮女孩就不干了，她还哭哭啼啼地说："等会儿我就跟你回家，去劝你妈妈打消这个主意。"

男生知道女孩舍不得自己，便拍着胸脯保证："我会回来看你们的。"

女孩边哭边说"你别误会，我不让你走，是因为你一走我就成倒数第一了啊！"（张 涵）

有钱的同学

有个男人一夜暴富，请老同学吃饭。两人见面，男人便撸高袖子和同学热情地握手。

入席之后，男人点了菜，并不断地给同学夹菜，同学觉得不好意思，两人便推来推去的。突然，男人指着自己的手表，大叫一声："哎呀，手表磕痛你了吧？"

同学并没有被磕到，就连连说不痛不痛。

男人却一脸懊恼自责地说："怎么可能不疼呢？这可是24k的金表啊！"见同学仍是说不痛，男人便指着手表豪迈地说，"你说痛也没关系啊，我又不会让你赔这块16万的表。"

（启 帆）

找 人

清明时，有个男人去给爷爷上坟。他到了公墓，不由大惊失色。原来，一年之间这里扩建了一倍，密密麻麻都是墓穴。

男人在公墓里转悠了两圈，愣是没找到爷爷的墓。于是，他只得在路边点上香、摆上供品，一边摆一边充满歉意地说："爷爷啊，烦劳您老人家过来吃，现在您找我比我找您容易啊！"

（张 权）

特别的饭馆

小张到一家叫"武侠风"的饭馆吃饭。他一落座，一位小二打扮的服务员一边招呼着："好汉，一位！"一边递上一本《武林秘籍》。

小张接过一翻，这是一本菜谱，其中有"降龙十八掌"、"九阳神功"等武功，旁边都一一配着菜的照片。

小张点完菜，就发现桌上爬着一只蟑螂。他愤怒地嚷道："小二！"

小二也看到了蟑螂，他举起手中的抹布，大喝一声"刺客，接招！"（妞 妞）

本栏欢迎来稿，读者、作者可将有新鲜感、有精彩细节的笑话佳作投寄给我们。来稿一经采用，最高稿费为一则100元。本期责任编辑电子信箱：yanyichao1004@sina.com。

□ 黄金柳

替父亲延寿

生老病死是自然界的法则，如果有一天，这条法则被打破，生命可以被任意缩减或者延长，那么……

李四在城里工作，那天他刚吃完早饭就接到电话，说他父亲李老爹昏倒在村里，现在已被送到城里的医院了。

李四心急火燎地赶到医院，医生告诉他，李老爹得了不治之症，最多只能再活一个月。

李四一听头脑一片空白，看着躺在病床上昏迷不醒的父亲，他忍不住哭出声来。李四母亲死得早，是父亲一手把他拉扯长大。李四曾发誓，要出人头地回报父亲。谁想到，今年他才成立一家小公司，还未来得及回报，李老爹就将离开人世。

李四一边哭，一边大骂老天不开眼，骂着骂着，就看见一个头上闪着光环的天使站在他面前。

天使递给他一个本子说："这是加减寿命的本子，你可以把一个人的寿命减掉，加在另一个人的身上。只是……"李四大喜，不等天使说完，就抢过本子跑了。

等李四回过神来，人已在家中，手里紧拽着一个本子。本子的封面写着五个字：加减寿命本。他打开一看，里面是一张张空白的表格，可以任意填写减寿人和加寿人的姓名。

这时，医院又打来电话，告诉李

四，说李老爹抢救无效，心脏已经停止跳动。

李四悲痛万分，他突然想到了手中那本奇怪的本子。死马当作活马医！只要能救父亲的命，他什么都愿意做！

李四想了想，就在减寿人姓名一栏填上赵肥的名字。赵肥是李四的老同学，此人混迹官场，吃喝嫖赌，贪污了不少钱却仍逍遥法外，叫这等恶人让出两年寿命给父亲，也不算过分！

很快，奇迹竟真的出现了。电话里传来护士的惊呼声："病人又有心跳了！"

待李四急匆匆赶到医院，李老爹竟缓缓张开双眼又活过来了。

更让医生目瞪口眼的是，几天后，医生为李老爹检查，发现李老爹的不治之症消失了。医生诧异得直摇头，而李四却心知肚明，这是赵肥的寿命，他活得好好的，也没有什么不治之症。

过了一个多星期，李老爹觉得小解不顺畅，而且疼痛不已。经过检查，李老爹得了糖尿病。李老爹不解地问儿子："我从来没有这个病的，怎么说得就得了呢？"

李四想起赵肥患有糖尿病，心里就打了个哆嗦，打着哈哈说："大难不死必有后福。没事，咱有病治病。"

李四没想到，让他更烦心的事还

在后头呢。那天，李四刚到医院，一个漂亮的小护士就哭着告状，说李老爹竟趁人不备摸了她的屁股。

李四起初不相信，可看到父亲垂着脑袋懊悔的模样，再看看哭得上气不接下气的小护士，李四不得不相信。他气急败坏地问："爸，你这是做啥呀？"

李老爹像做错事被抓到的小孩，身子不住地颤抖，呐呐地说："我……我……"

李四好言劝走护士，搀着父亲出去透风，一边走，一边问："爸，实话告诉我，这到底是怎么回事？"

李老爹抬起头，两眼茫然地回答："儿啊，我也不知道咋了，看到这漂亮护士，手就不听使唤摸上去了。我、我都不知道……"

李四知道：父亲绝不是好色不知轻重之人，可这……李四刚想说什么，走廊对面走来一位美女，只见李老爹的眼睛立刻放出光来，不光直勾勾地看着人家，手脚也似乎要有所行动，吓得李四赶紧抓住父亲的手。这时，李老爹似乎又恢复了正常，满眼

的痛苦和羞涩。

实际上，李四更痛苦。此刻他心里已经明白了，赵肥不仅给父亲加了寿命，还连带把毛病和恶习也一并加了过来。赵肥好色，这谁都知道啊！可怜的父亲，虽然寿命是延长了，但今后恐怕要一直活在旁人的鄙视里了。

李老爹看着来来去去的人交头接耳，指指点点，他羞得老脸通红。他觉得无法承受，哭着说："儿啊，我不住院了，咱回家。我这手、这眼，中邪了，不听使唤。看见漂亮人儿就中邪了……"

李四一时也束手无策，只好给父亲办理了出院手续。

李老爹住进了李四家，但一个人不可能与社会隔绝，李老爹哪怕出去散步，只要有漂亮女人出现，他的眼睛就不由自主地盯着人家，一时间他吓得门都不敢出了。老人家深受打击，加上糖尿病的折磨，整个人迅速消瘦下来。

李四觉得这样下去不行，他想把赵肥的寿命还回去，再找个人代替。李四也不敢再找个恶人，哪个恶人没些恶习呢？李四也是吓怕了。

眼见父亲日益消沉，为了父亲，李四决定找个健康的、人品又不错的人来给父亲加寿命。思来想去，他挑上了在小区看门的王大叔。王大叔四十来岁，身体健壮乐于助人，小区居

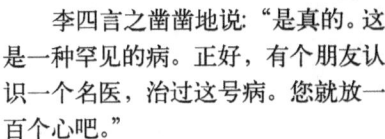

民对王大叔评价不错，而且他也无不良嗜好。

可每回李四想把王大叔写在减寿人一栏时，又总下不了笔，心中充满了矛盾和挣扎。

这天，李四狠下心来，今天就减去王大叔的寿命。于是，他去超市买了很多补品和水果，编好理由要送给王大叔。当他提着大包小包，回到小区的时候，恰巧王大叔下班回家，身边跟着一个中年妇女和一个十一二岁的男孩。李四认得他们，是王大叔的老婆和儿子。

王大叔一家有说有笑地走过来。只见王大叔笑着问："儿子，今天你生日，想要什么礼物，爸爸送给你。"

"爸，家里就您一个人挣钱养家。我不要什么礼物，我只要爸爸妈妈健康长寿！"男孩稚嫩的声音传过来，李四听着浑身一震，哪个人不希望自己的父母健康长寿？我怎么能去夺人家的寿命呢！

李四丢魂似的回到家，打开房门，见父亲正呆坐在客厅里流泪。看到李四，李老爹说："儿啊！我真是生不如死啊！我丢光了李家的脸，将来怎么去见你娘啊？儿啊，我……我真不想活了！"

李四一把抱住父亲，强忍泪水，安慰道："爸，您别担心。我都查过了。您得的是一种神经不受控制的病，我已经联系好医生，明天就能拿到药，

一吃就好了。"

"真的？"

李四言之凿凿地说："是真的。这是一种罕见的病。正好，有个朋友认识一个名医，治过这号病。您就放一百个心吧。"

李老爹听了，这才露出久违的笑容。

又过了一会儿，李四回到房间打开加减寿命本，手犹如千斤重落不下一个字，他脑海里都是王大叔一家幸福的脸。突然，他下了一个决心，要把自己的寿命加给父亲，赵肥的他如数归还。父亲的恩情，又如何能用寿命来衡量呢？想到这，李四坚定地在减寿人一栏写下自己的名字。

这时候，天使又出现了。他说："你确定要这么做？"

李四点点头，坚定地说："是的，为了父亲，我愿意。"

天使微微一笑，说："念你一片孝心，现在我就延长你父亲的寿命，同时你也不需要减寿了。"说完，天使消失了，加减寿命本也一并消失了……

（题图、插图：安玉民）

绿版编辑部各编辑邮箱：
吴　伦：wulun54@126.com
朱　虹：zhong98305@sina.com
刘迎曦：liuyingxi1203@163.com
颜轶超：yanyichao1004@sina.com
黄美舟：huangmeizhou@126.com
陶云锟：tao1985110111@gmail.com

孩子是每个家庭的希望，孩子更关系整个国家的未来。因此，教育问题始终牵动着我们的心……

一躬到底

□ 刘江波

叶奶奶的鞠躬

我是一个老师，在一家小有名气的学校任职。最近，我们学校董事会决定：户口不在本地的学生要交择校费。因此家庭条件不好的择校生都相继离校了。

我班上有个叫叶峰的择校生，家庭条件最差。一天下午，叶峰的奶奶拖着病腿来找我帮忙。尽管情况让人同情，可我也是爱莫能助。

看我不答应，叶奶奶一个劲地央求我，我只好敷衍了她一句，说帮她问问。没想到叶奶奶当了真，她的神情立刻轻松起来，并且努力站直了身子，冲着我深深鞠了一躬。

我措手不及，急忙去扶，心里很是不安：我只是个上班讲课，到月领工资的小老师，这事是有心无力，没法子。目前，我也只能多抓抓叶峰的学习了。叶峰这孩子有认真劲，也挺懂事，相信提高些成绩是没问题的。

有些话真是不能说太早，叶峰也许是知道自己留校的时间不多了，接下来几天他完全变了一个人，经常迟到早退，上课也不积极发言了，让他到黑板前做题，总是说不会。更让我生气的是，他连个人卫生都不注意了，经常把衣服弄得脏兮兮的，两只手也黑乎乎的。我告诫了他几回，他不但不当回事，还旷起课来。

一天课间操的时候，我把叶峰叫到办公室，狠狠地批评了他一顿。等他走后，教语文的陈老师劝我消消气，照她的话说，叶峰估计是交不起钱，也念不了几天了，何苦这么操心？话虽如此，可一想到叶奶奶那一躬，我心里就不是滋味。

陈老师又说："你瞧，叶峰又和张凯玩呢，最近两个人经常在一起疯。"

我往外一看，校长的儿子张凯正踩着滑板，在操场上潇洒地穿行，而叶峰则跟在他后面狂奔。张凯的好动调皮是出了名的，校长劝不了他，老师更不敢管他，叶峰怎么和他混在一起了呢？

我忍不住就冲了出去，喊叶峰回来上课。万没想到，叶峰连我这个班主任的话也不听了。这下我可气坏了，我拨通了叶奶奶的电话，正想把这事告诉她，没想到老太太第一句就是："刘老师，是不是择校费的事成了，我天天念佛保佑呢……"

我呆了一呆，只能含含糊糊地说："还……没消息呢。"

叶奶奶叹了口气说："他爸妈都在外面打工，他爸病了，这两个月一分钱都没寄回来，这孩子要再念不上书，我怎么有脸去见他的爸妈？听说有个孩子被校长的车子刮了，免了择校费，他就动了念头，琢磨着让校长的车碰一下。我一听就哭了，咱就算不念了，也不能动这念头啊……"

我都不知道怎么放下电话的，只能不断地对自己说：不能放弃他。

·点亮梦想 绽放美丽·

操场上的车祸

下午上课的时候，我在黑板上抄了一道题，让叶峰到前面来做。听我的声音很严厉，叶峰慢腾腾地走到前面来，他伸手拿粉笔的时候全班哄堂大笑———他的手黑得像刚从墨汁里捞出来一样。我气得直接让他回座位上去，并且下了最后通牒：明天要不把手洗干净，就别来上学了！我就没见过这么脏的学生。

但叶峰真让我失望，他第二天早上又迟到了。只见他满头大汗地进了班级，坐在椅子上也心不在焉，不断地低头往下面看，还露出得意的笑。按我的经验，他又在搞小动作，于是我趁他不注意，一把抓起他的手，把他手心里的一张小纸条打落在地。同学们却又一次爆笑起来，因为他的手还是那么黑！

我忍无可忍了，马上拨通了叶奶奶的电话，让她把叶峰领回去。为了震慑叶峰，我按了"免提"，可我刚提了一句他的手，叶奶奶就哽咽地说："刘老师，你原谅他吧，他为了凑学费，每天都帮邻居搬蜂窝煤，才把手弄成这样的。昨天你说洗不干净手就不让上学，他回家又是洗涤灵又是洗衣粉的，可还是洗不掉，他后来用的是钢丝抹布，把左手都擦出血了。右手他没敢洗，他是怕拿不了笔呀……"

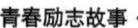

教室里安静极了，所有孩子都呆呆地看着叶峰，他却只盯着被我打掉的纸条，想弯腰去捡，却被我一把拉住。我抓起他的左手，果然红肿得像充了气的皮球，上面还有丝丝血痕。我的嗓子好像被堵住了，刚想向叶峰道个歉，下课铃却在这时响了，窗外立刻有人喊起来："叶峰，快出来！"又是张凯来找叶峰玩了。

张凯这一嗓子，就跟圣旨似的，叶峰都不等我说下课就奔出去了。还没等我回味过来，叶峰的同桌捡起了那张纸条，我接过来一看，上面歪歪扭扭地写着：欠叶峰比赛钱五百，张凯，日期正是今天。结合这些天的种

种情况，我突然明白过来了：叶峰是用双腿在和张凯的滑板比赛！

我拿着欠条冲到了操场上。此时，叶峰已经跑得上气不接下气，张凯是个滑板高手，他时快时慢，总不把叶峰落得太远，却始终超过他一米左右，这让叶峰更加拼命地追了，可是怎么追也追不上，真不敢想象早上这场比赛叶峰是怎么赢的？

跟着我出来围观的同学们都喊了起来："叶峰，加油，加油！"我看着两个人快跑到大门口了，而叶峰和张凯只有一步之差，我也不由自主地低声喊着："加油，加油！"

就在这时候，校门口的自动门开了，一辆小汽车从外面驶进来，速度虽然很慢，可张凯的滑板却正朝着汽车滑过去，偏偏张凯边滑还边回头逗着叶峰，这下非得撞上不可。

但叶峰也不知道哪来的力气，一下子就赶上了张凯，还用力把他推了出去。

"吱"的一声，叶峰倒在了汽车下，我们赶紧跑过去，张校长从汽车上下来，也吓得脸色发白。

我扶起叶峰，看到他的手上流出了鲜血。叶峰只说了一句话："张凯，我又赢了……"就晕了过去。

张校长的决定

叶峰被送进医院，叶奶奶很快赶来，还明确表示：不用赔偿。我给张

校长打了电话，把这情况一汇报，听得出校长觉得很惊诧。我早就想好了，又趁机提了叶峰的择校费，张校长心情好得很，既然学生家长这么通情达理，择校费的事也好商量。

本以为这事算有个结果，没想到回到校长办公室时，张校长却说："我可听说了，那孩子的手是自己弄伤的，不是我撞的。"

这事我当然知道，叶峰根本就没被撞伤，只是摔倒的时候划破了左手，这才流了血。至于他晕倒，那是因为体力消耗过大。可我想帮叶峰这个忙，就没揭开这层窗户纸，现在也只好实话实说了，最后还说："再怎么样，叶峰也救了张凯呀！"

张校长也很头疼："董事会决定的事，我也不好开口子呀。这要是我的车撞的，反倒好说了……"

我听明白了，只要叶峰坚持说是校长的车撞伤的，那校长就能给董事会一个交待。我兴冲冲地跑回医院，把这个好消息告诉了叶奶奶。我原以为她会高兴，没想到老太太看着病床上的孙子，慈祥地说："从小到大就叫他别撒谎，现在不能为了有书念，就教他撒谎坑人呀。"

我的脸红了，我的自作聪明在这位质朴的老人面前不堪一击。叶奶奶从她的包里掏出一沓钱递给我，我看见她的手也是乌黑乌黑的。

叶奶奶还说："我们一会儿就出院了，择校费已经有五千了，刘老师你先交给学校吧。还有几天时间，我们再想招……别让校长怪张凯，那也是个好孩子。"

我把钱交给张校长，不够的钱请他从我的工资里扣。张校长说"这不是让我为难吗？你也没责任呀，你不欠他们什么！"

我站直了身子，向着校长深深鞠了一躬："我欠！我欠老人家的一个鞠躬，现在我把这个鞠躬送给您，您把叶峰留下吧。我知道钱还不够……"

"钱够了，爸爸！"办公室的门开了，张凯领着一群同学进来了，他们伸出小手，把手里大大小小的钱，全都放在了校长的办公桌上。

张校长有些激动了，但他看到张凯还拿了张纸条，上面记着欠叶峰的钱，不由又瞪圆了眼睛骂道："你都学会赌博了？"

"不是的，"几个孩子抢着说，"张凯是故意输给叶峰的，他想帮助叶峰，又怕你不答应，才想出这个主意的……校长，钱是不是还不够啊？"

我一听，愣了。张校长更是惊讶地看着儿子，好半天他才说出话来："钱够了，够了！刘老师，我再跟董事会说说，咱们得想想办法，别光留下叶峰，争取把走的孩子都找回来。今天你和这些孩子给我上了一课，我应该给你们鞠一躬才对！"

（题图、插图：安玉民 梁 丽）

部落里的马拉松

神探夏洛克来到一个原始森林度假，发现这里有一个部落，将要举行4万米长跑比赛。比赛每年一次，冠军不但能被封以"勇士"头衔，还能获重奖。

规则是这样的：由于林间道路狭窄，选手每隔5分钟起跑一个。他们将沿着茂密的森林转个圈，再跑出森林，回到原点。前三年都是酋长的儿子萨姆逊拿到冠军。村民们不禁怀疑萨姆逊只是跑进森林后就躲在里面，再等差不多的时候再跑出来而已。

听了村民的反映，神探夏洛克打算做一次公正的裁判。比赛当天，他用一卷皮尺，轻轻松松地揭穿了萨姆逊的把戏。你知道神探夏洛克是怎样做到的吗？

超级视觉

这是第七届年度最佳幻觉比赛（Best Illusion of the Year Contest）的冠军作品：爱的面具（Mask of Love）。面具中的人像，其实是一男一女在亲吻对方，你看出来了吗？

想知道答案吗？方法一，直接扫描二维码。方法二，http://t.cn/zWO9hoF 查询"动感地带"答案的同步更新。方法三，购买10月上《故事会》！动感地带，与您不见不散。

疯狂QA

行为奇特的人

在一幢10层高的住宅大楼中，装有自动升降的电梯。A住在10层，每次下楼的时候都乘坐电梯。可奇怪的是他每次在上楼的时候，几乎都不乘电梯。

而且，人们还经常看到A在电梯附近转来转去，如果一个人也没有的时候，他就自己一步步地爬上10楼。

你说说，A的行为为什么这么奇怪呢？

哇！好准哦

谁是你最佳的倾诉对象？

假设有一只蝴蝶飞舞在花丛中。那么，这只蝴蝶会按照怎样的顺序飞落在什么样的花朵上面呢？请用虚线在图中标识出来。

① ② ③ ④ ⑤

人生总是充满选择，有时只是一念之间……

秘书的选择

□王应良

该不该看

刘鑫大学毕业，本想留在大城市里，可老爸天天电话轰炸，说老家市委组织部要招公务员。老爸是给领导开小车的，见过世面，他说："你小子知道吗？组织部可是管官帽子的地方，就是一般的办事员出来，也是见官大三级。"

刘鑫耐不住老爸的软硬兼施，只好回乡赶考。以刘鑫的能力，对付这种考试是游刃有余。果然，他以笔试、面试双第一的成绩进了市委组织部。

正好这时，市委常委、市委组织部张部长的秘书官升一级，张部长见刘鑫文字功底强，人又机灵，就让他暂代秘书一职。

老爸听到这个消息高兴得跳起来说："刘家祖坟冒青烟了。你们张部长可了不得，他原来也是当秘书的，没几年工夫，就一路高升到了现在的位置。只要你给他当好秘书，肯定前途无量！"

可是刘鑫却觉得"理想很丰满，现实很骨感"。自己每天就是跟在部长身边鞍前马后，偶尔给部长写写发言稿，工作没有一点挑战性。不过很快，刘鑫平静的职场生活就被打破了。

这天张部长和几个副部长开完办公会议，嘱咐刘鑫收拾收拾，就走了。

刘鑫不敢怠慢，打扫好卫生，又整理起了办公桌。这时，几张手写的材料引起了刘鑫的注意。他定睛一

看，上头写着"拟提拔、调任干部名单"。

这几天，刘鑫听见同事们私下议论，今年一部分干部年龄到了，要退居二线；一部分年轻干部要进一步，走上一把手的岗位；还有一部分年纪不太大，却任职届满，要挪挪位置。按程序，得先由组织部拿出一个名单，提交书记办公会斟酌研究，再提交常委会讨论通过。所以这段时间，不少想进一步的人有意无意地到组织部来走走，想刺探一点内幕消息。如果在名单上，心里落个安定；如果不在名单上，也好临时抱抱佛脚，说不定还有一点机会。

眼下这份重要名单就在刘鑫眼前，一定是张部长开了一下午会，头昏脑胀，忘记锁进文件柜了。刘鑫刚来组织部时，学习过内部纪律，他知

道以自己的级别是无权翻阅名单的，但他还是忍不住强烈的好奇心，像做贼一样翻开名单，匆匆地扫视了起来。然后，他将一切归于原位后退出办公室，锁好门，下班。

一回到家里，刘鑫发现：老爸单位里的郭副局长正坐在自家客厅里。刘鑫不禁感叹：现在的人真是消息灵通，部长办公会刚结束几个小时，就找上门来了。刘鑫知道老爸单位的一把手已经到了退休的年龄，这位郭副局长很有能力，在单位里口碑也不错，很有希望能扶正。

郭副局长赔着笑脸与刘鑫寒暄了一会儿，就欲说还羞地打听起了消息。

刘鑫知道他与老爸关系很好。但刘鑫也清楚地记得，自己看到的名单里，他们单位一把手的拟任人选并不是郭副局长。他差一点冲动地说出了口，但还是强忍住，苦笑着说："郭叔，你也太高看我了，我只是一个刚参加工作的办事员，怎么会知道这样的事情呢？"

郭副局长又旁敲侧击了一番，见刘鑫一问三不知的样子，才悻悻离去。

该不该说

第二天刚一上班，张部长行色匆匆地来到办公室，在办公桌上找了一下，拿起那份名单去参加书记办公

会。刘鑫知道为了防止泄密或有人打扰，书记办公会研究人事问题，一般会找一个隐秘的地方召开，而且都不带秘书。刘鑫本来还有点忐忑不安，可见张部长神色没有异常，一颗心才放了下来。

下午上班时，张部长又行色匆匆地回到办公室，一个电话就把组织部常务副部长喊了过来。

刘鑫赶紧泡了两杯香茶送进去。这时，张部长一边从皮包里拿文件，一边对副部长说："书记办公会的研究结果出来了。"

副部长从刘鑫手中接过茶杯，喝了一口，问："没多大变故吧？"

张部长没有答话，而是不动声色地看了刘鑫一眼。刘鑫一看，赶紧知趣地转身离去。

就在刘鑫掩上门的一刹那，他听见张部长说："基本上没什么异议，就是关于紫阳区区长王大中的调任有点问题。"刘鑫一听，心里又一次狂跳起来。这个叫王大中的人与他太有关系了。刘鑫的女朋友叫王慧，就是王大中的女儿！

刘鑫故意放慢脚步，他听见副部长接过话说："王大中他做了六年区长，政绩不错，而且他还是学经济出身的，调任市财政局局长恰如其分，难道……"

张部长却说："王大中这个人能力是有的，但我认为他个性太强，所以我提出了不同的意见。"

刘鑫听到这儿，再也不敢听下去了，他心想：看来部长对未来岳父有成见啊，这事到底要不要告诉他老人家呢？

刘鑫胡思乱想地回到自己的办公室。正当他心神恍惚时，口袋里的手机突然响了起来，他一看，吓了一大跳，说曹操曹操便到，电话是王慧打来的，说父亲邀他今晚去家里吃饭。

在这之前，刘鑫还没上过王家的门。如果是过去，他一收到这种邀请，肯定跑得比兔子还快。但在这节骨眼上，他真是不想去，去了是说还是不说好呢？

但没办法，未来岳父一声令下，是不去也得去！下班后，刘鑫直奔商场，买了点水果烟酒，就去了王家。此时，王大中早已端坐在客厅里，等刘鑫了。他示意刘鑫坐在对面，然后直奔主题问道："今天书记办公会开了吧？我的情况怎么样？"

刘鑫一听傻眼了，怎么连个过渡也没有啊？他一时不知如何应对。

王大中却依然气势逼人地盯着他，不给他半分喘息机会，追问说："怎么？纪律性还很强呢！连我也不说？"

刘鑫正待和盘托出，但王大中这句话却一下子点醒了他，他知道自己看了不该看的，听了不该听的，如果再把偷看偷听的内容说出来，那就是

错上加错。他只好假装糊涂，说"伯父，您也知道，开书记办公会，领导都不带秘书，我是真不知道啊！"

王大中听了，脸色大变，指着大门怒吼一声："滚！"

王慧见了，想上前调解。王大中又朝女儿一声吼："像这样的白眼狼，你留他干什么？你要是再敢跟他勾勾搭搭，以后别进家门了！"说完，抄起刘鑫带来的一袋水果香烟"咚"的一声摔在了地上。

刘鑫只好离开王家，他一边走，一边懊恼：我干吗要回来考这个公务

员？现在简直是猪八戒照镜子——里外不是人啊。接下来几天，刘鑫怎么也联系不上王慧，他更加惴惴不安。

老爸察觉了刘鑫的异常，便追问出了什么事。刘鑫仍是守口如瓶，他知道一旦坦承和王慧出了问题，必定会牵扯出偷看名单的事情，现在可不能一错再错了。

原来如此

很快，市委常委会正式宣布了提拔调任领导的名单，让刘鑫意外的是：郭副局长的确没当上原单位的一把手，却被提拔到同级单位当一把手。王大中也没当成财政局长，却被破格提拔为副市长。

更让刘鑫大吃一惊的是，会议一结束，张部长和常务副部长一起回到单位，接着召开了办公会议。会议一完，他们就把刘鑫喊进了部长办公室。

张部长笑眯眯地掏出一部手机递给刘鑫。副部长见刘鑫傻愣着，笑着说："从今天起，你就是张部长的正式秘书了，兼任秘书科副科长职务，恭喜你了！别愣着呀，这是张部长的工作手机，由你保管。"

刘鑫还没回过神来，接着，张部长又掏出一个手机挂链送给他："小伙子不错，比我当年强！"

刘鑫接过一看，是个玉石小貔貅，虽然石质普通，但雕刻得栩栩如

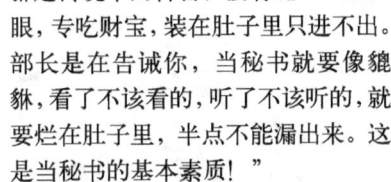

生，煞是可爱。他还是有点懵，他自认工作干得稀松平常，没啥出彩的地方，但部长不光让自己转正了，还送了小礼物，这是为啥？

这一天，刘鑫都拿着貔貅挂链把玩，可任凭他想破脑袋，都没琢磨出个所以然来。

晚上，刘鑫回到家里，又是大吃一惊：只见老爸、郭副局长，还有王大中三个人正坐在客厅里推杯换盏，王慧呢，则和老妈忙进忙出。

这一刹那，刘鑫突然像被打通了"任督二脉"似的，一下子明白过来：那份名单是张部长故意落在桌子上的，张部长和副部长的谈话也是有意让他听到的，就连郭副局长和王大中来打探情况，都是演戏，这一切都是在设局考验他。

王大中看着刘鑫一副醍醐灌顶的样子，赞许地说："傻小子，好样的，慧慧没看错人！"说着，他从刘鑫手中接过挂着貔貅的手机，端详了一会儿，说，"这貔貅是张部长的老领导送给他的，这些年，他一直把这东西带在身上，时刻警醒自己。他现在送给

你，你知道什么意思吗？貔貅是传说中的神兽，没有屁眼，专吃财宝，装在肚子里只进不出。部长是在告诫你，当秘书就要像貔貅，看了不该看的，听了不该听的，就要烂在肚子里，半点不能漏出来。这是当秘书的基本素质！"

刘鑫听了，顿时吓出了一身冷汗，他的确是看了不该看的，听了不该听的，幸亏他在关键时刻强忍住没有说出来，不然简直是功亏一篑啊。

刘鑫有些后怕地看了老爸一眼。老爸却眉开眼笑地说："我见你不太乐意当这个秘书，就有点后悔把你拉回来。所以我们几个一合计，不如试试你，看看你的性子适不适合干这个，如果不行，干脆辞职，和慧慧一起出去奔自己的前程。不过，你小子还算行！"

这时，王大中又接过话，有点严厉地说："你小子记住，张部长送你貔貅，还有一层意思，要以貔貅为戒，不能贪恋钱财。你要是贪财不走正道，我和你爸都不饶你！"

（题图、插图：张恩卫）

假作真时真亦假，一张假证引出一串趣事……

□万里秋风

真真假假

真证？假证！

大壮是个业务员，经常要出差。这次出差要坐十几个小时的长途车，沿途风景怡人，大壮便摆弄起相机来。

坐在旁边的小伙子见了便说："这相机不错，你是搞摄影的？"大壮遇到了识货的，高兴地说："挺懂行啊！"小伙子一笑，也从包里掏出自己的相机。

大壮一看，乖乖，这相机比自己手里的还要高档，没个十万下不来。所谓"酒逢知己千杯少"，不一会儿两人便聊得热火朝天，互相试手，拍了几张照。小伙子还告诉大壮：自己是专程来拍前面那座大桥的。没等他说完，长途车竟停了下来。

司机告诉大家，前面的大桥给山洪冲塌了，桥是去目的地的必经之路，一时半会儿修不好，所以打算原路返回。

小伙子一听，跟大壮说了句"再会"，就"哧溜"一声下了车。等大壮回过神来，他早已不见了踪影。

大壮摇头笑笑，萍水相逢嘛！他立马打电话向公司请示了一下，决定不走回头路，先安顿下来，等桥修好再走。于是他也下车，找了一家宾馆。当他准备掏身份证入住时，又暗叫一声：糟糕！原来，他放身份证的钱包被摸走了，还好，贴身口袋里还有几张大钞和银行卡。

但宾馆还是坚持必须凭证入住，宾馆经理说："这是公安局的规定，认证不认人！你要有意见，我现在就找民警同志来给你解释解释。"大壮人

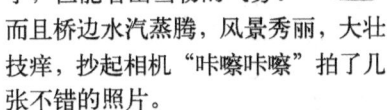

在他乡，本身又理亏，不敢再废话，只好先退出去。

大壮垂头丧气地到了当地市中心的天桥上，前脚刚踏上台阶，后脚便被人团团围住。"兄弟要发票吗？""办证吗？结婚证、毕业证、身份证、房产证……"大壮眼睛一亮，心说：活人哪能被尿憋死？于是，他直接拉过那个办证的说："办张身份证，今天就要。"

办证的告诉他：身份证不可能当天办好，但要办别的证，都是现成的，一样可以入住宾馆。

大壮犹豫了一下，便买了张假证回到宾馆。服务员看了证件，还是说那证不是有效证件，不能入住。

大壮眼尖，看到一旁有个高大的男子，出示的也不是身份证，但却能入住。

服务员耐心地解释说："那是现役军官证，是有效证件。"

大壮仍是一味胡搅蛮缠，又惊动了那位宾馆经理。经理认出了大壮，不耐烦地接过他的证件看了又看。大壮在一边又是诉苦又是示弱，还真打动了经理，让他住了下来。不过宾馆为了慎重起见，还是复印了一张大壮的假证留存。

大壮想反正自己也不违法乱纪，就心安理得地交了假证，办理了入住。解决了住宿，大壮又惦记起出差的事情。于是他又到桥边，查看修桥的进度。这一看，桥虽然塌了，但能看出当初的气势。而且桥边水汽蒸腾，风景秀丽，大壮技痒，抄起相机"咔嚓咔嚓"拍了几张不错的照片。

第二天一早，大壮又去看桥。断桥周围已经拉起了警戒线，但现场并没有抢修队。大壮定睛一看，嘿，昨天遇上的小伙子正在对岸拍照。小伙子很专业，还冒险爬到断桥上去照。大壮怕惊扰他，看了几眼，便往回走。

大壮刚走几步，便被一个男人拦住了。男人西装革履，说要请大壮吃饭。大壮是个大大咧咧的人，他一听有酒菜吃，顿时来了精神。但他毕竟人生地不熟，还是小心地问了句"兄弟，萍水相逢，为何如此客气？"西装男一听大壮出口成章，更客气地说："海内存知己，相逢何必曾相识，请！"

真情？假意！

话说到这个份上，大壮也就不客气了，跟着西装男进了饭店。大壮一看，满桌的好酒好菜，他心说：这就叫上帝为你关上一扇门，便会为你打开一扇窗啊。虽然遇上了断桥事件，但也遇上了这种白吃白喝的好事啊。入席后，西装男和大壮频频推杯换盏。很快，大壮已经不胜酒力，晕晕乎乎了。这时西装男拿出一张名片，压低声音对大壮说："兄弟刚被提拔

起来，老兄还要多多支持啊。"

大壮醉眼蒙眬接过名片，小字看不清楚，但能看清最大的"主任"二字，大着舌头说道："主任有事尽管吩咐，兄弟在所不辞。"

主任高兴地说："只要兄弟你离开，就是对我最大的支持。"

大壮莫名其妙道："我离开？去哪儿啊？我是受上级指派出差啊，不能离开！"

主任点点头表示理解，但还是劝大壮即刻回头，就说这趟没什么收获。大壮已经酒精上头，嚷嚷起来："那不是显得我办事不力吗，砸了饭碗怎么办？"

主任一边露出恍然大悟的表情，一边赶紧塞给大壮一个红包。他不等大壮再有所反应，直接买单走人了。大壮愣了一会儿也就走了。

大壮回到宾馆倒头就睡，等他一觉醒来，发现手中有一个红包。他疑惑地打开红包，里面有一千块钱。大壮心说：原来刚才不是做梦啊，世上还真有天上掉馅饼的事儿？

隔天大壮睡到日上三竿才醒酒，他又去看了看断桥，和昨天截然不同，这里一副热火朝天的抢修景象。大壮看了如释重负，看来今天就能继续上路了。

回到宾馆，大壮又遇上了爱拍照的小伙子，他就住在自己隔壁。两人都觉非常惊喜，寒暄了两句，就各自回房了。大壮打开自己的房门，不禁吓了一跳：主任坐在自己的床上，屋子里被翻得乱七八糟。

大壮气愤地说："你进我房间里干什么？你怎么进来的？"

主任笑了笑："把相机交出来吧。"大壮吓了一跳，弄了半天他是冲自己的相机来的，那是自己吃饭的家伙，他赶紧抱住自己的包。

主任脸沉下来，他挥挥手，突然窜出来两个彪形大汉，一把将大壮按在床上，关上房门开始抢包。大壮拼命挣扎呼救，但哪是两个大汉的对手。

主任掏出相机，查看里面的照片，看了几张，脸色铁青地问："说！你把照片复制到哪里去了？"说完他一挥手，两个大汉的拳头便落到了大壮身上。

大壮边招架边喊："为什么打我？我又没违法乱纪，你给的钱我还给你就是了！"

主任听了更怒了，他说："你还敢讽刺我？你当记者的收受贿赂就不是违法乱纪？"

大壮大吃一惊："记者，什么记者？"

原来，眼前的这个主任主管当地宣传，上头给他下了死命令：桥塌了，必须严防死守，不能放进来一个记者进行"不实报道"。而且他们已经得到可靠消息，一个记者乘着长途车，混进了此地。

大壮一听，便喊起来："误会，纯属误会，我不是记者，我是卖照相机的！"

主任一把掏出大壮的假证复印件，狠狠地说："你当我白痴啊！你以为宾馆经理为什么让你入住，还不是见你出示了记者证嘛！"

接下来不管大壮如何解释，主任就是认定他是个记者。到最后，大壮小心翼翼地问："就算我是记者，你为啥那么怕我拍你们的桥啊？难道这桥真的有问题？"

主任的脸一下涨成了猪肝色，大喝道："你懂个屁，这都是因为百年不遇的大水，懂不懂，百年不遇！"忽然他恍然大悟地追问大壮，"你说，你

是不是还有同伙？"

坏事？好事！

这句话像劈下一道闪电，照亮了大壮的思绪。大壮是个假记者，但想到隔壁的小伙子，再结合他的种种行为，他就是那位真记者啊。

大壮脑子转得飞快，忽然就"扑通"一声跪在地上，颤抖着说："主任啊，我确实是个记者，你们别打我了，大不了我合作就是！"

主任的脸色这才好看些，他扶起大壮"兄弟有话好说，只要你帮了老哥的忙，以后不管什么时候来本市，老哥还是会罩你的。"

大壮点头如捣蒜，他假装害怕地说："实不相瞒，我是有个同伙，我们俩装作不认识，一起住了进来。刚才说去天桥办假证也不全是骗人的。为了掩护身份，我的同伙没用真实身份住店，而是办了一张假军官证。"

主任大喜，立刻让宾馆经理核查。一查，确有此人，住在305号房。

主任带着两个手下，押着大壮来到三楼。经理正在房门口盯着，看主任一到，立刻敲门。门开了，一个身穿军用衬衫的高大房客纳闷地看看门口的几个人，问："有什么事吗？"

主任皮笑肉不笑地说："兄弟，别装了，这位兄弟都认了。把照片交出来吧，咱们交个朋友。人嘛，不管对谁负责，先要对自己负责啊，你说是

不是？大壮兄弟，你是不是劝劝你的同事啊，否则我可不能保证你们的安全。"

大壮冲着高大的房客嚷道："大哥，咱们不就是记者吗？把照片给他们就行了，他们只要照片，别的什么也不要！"

房客似乎感觉出了什么，便说道"有什么事，咱们到公安局说吧！"

主任勃然大怒，向两个大汉使了个眼色，两人便一跃而上。房客见状，不慌不忙地一端一扭，将两个大汉制伏了。

这两下干净利落，一看就是受过专业训练的军人。主任被逼急了，喝道："告诉你，这宾馆都是我的人，你跑不了！"此时动静已经闹得很大了，很多房客出来看热闹，还有人打电话报警。大壮趁乱跑上楼，想告诉小伙子快跑。到楼上一看，小伙子房门敞着，人已经不见了。

等到警察赶到时，主任还带着几个人和那个高大房客对峙着。看见警察，主任恶人先告状："他办假证，冒充军官！抓他！"

房客拿出证件交给警察，警察立即与房客的部队联系，最终宣布，军官证是真的，证实房客确实为休婚假回家的特种部队军官。

因为没有抓到真正的记者，主任只得收回一千元，然后放了大壮。

大壮做完笔录，回到公司。几天后，经理不但没追究他耽误出差的事，还说要给他发奖金。

大壮一脸不解，经理便递给他一张报纸，首页上有一篇题为《山洪冲断"豆腐"大桥，政府人员殴打记者》的报道。报道写说：某地方投资一亿造大桥，但层层转包，偷工减料，水泥过期，钢筋瘦身，甚至还有泡沫板填充其中，投入使用不到一周大桥就被冲断了。因此，当地政府一方面封锁消息，一方面让人抢修整改，妄图蒙混过关。

报道的最后一段特别写说：记者在采访过程中，遭遇了阻挠甚至人身威胁，幸亏得到了出差路过的摄影爱好者帮助，他不顾自身安危，智勇双全，和休假途中的军官一起保护了记者，保护了珍贵的现场影像资料。希望两人看到报道后和记者联系。

另外，在报道一角配发了一张大壮举着自家品牌相机的照片。

（题图、插图：张思卫）

您手中有没有得意之作？本刊辟有二十多个原创性栏目，如新传说、我的故事、情感故事、16岁故事和中篇故事等；您读到或听到什么有趣事可以和大家一起分享吗？3分钟典藏故事、开卷故事、外国文学故事鉴赏和快乐辞典等都是本刊推荐性栏目。热忱欢迎来稿，可从邮局寄发，也可从网上传递。邮寄地址：上海绍兴路74号《故事会》杂志社，邮编：200020；如为电子邮件，本期责任编辑信箱：yanyichao1004@sina.com。

据说在南方的几个城市，袖珍棺材已经火了，是送礼佳品。甚至还有人建议把袖珍棺材申请为世界文化遗产……

□ 孟祥山

最新买卖

发现商机

故事要从老汉孟发财讲起。他是个石匠，干的可是粗活——加工骨灰盒，干这活，地位不高，还有人嫌晦气。

这天晚上，孟发财做了一个奇怪的梦，梦见了去世多年的父亲，梦里的父亲手指西方却一言不发。孟发财醒来，觉得不太吉利，心说：莫非让我早点去极乐世界？第二天，孟发财正好又要去殡仪馆参加亲属的葬礼，他更觉得这不是好兆头。

其实，也有人说梦是反的。这不，第二天，孟发财到殡仪馆，在休息时，他惊讶地发现，自己做的骨灰盒在这里标价"32888"元。当时，孟发财就气傻了，要知道自己辛辛苦苦做的骨灰盒卖给商家，还不到3000元。孟发

财有心要找商家理论，但出门时再想想，比哥伦布发现新大陆还兴奋，他心说：商机来了！我自己推销，就是能以殡仪馆十分之一的价钱出手，还不是闭着眼睛发财？

孟发财越想越高兴，就想起了昨晚的梦，殡仪馆刚好在咱家的西边，原来昨晚父亲在梦里是为自己指了一条发财的路啊！

回到家，孟发财立即召开家庭会议，一说完计划，儿子第一个赞成。儿子今年三十好几了，却没钱结婚，有钱赚当然干。

财不等人，说干就干。隔天，孟发财带着骨灰盒的照片，直接到殡仪馆搞推销。他神神秘秘地凑到死者家属身旁，小声问："我那儿有便宜的，要不要？"结果，不是招来白眼，就是

被骂成："丧尽天良，连死人钱都不放过。"孟发财解释说，殡仪馆出售的骨灰盒就是自己做的，可没人相信。一天下来，一个骨灰盒也没卖出去。

孟发财耷拉着脑袋回到家里。儿子问明情况，就提议："要干就干大的，想赚钱，搞连锁！"孟发财想想有道理，如今连卖个保健品都连锁，殡葬用品连锁为何不可？

于是，父子俩租了个门面，商量了无数次，店名终于搞定了，叫"扬帆终极关怀连锁六分店"。当然，另外五个分店是虚构的，儿子讲这叫"彰显实力"。

一切落实，父子俩正信心十足地打算开业，房主气势汹汹地找上门来说："你事先没说，开这不吉利的玩意，房子我不租了。"孟发财拿出租赁合同，要告房主违约。房主把定金往地下一扔，放出狠话："装修费我掏，房子坚决不租！"

孟发财有心要和房主翻脸，后来一打听，傻眼了，房主家有背景。无奈之下，孟发财只好又到偏远的地方租了一个门面。

连锁店的牌子立上了，可一个月过去了，竟然没有一个主顾。孟发财有些慌神，儿子出去转了一圈，回来提议道："要不做广告吧？古语不是讲'酒香也怕巷子深'嘛！"孟发财觉得有理，赶紧吩咐儿子去办。哪知，

几天下来，儿子跑遍了县里的电台、电视台、报社，所有媒体基本一个态度：这桩买卖不接，晦气！

儿子到底年轻，头脑活，又想到招业务员，发小广告。哪想还是碰壁，好不容易找来三个业务员，派出去的第一天，就被人打了回来，所有的人都骂同样一句话："妈的！盼人家早死不成？"

时来运转

这天，孟发财正在店里发呆，外面进来一个胖子，此人进门就问"大爷，能做石棺不？"孟发财一听此话，气就不打一处来，心想：现在都火化了，谁做棺材？

见孟发财摇头，胖子就解释说："我们是《三长两短》剧组的，剧情需要一口石棺做道具，急用，价钱好说。"

听胖子这么一说，孟发财顿时来了精神，便试探着问："这石棺料难找，手艺又失传，费神费力，价格不低啊。"

胖子一听有希望，赶紧给导演打电话，说："终于找到了。"经过一番讨价还价，最后石棺以两万元成交，还有附加条件是：借用扬帆终极关怀连锁六分店的门面、后院拍摄五天。

为此，孟发财通宵达旦忙活了三天，如期完工。谁也没料到，剧组这么一来，不仅解了孟发财的燃眉之

急，还免费为他作了广告。来连锁店看热闹的群众络绎不绝，不少人都想见明星、要签名、求合影，他们里三层外三层将店团团围住。

剧组散了，那口石棺也没被拉走，留在了孟发财后院里。好几天过去了，还有很多人来和石棺合影留念。一时，晦气的店铺俨然成了当地的小影视基地。

看的人多了，有人竟在网上发帖子：说棺材好，谐音"官财"，死了还能做官发财。而骨灰盒太憋屈，不利于魂魄升天，于是有人指定要将骨灰盒做成棺材式样。

这样一宣传，孟发财开始收到订单，丧家指名要做骨灰盒大小的棺材，甚至有人自备了玉石、玛瑙，要求加工成小礼品去送人。

自找烦恼

孟发财生意开始红火了，自然挡了他人的发财路。不久，他发现怎么又没有订单了。

儿子打开网络，惊讶地发现：论坛里已经炸开了锅，说殡仪馆的骨灰盒上印有官印，官印是通往阎王殿的通行证，到了那里，还是能当官；而孟发财的袖珍棺材价钱虽然便宜，可那是一介草民做的，魂魄到了阎王殿人家不收。

这下，扬帆终极关怀连锁六分店门前又热闹起来，都是来退货的人。

这货不能吃，不能穿，退了还有何用？孟发财头发更白了。

父子俩心里明白，这世间哪有鬼，鬼都是活人作祟，这事肯定是竞争对手干的！孟发财去殡仪馆看了，所谓的官印，不过是骨灰盒底部的一个黑章，无非就是证明——这是殡仪馆售出的。

就在这时，电视上一条新闻，引起了孟发财的注意，新闻上说，本县的常务副县长马台举得抑郁症自杀了，孟发财和马台举是小学同学，只是这些年人家步步高升，他高攀不上。不过这事让孟发财眼前一亮，心中打起了如意算盘……

次日清晨，穿着西装、打着领带

的孟发财出现在马台举的家，一进门就自我介绍"我是马台举县长的同学，闻听噩耗，匆忙赶来。"顺手递上印刷精美的名片。

马夫人接过名片一看，名片上写着"中国风水研究会副会长，中国石棺协会会长"。马夫人问道："怎么没听台举说起过先生？"

孟发财从容不迫地答道："我比较低调。"

马夫人问了一些风水的事，孟发财故弄玄虚，云里雾里，把个马夫人讲得一愣一愣的。当即表态："根据台举的遗嘱，他的遗体已经火化，但告别仪式还是要办的。我想将墓地的风水、追悼会的现场布置，全部交给您安排！"

孟发财双手合十，喜滋滋地离开了马家。

接下来的三天里，孟发财成了马副县长治丧委员会的总管家。按照他的指示，追悼会现场，当初用来拍戏的石棺被抬到会场正中，上面放了一个袖珍小棺材，还挂着扬帆终极关怀连锁六分店的条幅。孟发财的解释是"马台举到了那边，也是要当官的。"这话马夫人爱听。

眼见追悼会会场有不少媒体，孟发财心里乐开了花：这就叫示范，有了这样的"广告"，看谁还给老子造谣，生意要来了！

孟发财正在做美梦，突然，会场上来了一群纪检干部，他们和马夫人紧急磋商后，立即取消了马台举的追悼会。纪检的人带走了一些人，其中也有孟发财。

孟发财像是做梦一样，到了纪委还不知道是怎么回事。

纪检干部询问他与马台举的关系，孟发财是一问三不知。看到这种情况，纪检干部也摸不着头脑了，看孟发财的样子，不像撒谎，可说与马台举没有关系，怎么参与了这场阴谋，而且还是"大管家"？

原来，这里确实有阴谋。马台举受贿被举报，他深知罪恶严重，法律必究，所以决定一跑了之。为了迷惑上级机关，他假装在外地自杀身亡，留下遗嘱，因无脸见人而迅速搞了个火化证明，其实暗地里正准备偷渡出国。而马家为求逼真，还大张旗鼓地搞了个追悼会。孟发财一心想打出袖珍棺材的牌子，他哪知这弯弯绕的故事，就稀里糊涂栽了进去。

现在，马台举被缉拿归案，这追悼会自然被叫停。

孟发财被审查了好久，才放了出来。他回到家一看：扬帆终极关怀连锁六分店关门了。但儿子却又告诉他一个信息，那天他接到一个电话，一个神秘买家出价30万接盘，并说袖珍棺材绝对有市场……

（题图、插图：张恩卫）

特殊的
职业

□ 吴 嫡

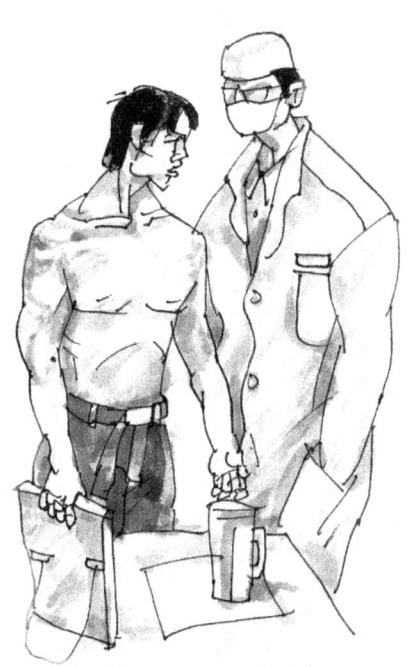

上 岗

现在就业难，那些有点前科的人就更难找工作了。这不有个叫小张的年轻人，因为斗殴闹事被关进去过，出来后便一直找不到工作。

这天，职介所打来一个电话，说有个短期工作，问他做不做。小张早已等红了眼睛，忙说："当然做。"

职介所的人约了他下午去面试，还关照一句：最好穿得横一点。

小张放下电话很迷惑，有文化，肯吃苦这类要求我都听过，这家怎么会要横一点呢？所以他琢磨半天还是翻出最体面的一套衣服穿上了。

雇主是个文质彬彬的小伙子，他打量小张一下，失望地说："不够横。"

本来小张因为有前科，求职到处碰壁，心中就有很多不满。他心说 老虎不发威你当我是凯蒂猫！这么想着，他脱掉西服，光着膀子露出密密麻麻的文身，当真是左青龙，右白虎。小张眉毛一挑，眼睛一瞪，活脱脱一个黑社会啊。

小伙子见状，眉开眼笑道："好，没看出来你是道上的。我雇你了，一天一百，事成之后还有奖金！"

小张松了口气，问说："说了半天，到底什么工作啊？"

小伙子说："我妈被医院治死了，我让医院赔钱，可我亲戚朋友少，闹不起来，所以要找个横点的人代表我去跟医院谈判。"

小张立刻拍胸脯表示一切包在自己身上。他想：人被医院治死了，医院是应该负责任，自己这么做，也算替天行道啊。

第二天，小张便拿上资料出发了。他雄赳赳气昂昂地走进医院大门，把衣服一脱，露出文身，双手高举老太太的遗像往地上一坐，声嘶力竭喊了起来："娘啊，你死得冤啊！"

这一嗓子果然吸引了来来往往的人。小张一看观众云集，来了精神，口若悬河说了起来："各位父老乡亲，我妈让医院给治死了，可怜老太太一把屎一把尿把我喂养大，教我学知识，教我学文化，就因为脑袋有点迷糊，医院就让开刀，一刀就给开死了！他们不是医院，是屠宰场啊！这些人不是医生，是屠夫啊！"

小张正喊得起劲，一个穿白大褂的人走出来，对小张说："这位先生，您是谁的儿子？"小张说"我是陈桂兰的儿子……的全权代表，你们把人治死了，得赔钱！"

白大褂说："请到办公室来谈吧。"小张见效果达到了，拍拍屁股起来，跟着白大褂进了办公室。

激　战

白大褂拿出一堆片子和病例，给小张解释起来："我是陈桂兰的主治医师，陈桂兰得的是脑瘤，如果不及时治疗，随时可能脑出血，导致瘫痪甚至死亡。另外是否进行手术，我们是征求了患者家属意见的，这里有他的签字，手术的风险也在文件上做了

详细的介绍。"

小张是有备而来的，怎会被几句话打发了？他理直气壮地说："这些我们老百姓都不懂，我们只知道没开刀前老太太就有点头疼，一开刀就死了。你说文件上有签字，卖保险的也都有签字，新闻里还说是诈骗呢。再说了，我们签字是让你们救人，不是让你们杀人！"

白大褂没有办法，只能问他："那你是什么意见呢？"

小张按小伙子的说法提出，医院必须赔偿三十万，否则免谈。

白大褂摇着头说："不可能，陈桂兰是正常死亡，不属于医疗事故。你们可以请医疗主管部门审查，也可以请其它医疗机构鉴定。"

白大褂说的小张也听不懂，他放下几句狠话，便回去向自己的雇主报告。

小伙子听小张建议自己去做医疗事故鉴定，连连摇头说"要能通过鉴定拿到钱，我还找你？"

小张不解地说："咱们是有理的啊，鉴定完了拿钱不是很正常吗？"

小伙子恼火地说："我早就咨询过，这种情况不属于医疗事故，真鉴定医院肯定没责任。"

小张听了，不由重新审视起眼前的小伙子。

只见小伙子撇撇嘴，说"你没听过'要想富，做手术，做完手术告大

夫'吗？医院这地方，就是大闹大给，小闹小给，不闹不给。你想想，这城里这么多医院，人家干吗非到这里看病？他们怕事闹大了，甭管谁的责任，都会给钱的。"

小张想不到小伙子是这样打算的。他心说：我也是走过码头闯过江湖，你可比我厉害多了。

隔天，小张又去了医院。上次他理直气壮，这次理不直，气自然也有点不壮了。不过他心说：拿人钱财，与人消灾。何况小伙子说了，要到赔款，会给自己奖金。

这回，小张为了争取主动，一到医院就举起遗像，这次还弄了个条幅，上面写着"庸医杀人"几个大字。

来往的患者有的已经认识小张

了，一见他这身行头，都围了过来，小张刚要发表演说，上次那个白大褂已经冲过来了，他说："有事你冲我来，别无理取闹，影响医院！"

小张便指着白大褂："就是这个庸医，把老太太开刀开死了。"白大褂也急了，伸手去抢小张的竹竿，小张拿出当年走江湖的功夫，抢起竹竿耍了一套棍法，果然虎虎生风，围观的人还有鼓掌叫好的。

小张心里得意，收住招式一抱拳："各位父老乡亲……"话没说完，他一眼看见白大褂躺在地上，额头出血，眼镜也打碎了。有热心的患者赶紧去查看，并打电话报警。

小张顿时清醒过来，他只是想吓唬吓唬白大褂，谁知道不小心真伤了人。他以前就因为冲动打人蹲了班房，如今莫不是又要"二进宫"？想到这里，小张撒腿便跑。

下 岗

小张惊慌失措，没跑出大门，却钻进了医院大楼。他心里琢磨着脱身之道。忽然，小张看见一个科室的门开着，里面没人，门边挂着件医生制服。他灵机一动，套上制服戴上口罩，低着头向外走。

这招果然灵，来来往往的人都以为他是医生，没人注意他。眼看就要走出医院大院了，忽然一头撞在一个

人的胸前。

小张一直低头疾走，这一撞着实不轻。他头晕眼花，刚要破口大骂，忽然被他撞的人"咦"了一声，把小张揪住说："陈明，没错，就是这小子！老爷子就是死在他手上的！"

小张心说：这是从何说起？他一低头，发现制服胸前有个名牌——主任医师陈明。小张刚要解释，已经被这大汉死死揪住："小子，你害死我爹，给钱还是给命？"

小张慌不择言道"不是我，不是我。"

大汉身后围过来几个人，一起叫嚣着："就是陈明做的手术，他敢抵赖，揍他，揍完再找院长！"

小张百口莫辩，被一群人拳打脚踢。一群医生看见了小张穿着制服，以为他是同事，便冲过来解围。这时先前接到报警的警察也赶到了，那群人指着小张说："我们是来维权的，他害死我爸爸，还死不认账！"

这时，头上缠着绷带的白大褂不知从哪儿冒了出来。他对警察说："他不是陈明，是我的一个患者家属。"

一个目睹一切的小护士愤愤地说："他和这帮人一样，也是来闹事的。"

警察听了，便要把小张一块儿带回警局。

小张垂头丧气刚要走，白大褂说："警察先生，我就擦破点皮，没什么事。他可是伤得不轻，让我帮他处理一下，别感染了。"

警察见白大褂不追究，也就算了。小张被白大褂带进诊室，此时的小张灰头土脸全身是伤，真是毫无还手之力。他看着白大褂拿出一样样的东西，感觉自己像坐在白公馆老虎凳上的烈士一样，不知道白大褂要趁机怎么收拾自己。

没想到白大褂的手法很轻柔，三下两下把小张的伤口洗干净，上药，包扎好。看着小张不解的样子，白大褂笑了笑说："我父亲也是在手术中去世的。那时我在念高中，恨透了动手术的医生，还到医院打了他。等我也当了一名医生，我才知道，医生是人，不是神。当我回头再去找被我打过的医生，他已经死在了病人家属的尖刀下。医生是个饱受争议的职业，但是我不后悔，我会坚持到底。"

从医院出来后，小张找到了小伙子，把经过说了一遍，最后把工钱还给了他。

小伙子见状，惊讶不已，他说："你被打了，这是难得的好机会啊，这个造型不用来闹事太浪费了！"

小张认真地说道："都像你这样，医生还敢给人看病？哥们，有事别怕事，没事别惹事。咱一起找点正经事情做，别总想走歪门邪道，行吗？"

（题图、插图：谭海彦）

换位

□ 苏景义

换出误会

杜林是个司机，给市化工机械供应处的一把手童主任开车。

童主任最近刚拿到驾照，特别有开车的瘾。只要有机会，他便会和杜林交换位置，自己来开车。

这天，杜林开车送主任去参加一个宴会，是上边来了几个重量级领导，还有科研所、大专院校的专家等，来本市考查大型项目。市里很重视，在星级宾馆宴请，要求各单位一把手参加，营造气氛。

虽然只有区区几公里，但童主任也不放过练车机会。一上车，他又和杜林互换了，还开玩笑说："我这司机开车水平如何？领导满意吗？"

杜林跷起大拇指，连说"技术一

流。"

一般情况下，童主任会在到达目的地前，把位置换回来，毕竟得注意身份嘛。但今天他一高兴，就没换回来，而是一直将车开到了酒店门口。

人还没下车，一个接待人员就迎上来。他见童主任坐在驾驶座上，旁边载着一个胖胖的杜林，两人有说有笑，便认定杜林起码是个厅级的领导。于是接待人员恭敬地为杜林打开车门，要引着他走。

杜林以为这人专门负责接待司机，就说："稍等。"然后他停下脚步，想去把车停好再走。

童主任则以为杜林遇上了熟人，就说："你们走吧，车我来放。"杜林就随接待人员走了。童主任停好了车，自己去了处级领导们坐的房间。

把杜林认作大领导的接待人员引导着杜林七拐八拐，最后进了市领导

在的主宴会厅里。此时，宴会已经开始，乱哄哄的。

接待人员笑着对杜林说："领导吃好喝好，有什么事找我，我就在门口。"对于称他领导，杜林也没觉得奇怪，他常随主任下基层，到了下边，跟领导来的人都是领导。

杜林点点头便坐下了，看看都不认识，他也不多话，坐下就吃。这是他当司机养成的习惯，进餐厅三快：快坐、快吃、快喝。这样填饱了肚子，收拾好车等领导。吃得差不多的时候，他抬头再细看，吃了一惊：周围看派头都是些级别不低的领导。再往中间一看，可不是嘛，市领导在陪客。

杜林知道可能有误会，顾不上抹嘴，站起身就走，但到门口就被人拦下，拦他的是刚才那位接待人员，他说："领导您怎么出去？厅里有洗手间呀。"

杜林赶紧说："我得走，我坐错地方了，我可是司机。"

接待人员忙说："我知道您是司级，所以才领您来这里，这里就是专门招待领导的地方。"

杜林比划着开车的动作，说自己是开车的司机，但接待人员是个死脑筋，还是纠缠不清。

杜林见脱不了身，只好又退了回去，但退回去没多大一会儿，就又跑出来了，原因是市领导开始给贵宾敬酒了。他怕敬到自己时没法收拾。所以还是要走。但他刚到门口又被拦住了："领导怎么又出来了？处级领导们马上要来敬酒呢！"

处级领导要来敬酒？杜林听了一喜，心想：童主任一来，我就有救了。所以，他就又回去了。好在他这来回一跑，将市里领导敬酒给躲过去了。可是，处级领导来了几批，就是不见童主任的面，他心里默默祷告：主任你快来吧，人家都来敬了，你怎么不来敬酒呢？但他哪里知道，童主任在那边喝酒时，遇到了两个对手，被干趴下了，没法来了。

换出问题

杜林见救兵久等不到，只好自救，他往面前的大杯里倒满了矿泉水，谁来敬酒就喝这。

杜林好不容易熬到宴会进入尾声，就要脱身之际，却遇到麻烦了：公安局长来敬酒了。公安局长走到他面前时，大着舌头说："领、领导，你怎么喝假酒啊？"

杜林一惊，正不知所措，局长指着他的酒杯说："这杯里的不是酒，是水啊。不行，来到我们这里就得喝真的。"说着，他"哗啦"一声泼掉了杜林杯里的水，倒满了一大杯白酒，说，"我代表全市公安系统欢迎领导光临，请您喝、喝了这杯……"

杜林推脱道："我、我是司……实在是不能喝。"

局长却说:"再不喝,我就给您跪下了哦。"说着腿就朝前弯了下去。

杜林忙说:"别、别,我喝。"说着把那杯酒喝了下去,辣得直咧嘴。

杜林这一喝,更大的麻烦来了,刚才敬他酒他没喝的,都又转回来了,说:"领、领导,你、你不能厚此薄彼哦,他敬的酒你喝,我敬的酒,你为啥不喝?"

杜林纠缠不过,只好象征性地喝了好几个半杯。作为司机,他本是滴酒不沾的,这几杯酒一落肚,不一会儿他就迷糊了。

宴会结束,贵宾们被领到会议室,边喝茶醒酒,边准备加班把考察结果搞出来。因为已经迷糊,杜林也鬼使神差地跟了来。这些人都来自不同单位,大家并不熟悉,加上刚喝了不少烈酒,所以没有一个人怀疑杜林的来历,不但不怀疑,还频频征取他意见。如谈到环保问题时,旁边的人就对他说:"兄弟,你别光顾喝茶,也得发表高见哦。"

杜林便拉长声调,说了声:"好——"

自此,每讨论一个分项,杜林就说一声:"好——"这"好"那"好"他一口气说了九个"好"之后,举手表决的时候也到了。

·大千世界 众生百相·

杜林尿急,他迷迷糊糊地进了卫生间,在卫生间里,他从窗口往下看了看,十八九层高,跳下去肯定是粉身碎骨。这时有人进来了,他一看,是本市的主要领导。主要领导来干什么?来动员他投本市的赞成票。就在他进厕所的这一会儿,刚才的结论是:七人赞成将项目定于他们市,七人赞成另外一个考察过的市。杜林这一票将是决定性的一票。

换出好事

听到这情况,杜林心想:我总不能吃里扒外当李鸿章吧?于是,他义无返顾地回到了会议室,投上了最关键的一票。本市成功了,在场的市领导们都把感激的目光投向杜林。

此时杜林一个激灵,有点清醒过来。心说:我闯祸了!于是,他赶紧瞅个机会,逃了出来。他也没忘记童主任,四下寻找,找到烂醉如泥的主

任，送他回了家，然后开车回单位。

在回单位的路上，杜林让交警给拦了下来。他减速靠边停下。

那个交警比杜林还胖，只见他慢慢悠悠地走过来，先"啪"的一声朝杜林敬了个礼。

杜林暗叫一声："坏了，要出事。"司机们有一句俗话，叫作：不怕山高路远，就怕交警手搭帽檐；不怕抛锚车病，就怕警察来把礼敬。挨警察敬礼，那十有八九是要付出代价的。

交警打量着杜林，说"你这车开得歪歪扭扭，是不是喝酒了？"

杜林忙说："没、没有，我平时滴酒不沾的。"

交警晃晃手中的酒精测试仪说："喝没喝酒，你说了不算，得让它说。"说完就测，测完他说，"酒精浓度这么高，还说没喝酒？把车钥匙交了，跟我走！"杜林只好跟着走，在拘留所暂时"安营扎寨"。

几天之后，考察团走了，几百万项目资金到位。喝水不忘掘井人，市里决定派人分赴各地，对帮过大忙的人，重重表示谢意。当然，主要领导念念不忘的，是投最后那关键一票的贵人。然而，奇怪的事情出现，其他人都有姓名有地址，但投关键票的那位却毫无音讯。市领导指示：挖地三尺，也一定要找到，重谢！

有人就把宴会、投票等过程的监控摄像调出来查看，但大家看完录像也是大眼瞪小眼，没人能说得出这位"恩人"的来历。

正在众人一筹莫展之际，转机出现了：一天，一个单位的头头来办公室办事，随便看了一眼正放着的录像，说："这人我认识，是市化工机械供应处童主任的司机，叫杜林。"

大家都不信：这怎么可能呢？但既然有线索，就查一查。于是，他们就给童主任打电话，问他的司机杜林在哪里。

童主任说，在拘留所关着，都关了一星期了。大家就追踪到拘留所，找到杜林。

杜林见隐瞒不住，就竹筒倒豆子，把事情的经过说了个一清二楚。

事情如实报到了市领导那里，领导哈哈大笑，说："这家伙真是太有才了。既然他立了大功，我们就要论功行赏，不要叫他当司机了，就在化工处当副主任吧。"

杜林从拘留所出来，就当上了领导。

那天，童主任和杜林一块出去开会，仍是杜林开车。出了单位，杜林问："领导，今天换不换位呀？"

童主任打趣说："不换！你都换得跟我平级了，还想换成我上级呀？"说罢，两人哈哈大笑，笑得差点把车开进沟里去。

（题图、插图：杨宏富）

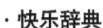

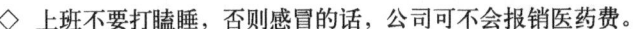

◇ 上班不要打瞌睡，否则感冒的话，公司可不会报销医药费。

◇ 不反对工作时吃东西，但反对一个人偷偷吃，得给公司两百多个同事每人发一份，吃它个荡气回肠，显示出大公司的气势。

◇ 你们回家加班，并且做做家人的思想工作，让他们今后全力以赴、毫无怨言地支持你们加班。

◇ 不要这么不开心嘛！告诉你一个好办法：全神贯注地投入到工作中去，就一定能够把不开心的事忘掉。

◇ 如果你们再让我猜，你们什么时候能够把工作完成，我就让你们猜，我什么时候给你们发工资。

◇ 像你这样天天上班迟到、下班早退、工作时打瞌睡，我坚信你一定能够变成"白富美"：白痴、负翁、想得美。

◇ 加班既可以得加班费，又可以避免因为不想做家务事而和家人争吵，多好的事啊！

◇ 亲，这套设备若安好，便是晴天；若安不好，我扣你工钱。

（**作者**：代淑蓉；**推荐者**：徐 涌）

沙和尚的担子里到底挑着啥

我们看《西游记》，都忘记追究一个问题：沙和尚的担子里到底挑着啥？于是，广大网友集思广益：

◇ 锦襕袈裟、紫金钵盂、通关文牒、随身经文等。

◇ 大唐特产，拿来送礼用。

◇ 各种地图！

◇ 可能是导演的剧本，或者是录像机，不然你怎么能看西游记？

◇ 天庭联系电话。

◇ 悟空日记、八戒日记、沙僧日记、唐僧日记。

◇ QQ、微博、人人网、博客、邮箱、淘宝、天涯、开心农场、穿越火线等等的账号密码。

◇ 挑了一副麻将吧，师徒四人也要休闲的啊……

◇ 担子里藏着奥特曼和机器猫。

◇ 身份证、毕业证、未婚证、通行证、健康证、驾驶证等等证明。

◇ 是卫星定位仪吧，要不怎么他们师徒走到哪，神仙妖魔追到哪啊？

◇ 四个人的青春。

◇ 蛋。有歌词为证：你挑着蛋，我牵着马……

◇ 也许，他挑的是寂寞。

（**作者**：姓罗名强；**推荐者**：朱 珠）

男人可以这样攒私房钱

◇ **养成经常替老婆洗衣服的习惯**

如能在洗衣服前将老婆所有可能放钱的地方仔细搜查，通常都会有所收获，少则一两元，多则三五十元。不过要是超过一百元，为防止竭泽而渔的现象发生，建议交还老婆为妙。

◇ **养成腿脚勤快的习惯**

如果老婆让买东西，货比三家是必要的。比如买三斤黄瓜，就可以在走过十家菜市场的二十个黄瓜摊后，对市场的黄瓜价格有充分了解，用最低的价位买入，用最高的价位向老婆报价，中间的差价不就到手了？

◇ **养成分账理财的习惯**

工资卡上交，那是必须的，但哪个单位不发点现金和消费卡？这部分钱凭自己的良心和多年的夫妻感情，不可不交，也不可全交。一点儿不交，一旦东窗事发，后果不堪设想；要是全交，也对不起同病相怜的领导的一片苦心。

◇ **养成经常收拾废品的习惯**

通常收获还是比较可观的。注意：卖前应仔细检查瓶盖、易拉罐拉环等，万一碰上中奖标志，收获会更大。

◇ **养成爱学习的习惯**

特别要学习数学和经济学。数学里最简单的四舍五入，就值得一试。比如，一斤酱油八毛四，一两一两地买，买一斤酱油不就有四分钱的收入了？

◇ **养成与孩子经常交流感情的习惯**

孩子身上经常有些零钱。大钱就别和孩子耍心眼儿了，不过零钱完全可以用替孩子暂时保管为名，占为己有。

(推荐者：曹绍明)

趣味单词

很多人都记不住一周七天用英语怎么说，其实很简单——

◇ 星期一（Monday）：忙 day；

◇ 星期二（Tuestday）：求死 day；

◇ 星期三（Wednesday）：未死 day；

◇ 星期四（Thursday）：受死 day；

◇ 星期五（Friday）：福来 day；

◇ 星期六（Saturday）：洒脱 day；

◇ 星期天（Sunday）：伤 day。

(推荐者：朱小青)

民间流传很多奇风异俗，其中有个叫"找路爷"，是指孩子病了不去看医生，而是由母亲抱着，带上好吃的食物，在清早时守候在路口，遇到的第一个人便是"路爷"，传说路爷是孩子的贵人，可以助他逢凶化吉……

遇贵人

□ 荻 秋

遇路爷

民国初年的某个清晨，有个叫卢敏氏的年轻母亲，抱着生病的儿子，早早地守候在村头，找路爷。据神汉说，如果日上三竿都找不到路爷，孩子就会有难。但那天不知怎么回事，偏偏没有一人经过此地。

正当卢敏氏心焦难耐之时，她终于远远地看到了一个人影。年轻的母亲大喜过望，正要迎上前去，却又愣住了：原来走过来的这个人是村里的无赖，人称不要脸的郭三子。此人偷鸡摸狗，吃喝嫖赌样样精通，提起他，大家都只能摇头。

卢敏氏万万没想到会遇上他，想装着没看见，却来不及了。

郭三子一看卢敏氏的样子，心中便明白了七八分。其实，他之前也常遇到这种事，因为他经常夜不归宿，早晨时在村头游荡，很容易遇上找路爷的人。但那些人大多装着没看到他，他也会干笑两声，装作没啥事走了。但这回出乎他的意料，卢敏氏想了想，还是迎了上来，把篮子里的食物递给了自己。

按照当地的风俗，路爷必须吃掉篮子里的食物，不得拒绝，然后把孩子抱过来，给他一点见面礼镇邪。郭

三子头一回遇上这等礼遇，当然不客气了，但当他把手伸进兜里时，却呆住了，他兜里空空的，什么也没有。

郭三子这才想起自己啥也没带，这也难怪，他平素白吃白拿，稍有财物，都拿去赌了，哪会剩什么东西。

如果是往常，郭三子欠了人家的东西，最多一句："以后还你！"便扬

长而去了。但这回不同，郭三子头一回受到人家的尊重，他不想让对方失望。而且，据老人家们说，如果他不给孩子东西，对孩子不吉利。

郭三子犹豫了一阵子，终于下定决心，从贴身的内衣里掏了件东西，递了过去。

卢敏氏一看，也愣住了，这是块玉石，通体晶莹剔透，一看就知道价值不菲。一般路爷给的，都只是一块几毛，或者一些小玩意，意思一下，从未有人给过这么贵重的东西。她马上拒绝说："路爷啊，这么贵重的东西，我怎么能收？你还是拿回去，换别的吧。"

谁知道郭三子这回下了决心要当好人，硬是把东西塞给她，就拍屁股走人了。

不知道路爷显灵还是什么的，病孩没几天就好了。卢敏氏很高兴，让孩子挂着玉石，当然也不忘向亲朋好友讲几句郭三子的好话。

亲友听了，都嗤之以鼻："郭三子也会做好事？算了吧。"

还有的说："还会给你好东西？不偷你的算好了。"

卢敏氏却不以为意，但几天后竟有人为此找上门来。上门来的是村里的有钱人，叫何元聪，他一进来就要看那块玉石。他告诉卢敏氏说，前不久他儿子戴的玉石不见了，怀疑被人偷了，这不，现在那玉石就挂在卢敏

氏儿子的脖子上呢。

卢敏氏一听，不禁又羞又恼，按照老人家所说，给病孩镇邪的物品必须来路正当，不然会对孩子不利。在何元聪带领下，他们一行七八人来到郭三子家，想要问他个究竟。没想到郭三子不在家。

遇无赖

到了黄昏，众人才见郭三子走回来。何元聪率先冲上前去，质问他为何偷了玉石。没想到郭三子眼珠子一瞪，大怒道"啥？你说那块玉石是你的？你有什么凭据？那明明是我娘留给我的。"何元聪料到他不会承认，拿出相片给他看，相片上何家儿子戴着的玉石，和现在这块一模一样。郭三子看了相片，也愣住了，但很快大声否认："像又怎样，就不许我也有同样的玉石吗？"

大家都生气起来，齐声谴责郭三子的无赖。

这时，卢敏氏忍不住插嘴了，说"我说，郭兄弟，你……你这玉石是不是真的偷来的？如果真的是偷来的，那……那可要还给人家呢。"

郭三子听了，突然发了狂，狠狠地说："没有。我郭三子向天发誓，那块玉石绝对不是偷的，我郭三子虽然不是什么好人，但拿偷来的东西做路爷，我是死都不干的。"

大家被他的气势压倒了，但很

快，又齐声痛骂起来，因为很多人都被他发誓赌咒骗过，早就不信他了。

郭三子看到这情形，气得说不出话来，那委屈劲儿，让卢敏氏看着暗暗惊讶。过了一会儿，卢敏氏对何元聪说："何大爷，我相信他。这块玉石可能是你家的，但这并不意味着是郭三子偷的。兴许是他捡到的呢？"

此话一出，大家都惊奇不已："你相信他？相信这个无赖？"

卢敏氏强调说："是的，我相信他。"

周围的人开始议论纷纷。连郭三子也觉得惊奇，呆呆地看着卢敏氏。

何元聪冷笑着说："我看啊，你是打算和这小贼串谋，不想还我玉石吧？"郭三子听他左一句小贼，右一句串谋，再也忍不住了，冲上去就想揍他。

何家带去的几个人也不是吃素的，双方动起手来，郭三子不是对手，就跑了出去。

郭三子在前面逃，一伙人在后边追，不知不觉跑出了村子。此时夜色越来越浓，很快前面已看不清人影了。

何元聪等人拼命追赶，只看到前面有个模糊的人影，很快，连人影也见不着了。

何元聪正往前赶，突然前面传来"咕咚"一声，好像有什么东西沉下去

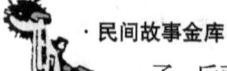

了。后面的人大喊："何大爷，别往前走，危险！"

何元聪这才醒悟，原来他们跑到村子西边的沼泽地去了，如果不是他们喊着，他早就陷入泥潭里去了。

等他冷静下来，终于想到了另一个问题：郭三子呢？他跑进沼泽地里，难道死了？何元聪找人打了火把，在沼泽地四周查找，还是找不到郭三子，只在沼泽地旁边发现了一只鞋子，有人说是郭三子的。

一个无赖自己跑进沼泽地死了，那本不是什么大事情。事后，何元聪软硬兼施，终于从卢敏氏手中夺回了那块玉石。卢敏氏也因此受了不小的打击，变得寡言少语。

两年后，村子里来了土匪，他们轻车熟路的，一进村就往西头的富户家里奔去。很快，何元聪一家被驱赶到了晒谷场，家里也被翻了个底朝天。土匪头儿叫"破天飞"，他提

着一大袋的金银首饰，"哇啦"一声，就扔到了一个土匪面前，说："三子，你的功劳最大，你想要啥，就拿啥吧。"

那土匪往袋子里一掏，很快找出了两块一样的玉石，他把玉石扔到何元聪面前，冷笑道："何大爷，你怎么会有两块玉石的？当年我没有偷吧。"

遇英雄

这时，人们才认出那个土匪就是郭三子，原来当年他没有死在沼泽地里。大家看着那两块玉石，也暗暗奇怪。

这事何元聪是瞎子吃馄饨——心里有数。原来，他当日从卢敏氏手中夺回了玉石，但很快他在家里找回了属于自己儿子的那块。不过他有便宜可占，自然不对外声张了。哪想到郭三子咽不下这口气，居然跑去跟了土匪，现在回来报复。

土匪搜刮一空后，顺带还绑走了几个女人，卢敏氏也在其中。当土匪绑她时，她拼命地挣扎，还求助地看着郭三子，但郭三子却只是看着远方，仿佛不认识她似的。

土匪骑着马，

奔跑了几十里，在郭三子的提议下，留在一间破庙里过夜。由于收获颇丰，美酒佳肴也不少，土匪们开始大块吃肉，大口喝酒。

几个妇女被关在一个小间里，正当她们惊恐不已时，破天飞带着几个土匪，醉醺醺地闯了进来，淫笑着说："今晚谁来服侍大爷……"

妇女们惊呼起来，郭三子在一旁劝道："老大，你今天喝多了，要不……"

破天飞一边将他推开，一边说："什么喝多了，大爷我、我再喝十斤，也、也没事……"这一推，竟然把郭三子给推到卢敏氏身上来了。郭三子挣扎着起来，又劝了一阵，才总算把破天飞给劝回去，继续喝酒去了。

等他们走了后，卢敏氏冷静下来，用手中的小刀割开绳子，这是刚才郭三子趁着跌在她身上，偷偷塞过来的。她动作很快，转眼就解开了大家的绳子，然后，带头往破庙外跑。

但妇女们的动静很快惊动了土匪，他们骑着马追了出来。卢敏氏为了掩护其他人，很快落到了最后。破天飞骑着马率先追上来，抓住她，借着酒意甩了她两巴掌，并说："让你逃！我看你能、能逃到哪里去？"

卢敏氏绝望地闭上了眼睛，这时，突然"砰"的一声，只见破天飞双目圆睁，胸口冒着血，轰然倒地。后面，郭三子的枪正冒着烟。

卢敏氏脱口而出"你为什么要救我？"郭三子没有细说，只是让她快躲起来。这时，枪声密集地响了起来，看来是其他的土匪发现了他们，开始火并起来了。

躲了几个时辰后，终于，附近公务所的警察上山来，说土匪全部被抓住了，这才让妇女们全部脱离了险境。

卢敏氏向一位警察打听郭三子的状况。

警察宽慰她说："郭队长？他受了点伤，不过还好，没有什么大碍。"他还告诉卢敏氏，郭三子现在是警察队的队长，这次他在破天飞身边做卧底，正是要将这伙猖獗的土匪绳之于法。

这个消息很快传回了村里，大家都倍感惊奇：一个无赖，居然成为了警察队长？

只有郭三子知道，是卢敏氏对自己的尊重改变了自己。当年他侥幸逃出沼泽，对村里的人怀恨在心，整天琢磨着回来报复他们。然而当他有一天潜回村里，居然看到卢敏氏提着祭品去拜祭自己。联想到当初她也是信任自己，找他做了一回路爷，让他体会了一次被尊重的感觉。

自那以后，郭三子便决定了，要做一个与以前不一样的人。他这样想，也真的做到了。

（题图、插图：黄全昌）

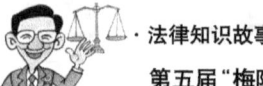

这次工伤谁负责

□ 刘和根

住在平安小区的李菲和老公开了一个小厂。在处理厂务时，两人经常发生分歧。这回，上面贯彻《社会保险法》，老公就说要给员工买保险，可李菲坚决不同意，说着说着，两人就吵起来。吵到最后，老公说："你行，你来管，我出国去溜达溜达。"

李菲毫不客气地说："正好，免得你碍手碍脚。"

老公走了，李菲开始大显身手。可是不久，厂里就出了事，员工毛虎在稀释硫酸时，烧坏了眼睛。

李菲领着毛虎到小诊所用蒸馏水洗了洗，滴了眼药水，蒙了两块白纱布就算完事。哪里料到，第二天，毛虎的父亲就带着七姑八舅一行十多人，气势汹汹地上门讨说法来了。

李菲胸有成竹，不慌不忙拿出了毛虎的工资单。

毛虎的父亲接过一看，工资单上除了写明工资金额外，还注明：以上金额，含五险一金，由本人领取后向相关部门交纳，工厂不再负担任何责任。单子最后是领款人毛虎的签字。

毛虎的父亲被难住了，但他仍坚持说："在你厂里出的事，你就得负责！"

也有亲戚懂点法，坚持说工伤保险，个人不能代交。

李菲被纠缠得无法脱身，只好答应他们提出的要求：1、不管是否交纳工伤保险，工厂要认定工伤；2、不管

责任由谁承担，要进行伤残鉴定。

后来，经医院认定，毛虎的双眼矫正视力均小于0.1，伤残级别在四级和五级之间。

四级和五级的赔偿金不同，李菲就想把级别定低一些，工厂少付些钱。她托关系，最终如愿以偿把毛虎的伤残级别定成了五级。

不久，老公回来了，问起工厂情况，李菲就把毛虎的事说了，最后她还不忘自我吹嘘了一番，说自己如何努力，把四级伤残定成了五级，为厂里节约不少费用。

老公一听就急了，抱怨说："胡闹！员工的工伤险，我买了一年。"

"真的？"李菲高兴得手舞足蹈，"这下，毛虎的工伤应该由保险公司承担了。"突然，她不笑了，狐疑地问，

"但你哪来的钱？"

老公只好如实供述："老婆，对不起，我骗了你。我没出国旅游，而是用旅游的钱替员工买了保险。"

不管怎么说，这不是坏事，李菲顾不得埋怨，赶忙拿好相关资料，来到人力资源和社会保障局，她准备把毛虎的保险金领出来。

但是，没想到，人力资源和社会保障局的同志告诉李菲：《社会保险法》第三十八条和第三十九条规定：一至四级伤残职工按月领取的伤残津贴，由国家从工伤保险基金中支付；五级六级伤残职工按月领取的伤残津贴，由用人单位支付。这也就是说，毛虎的伤残津贴仍由企业自己支付。

李菲傻眼了，心说：花了那么大代价，将毛虎的伤残降低到五级，谁知是这样的结局，我这不是搬起石头砸自己的脚嘛！

律师点评:《这次工伤谁负责》故事主要涉及三个法律方面问题：根据法律规定，其一，用人单位以免除自己的法定责任而排除劳动者权利的条款属无效条款；其二，受伤职工如对事故鉴定结论不服，可在收到该鉴定结论之日起15日内依法再次申请鉴定；其三，四级伤残津贴和五级伤残津贴承担主体不一样，前者在工伤保险基金中支付，后者由用人单位支付。

（题图、插图：安玉民　梁　丽）

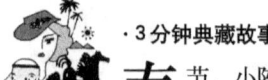

一张车票

春节，小陈乘火车回家，他只买到了站票，便特意带了张小板凳上车。

火车很挤，小陈在车厢里挤了好久，突然发现6车31号座竟然空着。他和邻座的三个小伙子打听，大家都不知道这个座位有没有人。

此时火车已经开了，小陈一屁股坐在了31号座位上。邻座的三个小伙子邀他一起打牌。四人年龄相仿，很快就混熟了，一边打牌一边称兄道弟起来。

玩了十来分钟，小陈突然发现身边站着一位老人，老人朝小陈笑

笑，没说话。小陈觉得老人站着太累，便把自带的小板凳递给他。老人道了声谢，开心地坐在了旁边的过道里。

板凳矮小，老人坐得不舒服，而且过道上人来人往的，每当有人经过，他都要站起来让路。按理说，小陈应该给老人让座，但他牌兴正浓，而且觉得自己已经助人为乐了，也就心安理得地继续坐着打牌。

几个小时后车子进站了，小陈和邻座的小伙子们打了声招呼，便准备下车。老人手拿一张车票，坐在小陈坐的位置上。小陈眼尖，看到那是张6车31座的车票，原来自己一直占着老人的座位啊！小陈忙歉疚地说："抱歉占了您的座。但您为什么不说呢？"

老人笑着说："如果我坐在31号座上，你、那三个小伙子和我五个人都不会开心；而你坐在那里，你们四个都能很开心。而且我坐哪儿都一样嘛！"

有时不需要付出太多，却可以帮助到别人，何乐而不为呢？

（作者：陈亦权；推荐者：朱小青）

冠军和亚军

江南的一个小城孕育出了两个擅长跑步的少年。小城举行首届运动会时，他俩分别获得了短跑比赛

的冠军和亚军，仅仅一步之差。之后的每一次赛事，他们都囊获了冠亚军，但名次不变，距离也始终是一步之差。

后来永远得冠军的少年离开小城，走南闯北做生意去了，有人说他发了，有人说他栽了。亚军则留在家乡当了一名警察。

不久，发生了一起轰动小城的劫案。当警察赶到案发现场，蒙面劫匪刚拔腿逃离。

一个警察率先拔足狂追，他是本城短跑亚军头衔的保持者。警察追着劫匪过了一座拱桥，又过了一座拱桥，两人的距离渐渐近了，但警察始终追不上劫匪。他心想：这劫匪熟悉地形，应该是本地人。但哪有跑得这么快的本地人？难道是他？

只见劫匪在前，警察在后，孜孜不倦地跑着，他们之间的距离，始终是那一步之差。这似乎是一场没有终点的马拉松。劫匪大概是意识到了这一点，终于站住了，举起了双手，于是双方都到达了终点。

劫匪果然就是曾经的冠军少年，事后他说："他也许永远追不上我，但我也注定永远摆脱不了他，这样跑下去又有什么意义？还不如站住。"

警察则是这样说的："我也许永远追不上他，但我的职责让我必须永远追下去，直到抓住他。"

（作者：莫小米；推荐者：小 青）

两根葱敲开成功大门

有个女孩大学毕业没找工作，而是摆摊卖菜。旁边出摊的是一位中年阿姨。阿姨好心向她传授"生意经"，比如通常二十根小葱绑成一把，每把少放两根，积少成多，这样就能多赚一笔。

但女孩有自己的想法。她将小葱捆扎得整整齐齐，迎接顾客。一星期之后，她的顾客果然越来越多，还都是回头客。阿姨问她秘诀在哪儿。女孩微微一笑，指着小葱说："秘密就在这里！"

原来，女孩不仅没有听从阿姨的告诫，反而把每把小葱都增加到二十二根。她早就算过了，多送两根葱，还是有钱赚的。那些买菜的人，发现她的小葱分量格外足，就会买别的菜。菜卖得多，自然也赚得多。

坚持多给顾客一点儿是女孩卖菜的原则，也为她赚足了人气。女孩的生意越做越大，现在已经是一位蔬菜批发商了。她不贪图小利，用两根葱敲开了成功的大门。

（作者：张军霞；推荐者：许扣锁）

（本栏插图：安玉民 梁 丽）

学写作文，从读故事开始

高高的
木箱

□〔英〕埃德温·贝瑞德
土 人 改编

玛蒂是个二十岁的姑娘，她和父母一起在镇上打理一家小饭馆。二战爆发后，德国人占领了小镇，物资短缺，玛蒂家的饭馆客源少了，生意不太景气。

这不，今天中午，也只有一个人来吃饭，偏偏这唯一的顾客还特别招玛蒂心烦。

此人叫贝特曼，快四十了，一年前跟德国人来到镇上，是个随军翻译。他成天佝偻个背，浑身烟枪味，他来到镇上以后，就看上了玛蒂。前不久，他竟向玛蒂求婚，被拒绝后，还厚颜无耻，每天打着吃饭的幌子缠着玛蒂。

今天也一样，贝特曼从坐在柜台前开始吃饭，就一直猥琐地盯着玛蒂看个没完。玛蒂不好发作，只好坐在柜台里那只高高的木箱上，让自己高出贝特曼，好避开他的视线。

这时，贝特曼皱皱眉头说道"我说玛蒂，你都等了两年了，还打算继续等下去？"原来，贝特曼早就打听过了，玛蒂有个英国男友，叫克里根，他两年前参军去了。玛蒂一直在等他回来。

玛蒂终于忍无可忍，白了贝特曼一眼，恨恨地说："为了他，我就算再多等两年也无所谓。而对你，我连一分钟都无法再等。你就别在我身上浪费心思了。"

贝特曼还不甘心，冷嘲热讽道：

"可我听说，他死在战场上了。就算他没死，现在这里是德国人的天下，他敢回来吗？"正说着，贝特曼发现玛蒂的眼睛一下子亮了起来，他顺着玛蒂的视线望过去，只见拐弯处出现了一个男人，男人边朝饭馆跑，边四处张望，好像有人在追他一样。

那男人越跑越近，贝特曼终于看清了——男人穿着英国军服，边跑边沉着嗓子喊："玛蒂玛蒂！"玛蒂呢，激动得直打颤。

但只听"砰"的一声枪响，那个英国士兵应声倒地，一动不动。贝特曼想了片刻，冷笑一声，继续吃他的汉堡。

这时，一辆德国军车停在了饭馆外头，几个德国兵从车上跳下来，领头的那个踢了踢英国士兵的尸体，说："这个算是抓到了。"说完，又转向玛蒂，用生硬的英语问道，"姑娘，这家伙是跟其他几个俘虏一起逃跑的。所以，现在我们要搜查你的饭馆。你最好配合点。还有，今天你看到其他英国佬了吗？"

此刻，玛蒂已经被眼前这一幕吓得不敢作声了。贝特曼见状，走上前来，一边点头哈腰递上自己的翻译证，一边用德语回话："长官，这位姑娘吓傻了，嘿嘿，我可以保证，她今天确实没看到其他英国佬了。因为，她本来要等的那位，刚才也被你们给打死了。"

德国军官问说："你怎么知道的呢？"

贝特曼笑道："刚才我可听见这个英国佬喊她的名字呢。"

德国军官看看翻译证，看看贝特曼，再看看玛蒂呆滞的表情，像是相信了贝特曼的话。这时，玛蒂缓过神来，火冒三丈地对着贝特曼狂吼："卖国贼！"

贝特曼却嬉皮笑脸地回应："别这样，玛蒂，能活着才最重要嘛！"

玛蒂骂道"他虽然死了，可却活在我们心里，而你呢？也配跟我说什么活着？"说完，就把杯子里的咖啡往贝特曼脸上泼去。

贝特曼却没生气，而是擦了擦

脸，掏出一张钞票放在柜台上，起身准备离开。

这时，德国军官却拦住贝特曼，命令道："你还不能走，等我们搜查完再说。"他让手下把厨房、储藏室、卫生间搜了个遍。德国兵们一番折腾后，才把地上的尸体搬上车，扬长而去。

玛蒂看着这一切，一言不发。贝特曼更幸灾乐祸了，笑叹道："玛蒂啊玛蒂，你实在是太可怜了。等了两年，结果亲眼看见他被打死在眼前……玛蒂，反正人已经死了，你也该死心了。我的求婚可还是有效的哦，只要你愿意，不论什么时候……"

玛蒂仍旧坐着一动不动，她一言不发，冷冷地看着贝特曼，看得他浑身发毛。

贝特曼只得讪笑道："好吧，今天就到这儿吧。我的话你好好考虑一下吧。"说完，戴上帽子，也离开了饭馆。

玛蒂仍旧静静地坐在木箱上，她目送着贝特曼离去，然后"腾"地跳下木箱。她走到饭馆门口，扫视着外面，然后关上前门锁死。接着，她跑到后门，朝外张望了一番，把后门也关上锁死。

做完这一切，玛蒂才回到一直坐着的木箱旁。她打开盖子，一个穿着英国军服、满脸冒汗的年轻男子从里面钻了出来。

"上帝，他们终于走了。"玛蒂一把抱住男子说道，"克里根，对我来说，刚才那会儿比两年还要难捱。还有告诉你一个不幸的消息，刚才我们的朋友罗格被德国兵打死了。"

（题图、插图：佐 夫）

小 启

1．我刊发表的作品分原创和推荐两种，推荐性质的栏目有笑话、3分钟典藏故事、快乐辞典、故事中国网文精粹等；

2．凡原创作品均应有新鲜、奇巧的情节；推荐、改编均应注明，凡抄袭或变相抄袭者一经查实，将严肃处理；

3．本刊各栏目稿酬从优；

4．来稿务必提供详细联系方式；来稿可从邮局寄发，也可直接发至我刊各责任编辑的电子信箱，本期责任编辑的电子信箱是：yanyichao1004@sina.com。

故事会■新浪 微故事大赛

8月优秀作品选登 （主题：官场故事）

@冰心雪凝 酒足饭饱后，局长大手一挥："老板，先记在账上！"众人面面相觑。好半天局长才反应过来：自己正带队在国外考察呢……

@蔡甸王启东 他在山村小学支教五年，几位省报记者前来采访，村长、乡长和县长都到齐，设宴招待记者。开席前，县长致辞"欢迎各位记者同志的到来。"乡长说："感谢县长的工作指导。"村长高举酒杯："请大家吃好喝好。"散席后，他将饭菜打包，独自回校。住校的孩子们享受了一餐丰盛的夜宵。

@看指间飞沙 "局长，您请这边坐！""局长，您尝尝这菜合不合口味？""局长，您吃水果，我都给您剥好了。""刘秘书，我说过多少次了，咱俩之间现在就别客气了。""瞧您！不管啥时为您做事都是我的荣幸啊！"这时候响声响了，狱警喊道："别吃了！集合回牢房，347和348别聊天了！""局长，晚饭再见。"

@一至无穷9 他回家探父，神情郁闷。父问："儿啊，你是不是有什么心事啊？"他答："爸，我一点油水都捞不到，你说这官当得还有什么意思？"父没有回话，而是将一勺油泼到地上："走过去！""什么？我会摔倒的。"父拍了拍他的肩膀："儿啊，有油水的地方，你难站得稳啊！"

@苏大英雄 羊不堪狼之压迫，省吃俭用提着捆鲜草欲找虎王评理，门口遇到了象。象道"你的礼品虎王根本看不入眼，恐怕连门都进不去！"羊忙求象指点迷津，象指着自己的公文袋道"你躲进来，我带你进去！"羊喜极，千恩万谢。见到虎王后，象以袋中之羊为礼赠之，虎王大喜，象连升三级。

@蓝玉烟暖的小窝 "市长，你下星期有空吗？""没有，下星期领导要来视察。""下下星期呢？""也没有，得去外市考察学习。""下下下星期呢？""更没有！要举行企业招标会。""那下下下下星期呢？"电话那头不耐烦地问："你到底什么事啊？""我想问你啥时候能陪我和咱儿子吃顿饭？"

@茫然小黄瓜 衙门口新开一家酒楼，极尽奢华。有传言，酒楼乃官家背景，是请官吃酒的上选之地。于是，金银在席间流转，变为公堂上颠倒是非的筹码，酒楼成了行贿天堂。然而，突有一日，风云骤变，猖猴贪官皆被缉拿，证据正是来自酒楼。水落石出，酒楼背景确为官家，不过是微服皇帝！

（大赛启事请见P80）

短信也能发微博！将作品编辑成短信发送到951318188，就可马上参与微故事大赛。移动／联通／电信全覆盖！无信息费。

剿匪的
三枪

□ 金 麒

民国时期，时局动荡，东北匪祸
猖獗，来此任职的官员要么与
土匪同流合污，要么不明不白地死于
任上。李峥是第十个被派来任职的官
员，他奉命剿匪，还带来一些先进的
武器。

李峥上任第一天，当地名流商贾
在酒楼大摆宴席，为他洗尘接风，一
直闹到半夜才散场。李峥一个人往家
赶，刚进门，只觉眼前黑影一闪，一
个圆滚滚的东西从门上落了下来。他
定睛一看，竟是个冒着热气的人头，
还带着血呢。

李峥第一次见到如此阵仗，他赶
紧叫来值勤士兵，问是谁放的人头。
士兵也又惊又怕，说一切都很正常，
没听到任何风吹草动。李峥只好往屋

里走，刚进门，门上又掉下一个头。
李峥再也无法平静，气得大叫，将所
有士兵都叫了过来。

士兵集合完毕，李峥指着两颗人
头，问是怎么回事。谁也答不上来。

这时，队长张虎壮着胆子说"大
人，你初到此地，不明白这里的风
俗。"

李峥一皱眉反问道："难道给新
上任的县长送人头，是这里的风
俗？"

张虎叹口气说："以前的几任县
长也收到过，这都是土匪送的。说白
了，这就是下马威。"

李峥早听说此地匪患严重，现在
可算是领教了，他又追问："哪家土匪
最为猖獗？"

张虎说："踞虎山大当家的，无姓无名，都叫他智杀。"

李峥仔细一了解才得知，这智杀为人古怪，很少动枪动炮，专用计谋杀人，因而得名。李峥一时也没有头绪，只好吩咐士兵恪尽职守，然后就回屋睡觉了。

第二天刚吃过早饭，李峥一人坐在那里发呆，他虽为县长，可兵力有限，想剿匪谈何容易啊。

正在这时，队长张虎来报，说外面来了一个人，说是县长的旧友。李峥一愣，他初来乍到，哪来的旧友呢？但他也没有多想，便请来人入内。

片刻之后，一个年轻后生跟着张虎进来。李峥一看，自己从未见过此人，便问说："我怎么从未见过你这位旧友呢？"

那后生却带着哭腔说："不这样说，我怎么能顺利见到县长大人呢？"

李峥不知后生为何面带哭腔，便请他坐下，并命人端茶拿来水果，又问他叫什么名字，找自己有何要事。

后生喝了茶，吃了水果，这才回话道："我叫陈端，在县城做布匹生意，昨晚家里来了智杀的手下，父母被抓去做了人质，说不给五万大洋就撕票。县长大人，您可要为小民一家主持公道啊。"

李峥说："我倒是想主持公道，可我手头兵力有限，如何剿得了匪？"

陈端说："古人云，擒贼先擒王，只要把匪首智杀捉拿归案，就算除了匪患了。只要县长听我一言，定能手到擒来。"

李峥心里正为昨晚的"下马威"憋气呢，听他如是说，便急忙凝神静听。

陈端问道："县长可知匪首最喜欢什么？"

李峥回答："钱，女人，你说还有啥？"

陈端却说："钱和女人他们也喜欢，不过最喜欢的还是武器。只要您以送武器为名，一定能引智杀出山，然后把他们一举拿下。你不是带来一

批剿匪的新式武器吗？岂不正好派上用场？"

李峥暗想，听说踞虎山地势险要，易守难攻，所以智杀才能立于不败。不入虎穴，焉得虎子。如果能借机诱出智杀，然后一举拿下，陈端的主意倒也不失为良策。想到此，李峥决定冒一次险，他叫来张虎做了安排，让他与土匪联络，以用武器换人质的条件，诱智杀下山。

张虎战战兢兢，根本不敢去。陈端见状，便拿出一粒药丸塞进他的嘴里说："这叫壮胆丸，吃下去胆子就大了。"

李峥一愣，问是什么药。

陈端见张虎吞下药丸，便笑着说："毒药，不过你放心，事成之后我会帮你解毒的，死不了。"

张虎听罢，也只好硬着头皮，答应前往。

不到半天时间，张虎回来，高兴地说，智杀答应下山取武器，交人质。不过智杀警告李峥不要耍滑头，否则让人质和他都人头落地。

李峥暗自高兴，问陈端接下来怎么做。

陈端说："把武器送去，只有如此，才能让智杀上钩，待到险峻地带再把土匪一举歼灭。"

李峥见陈端足智多谋，便听从安排。他让张虎亲自押运武器赶往踞虎山。

张虎本不愿冒险，可被陈端喂了毒药，只好遵从。哪知他带队进入山口不到半里路，就听四周响起喊杀声。张虎吓得大叫一声："扔下武器，我们快跑！"

山上的土匪见状，个个欢呼雀跃，纷纷冲下山来捡拾武器。张虎带着士兵们逃回了官府，向李峥禀明情况。

陈端在一旁听说后，吃惊地问道："土匪如此暴力？"

张虎气乎乎地说："你想想，土匪能对我们友好吗？他们不但不放人，还直接抢了那些新式武器。"

但是李峥却微笑着说："不怕，明天我就去剿了他们。"

陈端听闻，不解地问道："大人，没送武器时你不剿，送了武器你却去剿，这不是拿鸡蛋碰石头吗？"

只听李峥摇着头说："非也非也，本县之所以把武器送给他们，是因为那武器全是改装过的，只要他们连打三枪，枪管便会炸开，反把持枪者炸死。这是我专门从上面要来的特制品。"

陈端听罢，脸上露出敬佩的神色，连连说道："县长果然高明，看来晚生是班门弄斧了，原来大人早有打算，佩服佩服。"说完，陈端就要告辞离开。

李峥不紧不慢地说道："你不是说擒贼先擒王吗？我要是放你回去，

说："就算你看出来又能如何？张虎和这里的士兵已完全听我指挥，他们早就是我的人了。"

李峥问："这里的士兵能有多少？你手下的土匪少说有一百，现在他们只要连打两枪之后，简直就是为我所用了嘛。"

话音刚落，只听外面枪声大作，张虎中了一枪，带伤对陈端说"陈大当家的，弟兄们包围了县衙，和士兵打起来了！"

原来陈端和手下早就有约定，拿到枪支便包围县衙，如果李峥归顺自己，就让他继续当县长，否则就杀掉。

陈端听到零零星星的枪声，赶紧跑出来大声叫道"不要开枪，枪会自爆！"

土匪们突然停手，端着新式武器不敢轻举妄动，有的干脆扔在地上。

李峥从地上随便捡起一支枪，大声说："士兵们，土匪的枪只能打三下，否则就会自爆。你们剿匪立功的时机到了，不要与土匪为伍，和我一起剿匪！"

士兵们有了主心骨，都不再惧怕陈端，将枪口对准了土匪。土匪们为求活命，只好把枪放下。

看着土匪们被一一生擒，李峥用手中的枪对着天空打了好几下，然后瞄准陈端说："这么好的枪，你竟不敢用，你这个土匪也太好骗了吧？"

（题图、插图：谢 颖）

那不就是放虎归山吗？"

陈端一怔，冷笑道："你看出来了？"

李峥笑着说："大名鼎鼎的智杀，我怎会认不出来？"

陈端问道"以前的几任县长，可是没有一个看出破绽，而且都按我的计策行事……是他们太笨了。"

李峥说："你也聪明不到哪儿去，你说话故作文雅，举止却颇为粗俗，一杯茶被你一口喝光，水果差点被你整个吞掉，这些品性可不是一时半会儿能改掉的。另外，我带来新式武器一事并未公开，你一介平民如何得知？这都值得怀疑。"

陈端索性往高位一坐，得意地

□ 宏叶

一箩筐

职场黑话

初涉职场

俗话说：水往低处流，人往高处走。现在的年轻人都爱往大城市走。刘成也不例外，他怀揣滚烫的大学毕业证书，兴冲冲地跑到北京找工作。

北京机会真是多啊，连电线杆上都贴着招聘广告。但是刘成可看不上那样的工作，他在招聘网站上"海选"了一番，又"海投"了自己的简历，很快便收到了面试通知。

这家公司在一座高档写字楼内。人力资源部经理热情地接待了刘成。

刘成自我介绍说："经理，我这个人很实在，有什么说什么。虽然我有大学毕业证书，但其实我并不看重学历，我认为能力更重要。而且我踏实

忠诚，遵纪守法，积极上进。"

经理听得连连点头，让刘成第二天来上班。

刘成不由大喜过望，他没想到自己竟能一次成功。但他犹豫了一下，还是不好意思地问："我能多了解一些贵公司的情况吗？"

经理严肃地说："我们公司待遇优厚，高于国家标准，工作有挑战性，个人发展空间大，公司氛围好，注重企业文化，关心员工福利和生活。你只要好好干，肯定没错的！"刘成听了，欣喜不已。

第二天刘成穿戴整齐，精神抖擞地来上班。这是一家贸易公司，专卖各类进口家电。刘成被委派的第一项任务是接客户的投诉电话。

第一个电话是个大妈打来的，投诉他们公司卖的空调不制冷。刘成没经验，说得口干舌燥，客户那边还是不依不饶大吵大闹。好不容易对方吵累了，留下一句："这事没完。"就挂了电话。

有一个叫吴岩的，和刘成一样也是客服，他告诉刘成"你这么干哪行啊？不出三天就得把你累死。"

刘成无奈地说："可是公司规定不能先挂客户的电话……"

吴岩一听便笑了，还说要找机会给刘成好好上一课。刘成虽然连连点头，但是心中却是不以为然的。没想到当天下午，吴岩便给刘成上了一课。原来那个打投诉电话的大妈直接找上门来，张口就要找老板。

刘成是职场菜鸟，哪见过这种阵仗，就在他束手无策之时，吴岩不慌不忙地走到大妈面前，说："您好，老板出差了。您有什么问题尽管对我说。"说完，他把大妈带进会客室里。

刘成趴在门上，只听吴岩愤慨地说："您提的问题确实存在，好几个客户都反映过。我们一直在努力和厂家沟通。没问题没问题，对对对，您说得太对了。同时您也知道，我只是一个小小的客服，没法直接拍板。只要一有决定，我第一时间通知您。您投诉本来就是应该的，别说投诉了，就是起诉都是您的权利。没错没错，多谢您对我工作的理解，我们一定竭尽全力，帮您解决问题。"

刘成听那个大妈基本没说出整句的话，都被吴岩诚恳的"对对对，没问题没问题"给堵回去了。

三分钟之后，大妈心平气和地走了。刘成看得目瞪口呆，他心悦诚服地对吴岩说："兄弟，为什么我说话她就不听呢？"

吴岩笑了笑："别小看刚才这几句话，学问大着呢，听我给你翻译啊。'您提的问题确实存在'表示这个问题我们早就知道了，你也不用废话详细描述了；'我们一直在努力'表示这个问题现在还没法解决；你和客户说话时尽量不用'但是'这个词，因为显得生硬，会激起不满，用'同时'就显得婉转多了；'我只是一个小小的客服'表示你这事我解决不了，要投诉找高层去；'起诉都是您的权利'表示就算你投诉到高层那也解决不了，不怕麻烦就去起诉吧；'多谢您的理解，我们一定竭尽全力'表示我们也就这能力了，你也别抱太大希望。话都说到这个份上了，客户还有什么可说的？还有，一定要多用'对对对''好的好的'这样的叠词，显得你态度诚恳，打消客户火气的同时，也能让对方忘记要说什么。"

刘成目瞪口呆了半天，一拍大腿道"太牛了，这简直就是江湖黑话啊！"

吴岩却是见怪不怪，他说"这职场里的黑话多着呢，慢慢学吧。"

深不可测

果然，没过两天刘成又领教了一次职场黑话。周末公司开例会，老板在分析完一周的工作后，还专门对几个员工进行了点评："小王这个月表现不错，工作认真，观察力强。小李的独立工作能力很强，再加强和同事的配合，一定能表现得更加出色。"

老板在上面说，吴岩在下面给刘成做着"翻译"："看来小王这个月又打过谁的小报告了，所以老板说他观察能力强；至于小李这个月神龙见首不见尾的，老板这是提醒他多向部门经理汇报。"刘成没想到还有这么深的玄机，更加用心地听了。

说着说着，老板说到刘成了："小刘这周刚来，虽然还不太熟悉岗位，但适应能力很强，团结同事，认真钻研。"

刘成听了心里美滋滋的，吴岩小声说："你美什么？说你适应能力强，是说你工作有点混日子；说你团结同事，是说我帮你解围的事情呢。"

正说着，老板又说到吴岩："吴岩工作张弛有度，对新员工也很友善，为公司培养了后备人才，而且积极要求进步，不甘于平庸。"

吴岩愣了一下，接着冷笑起来。刘成奇怪他为什么不接着翻译了，他摇摇头不说话。开完会后，他直接去了老板办公室。

当天晚上，吴岩请刘成喝酒。吴岩喝了不少，他告诉刘成，他辞职了。刘成刚和吴岩交上朋友，便不舍地问："好好的为啥要辞职呢？"

吴岩说："你以为我想辞职？老板的话已经说得那么明显了，我不走也会被辞退的，还不如彼此留点面子，拿封推荐信，方便找下一份工作。"

刘成迟钝地说："老板不是一直在夸你吗？"

吴岩苦笑着说："你呀真是菜鸟。老板说我工作张弛有度，那是说我经常偷懒；说我对新员工友善，是说我没事闲聊；说我给公司培养了很好的后备人才，是说我可以走人了。最后两句是告诉我原因，说我积极要求进步，是嫌我前几天要求涨工资了，说我不甘于平庸，是嫌我和部门经理争吵，不尊重领导。"

刘成傻傻地听着，直到吴岩走时才缓过劲来：唉，真是深不可测啊！

内有玄机

吴岩走后，刘成的工作量也大了。两个月内，他又换了几次岗位，每次都干得不错。但公司的情况却让他越来越不满意，好不容易熬到三个月，他终于受不了了，找到当初给他面试的人力资源经理，抱怨起来"你当初说得那么好听，说什么公司待遇优厚，高于国家标准，工作有挑战性，个人发展空间很大，又说什么氛围好，充满活力，还有注重企业文化，怎么啥都对不上号呢？"

经理淡定地看着他，一一给他解释："我当初说的都是真的。公司待遇高于国家标准，说明你的工资肯定够纳税的；工作有挑战性，你看你都干了几种活了，多有挑战性啊；个人发展空间大，这不老板为了给你腾出发展空间，就把吴岩辞退了；注重企业文化，公司书架上摆着那么多的盗版书，不都是让你们学习的吗？"

刘成经过这段日子的锻炼，对这些黑话已经有了抵抗力了，他气极反笑："你忘了说一条了，公司氛围好，充满活力，这又是什么意思呢？"

经理也微笑着说："意思就是公司员工流动性很强，所以很有活力。也就是说你如果想辞职，公司并不反对，这也是本公司的特点之一。"

刘成接过话茬，反问道"不过你还记得我来面试时的自我介绍吗？你懂我说的那些话吗？"

经理愣了一下，不明白他话里又有哪些玄机。

刘成笑了笑说："踏实忠诚，是说每份工作如果条件我满意，打死我也不走；遵纪守法，是说我懂法律，如果谁想赖我的钱，我就去劳动部门告他；积极上进，是说给我的赔偿金必须高，少了不行。"

经理愣了一会儿，问道："你凭什么呢？"

刘成拿出一个小本子，上面记录着公司欺骗顾客和员工的记录。他这三个月的基层岗位可不是白呆的。

三天后，刘成拿着赔偿金离开了这家公司。

人力资源经理恭送他到门口，然后问他"你来应聘时还有一句话，说不看重学历，只看重能力，这话又是什么意思？"

刘成点点头"听好了，我免费教你点知识。意思就是——我的毕业证是假的。"

（题图、插图：张恩卫）

孔子曰：三人行，必有我师。这是一种什么精神？是孜孜不倦的学习精神啊。值九月教师节之际，特编撰一期学艺故事，愿生命不息，学习不止。

去 吧

有个叫张彪的，跟着师傅学武。因为他憨厚有余，聪明不足，便被师傅看不起。师傅只让张彪打杂，根本不教他武功。张彪只好偷看师兄练功，等晚上大家睡着了再起来自习。

转眼三年过去。一天师傅把张彪叫来，让他回家。张彪求师傅教他一

手，自己好回家练习。但师傅不肯。张彪就跪在地上不住地磕头。直到他额头磕出血来，师傅才拾起一根木棍胡乱抡了一通，然后脚一跺，说声："去吧！"说完他把棍甩到一边，再不言语。

张彪看在眼里，记在心上，又给师傅磕了三个响头，起身回家。到家后，张彪每日练习师傅教的招式，特别到最后都是跺一下脚，大喝一声"去吧"再把木棍抡出去。天长日久，他练出了一身力气，特别是最后那一抡竟有千钧之力。

一年夏天，一个大汉到张彪的家乡打擂。他在擂台边写着"脚踏黄河两岸，拳打南北二京"十二个大字，十分狂妄。师傅的几个高徒前去攻擂，都铩羽而归。师傅为了颜面，只好亲自上了擂台。不想他也不是那大汉的对手，没有三个回合，便被一脚踢下了擂台。

正在这时，张彪对师傅说："让我去收拾那厮！"师傅怕再丢脸，忍着疼痛，连说："去吧去吧！"张彪不知师傅是不耐烦，却认为是让他使"去吧"那一手，于是双脚一跺跳上擂台。只见张彪右脚一跺，胳膊一抡，大喊一声："去吧！"那大汉便被甩下擂台。

张彪凯旋而归，人们都问他从哪儿学来如此高招。张彪如实相告。师傅在一旁羞愧难当，无言以对。

皇帝拜师

相传颐和园刚修建完，慈禧让工部大臣找人写块金匾，挂在东宫门上。这匾让谁题好呢？工部大臣想来想去，想到了光绪皇帝。

光绪一听，高兴地提起御笔写了起来。工部大臣接过来一看，好气又好笑，那"颐和园"三个字写得歪七扭八，很是难看。可他当着皇帝的面，又不敢说不好，只好将匾挂上。

挂上匾的第三天，慈禧来到颐和园，她一眼看见了匾上的字，不由火冒三丈。她即刻召来工部大臣，喝道："此字也敢悬挂在宫门之上，还不快摘下来！"工部大臣如实相告，但慈禧不可能撤回懿旨，所以金匾立刻被撤了下来。

消息很快传到光绪耳朵里。当天晚上，他便想重新题字，可一连写了七八张，都不满意。

正在这时，工部大臣来访。他凑到案前看了看光绪的字，小心地说："以臣之见，与其闭门造车，不如访师求学呀！我知道有个姓王的木匠，写一手好字。万岁不妨求学于他。"光绪心想：学也无妨，只是我堂堂的万岁爷怎能拜于小民之下呢？

工部大臣一下子读懂了皇帝的心思，便凑到他身边耳语起来。

隔天一早，光绪换上便装，找到王木匠家。刚一进门，光绪就作揖，说要拜师学字。

王木匠见他心诚，便收下了这个徒弟。他将光绪让到里屋，然后指着墙上的字画，给他讲解起来。接着，他又手把手地教光绪写字。光绪写了一张又一张，不知不觉就到了晌午，他辞别木匠，回宫去了。

就这样，光绪一连十几天都来向木匠求教。最后他干脆将木匠请到了颐和园。此后，光绪的书法可谓一日千里，他不禁龙心大悦。

到了重阳节，光绪召集了文武百官，然后命人将一张金匾大小的宣纸放在龙案之上。众大臣只见光绪拿起足尺湖笔，蘸饱松烟徽墨，挥手写了"颐和园"三个大字。众人看罢，无不赞叹。

·经典传递·

于是，光绪便叫人将字呈给慈禧。

慈禧看了也十分满意，立刻命人重新做了一块九龙金匾，挂在颐和园东宫门上。直到今天，那块金匾还在老地方挂着呢。

诸葛亮拜师

传说诸葛亮师从司马徽时，勤于学习，善于思考，很得司马徽喜爱。

司马徽每天除了公开讲学外，还可以依据个人情况，进行专门辅导。由于人数众多，轮到诸葛亮的时间就少。诸葛亮想多学点，怎么办呢？当时没钟表，很难掌握时间。司马家就用定时喂食的办法，训练鸡按时鸣叫。司马徽就以鸡鸣为准。于是诸葛亮便偷偷带了些干粮，估计鸡快叫了，就喂一点，故而他的受教时间特别长。久而久之，司马徽就发现鸡不按时叫了。当他发现是诸葛亮所为，不禁勃然大怒，要停他的课，在其妻劝说调解下才复学。

三年过去，到了结业的那天，司马徽召集众弟子说："我的弟子必须才智过人。今天白昼之内，你们能得我的允许出此房门，方算结业。"

于是一整个上午，弟子们都想方设法得到师傅的首肯：有的说父亲得急病；有的说院内失火；有的干脆跪

倒求情。凡此种种，不一而足。场面甚是混乱。只有诸葛亮仿佛置身事外，一直在打瞌睡。

直到下午日落将至，时间将尽，多数人已放弃之时，诸葛亮才猛地起身，他一张嘴就破口大骂："司马徽你这骗子！骗了我们三年学费，还出这种题目，你想再骗我们三年钱吗？"众弟子惊得目瞪口呆，司马徽更是勃然大怒，下令将其扔出门去。

弟子们齐心协力，利索地将诸葛亮扔到门外。这时诸葛亮突然恭敬地说："恩师，我算结业了吧？"

司马徽和众学生方才恍然大悟，纷纷表示佩服。

一字之师

唐代有个僧人，对诗文很感兴趣，他带着自己的诗稿前去拜会郑谷。当郑谷读到《早梅》这首诗时，不由吟诵起来："前村深雪里，昨夜数枝开……"

读到这里，郑谷对僧人说"梅开数枝，就不算早了。"然后，他又沉吟了一会儿，说，"不如把'数'字改为'一'字更为贴切。"

僧人一听，赞叹不已，恭恭敬敬地向郑谷拜了又拜。当时的文人们得知此事，就把郑谷称为僧人的"一字之师"。 **（推荐者：沁　沁）**

（本栏插图：安玉民　梁　丽）

花开见佛性。一朵三叶金莲试出了人性的高贵和低劣，美好和丑恶……

□ 翰林骑士

三叶金莲

1. 逆流涌动

天地国际有限公司的审计总监叶澄年轻有为，办事认真。这天一上班，他就接到总裁秘书通知：十点到白宫会议室列席董事会议。

叶澄准时走进会议室，就闻到一股难闻的气味。年过花甲的公司总裁武天一见他，就说道："叶总监，快来尝尝榴莲，我刚从泰国带回来的。"接着，他又笑着对众人说道，"今天，我们开的是榴莲会，我请大家先品尝榴莲，等品出了其中的滋味，再开会。话说榴莲这东西，浑身长满刺，闻起来臭，可吃起来却香，可谓不中看、不中闻，却中吃，实在是一绝啊！"

等大伙把几颗硕大的榴莲分食完后，武天便宣布了两件事，第一：他决定退休离任。从今天起，副总裁邢天代理总裁职权，直到美国总部正式任命为止；第二件，美国总部已批准同意，对天地国际有限公司现有的办公大楼进行重新设计装修，限期十月销售旺季之前竣工。并宣布，经董事会研究决定，成立招标小组，邢天任组长，叶澄任副组长，马上进行工程招标，具体工作由叶澄负责执行，邢天把关拍板。

说到公司这栋办公楼，是上世纪的老建筑，解放前是美国驻当地的领事馆，楼高五层，西式风格，汉白玉门柱，沙石主体建筑结构，整栋大楼呈乳白色，楼顶是巨大的圆形拱柱封

顶，因此被戏称为"白宫"。

叶澄知道工期紧，任务重，便马上启动招标程序。招标文件和公告在媒体上一刊登，很快便收到很多咨询电话和投标信函。招标小组从中筛选出四家大型建筑装修公司，进行设计方案和工程报价的招标工作。在拿到四家公司密封的投标文件后，叶澄立即召集大家开会评议，大家一致认为：设计方案四家公司难分伯仲。

邢天最后拍板："既然设计方案大家难分胜负，那就看报价吧，一个原则，在保证工程质量和工期进度的前提下，价低者得。"

根据价低者得的原则，叶澄当众开标宣布结果，出乎意料的是，本次报价竞争没有任何悬念，其中三家公司报价都在六千万以上，只有伟业建筑公司的报价低于五千万。于是，叶澄当场宣布：伟业中标。

等几家供应商离开后，叶澄对工程部总监说："这次工程招标也太顺利了吧？不会有什么疏漏吧？"

工程部总监一拍叶澄肩膀说道："叶老弟，你职业病又犯了，都是按公司的政策流程操作的，再说，还有我们工程部监控，有什么疏漏？"

可令叶澄始料不及的是，自己前脚和伟业签署了工程承包合同，后脚就收到总部指示：中标公司的设计方案太过保守和俗气，与公司的品牌形象和业界龙头地位严重不符，本次招标作废，立刻重新选择供应商。

叶澄顿时头大了，同时他也觉得奇怪：美国总部直接干涉区域事务，这还是十年来的头一次。他暗暗琢磨：这次白宫装修，表面上是个工程项目，可背后却不简单，一定和这次白宫换主人密切相关。叶澄估计，代理总裁邢天要被扶正恐怕不会一帆风顺，弄不好这回要从总部空降一个新主子过来，这装修设计风格要吻合新主子的口味才行，否则，只怕很难顺利开工。

很快，叶澄代表公司约来伟业公司代表，对方一听要取消合同，当即和叶澄理论起来。经过辛苦的谈判争取，最终双方谈妥了三百万的违约金，并约定在一周之内完成清算。

工程承包没办成，还要赔三百万，这让叶澄好不憋气懊恼。第二天，叶澄刚进办公室，秘书就递上一个快递，叶澄一看，没有投资人信息，快递里面是两个光盘，光盘上用油性笔画了一支利箭，写了两个大字——"暗箭"。

审计经验丰富的叶澄一看，就知道里边有文章，急忙打开电脑一看，果然不出所料，一个光盘的内容是本次白宫装修的项目预算明细。

叶澄一惊，心说：项目标的被人泄露出去了，难怪伟业的报价和预算这么接近，原来是有内鬼。他急忙打开另外一个光盘，内容是：伟业和其他三家公司一起密谋，由其他三家公司故意报高价格，然后由伟业一家中标，事成后四家从中分成。叶澄终于明白了：这是行业内典型的围标串标行为，是违反国家招标法的。

可光盘是谁给的？他为什么要这么做？叶澄顿时陷入了苦思之中：对，一定是几家公司分赃不均引起了内斗。不管怎样，看来违约赔偿金是不用支付了。

当天下午，叶澄和公司律师再次约来伟业公司代表，光盘刚放了一半，对方马上就表示无条件放弃违约金的追索权并匆匆离去。

律师愤愤地说："叶总，要不要起诉他们？这可是违法的事。"

叶澄却摇摇头，摆摆手。他作为审计总监，当然知道：这是内外串通舞弊的案件。而且涉及金额如此巨大，他怎么会不调查？刚才他是为保密，虚晃一枪。随后，他紧急安排下属暗中查访几家公司。叶澄觉得：这次白宫的装修，暗藏逆流，必有内鬼。

调查结果很快传来，除伟业之外，其他几家公司根本就是空壳公司。叶澄想到在和工程部总监闲聊时，曾聊起工程预算，还说此事只有他和财务总监、预算总监、造价师四个人知道。叶澄心说：此事牵扯众多人员，要不要向董事会汇报？可他又马上意识到：不能操之过急，否则会

打草惊蛇。于是，他命令下属："调查继续，但要外松内紧，不露声色。"

接下来，叶澄便启动了新的招标工作。在招标会议上，叶澄明确提出：要对入围的供应商进行实地考察，要明察和暗访结合进行。很快有几家新的供应商进行了投标。

这天，叶澄下班刚到家里，手机短信便响个不停，叶澄打开短信一看，短信说：叶总监，奉劝你，不要做断人财路的事，见好就收，别不识抬举。

第二天上班，叶澄的手机又收到一条彩信，叶澄一看：叶总监，你的女儿很漂亮啊，我们带她出去玩玩，你不用担心，下午五点，准时将她送

回你们小区门口，勿念。

叶澄惊出一身冷汗，他急忙联系妻子，然后开车直奔幼儿园，和赶来的妻子四下寻找，却不见女儿的身影。他们只得忐忑不安地回到小区，在门口眼巴巴地等着。

五点钟，只见一辆没有车牌的黑色丰田小车"哧"的一声停在小区门口。

车门打开，叶澄的女儿嘴里含着棒棒糖，怀里抱着一团报纸向自己跑来。而那黑色小轿车眨眼就消失不见了。

叶澄赶紧迎上前去，扔掉女儿嘴里的棒棒糖，只听"哗啦"一声，她怀里的报纸里落下成沓的百元大钞，撒了一地。

叶澄明白了，自己暗中调查工程围标的事情被内鬼发现了，所以他们就用恐吓和贿赂的手段来对付自己。叶澄想到，明枪易躲暗箭难防，便立刻安排妻子和女儿到哥哥家里，暂避风头。

隔天，叶澄便如数上缴了贿赂款。由此，他受到威胁的消息也传得沸沸扬扬，迫于压力和形势，他只得下令暂停审计调查。接着，叶澄又突然接到通知：要他明天到三亚出差，参加行业的内部审计论坛。叶澄刚想推辞，他的上司财务总裁吴总笑着对他说："叶澄，去吧，谁不知道你是国内审计界和内部控制理论的先锋啊，

出使八方，不辱君命，你可要好自为之啊！"他这么一说，叶澄只得出席。

2. 定时炸弹

果然，叶澄不辱使命，在论坛上博得了满堂彩。论坛结束，组委会特别安排众多企业高管，在百福湾进行了一场潜水比赛。

叶澄是骨灰级的潜水爱好者，自然欣然参加。体检完毕下午就举行了潜水比赛，叶澄瞄了瞄竞争对手，突然他发现在参赛者中有张新面孔，那是位身材曼妙、风姿出众的少妇。

比赛的规则很简单：谁第一个下潜到水下百米之处，扒下指示浮标上的大红旗，并安全浮出水面，就是冠军。组委会人员讲明了规则，再次叮嘱道："越往水下潜，温差越大，压力越强，光线越暗，说不定还会遇上暗流，现在想要放弃比赛，还来得及。"果然，十几个企业高管当场就退出了比赛。

组委会人员一声枪响，选手纷纷跃入水中。叶澄是一个猛子接着一个猛子地下潜，他透过专业面镜，很快就看到了大赛的浮标指示牌。

眼看马上可以夺冠之时，叶澄只觉得头上掠过一个身影，一串水泡过后，叶澄发现，那个曼妙少妇已经跟了下来，大有超越自己的气势。叶澄不由暗暗佩服：好身手，巾帼不让须眉啊。他再回头看看，发现偌大的海

底，只剩下自己和少妇雌雄对决了。

叶澄一鼓劲，又是一个猛子，舞动潜水靴，摆动脚蹼一口气沉到了浮标跟前。他伸手便拔起了"胜利的旗帜"，然后上浮几米，等他再四下查看，又觉得奇怪：刚才在身旁的那个少妇怎么没了踪影？

叶澄顿时警觉起来，他意识到对方可能遇险，便二次下潜，借着聚能灯光，四下寻找，果然发现那少妇正在前方一片巨大的珊瑚礁群旁边挣扎。

叶澄赶紧游了过去，只见巨大的珊瑚礁上缠绕着一张废弃的丝线渔网，那渔网死死地缠住了少妇背后的气瓶，眼看着少妇嘴上的主呼吸器就要被扯掉了。

叶澄大惊，他一把丢开手中的红旗，并从防水袋中抽出一把潜水小钢刀，割断了缠绕在少妇气瓶上的渔网，然后一手紧紧扣住少妇的主呼吸器，一手摇动保险绳上的铃铛求救。

岸上的众人知道出事，便手忙脚乱地拉上了海底的叶澄和少妇。所幸有惊无险，两人都平安无事。

晚上，少妇做东，答谢叶澄的救命之恩。叶澄这才知道，少妇名叫火莹，是一家美资企业的中方代表，平时喜好潜水。

叶澄一听笑道："水火不相容啊，难怪火总下水遇到危险啊，看来是五行相克啊。"

火莹笑着点头。宴会后，她又拿出早已准备好的百福湾当地的特产：金樽红珊瑚送给叶澄，以示感谢。

叶澄推辞不过，只得收下，回头一问当地人价格，他就后悔了，原来此种珊瑚价值不菲，他手中的一樽至少要五万美金。叶澄回头再去找火莹，哪里还有人影。他再去找组委会，也被以不方便透漏与会者私人信息为由弹了回来。叶澄后悔也无济于事，只得先将它空运回家。

三亚之行，叶澄得到了公司高层的一致称赞。叶澄一回家，妻子就笑着递给他一个青花瓷，并说："你还真

够小资的，空运回来个红珊瑚，又从墨竹轩古董行订购了一个四足青花瓷。"

叶澄没有订过，他问是谁送来的。但妻子也茫然不知。

第二天，叶澄一上班，秘书便送来了二次招标的初步结果，这次有三家公司入围：一家是外资背景的动感幽灵；一家是国企背景的经纬集团；最后一家是近几年异军突起的民营企业龙虎创业。有了上次招标的教训，叶澄决定亲自暗访三家企业。

叶澄首先找到了坐落在市中心的动感幽灵公司。它在豪华写字楼"君临天下"内，上下三层，气派非凡。

叶澄隐瞒了真实身份，登记过后，由前台小姐引领到会客室。他打量会客室的装修风格，这里随处可见水和火的元素，充斥着动感前卫的风格。突然，叶澄发现墙上几张会客相片中，有他在三亚救过的火莹，一打听，原来火莹就是动感幽灵的中方代表。叶澄还打听到，火莹以前是职业潜水运动员，水性特别好，所以特别喜欢水的设计元素。

这时，叶澄猛然醒悟：三亚之行遇到火莹，决非偶然，以她职业潜水员的功底，怎么会在海底遇险？叶澄觉得自己中了招，那樽红珊瑚就是一枚定时炸弹！他不由倒吸一口凉气，觉得到处有人给自己挖陷阱。他借故匆匆离开，又回公司上缴了红珊瑚。

回到家里，叶澄越看青花瓷越觉得不对，心说：动感幽灵公司送红珊瑚，难保其他两家公司不会。于是，他抱了青花瓷，到了墨竹轩古董行。一问之下，前天的确有人买了两件青花瓷，一件就是叶澄手里的这个。他一打听买家，果然是另外一家投标的经纬集团。此刻，叶澄已彻底明白：两家公司都在对自己公关，想通过这种手段拿下白宫装修项目。

第二天，叶澄找到经纬集团。经纬集团的老总金心急忙出来迎接，金心一见他手里抱的古董包装盒不由一愣。

两人落座后，金心一边奉上茶水，一边说道"叶总，听说你懂瓷器，所以，就送了件东西给你把玩，还请您笑纳品鉴啊。"

叶澄一听就哈哈大笑起来，说这件瓷器是高仿的，不是正宗出土的。然后他从盒中取出青花瓷，解释说："历朝历代的古玩，都有自己的章法和特点。譬如说侍女唐三彩，就有环肥燕瘦的特点，如果出土的侍女三彩造型不丰腴肥厚，体态不圆润丰盈，十有八九就是赝品，这是时代的烙印；青花瓷也是一样，青花中的上品，以明代仁、宣两朝为最佳，多为景德镇的麻仓土烧制成，再用从叙利亚进口的青料上色，经胎变成色，可看这青龙，却是干瘪失色，细长无须，而且元代的青龙都是三足，这个四足的，十之八九就是赝品，看来掌眼的老把式没长眼啊！"

金心没想到叶澄对古董如此在行，不由面露尴尬。

叶澄一边像没事人似的将青花瓷重新装盒，一边笑着告诫金心，说他是火眼金睛，理应帮公司掌眼业务，还奉劝他正当竞争本次工程项目。

金心急忙岔开话题，邀请叶澄参观他的公司。

叶澄欣然应允，放下青花瓷，随他出去参观。这经纬集团果然实力雄厚，不光有自己专业施工队伍和设计团队，还有大型焊接、组装车间，真是背靠大树好乘凉。

参观完毕，叶澄起身告辞，临出门，金心一指台面上的古董包装盒，叶澄便会意道："我自己带来的，当然要带走。"随即抱上包装盒离开了经纬。叶澄心中清楚，这青花瓷要是没有旁证在场，就这么还给他，到时候对方仍说自己受贿，不如仍是上缴自家公司。

回到办公室，叶澄打开古董包装盒，就傻了眼：青花瓷被人掉包了，由四足青龙变成了三足青龙。眼前这个青花瓷，是正宗元代出土的极品，价值上百万。叶澄一时惊得目瞪口呆。心说：怎么又来一颗定时炸弹呀。

果然，没等叶澄上缴青花瓷，公司管理层已经收到投诉：说本次白宫招标副组长叶澄，私下收受贿赂和古董，要求对他展开调查和罢免。随即，

财务总裁吴总代表公司，找叶澄谈话。但最终，因为没有真凭实据，这件事便不了了之了。

3. 龙虎创业

尽管有人要抹黑叶澄，但他坚信：身正不怕影子斜。他决定直奔最后一家投标公司——龙虎创业，可几经折腾才拨通了该公司老总的电话，一问才知道，他们公司根本就没有固定的总部，哪里有项目开工，哪里就是总部。

叶澄找到工地，在一片低矮的活动板房内，他见到了龙虎创业的老总水生。水老板显然没预料到叶澄会来，慌得急忙招呼手下打扫房间，整理文件，叶澄这才有个落脚的地方。

说话间，到了开饭时间，叶澄推辞不过，只得在工地用餐。饭菜非常简单，可有一道菜，令叶澄回味无穷，一问才知道这道菜叫"娘味水鬼重"。虽然菜名有点邪乎，但吃起来却是外脆内滑，里香外酥，口感劲道，入口即化，但说白了其实就是一锅清水煮豆腐。

叶澄请教后，才知这道"娘味水鬼重"做法很有讲究：先要上笼蒸熟，再下油锅煎炸，放凉之后，最后放到清水中浸泡发胀，这一来豆腐的重量和体积就会增大变重，就像传说中的大肚子水鬼一样，所以得名"水鬼重"。而且这道菜不仅费工，还费料。

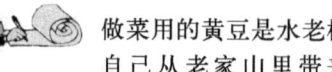

做菜用的黄豆是水老板自己从老家山里带来的；磨豆腐的水是他每次回山里拉石料带来的山泉水；炸豆腐的油料是他老娘自己种的油菜花。

听完这些，叶澄再打量眼前这个中年汉子，觉得他并不简单。他问水老板："您为什么在伙食上下这么大工夫？"

水老板回答说："我们工队都是老家阳山山区的乡亲。阳山离省城虽然只有几小时车程，可大家一年到头却很少回去。为的就是多揽活，多挣钱，养家糊口。要想叫工友们在工地安心卖命，就得靠这道家乡菜。因为

工友们一吃，就闻到了娘的味道，老婆的关怀，干起活来都卖命，所以，这道家乡'娘味水鬼重'不仅是每餐必备的菜肴，更是一道加油菜，一味强心剂。"

叶澄听了频频点头。

吃完饭，水老板突然问叶澄，这次招标自己有几成把握。叶澄如实告知：竞争对手很强劲，这次招标，关键是看创意和生产力。

水老板一听，急忙问叶澄：什么是生产力？叶澄心想：他连生产力都不知道，还怎么去竞标？

哪知水老板话锋一转，又说起他的理解来："生产力啊，它就是一种态度，只要你态度端正了，知道为什么要做这个活，生产力就会提升，工期的进度就有保证，根本不用什么监工和管理人员站在后边督促，大家伙就会自觉地拼命干，工期一定会提前。"

叶澄听完一愣，暗暗佩服眼前这个汉子。再看他的工地，虽然没有监工和管理人员在现场监督，但工人都在自觉地卖命干活。叶澄心想，这样一来，他的管理成本就省了很多，报价也会有一定的竞争力。

突然，从远处跑来一个老头，对水老板一顿耳语，水老板顿时大怒，拿起大喇叭大喊一声："千佛手，你给我过来。"话音刚落，只见一个彪形大汉，赤裸着上身跑到水老板面前。

水老板指着大汉的鼻子就破口大

骂道:"娘的,你好大胆啊,上工地不戴安全帽,你活腻了,看我怎么收拾你。"水老板边骂边拿起电话,拨了一串号码,还说,"我叫你不戴安全帽,我打电话给安监局,叫他们把你抓起来,教育上三天,你就老实了。"

那汉子一听就急了,央求水老板千万别打,哪知电话已经接通,水老板简单几句说明情况,就把电话递给这个叫"千佛手"的汉子,叫他自己和安监局的人说。

千佛手哭丧着脸,接过电话刚要辩解,一听电话那头的训斥声,就再也不敢狡辩了。被骂了足足几十分钟,千佛手只得大叫一声:"娘、老婆,我知道错了,我以后再也不敢了,你们放心,我改我改,马上就改。"千佛手说完,就挂了电话,抹着脸抄起一个安全帽戴上,出去干活了。

"看见没,叶总,生产力就是一个态度,整天叫安监局和监工盯着,根本不顶用,给他家里打个电话,我敢保证,他从今天开始,一辈子都会记得戴安全帽,生产力是什么?生产力就是老婆和孩子。"水老板说完就憨厚地笑了起来,还说这是他的野路子,但比那些个条条框框的规章制度都来得管用。

叶澄觉得眼前这个人真有点邪乎,就随口叫他黄老邪。

哪知水老板一愣说道:"叶总连我的外号都知道,看来我们有缘

啊!"

叶澄离开了龙虎创业的工地,有一种说不出来的感觉,他不光觉得水老板有自己的一套管理理念,而且他的工队真的有股子生龙活虎的气息,相比之下,另外两家虽然管理正规,可是缺少这种干劲和生机。

4.五行酒宴

考察完三家公司后,天地国际有限公司又特意召开了招标答疑会和施工现场考察。答疑会在白宫会议室举行,三家公司都是老总亲自出马。他们一进会议室,就见会议桌上摆着一樽红珊瑚,一个青花瓷。

叶澄主持答疑会,他对着火莹和金心说:"会后,请两位老总安排人员将红珊瑚和青花瓷带回去,这些东西太贵重了,放这里不安全。"

两人听明白了他的意思,都尴尬地一笑。

叶澄接着说:本次招标考察两点,一是设计方案,二是报价。首先评选设计方案,方案中标的一方,有优先中标权,在此基础上,再看工程报价,不再以价低者得,而是采取议价的方式定标。

三家公司明白了程序之后,答疑会很快就结束了。

会后,天地国际有限公司设宴款待三家公司的老总。酒过三巡,火总

首先开了口，说道："五行之中，金木水火土，今天，我们三家公司可是占据了三样啊。"

大家一听，这才留意到三家公司的老总，果然是五行中的金、火、水。

叶澄哈哈一笑道："五行相生相克，但我还是希望大家和睦相处，做生意嘛，讲究和气生财。"

叶澄话音刚落，金总就接过话茬说："我看难啊，商场如战场，五行之中，金是贵器，主富贵。看来，这次投标注定是我们经纬集团中标发财了。"

火莹一听，就歪歪嘴说道："金

总，未必吧，开门三把火，看来我们动感幽灵这回是注定要红火一把了，而且我这火可不是凡间的火，而是三昧真火啊，到时火克金，烧化了你金总，你可不要害怕啊。"

两人均背景深厚，在酒席间便你来我往地调侃起来。而龙虎创业的水老板则安静得多，边吃饭边听两家斗着。当两家嘴仗打到不可开交的时候，他又突然接过话茬，说道："两位，你们再牛，遇到我，就自认倒霉吧。"金火二位一听，就哈哈大笑起来。

水老板说道："虽说——天下之弱莫过于水。可我这水也不简单啊，专攻难题。所以，遇到金总你这个发光的金子，我就沉了你；遇到火总你这个三昧真火，我就熄了你；就算再来个木总、土总、石总我照样浮起他，拍烂他，击碎他，最后——淹了它。一句话，这次的竞标，我水生是势在必得啊。"

在场的人听完，都对水老板刮目相看。这个水老板看上去土得掉渣，气势倒是威严夺人呢！

吃过午饭，金总和火总先后开车离开，唯独水老板回到白宫，亲自查看地形和施工现场，从一楼一直看到五楼，边看边做记录。当他来到五楼，突然听到一间简易房里传出咳嗽声来。水老板循声而去，房间里的是天地国际的老花匠。

水老板对他说："老人家，听刚才

的咳嗽声，您肠胃不好吧？下次我给您带点山里的春砂仁吧，那东西养胃不伤身，最适合老年人服用。"老花匠听了，连连道谢。

水老板查看了一下午，离开时正好和下班的叶澄撞个正着。叶澄自打上次吃了一顿水老板的工地餐，一直想回个人情，当得知水老板没有吃过泰国菜，便请他去了一家泰国餐厅。

席间，水老板又问叶澄"这次招标我有几分胜算？"

叶澄点拨他道："关键要看白宫的新主人是谁。他喜欢哪家的设计方案，哪家就容易胜出。"水老板一听，忙打听白宫的新主人是谁。

叶澄摇摇头，说自己也吃不准是谁。他见水老板有些失落，又夹起一个大虾给他，并说"这顿饭意义非凡啊，好好品味吧。"水老板一听，若有所思地点了点头。

5.有人遇害

半个月后，三家都投递了设计方案，叶澄等人打开一看：动感幽灵的设计方案明显带有西化的风格，还有点巴洛克的特点，很适合白宫这种沙石结构的建筑设计；而经纬集团的设计方案则充满了东方古典韵味，室内大面积的山水花鸟写生壁画，墙体则是棱角分明的十八般武器造型；再看龙虎创业的设计，叶澄觉得有点不伦不类，且带有宗教色彩，室内以黄色

金粉为主，最为引人注目的是，他在白宫顶层的巨大圆形拱柱上，加多了一个直径三米，高三米，有三片叶子的镀金莲花造型。这个设计顿时遭到了招标小组成员的一致否定。

吸取了上次的经验，叶澄等人没有当即评标，而是拟写了初步意见，报请总部审核决定。

第二天，总部回复道：动感幽灵的设计为优，经纬集团的设计为良，龙虎创业的设计最差。

但奇怪的是，在传回的三家设计方案中，龙虎创业的三叶金莲上，明显被人圈过一个红圈。另外，总部还有一条指示：三家方案都可行，待新任总裁自行决定。

叶澄一看总部的意见，结合三家设计风格，心里敞亮起来，看来白宫的新主人有三个人选：一是外籍人士空降，动感幽灵就是押了这个宝；二是代理总裁邢天升任，因为他最喜欢武术和国画，经纬集团将宝押在了他身上；可第三种可能是什么？难道会是个有宗教信仰的人出任总裁？而且他对莲花情有独钟？

叶澄又考虑到白宫的建筑材质特殊，多为沙石结构，没有过硬的焊工、钳工、油漆工等，是很难装修好的，于是他提议：按龙虎创业的设计方案，在五楼顶层，焊接加装一个三叶金莲，三家公司各显神通，各自完成一

片金叶，以速度和工艺评判。

经过反复讨论，公司内部最终通过了这个提议。

叶澄对三家公司宣布了这个决定，他们均欣然接受，还说要比就比个彻底，比个高低。三家很快便遴选好人马，准备进场进行高空作业。

叶澄见到水老板，便问他"为什么把设计方案搞得四不像？还搞出个三叶金莲来？"

水老板一听，急忙反问道"不是你上次吃泰国菜时点拨的嘛？叫我好好品味泰国菜的味道。那不是在暗示说白宫的新主人是个泰国人吗？所以我回去就查资料，知道泰国人大多信奉佛教，尊崇莲花和黄色，所以才设计了这个三叶金莲的造型啊。"

叶澄一听啼笑皆非，说自己那天的意思是说：虾是海产品，水老板姓水，虾离不开水，这挺有意思的。

水老板一听也傻了眼，原来是一场误会。无论如何，现在在设计算是过关了，只好将错就错了。

选好开工吉日，鞭炮过后，三家公司施工人员就上了脚手架，在高空作业平台展开比试，三天过去，难分胜负。

九月的天还热得出奇，几十号人在半空作业，辛苦程度可想而知。这天，叶澄巡视施工现场，只见一个戴着安全帽的彪形大汉，在脚手架上挥汗如雨，动作麻利，电焊火花飞溅，金粉灿灿发光。叶澄不由称赞这汉子的技术精湛，不料没等他说完，只听一声尖叫，从十多米的高空平台上摔下个人来，那人就摔在坚硬的地面上，当场气绝身亡。

叶澄大惊失色，急忙上前查看，发现那人是龙虎创业的千佛手。

事故发生后，安监局第一时间封锁了施工现场，经查千佛手属于中暑摔落而亡。这突如其来的变故，打乱了一切计划。叶澄赶紧驱车赶到龙虎创业的工地，推开活动板房，发现水老板一人坐在现金堆里。叶澄诧异地问他这是在干什么。

水老板指着一沓一沓写好名字的现金说道："出了这种事，我怎么对得起这些老乡啊？除了给千佛手家人的安家费，我也给其他人结了工资，不愿意再干的，拿了钱就可以走人，我不怪他们。"叶澄这才明白原来水老板是在做遣散的准备。

就在这时，又有人走进了样板房。叶澄一看是自己公司的老花匠。

老花匠从包里掏出一个可乐罐，问水老板，千佛手喝可乐吗。

水老板说千佛手血糖高，平时不喝含糖的饮料。

老花匠急忙告诉叶澄和水老板，昨天中午，千佛手替水老板给自己捎了春砂仁来。后来因为天太热，三家公司的人都在五楼花房旁边的脚手架

下乘凉。老花匠在花房内干活，听见外边几个人劝千佛手喝可乐。千佛手推辞，几个人就不高兴地说他怕里边下毒。千佛手无奈就喝了。

老花匠还说："我每天在五楼种花，每天都能看到千佛手干活。他身体健壮，怎么会突然从高空掉下来？我越想越奇怪，便把那天他喝的可乐罐收了起来。"

叶澄和水老板一听，也觉此事蹊跷。千佛手是龙虎创业的老员工，技术精湛，身板结实，怎么会突然从半空中掉下来呢？

于是，两人连夜将可乐罐送去化验，结果令人大吃一惊：罐子里有一种高空作业禁止服用的镇静剂残留，高空作业的人喝了它，会头晕产生幻觉，很容易发生安全事故。

由此，原以为普通的安全事故马上升级为刑事案件。经纬集团的工人很快就供认：是他们做了手脚。原来他们见千佛手焊接、镀金、切割技术高超精湛，怕自己比试不过，失去中标的机会，回去会被开除，所以就在可乐里边下了药，本来只想让他头晕眼花，耽误几天工期，没想到千佛手坚持上阵……

事情查清，施工现场解封了。但叶澄仍隐约觉

得，这次千佛手的事故，应该没有这么简单，背后一定有黑手在操控。

三叶金莲的焊接终于完成，龙虎创业以速度和工艺双双领先，最终赢得了优先中标权。

可就在接下来的报价投标中，占据了先机的龙虎创业公司，却突然发布声明：自愿退出本次工程项目的招标。这大大出乎所有人的意料。

但天地集团的招标必须抓紧时间推进，于是提前开标：最后经纬集团报价四千万，动感幽灵报价五千万，经纬集团中标。

叶澄觉得有点奇怪，水老板对这个工程可谓志在必得，那他又为何在占尽先机的情况下不战而退呢？

但代理总裁邢天当即拍板：决定本次天地公司的中标供应商是经纬集团，明天，特邀公证处人员，当场签

订合同，并予以现场公
证。

6. 仰望金莲

第二天，在白宫会议室里，代理总裁邢天正要公布经纬集团中标的消息，龙虎创业的水老板突然闯了进来，大叫一声："等等，还有我的报价呢。"他这么一喊，会场顿时乱了套。很多人指责水老板是来故意搅局的。

叶澄闻到了火药味，急忙上前调停，经过咨询公证处人员，并参考招标法，因为投标截止日还有一天，所以龙虎创业完全有权参与报价。

然而，龙虎创业的报价一拆封，叶澄心里就咯噔一下——六千万，比经纬集团整整高出两千万，而且也超出了公司内部的预算上限。叶澄奇怪道：这个水老板到底在玩什么花样？按照他的野路子，生产力是一种态度，管理人员和监工就省去了一大笔，明明价格是他的优势，怎么又报出一个天价来？这不等于自杀吗？

叶澄起初以为是水老板计算错了，但细问造价分析师才明白：因为上次千佛手的事故，龙虎创业的报价中包含了一笔员工的巨额保险，所以一下子就抬高了报价，不再具有价格优势。一时，叶澄觉得可惜，但也无话可说。

毫无悬念，经纬集团还是中标者。上午的签约仪式，因为龙虎创业的临时投标而耽搁，只得推迟到下午两点进行。

但等到下午三点，大家还是不见代理总裁邢天现身。一直等到四点多，董事会秘书突然闯进会议室，对叶澄一阵耳语。

叶澄听完，脸色大变，随即起身宣布，本次招标，标书明确说明，不承诺价低者得。所以，天地集团需要重新评估报价和设计方案，中标的最终决定将推迟公布，三家公司的报价各有差异，但都有机会中标。

经纬集团金总一听，脸都绿了，只得眼睁睁地看着煮熟的鸭子就这么飞了。

原来就在当天下午，白宫迎来了新主人，他改变了板上钉钉的决定。大出人们所料，他既不是美国佬，也不是由邢天升任，而是一个华裔泰国人。

美国总部发来任命函说，新总裁是华裔后代，懂英文，通中文，还熟悉亚洲市场，又在亚太区出任过要职，是中国区总裁的最佳人选。同时他笃信佛教，钟情黄色，喜欢莲花。

众人一时都傻了眼。只有叶澄的味蕾突然反射出了一种水果的味道——泰国榴莲。他猛然想起老总裁武天当初请大家吃榴莲的深意，看来他早就获悉接替自己位置的是华裔泰国人，难道提升邢天是在有意考察？

事情来了大逆转，最后，新总裁

一拍板，龙虎创业承揽本次工程项目。中标金额五千五百万，这叫所有人跌破眼镜。

这天，总裁秘书通知叶澄觐见新总裁，叶澄敲门进去，却不见老板。秘书一指五楼楼顶，叶澄赶紧上楼，远远看见一个身材高大，颧骨突出的中年男子，正对着白宫的巨型三叶金莲，合掌祈福。他显然就是天地国际的新总裁。

半晌，新总裁幽幽地开口："叶总监，久闻你的大名啊，你在审计界很有成就啊。"

叶澄连连说道，哪里哪里。

新总裁又说："花开见佛性，这花指的就是莲花啊。知道我为什么选择龙虎创业承揽这次公司的装修吗？"见叶澄摇头，他补充道，"不是因为他们的设计风格迎合了我的宗教信仰，而是那天我来到五楼，听这里的老花匠说起了千佛手的事，一个民营企业家，有如此的管理理念和善良、纯洁的心灵，善待每一个活着和死去的工友，这让我非常感动。泰国是近代亚洲唯一一个没有遭受殖民统治的国家，所以我们提倡人性的善良和纯洁，水老板是自己赢得了这次招标啊。你看这座三叶金莲设计得多好，它是一块试金石，有些人就栽在它面前！"

第二天，公安人员突然上门，带走了代理总裁邢天。

原来，当初在叶澄收到两个光盘的同时，总部和老总裁武天也收到了同样的东西，总部早就在暗中调查此事了。在第一次招标时，邢天就暗中指示党羽，泄露标的给伟业公司，由伟业中标，再拿两百万回扣给邢天，哪知总部临时打乱了这个计划，他们之间就狗咬狗翻了脸，也不知道是谁最后动了火，寄出了光盘。邢天一计不成，又和经纬集团勾结，他以为自己将来稳坐总裁宝座，就满口答应本次工程项目给经纬做，作为交易，经纬公司则拿出两百万，为他在政协买一个副主席的职位。没想到，这回又杀出个程咬金

——龙虎创业。龙虎创业在比武大赛中胜出一筹，经纬集团落了下风，邢天等人怕出意外，就使出了下药害人的招数。抓住邢天，连带扯出了好几个公司高管，原来他们都是邢天的帮凶，协助邢天设计陷害叶澄，并指使两家公司给他行贿抹黑，恐吓和威胁叶澄的家人，试图搞垮他，幸亏集团高层早有警觉，叶澄才得以继续留任。

叶澄突然领悟到：难怪集团总部迟迟不任命新总裁的人选，原来是将本次白宫装修工程当成了试金石，结果，最有希望和实力的邢天被试出不是真金。

几个月后，工程如期完工。令大家惊喜的是：龙虎创业在白宫门前还免费修建了一个巨大的喷泉池，水池中间有一个雕塑，但既不是泰国传统的象首造型，也不是常见的维纳斯，而是一个男性造型。

叶澄问水老板，这是谁。水老板说是泰王。可叶澄觉得不像。

新总裁听闻此事，笑着找来叶澄，指着喷泉说："佛教讲六道轮回，可轮回之前，结下的因果必须了结，这个男人就是来了结因果的，他在用清泉水洗亮眼睛，辨清好坏，准备重新轮回投胎。"

叶澄这才发现，这个喷泉里的男人是死去的千佛手。只见他头戴皇冠，手持利剑，双目仰视的，正是自己生前焊接的那朵三叶金莲。

（题图、插图：杨宏富）

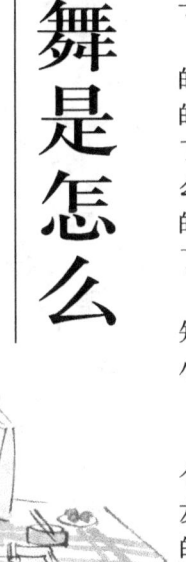

芭蕾舞是怎么产生的

□ 赵松岩

青春芭蕾舞团来我市演出，一票难求。有这么三兄弟——大力、小胖和杰哥没搞到入场券，十分懊恼。正当他们长吁短叹之时，机会突然降临，他们在一家咖啡馆里见到了芭蕾舞团的台柱于婷婷。

三兄弟一商量，便在于婷婷身边的桌子坐下，嘴里开始说着搞不到票的苦恼。见于婷婷注意到他们的言谈了，小胖话锋一转"其实芭蕾舞有什么呀？我都知道这舞蹈是怎么发明的，搞不到票也没啥了不起的，大不了不看了呗。"

大力和杰哥心领神会，也跟着说知道芭蕾舞是怎么发明的，但要先听小胖讲，看他讲得对不对。

小胖就背对着于婷婷开讲了：

小时候，我们有个英语老师谈了个对象，因为她住校，所以她的男朋友天天到学校来。同学们都想看他们的老师是怎么谈恋爱的，于是纷纷跑到宿舍外面。小孩子个头不高，想看到窗户里面发生的事，就得踮起脚尖。有个外国舞蹈老师路过，刚好看到了孩子们群体踮脚尖的画面，受到启发，回国后就发明了芭蕾舞。

于婷婷听了直皱眉，大力假装没看见，他连连指责小胖胡说八道，他说自己的版本才是正确的：

小时候家里穷，我爸穿鞋时老忘记把鞋跟提起来，妈妈每次都数落他

大扫除 （崔东豪　编绘）

（《故事会》漫画版精品选登）

败家，把鞋跟都踩塌了。我爸不服，两人就吵起来。我妈就拿鸡毛掸子追打爸爸。爸爸怕挨打，一边跑，还一边不敢踩鞋跟，只得踮起脚尖，又跑又跳。正好有个专家路过，受此启发，后来就有了芭蕾舞。

这真是胡说八道！于婷婷听到这里，已经面露恼色。

杰哥不失时机地插话，他指责大力也是胡说，其实应该是这样的：

中世纪时，英国的城堡大多是土木结构，因而老鼠特别多，贵族们跳舞的时候，老鼠也会跑出来凑热闹。贵族小姐多娇气呀，一看到老鼠就吓得尖叫。当时还没发明老鼠药，所以那些小姐们，就踮起脚尖躲老鼠，而一踮起脚尖重心就不稳，于是她们就往男舞伴身上靠，渐渐就形成了芭蕾舞。

听到这里，于婷婷再也坐不住了，她"啪"的一下站起身，用手指着他们三个，说："你们几个跟我走，我今天要让你们看看什么才是芭蕾。以后闭上你们的臭嘴，再也不许玷污神圣高雅的芭蕾艺术！"

于是，三兄弟跟着于婷婷，通过演员通道，进了大剧院，他们心里别提有多美啦。

（题图：安玉民　梁　丽）

阿P

□卢 斌

走进微时代

最近啥新玩意都带个"微"字，微博、微信、微故事都是"微"字打头。阿P也想进入微时代，不过他知道自己的能耐，普通字都认识，可是凑到一起还是普通字，出不了啥彩。所以他最后选定拍微电影，这玩意儿靠的是创意，而不是功底。

阿P死缠烂打磨着老婆小兰买了一部DV。DV一到了手，阿P吃饭的时候拍，走路的时候拍，睡觉的时候还抱着不撒手，把小兰气得直揪阿P的耳朵。可阿P却一边伸着脖子，一边唱着："我们唱着东方红，迈步进入'微'时代……"

可没两天，小兰发现，阿P不再碰DV，无精打采像霜打了的茄子。小兰关心道："咋了，是不是病了？"

原来，街坊四邻看着阿P成天抱着个DV，就嚷嚷着要看他拍的片子。爱出风头的阿P趁机向大家展示成

果。哪知大伙一看都摇头，有人更是撇着嘴说："无主角，无情节，无对白，整个一'三无'产品！"把阿P打击得直想钻洞。

小兰听完皱起了眉头，忽然她一拍巴掌说："你去报个班，等你学成归来，看谁还说风凉话！"

说干就干，阿P马上上网查询，在一个叫"志咏"的论坛上，找到了微电影免费培训班。这里藏龙卧虎，出现过不少得奖作品，在社会上也有不小的影响力。阿P边注册边自言自语："现在我阿P也是有组织的人了，看谁还敢取笑我！"

在"志咏"班学了几天，阿P大长学问，一天比一天更渴望"实战"。终于等到了周末，一大早阿P就背着个DV出门了，他直奔市中心而去，那里人流量大，素材自然也多。

果不其然，阿P刚到市中心，就

见一大群人围在前面。他连忙挤了进去，只见人群中还有一圈人，他们都穿着城管制服，正围着一个小贩。

阿P一看，有些失望。关于城管的新闻太多了，出不了啥新意。阿P正要朝外挤，旁边的一位老大爷拉住他问："你是记者吧？这事你可得报道报道！"

阿P一愣，再看自己的打扮，一身正气，背个DV，可不就像个记者吗？要是搁在以前，阿P肯定顺势而上自称记者了。但现在，他也是有组织的人了，不屑弄虚作假。于是阿P大声说道："我不是记者！我是'志咏'班的！"

"嘿，看不出来，其貌不扬却是'志咏'班的，啧啧！""什么叫其貌

不扬啊？这叫低调！"人们的言论纷纷传到了阿P的耳朵里，他顿时飘了起来：这"志咏"班的名气可真大啊，大家都知道！

眼看自己是万众瞩目，阿P不再推脱，采访起围观群众"站了一个多小时了，动手了吗？"

大家七嘴八舌地说：双方都没动手，就这样对峙着，连话都没说。

这可是个好素材！阿P脑袋转得飞快，连忙端起DV，从人群中钻了进去。城管那边也走出来一个领头模样的人，大声说道："别看了，都散了，咱们在执法，嘿，说你呢，别拍了！"说完，那人伸手去拦阿P。

人群中有人喊了一句："他是'志咏'班的！"

领头的城管一听，便有点刮目相看的意思。

阿P却示意大家住嘴，还故意说："低调低调！"

人群中有人不给他面子，便嚷嚷起来："你凭什么证明自己是'志咏'班的？证件呢？"

阿P把头一昂，说："现在都什么时代了，还证件呢！我们都是数字化管理的，你上网随便一搜，我阿P的词条就会跳出来了。"

领头的城管听到这里，一个健步上前，牢牢握住阿P的双手说"你好，我姓詹，是城管队长，现在正在执法，请指示！"连城管队长都要自己指

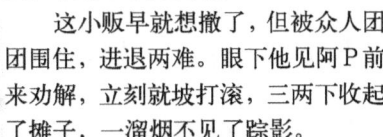

示，阿P更加得意了，这个"志咏"班真是不得了。

不过阿P还是很低调的，他说："指示不敢当，我就是来采采风。詹队长，这是咋回事啊？"

詹队长连忙把事情的前因后果说了出来：原来这个小贩占道经营，詹队长上前处理。但小贩拒不执行，说就剩下一点菜，卖完就走。上面三令五申，要注意执法形象，詹队长也不敢动粗，灵机一动，他和队员们一起采用"怒目围观"法，希望小贩知难而退。但没想到这小贩是个犟脾气，和城管对峙到现在。

詹队长愁眉苦脸地诉完苦，又请阿P帮忙想办法。阿P一看城管队长都向自己求助，想都没想，拍着胸脯道："交给我吧！"只见他拿着DV走到小贩跟前，低声说道，"您看这也不是办法，这么大群城管围着，也没人

来买你的菜。这样吧，我让詹队长临时帮你找个地方卖菜，不过下不为例哦！"

这小贩早就想撤了，但被众人团团围住，进退两难。眼下他见阿P前来劝解，立刻就坡打滚，三两下收起了摊子，一溜烟不见了踪影。

人群中爆发出一阵掌声，詹队长也竖起大拇指说："'志咏'班的水平就是不一样。"这让阿P感觉要飞上天了。

人群很快散去，阿P也忙着要去找素材，跟詹队长告别。哪知詹队长怎么也不让阿P走，非要阿P一起去转转，采采风。阿P见盛情难却，而且保不准跟着他们还能碰着啥稀奇事，便答应下来。

一路上詹队长殷勤招待阿P，两人很快就称兄道弟了。不过，阿P有一点想不通：詹队长一路上什么都聊，就是不提"志咏"班的事。好几次阿P主动提起，都被詹队长岔开了。

到了吃午饭的点，詹队长又要请阿P去吃饭。阿P哪儿还好意思，詹队长佯装生气地说："P哥，您虽是'志咏'班，可跟咱是兄弟，您要是不去，那可是看不起兄弟了！放心，咱懂规矩，刚才一路上咱压根没提'志咏'班吧，咱可不会'剧透'！"

阿P听詹队长把话说到这份上了，只有应邀前去。詹队长说到做到，吃饭的时候只说些家长里短，殷勤劝

酒。很快饭局结束，临走时，詹队长拍着阿P的DV道："您这拍的，咱们领导能看见吧？"

阿P信誓旦旦地说："肯定能，咱们'志咏'班拍的东西，好多领导都看呢！"

詹队长听了，满脸堆笑，还说："咱领导要是问起来，还请您美言几句！"阿P打着酒嗝，满口应承。

阿P回家在小兰面前好一通炫耀，把"志咏"班吹得神乎其神……

第二天是星期天，小兰一大早就出去买菜了，阿P在家翻看昨天拍的素材。忽然，外面有人敲门。阿P打开一看，却是詹队长和一名警察。

一看见阿P，詹队长就指着他说"就是他，骗吃骗喝！"

警察对阿P说："走吧，跟我到所里去一趟！"阿P大吃一惊，忙问詹队长这是怎么回事。

"你到现在还不悔改？"詹队长将一张纸伸到了阿P眼前，他气哼哼地说，"你自己看看！"

阿P接过纸一看，这上面打印了一个微博页面，主题是："巡逻城管怒目围观，过往官员妙语解围"，下面还有图片和文字，说的正是昨天阿P调解的事。只是把阿P说成了"治庸办"的领导，把詹队长的"怒目围观"说成了不作为。

阿P恍然大悟，急忙解释："我是微电影的'志咏'班，不是治庸问责办公室的'治庸办'，我可没骗你，昨天我几次想跟你聊'志咏'班的事，你都岔开了，还劝我说什么小心'剧透'，我还以为你知道呢！我可真不是要骗你……"说着还要请警察同志验看自己的论坛注册信息等。

此时，詹队长只觉颜面扫地，原来他自作聪明，一直把阿P当治庸办的领导，他为了避嫌，所以阿P一提"志咏"班，就把话题岔开。詹队长的领导非常关注微博，今天一大早他看见这条微博，把詹队长一通臭骂，完了还让他停职反省。詹队长越想越气，突然想起阿P昨天拍了不少执行任务的素材，也许能帮着美言几句，于是就到治庸办去打听，哪知打听来打听去，压根没有阿P这个人。詹队长一气之下就去报了案……

阿P看詹队长不做声，忙从口袋里掏出300元钱给他："昨天的饭钱我给你，麻烦你跟警察同志说说……"

詹队长接过钱，扭头便走。警察一看，说了声"胡闹"，也跟着走了。

等小兰回来，阿P把经过一讲，小兰笑得合不拢嘴，可是很快小兰就埋怨阿P："两个人吃了300元，凭什么要你一个人付？"

阿P一听顿时后悔了，可是等阿P眼光落到那张纸上，马上又乐了：我阿P都上微博了，已经是微时代的人了……

（题图、插图：顾子易）

专用车位

□ 梅田撷

老王买了辆车，但他住的小区，车多车位少，停车基本靠抢。老王就寻思着，弄一个专用车位，回来得再晚，都给自己留着。琢磨来琢磨去，他想出了一个高招。

这天深夜，老王在离家最近的一个车位地上挖了个小坑，坑边插一个小木牌，上写 危险，煤气管道泄露！为提高可信度，他还倒了点煤气废液进去，弄得老远就能闻到煤气味。

这办法很有效，此后这个车位除了老王无人敢停。老王没得意一个月，就发现自己的专用车位被一辆破车占据，一占就是好几天。

老王一打听，这辆破车是邻居吴算盘的。老王心想，我栽了半天树，不能让你摘了桃子。一定要把你赶走。

于是，老王又往那个小坑里倒了些煤气废液。隔天，他见吴算盘将车停在了他的车位上，就对吴算盘说："哎呀，你好大胆！车停在这里，就不怕煤气爆炸，毁了你的车？"

吴算盘却不担心，还压低了嗓门说"我停此处就是希望车出事，好从保险公司弄一笔赔偿金。你看我这破车，卖都没人要，也值不了几个钱。而且我说出来你可要保密，其实我在车上搁了好多易燃物，就等着出事了。"

老王一听，连忙摇着头离开了。但他越想越生气，心说，你又没给我封口费，我凭什么要保密？于是，老王到处散布吴算盘要诈保的事情。

没想到，大家因此都怕离吴算盘的车近出危险，所以吴算盘把车停哪儿，哪儿便成了他的专用车位。

老王记下吴算盘的车牌，又去保险公司举报。但保险公司查了所有的资料，吴算盘根本就没投保。

阿木考试

□ 武老二

阿木快四十岁了，人很木讷，虽然上过四年小学，但那四年始终读的是一年级。因为，他天生不是上学认字的材料。

今年，阿木想考驾照，这下可吃苦头了，因为交通理论考试是用计算机答题，显示屏上生成的那些试题，别说是作答，字他都认不全。就这么连续考了三次，他都没有通过。

阿木无奈通过朋友的朋友，私下

找了主管理论考试的考官帮忙。

考官让阿木在考试时摸着鼠标，装作答题的样子即可，千万不要真的点击做题。他在后台自有办法解决。阿木听了，似懂非懂地点点头。

转眼又到了理论考试那天，阿木进了考场。答应帮忙的考官用眼神暗示了一下，阿木自然明白，赶紧对号入座。稍后，其他考生也陆续进了考场，一个个端坐在计算机前。

考试前，考官对大家说："今天的理论考试是计算机答题。如果在答题过程中遇到计算机故障，请大家举手报告。"

说完，考官去了考场后面的计算机控制室。控制室和考场隔着一层透明玻璃。阿木一扭头，透过玻璃窗看到考官老师对他微笑了一下，心里更有底了。他端坐在计算机前，手扶鼠标盯着屏幕。考场内一片肃静，略微能听到其他考生点击鼠标作答的"滴答"声。

突然，阿木惊愕地站了起来，把手高高地举过头顶，高喊一声："报告！"

其他考生被阿木吓了一跳，所有目光都集中到了他这里。

考官赶紧从控制室里走了出来，问道："这位考生，你有什么事吗？"

阿木说："老师，这台计算机出毛病了。俺扶着鼠标一动也没有动，它自己就答起题来了。"

楼上的音响声

□ 北方雪

小红搬了新家，每天清晨楼上都会传来恼人的音乐声。小红为此很是恼火。

这天一早，小红又被震耳欲聋的声音吵醒，她气愤地来到楼上敲门。开门的是一位大叔，小红非常惊奇，问："您这么大年纪还跳迪斯科？麻烦您把声音调低点。"

大叔笑容灿烂，但拒不悔改。

小红气愤地回到家里，她突然想到一个办法，干脆自己也买一个跳舞毯，用强烈的音乐干扰他。拿定主意，她便付诸行动。每天清晨，楼上的大叔一开始舞动，小红便把跳舞毯的音量调到最大，然后拼命跳舞。

前三天无事，到了第四天清晨，小红的门响了。小红高兴了，心说：奏效了。但她打开门，却见楼下的一位小弟。那位小弟说："大姐，请你把声音调大点，我也喜欢跳舞，但家里的音响坏掉了，一时修不好。"

小红听罢差点气炸了，不过她没有立刻发作。回到屋里，小红把音量调到最低，最后干脆关掉，心说：想得美，世上哪来免费的音乐？但她转念一想，自己可能上当了。不过，她受到启发，来到楼上，她想用同样的方式让那位大叔也把音量调低。

小红敲开门，刺耳的音乐已让她听不到自己的声音，她拔高了嗓门说道："大叔，麻烦您把音量调到最高。"

可那位大叔还是没听清，见小红一脸焦急，他回身把声音关掉，大声问："你在说什么？"

小红假笑着说："我也在跳舞，可音响坏掉了，我想免费用你家的，麻烦你把声音调到最高！"

大叔豪气万千地拍拍胸脯说："好的，放心吧。"

小红回到家，楼上的音响声果然更大了。

谁是冠军

□ 加肥肥猫

和谐社区举办趣味书法大赛，居民们都踊跃参与，最终决出了三位决赛选手。主办方别出心裁在赛场内放置了一个分贝器，获得最高声援的人获得冠军。

决赛是自由命题制的。第一个出场的是刘老师，他离休前是美院教授，这比赛对他来说简直就是：三个手指捏田螺——十拿九稳。只见刘老师身着中式长衫，风度翩翩，他不急着润笔落字，而是掏出一条手绢，蒙上双眼。观众们不由惊叹出声。刘老师提笔挥毫，一蹴而就写下一个"空"字。现场爆发出一阵热烈的掌声，分贝器显示"72"分贝。

第二个出场的是老李，老李爱琢磨，经常能有出人意料之举。只见老李拿出了两支毛笔。下面便有人起哄："内力好深厚啊，还怕写坏笔啊？"老李笑笑，便左右各执一笔，双臂翻飞，写下了一个大大的"旷"字。字的神韵虽不及刘老师，但这种高难度的写字方法还是博得了观众的掌声，分贝器显示出"78"分贝。

最后出场的是个叫贝贝的小男孩。他笑嘻嘻地提着一桶红颜料，一个拖把上了台，看来是要完成超大幅作品。贝贝先画了个大大的圆圈，然后"刷刷刷"在当中写了个字，便宣告完成了。当他展示自己的作品时，台下先是沉默了五秒，进而像是炸开了锅似的。有的观众眉毛倒立满脸通红，有的观众脸色苍白双手发颤。老人急着吃保心丸，小孩子吓得高声尖叫，场面一时难以控制。再看现场的分贝器，"噌噌噌"往上跳，定格在了"99"分贝。

只见贝贝的作品是：红色圆圈中一个大大的"拆"字。

（本栏插图：包丰一 顾子易）

520

2012 SEMIMONTHLY 上半月刊 10月 STORIES

欢迎登录本刊主办的"故事中国网"（www.storychina.cn）

故事会
—STORIES—

2012年10月
上半月刊·红版

何承伟：社 长、主 编
夏一鸣：副社长
吴 伦：常务副主编(兼绿版负责人)
姚自豪：副主编(兼红版负责人)
本期责任编辑：姚自豪 石莎莎
电子邮箱：ssasha@163.com

红版发稿编辑：
吕 佳 叶小萌 丁娴瑶
美术编辑：李宝强
电脑制作：郭瑾玮
本社办公室电话：021-64375030
上半月刊编辑部电话：021-64332325
下半月刊编辑部电话：021-64336469
（上海市绍兴路74号 邮编：200020）
主管、主办：上海文艺出版（集团）有限公司
出版单位：《故事会》编辑部
发行范围：公开

出版、发行总监：张 凯
电话：021-64313938
广告业务：上海故事会文化传媒有限公司
广告总监：张 淮
广告业务：021-34010383
广告投诉：021-64333738
广告经营许可证
沪工商广字3100320080016号
发行：中国图书进出口上海公司

对 联

甲乙二人在乘火车，甲突然对乙说："你有没有发现，这车上的售货员推着小车走来走去，总是喊着一副对联。"

乙好奇地问："啥对联？"

甲说："你听，上联是——香烟啤酒矿泉水烤鱼片了啊，下联是——白酒饮料方便面火腿肠了啊！"

乙一下子乐了，问："那横批呢？"

甲得意地一笑，答："横批是——腿收一下。"

（太阳不下山）

（本栏插图：包丰一）

打 坐

禅师每日参禅打坐，风雨无阻。一位仰慕者问他："大师啊，你为何每日要端坐四个时辰，这其中可有玄机？"

禅师淡然道："前两个时辰磨洗心境，洗脱凡尘。"

仰慕者追问："那后两个时辰呢？"

"腿坐酸了，站不起来……"

（月满西楼）

某男正在逛街，突然一阵内急，捂着肚子寻找厕所，远远地看见一个，就一路小跑冲了过去。

刚到门口，看厕所的大爷一把拦住了他，手一伸，说："收费，1块。"

这人急了，问："我前面那人怎么才5毛？"

大爷狡黠地一笑，答："那人是走过来的，你是跑过来的。"

（聂勇）

临时涨价

4

智力问答

在一次选美大赛上，主持人问一位候选美女："请问，当选和落选有什么区别？"

候选美女思索了一会儿，答道："当选时，台上假哭，台下真笑；落选时，台上假笑，台下真哭。"

（宇　翔）

色盲症

晚饭后，夫妻俩在一起看新闻。电视上说，在一次公务员考试中，笔试第一名的考生被拒之门外了，原因是在体检中被查出患有色盲症。

妻子奇怪地说："色盲又不影响工作，为什么就不能当公务员呢？"

丈夫想了想，告诉她："肯定不行！下属要看领导脸色，如果领导的脸色都变了，他还没看出来，领导能满意吗？"

（彦　凌）

背诵的好处

历史课上，老师说："大家要把大人物的生卒年都背下来，下次课上抽查。"

话音刚落，底下一片议论，学生们对此颇为不满。

老师十分镇定，循循善诱道"想一想，如果某天你们穿越到古代，至少能靠这个给大官们算算命，也算一技之长啊！"

（尔　安）

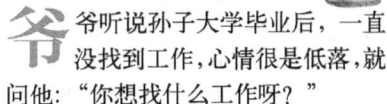

到哪儿应聘

爷爷听说孙子大学毕业后，一直没找到工作，心情很是低落，就问他："你想找什么工作呀？"

孙子说："我是管理专业毕业的，想做一名主管。"

爷爷脱口而出："这样的话，你去天上神仙那里应聘吧，他们正六神无主呢！"

孙子摇摇头，说："我不想上天，太不着边际了。"

爷爷转了转眼珠子，说："那你到龙宫去吧，因为群龙无首。"

孙子一听，乐了。

（迎风花开）

新农夫和蛇

冬天，一个农夫看见一条正在冬眠的蛇，误以为它冻僵了，很可怜它，就把它拾起来，小心翼翼地揣进怀里。

可是，回到家后，蛇还未苏醒，农夫便把它放进一个罐子之中。为了能让蛇早日康复，农夫又往罐子里放入了30克人参，然后就出去了。

等他再进屋，看到老婆站在罐子前，不断地往里面放东西，就嚷嚷道："老婆子，里面那条蛇冻僵了，不要乱放！"

老婆咧嘴一笑："我看到了，为了让它康复，我又加了500克枸杞，100克熟地黄，100克冰糖，还有5000毫升白酒。"

（喜　乐）

为啥不整形

狐狸嫌癞蛤蟆长得丑，就劝告它说："你怎么不把背上难看的疙瘩除掉啊？它们的存在太有损你的形象了。"

癞蛤蟆"呱呱"叫了两声，答道："去掉疙瘩，我的形象不一定能提升，但你的食欲肯定会提升。"

（思　雨）

具体一点

玛丽是个实习护士，这天，来了个新病人。

玛丽认真地翻看了病人的病历，问："在家族病历中，关于令尊的死因你只写着'颈部问题'，能否写得具体一点？例如喉头癌、甲状腺癌等等。"

只见病人阴沉着脸，回答说："绞刑。"

（李柏坚）

新业务

某人要去俄罗斯出差，他来到通讯营业厅，咨询话费业务，问："你好，我要去前苏联，漫游费是怎么算的？"

"前苏联？"营业员愣了愣，严肃地回答，"对不起先生，我们暂不提供穿越业务！"

（一　菲）

日本名字

一家公司承接了一大笔来自日本的业务，于是，老板召集员工开会，郑重其事地说："为了提高大家的外语水平，我们决定：从现在开始开设日语课，每个人要给自己起个日本名字。"

一个小伙子回去后，苦思冥想了好一阵子，最终起名为——外语太次郎。

（培　培）

诗歌改编

课堂上，语文老师带着大家学习余光中的《乡愁》，他要求学生们背诵最后一段："而现在，乡愁是一弯浅浅的海峡，我在这头，大陆在那头。"

突然，老师发现一个男生在偷偷玩手机，一时气不过，便罚他站到教室外面去。

正好那天很冷，男生在外面冻得直打颤。老师心疼了，对他说："如果会背，就让你进来！"

男生说："老师，我会了。"

"背！"

只见男生表情十分严肃，开始背诵起来："而现在，痛苦是一股凌厉的寒风，我在外头，老师在里头。"

全班同学爆笑，老师差点晕倒……

（天　佑）

丈夫跑哪去了

一对夫妇一起出去购物，突然，妻子发现丈夫不见了，于是，她就拨打丈夫的手机，尖叫道："你在哪儿？"

"亲爱的，"丈夫说，"你还记得那家珠宝店吗？你曾经在那里看到了一条喜欢的钻石项链，但那时我钱不够，当时我还说，总有一天它是属于你的。你还记得吗？"

妻子心中一阵激动，大声说："记得！"

"哦，我就在那家店隔壁的酒吧。"

（太阳树）

本栏欢迎来稿，读者、作者可将有新鲜感、有精彩细节的笑话佳作投寄给我们。来稿一经采用，最高稿费为一则100元。本期责任编辑电子信箱：ssasha@163.com。

为她换双鞋

——家单位在搞联欢，员工们都在开心地跳舞。可是，有一个男孩却木头般坐在座位上，他是个农村来的小伙子，刚从大学毕业。

这时，单位里最会跳舞的女孩看到了他，邀请他跳舞。男孩终于起身了，却"哧溜"一下跑掉了。

没过多久，男孩又回来了，脚上竟然换了一双布鞋。

跳舞的时候，女孩问："你怎么把皮鞋换成布鞋了？"男孩很不好意思，说："我怕自己不会跳舞，踩疼你的脚，就换了双柔软的布鞋。"

女孩愣住了，她怎么也没想到，换鞋的原因是这个。

一年以后，女孩嫁给了男孩。同事们都很不解，本单位好几个追她的，怎么就选择了这个男孩呢？

女孩轻笑一下："爱如鱼饮水，冷暖自知。他们几个的舞都是我教出来的，可是学舞的时候，哪一个想过怕踩疼我的脚去特意换双鞋的？他这样做，胜过送我一千朵红玫瑰。"

（推荐者：阿　华）

杨将军任职

杨将军平定了边疆战乱，得胜回朝，却听闻许多关于他的风言风语，这让杨将军十分郁闷。

一天，杨将军到寺庙烧香拜佛，遇到一位高僧，就向他倾诉了心中的苦闷，并征询如何解脱。

高僧听后，说："将军应再赴边疆，任职十年再返回，方可解脱。"杨将军别无他招，只能依言而行。

到边疆后，杨将军屯田治军，整整十年，边疆没有战乱、政通人和。

这一年，朝廷一纸飞书调他回京。回京途中，杨将军心神不宁，不知前程如何。可令他吃惊的是，皇帝亲率大臣在城门迎接，他一回京即被任命为兵部尚书，各种赞美不绝于耳。

看到高僧的话应验了，杨将军去问他原因。高僧说："超过一点，招人嫉妒；超越更多，招人羡慕。"

（作者：程　刚；推荐者：蒋丽娟）

妈妈老师

对夫妇抛弃城市的优越生活，举家扎根高原支教。这天，他们带着女儿参加一个访谈节目。

母亲向大家介绍女儿的情况："她是三岁半进的学校，进去后就一直跟藏族孩子们一块儿上课，一块儿玩耍，而且也住集体宿舍。"说这些的时候，母亲很自豪。

主持人好奇地问："她看见你的时候怎么称呼你？"是呀，是母女又是师生的关系，要叫什么呢？

母亲说："放假的时候，她叫我妈妈；开学以后，她就叫我老师。"

主持人转过脸，面向小女孩，问道："是你妈妈要求你这样的吗？"

"没有。"小女孩如实回答。

主持人不解了："那你为什么要这样称呼？"

"因为如果我叫妈妈，那些孤儿就会伤心——他们都没有父母了。"

（作者：侯拥华；推荐者：平　平）

演讲台后的危险

在美国总统肯尼迪的就职仪式上，波士顿主教被邀请首先致辞。

但是，原计划一个半小时的就职仪式，主教啰唆了大半天还没停下来，他甚至讲述起天主教的教义来……

肯尼迪只好一再压缩自己的演讲稿，最后只剩下1400字，却因他的精彩演讲，赢得了阵阵掌声。

仪式结束后，肯尼迪打趣地对主教说："你得感谢我，我删减了多余的语句，弥补了听众对你长篇大论的反感 当然，我也要感谢你，你占用了大半时间，这才逼出了一篇好演讲稿！"

主教怔住了，停了很久，才说："我刚一登台，便发现讲台后冒出一缕轻烟，以为是炸弹的引信被点燃了。为了确保您的安全，我当下决定延长致辞时间，直到烟消失，我确定是电线短路了，才放心地换您上台。"肯尼迪随即来到讲台后面，果然看见了一截烧焦的电线……

事后，肯尼迪常与家人讲起这段经历，他说："永远不要以为自己为别人做得足够多。或许你给予别人的仅是一杯水，而别人给予你的却是一条江，只不过江水潜藏在地下而已。"

（作者：张小平；推荐者：朝　颜）

（本栏插图：安玉民　梁　丽）

学写作文，从读故事开始

阴谋与
爱情

□老　三

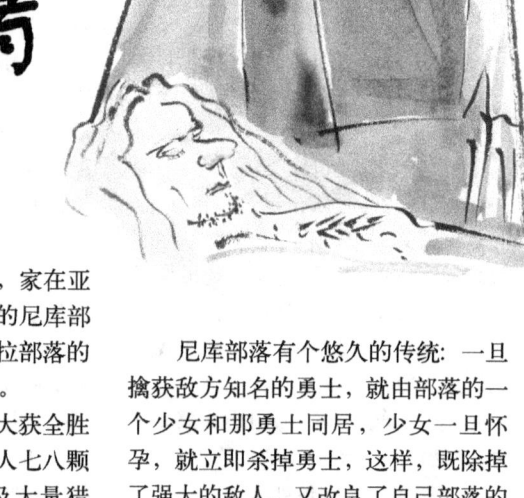

劳拉是一个美丽的少女，家在亚马孙河畔原始森林中的尼库部落。然而，一场本部落和加拉部落的战斗，彻底改变了她的命运。

那场战斗，以尼库部落大获全胜而告终。战士们不仅割了敌人七八颗首级，抢得弓矛等武器以及大量猎物，还活捉了加拉部落的第一勇士尚战。

提起尚战，在亚马孙流域的部落中，那可是赫赫有名的人物。他年方十八，高大健壮，容貌俊朗，胆大过人。这次，他带领部落的一群人外出狩猎，中了尼库部落的埋伏，他刚要挥矛迎敌，却不慎跌进了对方早已掘好的陷阱，被生擒活捉。

这天夜里，尼库部落一片欢腾，庆贺他们的胜利。

尼库部落有个悠久的传统：一旦擒获敌方知名的勇士，就由部落的一个少女和那勇士同居，少女一旦怀孕，就立即杀掉勇士，这样，既除掉了强大的敌人，又改良了自己部落的人种，延续了勇士优良的血统。尼库部落能变得日益强大，这一传统功不可没。

于是，酋长找到劳拉的母亲，决定把这一"神圣任务"交给劳拉。母亲听罢异常欢喜，将女儿叫进栅栏小屋内，为她沐浴更衣。然后，在酋长、母亲以及部落人们的祝福声中，劳拉战战兢兢地走进了关押尚战的木屋。

此时的尚战已吃饱喝足了，卧在草床上休息。他见劳拉进来，借着灯火打量了她几眼，一翻身，并不理睬，没一会儿，床上就响起了鼾声。

劳拉毕竟还是个少女，哪好意思主动？她也就躺下来，依偎着尚战睡着了。

一连几天，尚战都是如此。酋长急了，让劳拉警告他：如果再这样，就会杀了他。

这天深夜，劳拉推醒了尚战，说："我们酋长讲了，你再不理我，就要杀掉你。"

尚战说："那场战斗之前，我就听说过你们部落的传统，我知道，一旦你怀孕，就会杀掉我，可我怕的并不是这个。"

劳拉不解，问道："既然不怕，你为什么不碰我？"

尚战沉吟了片刻，说："在我们加拉部落，一个男人如果碰了哪个女人，就要终生和她相爱，不能再去碰别的女人。因此，我到现在还没有碰过任何一个女人，我还在精心挑选着我的终生伴侣。"

"真的？"劳拉瞪大了眼珠。她的心里真是羡慕到了极点，在尼库部落，女人没地位，男人可以乱来，而在加拉部落，女人竟然如此受宠，会有一个男人终生只疼爱她一个。

"你这么漂亮，我何尝不爱你？"半晌，尚战说，"也罢，反正只要你一怀孕，我就要被杀，我这样也算终生只爱你一人了。"

·域外传奇 环球万象·

那天晚上，他们相爱了。不久，劳拉怀孕了。有一天半夜里，劳拉抽泣着对尚战说，肚子里的孩子日渐长大，她无法再隐瞒下去了，这可怎么办？尚战搂着她，深情地说："劳拉，这辈子能爱你一个，我就心满意足了。明天天一亮，你就公开你怀孕的事吧，我已经死而无憾了。"

劳拉面孔惨白，一字一顿地说："不行，我不能没有你！"两人悄声密谈了十几分钟后，开始行动了。

木屋外，有两个执矛的看守，忽然，他们听见劳拉在呼叫："尚战，你怎么了？快醒醒！来人啊，尚战昏过去了！"他俩赶紧一前一后进了木屋，猝不及防，被躲在门两边的尚战

和劳拉用木棒击昏在地。

劳拉探出头来，察看屋外的动静，刚回过头，却看到尚战已经飞快地扭断了那两个看守的脖子，想要阻拦，已经晚了。劳拉问："你为什么要杀他们？"

尚战解释说："亲爱的，万一他们醒过来怎么办？"劳拉想想也对，就没再作声。她领着尚战出了木屋，部落的狗见是劳拉，都只是摇摇尾巴，不叫了。劳拉了解部落外围岗哨的分布，她带着尚战绕开哨位，来到亚马孙河边，两人划着一只舢舨，渡过河去，当他们安全抵达对岸时，天已经蒙蒙亮了。

劳拉最后一次回首眺望自己的部

落，她泪流满面，把脸贴在尚战的胸膛上，抽泣着说："亲爱的，我已经无处可去了，我这一生只有依靠你了。"

尚战连连亲吻着劳拉："你放心，我会终生只爱你一人！"

加拉部落外围的岗哨发现了尚战和劳拉，立即跑回部落报信，整个部落倾巢而出，载歌载舞前来迎接。尚战把劳拉往人群中一推，高声宣布："这是我带回的俘虏！"马上有人将劳拉五花大绑起来，尚战则被簇拥而去。

中午，部落中心广场上，柴堆已经架好了，劳拉被捆绑着扔在柴堆上。尚战喝得醉醺醺的，领着人群来到柴堆旁。

劳拉不知道，其实，尚战一直在骗她：按照加拉部落的风俗，被敌人活捉是一种耻辱，补救的方法是要活捉对方一个人，无论男女老少，这样才能重新回归部落。被捉来的俘虏，照例要被烧死，用以雪耻。

劳拉哀伤地望着尚战，说："尚战，我肚子里可怀着我们的孩子呢……"

立刻有三四个女人开口咒骂起来："我们早替尚战生过孩子了，他会稀罕你肚子里的杂种？"

尚战仰天大笑着，亲手点燃了柴堆。劳拉带着她的爱情以及腹中的胎儿，在熊熊烈火中灰飞烟灭……

（题图、插图：安玉民　梁　丽）

爆笑广场

◆ 某中学的历史考卷上有道题，问："刘邦的休养生息政策是什么？"
一同学答道："笑一笑，十年少，少娶妃子多睡觉。"

◆ 公交车上，一位大叔的手机响了。大叔立马接起，说："喂？喂？喂？"声音一声比一声洪亮。
正待大家都探头一看究竟的时候，他放下手机，自言自语道："哦，是短信！"

◆ 有次语文考试，命题作文是《另一面》。
某学生看到作文题目后，屏住了呼吸，默默在心里数了三声，把试卷翻了一面。
然后大骂："另一面没有题目啊！"
（推荐者：周广清 等）

减肥问答

◆ 问：我用跑步机减肥，怎样用能减得更快呢？
答：扛着跑步机跑，减肥神速！

◆ 问：我早晚餐都不吃，只吃午餐，可还是减不下来，求高人指点一下。
答：高人说了，午餐也不吃，绝对能减下来！

◆ 问：我不喜欢运动，也受不了节食的痛苦，更不想吃减肥药，有没有办法能减下来呢？
答：能！坚持做梦，梦中会实现的！

◆ 问：为什么我减肥减了16斤，外表变化不大啊……
答：大象减26斤，外表变化也不大。
（推荐者：付 敏）

追MM如投稿

脸红心跳是写作冲动。
暗恋是立意和选材。
"怎么追呢"是构思。
皮鞋一尘不染、发型一丝不乱，是修辞。
请她看电影、送玫瑰是投稿。
"脚踩两只船"是一稿多投。
约会是稿件被留用。
结婚是文章发表。
孩子是稿酬。
婚外恋是剽窃败露。
离婚是封笔。

（推荐者：曹绍明）

自嘲妙语

◆ 我的人生目标是"读万卷书不如行万里路",结果,我成了送快递的。

◆ 时尚达人说 中分看鼻子,齐刘海看脸型,斜刘海看气质,无刘海看五官……我? 适合蒙面!

◆ 初中的时候,老师总是把漂亮的女生安排和我同桌,防止她们早恋……

◆ 我一直都是一个深沉的人,黑眼圈深,眼袋沉。

◆ 吾日三省吾身: 高乎? 富乎? 帅乎? 呃,洗洗睡吧!

（推荐者：史顺利）

一句话证明你上过学

◆ 小学上课费嘴,初中上课费笔,高中上课费脑,大学上课费流量。

◆ 我有一个梦想: 一张试卷只有5个填空题,学校____科目____班级____姓名____学号____。每个空格20分。

◆ 小时候,我认为8点是最晚的时间;到了中学,我发现9点半该睡觉了;等读了大学,晚上一看时间,切,才12点!

◆ 考试就像得了病一样,考前是忧郁症,考时是健忘症,考后病情开始好转,拿回卷子时,心脏病就发作了。

（推荐者：向道德）

不敢跟您比

◆ 男对女说:"做女人多好啊,矮了叫小巧玲珑,胖了叫丰满,不化妆叫清水芙蓉,俺羡慕得不得了。"

女对男说:"当男人多好啊,矮了称浓缩精华,胖了称魁梧,丑了说成不花心,俺哪敢跟您比啊!"

◆ 坐办公室的对跑业务的说:"跑业务多好啊,东南西北任逍遥,浪漫潇洒。"

跑业务的对坐办公室的说:"坐办公室多好啊,冬暖夏凉,俺哪敢跟您比啊!"

◆ 名人对普通人说:"做普通人多好啊,在街上不用担心被人围观、被粉丝追着要签名,多自由自在啊!"

普通人对名人说:"当名人多好啊,发脾气是'个性',做蠢事叫'佳话',强词夺理为'雄辩',俺哪敢跟您比啊!"

◆ 城市人对农村人说:"有点山泉有点田,田园风光景色美,慢生活多惬意啊!"

农村人对城市人说:"楼上楼下,车进车出,霓虹闪烁,快节奏多好,俺哪敢跟您比啊!"

（推荐者：太阳不下山）

（本栏插图：安玉民 梁 丽）

为啥会失败

□ 夏艳平

县里要搞钓鱼大赛，有人推荐了门卫室的皮九。

推荐的人说，皮九简直就是一个钓神，在几乎没有鱼的河水里都能钓到鱼，冠军肯定非他莫属。

听人这么说，县政府办公室的张副主任喜出望外，当即通知皮九参加比赛。张副主任说："你这次是代表县政府机关的，要拿出真本事来。"

听副主任这么一说，皮九的自豪感油然而生，当即"啪"的一下，给副主任敬了个军礼，并保证说："请领导放心，我一定把冠军给您拿回来！"

皮九这样说自有道理，因为他自己研制出了一种独特配方的饵料，鱼儿特别爱吃。

过了几天，比赛开始了，赛场设在城南郊外的一个精养鱼池里。

比赛一开始，皮九就成了焦点，电视台的记者一直把摄像机镜头对着他。皮九很自信，将钓竿缓缓地伸向水中，然后坐到折叠凳子上，悠闲地点上一支烟，只等着鱼儿来上钩。

时间一分一秒地过去，身边有人钓到鱼了，可皮九的浮子像嵌入水面上的一颗钉子，动都没动一下。随着一声声惊呼，原先看皮九钓鱼的人都跑到别处去了，记者也将镜头移到了别处。

皮九有点紧张了，他站起身，收了钓竿，把线和钩都检查了一遍，然后换了饵料，重新将钓竿伸到水中，可浮子还是不动。皮九满脸疑惑，头上汗珠子"嗒嗒"直淌……

上午的时间很快过去了，皮九连个虾子也没钓到，这在皮九的钓史上是史无前例的。他失败了，但更让他痛苦的是，自己连失败的原因都没有找到！

中午，张副主任见皮九一直愁眉不展，便将他带到了一家大酒店，叫来了政府办的几个科长，还有皮九的两个门卫朋友来作陪。张副主任说："皮九，胜败乃兵家常事，不要再想了，还有下午呢，我们相信你，喝酒。"

菜很丰盛，可皮九哪有心思吃喝啊，他坐在一边闷闷不乐地看着。看了一会儿，皮九的眼睛慢慢地亮了……

下午，皮九又投入到了比赛之中。和上午不同的是，下午的皮九有

如神助，钓竿一放进水里，浮子就动了起来，一提竿，一条活蹦乱跳的鱼就跃出了水面，皮九有点忙不过来了。

下午的赛场，几乎成了皮九一个人的"秀场"，记者干脆将镜头一直对着他。不用说，皮九获得了冠军。

为庆祝皮九夺冠，晚上，张副主任又将皮九带到了那家大酒店，还是中午那拨人作陪。张副主任问皮九下午使了什么魔法，皮九笑笑说："哪有什么魔法？我只是找到了上午失败的原因。"

众人问："什么原因？"

皮九说："我上午用错了饵料，我配制的饵料只适合钓河里的鱼，而不适合钓精养鱼池里的鱼。"

张副主任疑惑了："不都是鱼吗，难道还有区别？"

皮九点了点头，说："当然啰，河里的鱼没人喂养，所以喜欢荤食；而精养鱼池里的鱼有人喂养，平时荤的吃得多了，自然就喜欢素食。"

听了皮九的话，张副主任觉得有理，只是不知道皮九是怎么想明白的，他问皮九，皮九愣了半天不愿说，张副主任不高兴了，说："好你个皮九，跟我还保密啊？"皮九只好硬着头皮说："中午在饭桌上，我看到你和几个科长专拣蔬菜吃，而我们几个门卫专拣荤菜吃，我就突然明白了……"

（题图、插图：安玉民　梁　丽）

去北京
采风

□ 金十三

大学毕业后，我来到了川西一个羌族寨子，当起了支教老师。支教的生活有苦也有甜，但最让我难以忍受的，却是夜深人静后的那份孤独感。幸好，我带了一把心爱的吉他。

这天，夜幕降临，我坐到床上，弹起了吉他。在这黑漆漆的夜里，在这只有山风和着松涛的山顶小学，一首首校园歌曲，为我消散了不少的孤独感。

然而，我没想到，就是这把吉他，给我惹来了许多麻烦。

第二天一大早，一群学生跑到我的寝室，围在我的床边，催我起床。我一看，傻了，我的学生们全都穿着节日的盛装，一个叫阿吉的学生说"老师，昨晚寨子里天降梵音，我阿爸叫我今天上完课后到山上去拜谢神灵。"

我听了，差点从床上掉下来，急忙跟他们说，这不是天降梵音，是我昨晚在弹乐器。说完，我指了指靠在床头的吉他。孩子们一愣，阿吉怯生生地问："金老师，这是汉人的琴吗？"

"这是吉他，当然，你们也可以叫它六弦琴。"

阿吉便伸出手去摸它，可一不小心拨动了琴弦，"嘣"，他吓得赶紧把手缩了回去，后来看我微笑着看着他，他才又高兴地嚷了起来"我弹响它了，我弹响它了！"其他孩子羡慕得不得了，于是，我告诉他们，每人可以拨动一次琴弦，但必须排好队。孩子们马上就按高矮次序排好了队伍，一个接着一个走上前来，拨响了琴弦。

从这以后，每天课间休息的时候，我都抱着吉他到教室里，给孩子们弹一些儿童歌曲、校园民谣。孩子们听得很用心、很陶醉。

六一前夕，一个北京的艺术团来县城义演，学校里争取到两张票。校长经过一轮评比，把票给了阿吉和一个叫阿岩的孩子。两个孩子高兴极了，一大早便骑着马下了山……不料第二天回来，两人却蔫蔫的，我问他们怎么回事，他们说，没什么，就是心里不舒服。

然而，有一次，阿吉和阿岩突然问我：金老师，用吉他能把什么歌都弹出来吗？

我说是啊，阿吉紧接着问："那我们寨子里的歌呢？"

我一愣，不知该如何回答了。他说的"寨子里的歌"，是指羌人世代口耳相传的民歌，它没有现成的曲谱，而我呢，又是业余得不能再业余的吉他手，他们的问题一下把我给难住了。

阿吉和阿岩看我不说话，眼神里满是失望。我只好使了个缓兵之计，说"我是真的不会弹寨子里的歌，不过，你们以后可以学着弹。"两个孩子听了，顿时高兴了起来。

几天后，我去县教委拿资料，下午回来后，我发现我的吉他断了一根弦。吉他断弦其实很正常，我的包里就有备货，可是，我不能容忍的是——当我不在的时候，竟然有人偷偷拿我的吉他，不行，这样下去那还得了？

我走到教室里，装作很生气的样子责问学生："你们谁碰过我的吉他？"学生们低着头，没人承认。我的喉咙更响了："好啊，你们不承认？没关系，反正吉他也坏了，以后大家都没得听了！"说完，我气呼呼地转身走了。

那天正是星期五，我和同来支教的同学早已约好到他那里玩，所以也没顾得换琴弦，便骑着马去了。到了星期天下午，我回到学校，走进寝室，竟然看到我的小床上摆着一把崭新的吉他，吉他下面压了张纸，上面写着："对不起，金老师，是我弄坏了你的吉他。我阿爸去镇上卖了猪，到县城里买了一把吉他回来赔给你。我阿爸说，你给寨子带来了知识，带来了山外的快乐，请你千万别生气。阿吉。"

原来是这小子。唉，现在正是猪长膘的时候，卖猪划不来呀，再说，我的吉他压根儿没坏呀！我的心里很是过意不去，当即决定明天把吉他还给阿吉，让他阿爸退掉，再把猪换回来。

就在这时，忽然听到校长在外边喊："是金老师回来了吗？"

我急忙出来，问他这会儿去哪儿，校长叹了口气，说是去阿岩家。他说，阿岩家是寨子里的贫困户。今年春上，家里的老牛跌下山崖摔死了，家里就指望剩下的一头牛犊长大好干活。谁知在前天，阿岩从学校回家，哭着说，他不小心把老师的吉他弄坏了。他阿爸心一横，就瞒着他阿妈把牛犊牵到镇上给卖了，到县城买了把吉他，想赔给我。他阿妈知道这件事后哭得不得了，这会儿正在闹呢。

坏了，这真的坏事了，原先只以为是阿吉弄坏了吉他，让他家卖了猪，现在可好，阿岩也牵扯进来了，还把牛卖了，这……这可如何是好？我随即深深地自责起来，没想到自己仅是一时气话，弄得两家人牺牲这么大。

校长看我低着头不言语，就说："金老师，你别难过。我们羌人就是这样直，做错事就会负责任，他们毕竟弄坏了你的吉他呀！"

"可是……可是我的吉他并没有坏。"我的声音小得连我自己都听不清楚。校长一听，眉头立刻紧紧了，早知道吉他没坏，这两家何苦去卖猪、卖牛呀！

第二天上课的时候，阿岩将一把新吉他拿给我，说："对不起，老师，是我弄坏了你的吉他。"

话音刚落，阿吉赶忙站起来："不，是我弄坏的！"在他们的争辩中我才知道，两个孩子上回看了北京那个艺术团的演出后不高兴的原因。

原来，来县城义演的那个北京艺术团里，也有很多少数民族的孩子表演的节目，其中有一个维吾尔族的孩子，一边敲架子鼓，一边演唱自己民族的歌曲，赢得了台下排山倒海般的掌声。这个节目完了以后，主持人来了个互动，恰巧就找到阿吉和阿岩，他让两个孩子也演唱一首自己民族的民歌。两个孩子就唱了羌人的《祝酒歌》，可因为没有音乐伴奏，演唱的效果很差，唱完后只听到象征性的微弱鼓掌声，这让两个孩子很受打击。

阿吉和阿岩回来后，就问我：吉他能不能弹奏寨子里的歌。我不明就

里，就说让他们以后自己学。可是，两个孩子的家庭都不富裕，哪有余钱去买吉他呢？那天中午，他们看我不在，便想试着弹弹，却不料用劲过大，把琴弦弄断了。而我呢，又想着吓唬他们，便故意说吉他坏了，没想到两个孩子都认为是自己的错，于是让两个家庭跟着折腾起来，卖猪卖牛……

我满心歉疚，对他们说"吉他只是断了琴弦，没有坏。你们赶紧把吉他拿回去退掉，把猪和牛犊赎回来。我不应该吓唬你们，你们能原谅老师吗？"

两个孩子没想到事情是这样，呆在那里不知该说什么。可是第二天，校长带着阿吉和阿岩的阿爸来到学校，原来，县城的琴行有规定，乐器卖出，不是质量问题就不能退货。这可怎么办？我当时才上班，身上也没多少钱，根本不够赎回猪和牛犊。

正当我为此内疚不已、不知所措的时候，阿吉的阿爸说："金老师，你别太自责了，是孩子们有错在先。这琴不能退就不退了，孩子们也该有自己的琴呀，你放心吧，家里的事，寨子里的乡亲都会想办法的。"阿岩的阿爸也说："孩子们喜欢琴，你能好好教他们吗？让他们完成自己的理想——去北京采风。"

"去北京采风？"我糊涂了。阿吉和阿岩告诉我，那天看演出时，主持人问那个维吾尔族小孩："为什么会来我们这里演出？"那小孩说："我是来献爱心的，同时来大山里采风。"阿吉和阿岩不明白"采风"是什么意思，但他们很向往像维吾尔族小孩一样，能弹着吉他，表演自己民族的民歌，然后去北京演出，让所有的人都知道羌人的歌是多么的美丽、动听。

我的眼泪已经在眼眶里打转，羌人的善良和大度让我久久不能自已，而孩子们的理想又让我激情满怀，对，我要帮他们完成"去北京采风"的理想。

这以后，我带着"赎罪"般的心情，竭尽心力地教阿吉和阿岩，同时，还请教了不少当地的音乐人。他们听完两个孩子的故事，很受感动，便经常来山里教孩子们。阿吉和阿岩本身就有音乐天赋，在努力之下，很快便掌握了弹奏吉他的要领。

又到了六一，县城里举办了一台晚会，其中有两个神奇的羌族孩子，弹着吉他，唱着《祝酒歌》。歌声醇厚，琴声悠扬，打动了台下无数的人，当然啰，他们就是阿吉和阿岩了！有一位远道而来的音乐学院的教授，听过之后，便要两个孩子到省城去表演。他说，如果表演得好，他们很快就可以去北京演出。孩子们笑了，他们的梦想不再遥远，"去北京采风"，终有一天会实现的……

（题图、插图：谢 颖）

世界上有两样东西最令人敬畏，一个是天上灿烂的星空，一个是人世崇高的道德……

□ 王相军

车轮在飞

山西境内有一个出名的"十里坡"，坡长十里，又是交通要道，来往车辆很多，还有不少是超载的拉煤车。每当上坡时，车子一辆接着一辆，大伙加大油门，整条路上狼烟滚滚，不见天日。

这一天，司机老张又开着一辆严重超载的拉煤车，来到了"十里坡"。因为是长途，车上还配备了另一个司机小李。车子到了下坡时，老张忽然一声大喊，叫醒了正在迷糊着的小李："小李，你快看！"

小李揉着眼睛，顺着老张手指的方向往前一看，只见前方出现了一只车轱辘，正铆足了劲，顺着下坡的方向急速滚动着……不用说，这肯定是哪辆车跑丢了轮子，而司机还浑然不觉呢！

小李笑了，他知道老张开了十多年车，是个老司机，但来这家运输公司上班还是头一天，也是第一次走这条路，难免少见多怪了，于是就说："不就是只轮子吗？以后你在这条路上跑长了就习惯啦，每辆车都拉这么多，哪有不掉轮子的？只要不是我们的就行。"说完话，小李继续睡觉。

小李这一觉睡得好沉，当他再次醒来时，突然发现自己的车已停在路边，而老张却不知去向。小李不知发生了什么，慌忙下车，前前后后地观望，然后又走到车后，一看，这才发现老张正蹲在那儿抽烟，愁眉不展的。小李问发生什么事了，老张没回答，只是用手指了指车后轮。小李一打量，这才发现车子最后面的车轮少了一个……

"啊，莫非是……"小李想到了刚才飞奔着的那个车轮，顿时恍然大

悟，嗨，原来两人刚才下坡时看到的那个车轮，竟然就是自己车上的一个！因为下坡的惯性，轮子滚到了车子的前面，而两人还幸灾乐祸地以为是别人车上的呢！刚才下坡时，路面平坦，老张还未察觉，而一到颠簸路段，就立即觉着异样了。刚到新单位上班，就把车轱辘弄丢了，那还不被老板骂死？想到这里，老张愁死了，他接连抽了两支烟，说："小李，你在这里呆着，我去把车轱辘找回来！"

这"十里坡"的两侧是有防护栏的，但这一米不足的防护栏挡不住蹦跳着的车轱辘，下坡的大路上没有，那这轱辘肯定是滚到坡的两侧去了。老张一路好找，一边担心别人捡去不还，一边又担心这轱辘会不会碰坏别人的东西，这样走走停停，不知不觉，他已经走了很远。

走着走着，前面出现了一所小学校，忽然，老张发现前方聚集了一堆人，看情况是发生了什么交通事故或者纠纷。老张走到近处，这才看见一个五六岁的小女孩正蹲在地上哭，小女孩的旁边躺着一个成年男人，这男人身下淌着一大摊殷红的血，已经昏死过去……

老张的头"轰"的一下炸开了，他最担心的事终于发生了——因为血泊旁边，正搁着一个该死的车轮，很显然是飞奔的车轮将这男人击倒了，而这车轮，恰恰是从自己的车上飞走的……

小女孩绝望地呼喊着，老张闭上眼睛，仰面朝天，给自己留了几秒钟的考虑时间：他完全可以没事人一样地走开，然后装作任何事都未发生的样子，把车开走……就在这时，老张的手机响了，是小李打来的，他问车轱辘找到没有，找不到就算了，赶快回来，然后在附近找个路边修理点，买个便宜的车轮子，对付一阵再说。老张一边分开人群，一边回着电话："轱辘是找到了，却撞了一个人，我现在要去医院！"老张说着，随即挂了电话，弯腰抱起了地上的伤者……

老张把伤者送到医院，一会儿，交警来了，传唤老张，小李也随后赶到了，在一旁一个劲地对着老张使眼色。老张很平静，他说："车虽是老板的，但我是开车的，所有责任我自负！"

那个交警看看老张，说："说实话，我倒挺佩服你的，但你也要有个思想准备，这伤者瘫痪的几率很高；还有，不妨告诉你——这伤者五年前，就在那条路上，骑自行车，也是被一个这样飞来的车轮撞倒在地，当时被自行车上的利器戳瞎了双眼，后来，他老婆因此也离他而去，只撇下这么一个女孩子……那车轮的车主一直没有找到，所以说，你这次要负的责任可能不轻，你要有个准备。"老张听了，沉吟良久，面色凝重地点了点头，一旁的小李，看着老张那憨憨的、笨笨的、蔫蔫的样子，气得差点背过气去！

被车轮撞伤的人姓王，经过几个小时抢救，幸好保住了性命，但在监护室里一直没有醒来。老张打电话回家，准备万不得已的时候，就让老婆处理掉刚买的新房，那是为儿子结婚用的。

就在老张准备第二次往医院里交押款时，突然间，小李气喘吁吁地跑来了，他一进病房，立即一下抢过老张手中的钱，一脸兴奋地说"这钱我们不用交了！"在场所有的人都吃了一惊，老张更是惊得合不拢嘴，他说："小李你就别疯了，是我的错，我就要担起这责任。"小李笑了："这不是你的错，你还担什么责任？"

原来，小李到交警队接受处理，取回轮胎时忽然发现：把那个瞎子老王撞倒的轮胎，根本就不是自己车上的。后来经过交警一比对，果然是小了一个型号的车轱辘，也就是说，在同一时间、同一路段，有另一部车的轱辘飞了出来，击倒了老王……

小李眉飞色舞地说了一通，接着就有交警进来证实了他说的这番话，这交警还说，至今还未找到这肇事轮胎的真正车主。这时，屋内所有人的眼光都落在那个五六岁的小女孩身上，唉，这么一来，这小女孩岂不是太可怜了？

大伙都这样说，小李则在一旁理直气壮地表白着："那我们可顾不了这么多啦，要是我们的轮胎，再大的责任我们也要负，可那不是我们的轮胎，对不起，我们现在要去找自己的轮胎了……"说着话，小李就去拽老张，并用眼神示意他赶快离开这个是非之地。眼下，虽说证实了肇事的车轱辘不是自己的那个，可此时老张脸上依然未见任何喜色，他走过去，怜惜地抚了抚那小女孩的头，一旁的交警则说"既然不是你的责任，你就走吧，剩下的事情，看来只能通过媒体寻找爱心帮助了！"

就在老张和小李要离开的时候，病房的门霍地被推开了，然后，接连着进来一拨人：一名交警，两名派出所的警察，最后进来的是一个穿着西服的矮胖子，这人进来时手里还拎着

一只大轱辘，样子怪怪的。难道来探望病人，还带着只车轱辘不成？

大伙都惊诧不已，唯独小李和老张一见这轱辘，脸上立刻变了颜色。那交警示意胖子把车轱辘放下，然后一本正经地说："看看轮子是不是你们的，这下倒好，这轮子把人砸伤了！"

老张和小李一听，惊得立时变了脸色：什……什么，又砸伤人了？再抱起那车轱辘仔细一看，天哪，这正是自己丢失的那只！小李暗自咕哝：真是背运背到家了，躲得了初一，躲不了十五，横竖都是祸事！

这个时候的老张，倒显得格外平静了，他似乎是经过了再三权衡后终于横下了心，大步上前，说："车是我开的，无论砸伤还是撞死，我都跟你

们走！"可这时，那矮胖子却一下上前握住老张的手，感激涕零地说："谢谢你，我真的要好好谢谢你！"

老张一头雾水，一旁的小李此时却再也沉不住气了，他上前一下推开矮胖子，大声斥责："你这人怎么这样，人家的车轮都撞到人了，你还谢什么？难道还嫌出的乱子不够吗？"

这时，派出所的一位警察上前说清了其中的原委：这矮胖子是一家金店老板，大约两个小时前，一名歹徒上门，挟持了金店老板刚刚放学的儿子，情急之下，金店的一名工作人员拿起一杯开水泼向歹徒的面部。这歹徒恼羞成怒，扬起手中尖刀狠狠刺向怀中的孩子，就在这一瞬间，奇迹发生了，一个车轱辘破窗而入，不偏不斜，正中歹徒的手，不知怎么的，那尖刀竟然刺中了歹徒的胸口，伤得很重……老板和店里的员工乘机一拥而上，救下了孩子，又把歹徒送到了医院。警察曾经辨认过老张他们的车轮胎，现在又看了飞进金店的轮胎，很快知道是谁的了，于是，金店老板一定要警察陪着，好好谢谢老张。

正说着，金店老板便从随身携带的包里，掏出两叠厚厚的钞票，恭恭敬敬地递给老张。老张连连推脱，却被一旁的小李一把接了过去，说："既然是人家的心意，我们就不要客气

了，这钱我先替你收着。"

这时，一旁的交警说话了："这钱你们可以收，但超载超限的处罚，你们还是逃不过的，谁可以保证你们下次飞出的轮胎，砸到的就一定是坏人？"

说着话，交警朝病房里的老王父女瞟了一眼，老王还在昏迷，而那五六岁的小女孩则两手紧紧攥住老王的手，惶恐地看着眼前发生的一切。虽然她不清楚这其中到底发生了什么，但从她的眼神里可以看得出，这小女孩已经感觉到了害怕，因为她意识到这周围的所有人顷刻之间都要轻松地离开……这时，病房里的所有人，包括小李，看到这小女孩惶恐无助的眼神后都惭愧地低下了头。

后来，老张的车子接受处罚后离开了，然后，医院里通过媒体做了一次爱心动员，社会各界纷纷伸出援助之手，其中一名未留姓名的好心人，竟然偷偷捐了十万元，这让醒来后的老王激动不已，他说："这世上还真有好心人啊，有朝一日要找到人家，一定要好好谢谢！"

几天后，老张和小李开着车，满载着货，又来到了"十里坡"，一旁的小李不停地絮叨着："还真没看出来，我身边还活着个大雷锋！人家给你两万，你不稀罕拿去做慈善也就罢了，还把自己卖房的钱搭进去八万，还不留名，我说你脑子是不是有病呀？"

老张的目光凝视着前方，前方是一条大路，他久久不语，似乎在想着什么——

五年前，也是在这条路上，他也是在寻找飞出去的一个车轮。当时，他远远看见车轮旁边一个人躺在血泊之中，四下无人，他当时选择了离去。五年来，他一直忍受着良心的谴责，谁想到，当年的那一幕竟然真真切切地又在眼前发生了……老张想：不管当年他飞出的车轮撞到的是不是老王，这十万块钱权当作为他对良心的一个交代吧！

（题图、插图：张恩卫）

· 本刊信息传真 ·

法律知识故事征文

本刊推出的"法律知识故事"，通过发生在我们身边的、短小而具体、在法理上容易混淆的个案，生动、形象地宣传法律知识。为鼓励作者深入生活，写出高质量的法律知识故事，我刊决定面向全国征文。

本次征文也欢迎读者和法律界人士提供相关素材、案例，一经录用，即付稿酬。

来稿方法：1. 从邮局寄发，请在信封上注明"法律知识故事"字样，本刊地址：上海市绍兴路74号《故事会》杂志社，邮编：200020。2. 从网上传递，可寄以下信箱：wulun54@126.com，请在主题上注明"法律知识故事"字样。凡已和我刊编辑有联系的作者，稿件可继续投给原编辑。

踏雪
无痕

□ 杨俊伟

俗话云：无酒不成席，可是，并不是所有人都爱喝酒、都能喝酒呀！这酒局多了，想办法开溜的人也就多了。

这不，车管所的所长就是一个经常在酒席上开溜的人，当然，每回他都有理由，什么上级突击检查啦、职工家属生病啦，小区住户吵架啦……狗屁，这小区住户吵架关你啥事？事后才知道，所长自告奋勇当了业主委员会的主任。

这个周日所里加班，下午五时，加班结束，所长请同事们在二楼的所长办公室吃烧烤，闲聊、喝酒。

喝着喝着，所长的手机响了，他的嗓门很大："啥？提前为老丈人祝寿？什么时候？今儿七点？行，行，我知道了……"

放下电话，所长的脸上有点挂不住了，看样子今儿个又得开溜了，这边儿是同事，事关革命友谊；那边儿是岳父，关乎传统道德，自古忠孝难两全呀！

屋子里一时安静了。这时，有人打破了沉默，说是所长要走也可以，但必须打个赌，就赌在众人严密监控下，看所长能不能溜走，输家明天在休闲山庄请客。

所长见有了台阶，欣然同意。这时，又有人提出要求：要做到人在车在，人走车走。所长还是微笑着答应了。

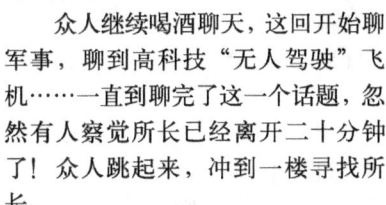

这难度可高了！车子发动的声音该有多大？会没人发现？更严重的是，你所长即使能溜走，这酒后驾驶你总会怕吧？要知道现在全中国都在严查"酒后驾驶"，这是开不得玩笑的！

所长不慌不忙，气定神闲，他甚至说，一个小时为决出胜负的时限。

打赌开始后，众人一边喝酒，一边听所长给大家讲笑话，这其实是所长在用"精神松弛法"，让大家的神经放松，然后进行试探性的尝试。

一会儿，所长说是要上厕所，大伙儿立刻紧张起来，他们知道所长的猫腻来了，于是高度戒备，旁边一左一右，紧紧看守着他，使他寸步难离。

因为看守严密，所长又频频要去解手，看守的人有点累，也有点烦，就让所长把车钥匙、钱包放在桌子上，然后让他一个人去一楼卫生间。众人想着他没钱，又无法开车，自然无法回家。

这一招灵，所长很快回来了。

所长回到席上后，有人马上想到还有防范措施上的漏洞，手机呀！于是就要没收所长的手机，所长挺干脆，关了手机陪大家聊天。

一会儿，所长又要去卫生间，这回时间长了些，但他还是回来了。

又过了一会儿，众人正聊到高兴处，所长又要去卫生间。众人都以为他上了年纪，不是有个广告吗？尿频、尿急……于是就为他让开一条道。

众人继续喝酒聊天，这回开始聊军事，聊到高科技"无人驾驶"飞机……一直到聊完了这一个话题，忽然有人察觉所长已经离开二十分钟了！众人跳起来，冲到一楼寻找所长。

卫生间的灯亮堂堂的，却不见所长的踪影，于是大家四处搜寻，找到院子里，一看，众目睽睽，全都傻了：天哪，所长和他的车都不见了！

所长的车确实是不见了，可是车钥匙还在二楼的桌上放着呢，要知道，压根儿没人听到车辆发动的声音！

更见鬼的是大门紧锁着，值班员在看一台放大音量的电视，他言之凿凿地声称："所长绝对没有离开！"

虽然不知道所长是什么时候走的，但是众人都知道所长肯定是开溜了，而且是"来无影、去无踪"的高手！

想到刚刚聊的"无人驾驶"飞机，有人幽幽地说道："如此看来，高科技也不算什么，倒是这'踏雪无痕'的功夫，真正是十分了得！"

所长到底是怎么"踏雪无痕"的呢？所里的弟兄们历时一周，反复观看监控，询问值班员，才弄清了事情的真相，真相是这样的——

所长第一次在无人看守的情况下

溜到大院后，就去了值班室，给值班员发了支烟，把电视音量调大了些。在返回二楼的间隙里，他给妻子打了个电话，让她打的来"救驾"。

第一次回到席上后，大家没收了所长的手机，所长也挺配合地关了电话，这时大家都不知道所长的求救电话已经打出去了。

第二次时，所长在无人看守的情况下再次溜到值班室，请值班员去帮着买包烟。支走值班员后，所长调大了电视机的音量，随后奇迹般地从值班室的床下找出一把备用车钥匙。这把钥匙，是所长为防备意外而预先留下的，这个秘密，只有他和值班员知道。所长拿到车钥匙，打开车门，把挡位调至空挡，接着打开驾驶位车门，然后伸出一只脚来滑行，用脚的滑行来做动力，手控方向后倒车。

这种无声驾驶的行为实在是耗费体力，一会儿，所长就累得满头大汗。估摸着时间差不多了，所长关上车门，到值班室看电视。

这时，值班员买烟回来了，刚好看到所长面如"关公"，满头大汗，竟误认为所长喝多了，就关切地说要去带醒酒药给所长。所长一愣，随即反应过来，立刻豪爽地说道："怕什么，喝死了喂狗！"

说完，所长"雄赳赳、气昂昂"地重返酒局。

估摸着时间差不多了，所长再次溜到值班室，又让值班员去买包烟，值班员前脚刚走，所长夫人飞马赶来，所长轻手轻脚地打开院子里的大铁门，又一次调高值班室电视机的音量。准备就绪后，所长夫人在驾驶室里"无声驾驶"，所长帮着推车，在值班室电视机音量的掩护下，将汽车推出大院，并且轻手轻脚地关上铁门。直到远离办公楼，所长夫人这才发动了车，朝前方行驶，开了一段路，停下，等候。

所长长长地喘了一口气，刚回到值班室，值班员也兴高采烈地回来了，见所长正在聚精会神地观看电视剧《雪豹》。值班员得意地向所长汇报说，磨了半天，优惠了两块钱，说完把烟递给所长。

所长慢条斯理地拆开烟，取出两支，一支叼在嘴里，另一支架在耳朵上，然后把余下的烟全给了值班员，值班员受宠若惊，目送所长潇洒地走上二楼。

就在值班员一边抽烟、一边欣赏着电视剧时，所长在电视机大音量的掩护下，又悄悄下楼，翻墙离开大院，跑了一阵，跳上早已等候多时的车子，一溜烟地消失了……

"踏雪无痕"的故事很快在这个城里传开了，成了人们茶余饭后的趣谈……

（题图：谭海彦）

二虎抬轿

□ 王 辉

民间有很多绝活，那可真是五花八门、千奇百怪，有一种叫"扎纸草"，也叫"扎彩"，说白了，就是制作一些纸人纸马之类的东西，祭祀时焚烧用，干这种行当的人俗称"扎匠"。

上河村的何老头，就是一个会这种绝活的扎匠。

前不久，何老头接了一个大活：村上的首富金老板他爹死了，金老爹生肖属龙，据称死后要龙升九天、以利子孙，所以金家要何老头扎一顶"活轿"。

什么是"活轿"呢？纸轿上扎的自然是纸龙，纸龙自然是飞不起来

的，于是乎，老年间就有了"二虎抬轿"这一说。可上哪儿去找乖乖听话、给人抬轿的两只老虎啊？没错，真虎没法找，就找俩属虎的人替代。可是找这么两人也不是件容易事，早先的人家再穷，也没人愿意干这个，据说干了"二虎抬轿"的人，不是突遭横祸，就是一辈子都磕磕绊绊。要是哪个大户人家真有造化，能找到一个会扎这种轿的扎匠，又能请到这么两个属虎的人抬轿，那纸轿在坟头上焚化时还真能凌空飞起来，这就是"活轿"了……

这天一早，何老头就把那顶"活轿"整好了，如不出意外，金家很快就会有两个属"虎"的人来抬轿了，他们会是谁呢？

到了九点钟，院门一响，来人了。这时，何老头正坐在堂屋里的小马扎上，对着屋门口忙别的活计，来的人一边往里走，一边说道："俺来拿轿

啊！"何老头听声音有点不对劲，抬头一看，却是俩小孩，而且，这俩小孩还长得一模一样，看样子是双胞胎。

何老头又打量了他们一下，问道："来给爷爷拿啊，还是给姥爷拿啊？"一个小孩脱口而出："不是爷爷，也不是姥爷！"

何老头听了一怔，问："你俩叫啥名啊？"一个抢着回答："他叫大虎，我叫小虎！"

何老头又问他俩多大啦，小孩报了年龄，何老头暗暗一算，心突地一跳 他俩属虎，名字又叫"大虎"、"小虎"，金家果然厉害哪，竟找了这么一对千年不遇的虎！

何老头随后又问："你俩来拿轿，家里人知道吗？"小虎道："家长不知道，俺老师知道。"

何老头越听越觉得这里头有事，抬轿这档子事，怎么扯上"老师"了？他让两个孩子去把老师找来，孩子觉得奇怪，叫老师来干啥？"不干啥，我有事得问问他！"何老头说着沉下了脸，这老头满脸一块大黑记，脸一沉还真凶。两个小家伙怯怯地看看他，又瞅瞅八仙桌上的电话，小虎说"那——给俺老师打个电话吧？"何老头点点头。

不大一会儿，老师来了，是个三十上下的小伙子，姓吴。何老头把他拉到一边，悄悄问："怎么让俩孩子来

干这个？"

吴老师搓搓手，一脸无奈的样子，叹了口气，说了事情的来龙去脉 原来，前些天金老板说要送给他们学校捐辆校车，今儿个因为金家要在村里办流水席，就找校长要几个孩子去帮忙，帮着搬搬凳子啥的，于是学校就让吴老师带着七八个男娃来了。大虎、小虎是被账房里一个老头叫去的，问了他俩几句话，又给他俩一百块钱，让他们帮着跑趟腿，来取顶纸轿子。吴老师想这事也没啥，就答应让他们来了。

"这老年间的事你们小年轻的还真不知道。"何老头连连摇头，接着，他又讲了一些稀奇古怪的事，"虽说咱们现在是新时代，不讲究这些了，可谁家的父母愿意自己的孩子去帮这个忙？让孩子给死人抬轿子，即使啥事没有，谁心里不疙疙瘩瘩的？让小孩子干这事，又不沾亲带故的，不合适嘛！"

到了这个时候，吴老师明白过来了，他当然知道这是迷信，可这是习俗，让大虎、小虎抬轿子，旁人怎么看？家长怎么想？这不是明摆着坑人吗？"这些人真黑了心啦！"吴老师气得一跺脚，招呼着大虎、小虎，要走。

何老头一伸手，挡住了："慢着，你这样一走哪行啊？这事你得和你们校长说说，和他商量商量，要不然，金

家那边怎么交待？他不是要给你们学校捐车嘛，这样一来，捐车的事不是要黄？"吴老师一听，何老头说的有道理，就掏出手机，走到一边给校长打电话。

校长这时也正在金家帮忙，吴老师和他一直讲了好几分钟，急得口说手比，何老头走过去，拍拍吴老师的肩："你这样跟他说，我去给金家送轿，按老规矩，这事这么办也是可以的。"吴老师一听，忙跟校长说了，校长急的就是给金家送轿，既然有人送，顿时大喜："行，这事我做主，咱就这么办，扎匠师傅这边的费用由我来出！"

于是，何老头换了身新衣服，和吴老师他们一起出了门。这时，吴老师才注意到何老头手上的这顶纸轿，这轿子半人多高，四周盘着一条威风凛凛的龙，龙头在上，龙尾在下，很有气势；轿杆两头，又各有纸人，却是虎头人身。几个人走了一阵，那何老头忽然手一松，纸轿竟"呼"的一声飞到了空中，再细看，何老头手里还牵着一根线呢，吴老师惊奇不已：原来这轿子还是个风筝啊，这情形，要远远一看，还真像俩纸人抬着一顶轿子在半空里走呢！

吴老师悄悄问道："这轿子要在坟上烧时，真能自己飞起来吗？"何老头微微一笑："不瞒你说，秘密全在手上，你瞧，现在都能飞起来，那时

候自然也能飞起来，知道孔明灯的道理吧？"吴老师一听，恍然大悟，也笑了。

不多时，已到村口，大虎、小虎一路飞跑，嚷着"飞轿来啦"，去找校长报信了。

这时，何老头站定，收了牵轿的细线，又从衣兜里拿出了一串白色的纸钱，挂在了一边的耳朵上。吴老师惊问："这是干什么？"何老头叹了口气："你要看过以前的老戏，就会明白了，那戏台上耳朵挂了纸钱的，演的

就是一个鬼魂,给人送轿,就得这么个送法。"吴老师听罢一怔,直到此时此刻,他才真正明白,何老头为啥拦着大虎小虎不让他俩取轿,原来,那金家是要把自己的学生当做"鬼"来使唤!

到了金家,校长先迎了上来。校长姓刘,六十上下的年纪,他也注意到了何老头耳朵上的纸钱,显然明白了这里头的含义,一时倒愣住了,随即又慌乱地去掏衣兜,掏来掏去凑了五百块钱,又跟吴老师要了两百,拿着就往何老头手里塞。何老头连连推辞"这钱我哪能要啊,我跟吴老师说好的,不要钱! "

两人正推让着,一身孝服的金老板走了过来,金老板显然已经从校长那里知道了送轿的事,他要的是"二虎抬轿",现在"二虎"不抬了,来了个老头,他能不恼火吗?金老板声色俱厉:"你还想要这钱啊?能给你吗?谁让你多管闲事的?"

刘校长听了,皱了皱眉头,用眼神示意吴老师带着大虎小虎赶紧走,还没等两个孩子挪动脚步,就被金老板拦下了:"慢着啊,等会儿让这俩小孩帮着把轿送到那车跟前,就一会子的事。"

金老板一说话,吴老师停住了脚步,啥也不说,愤怒地盯着刘校长。刘校长挥了挥手,示意吴老师带着孩子走,金老板鼻子里"哼"了一声,说:

"老师可以走,这俩孩子不能走,这轿要到不了那车跟前,那捐车的事咱就算黄了! 甭想了! "这金老板,今天要的就是"二虎抬轿",图的就是这么个彩头!

刘校长一屁股坐在身边的一张凳子上,垂着脑袋,久久说不出一句话来。

眼前的情景,一旁的大虎和小虎全看在眼里,他们晃了晃吴老师的手臂,小声说:"老师,要不俺俩把轿子给他送过去吧,没事……"吴老师眼窝一热,咬紧了牙关,一左一右紧紧攥住了俩孩子的手。

这时,何老头来到刘校长跟前,说道:"校长,你看这样行不?我一个人无牵无挂的,也喜欢孩子,手底下还有几个钱,嗯……这千百年来,头一等好事无非念书嘛,今天我也行个好,我把积的钱捐给你们学校……"何老头这话说得恳切,却有点可笑,他也不想想,人家金老板捐的是校车,不是板车,他那钱连个车轱辘都买不上呢!

刘校长缓缓站起了身,双手扶何老头在自己的凳子上坐下,说"老人家,就冲你刚才说的这话,我一定给你个交代! "

说完,刘校长大步上前,一把抓住吴老师的手腕,把他拉到一边的屋里,反手关上了门。金老板、何老头赶紧凑到窗前往里看,只见屋里,刘校长和吴老师正在说话，就在这说话间，刘校长忽然弯下了腰，深深地给吴老师鞠了一躬，这……这是咋回事？校长给老师鞠躬？窗外的人正在疑惑，却见两人一前一后，面色凝重地从屋里走了出来。

刘校长走到何老头面前，摘下了他耳朵上的纸钱，挂在了自己的耳朵上。众人正一脸惊诧，刘校长对金老板说："吴老师比我小二十四岁，我属虎，他也属虎，金老板，让我们两只虎给你抬轿，不会坏了你的好事吧？"

金老板瞬间张口结舌了："舅舅……你这是……"

刘校长一摆手："别，你别叫了，

你这声舅舅，我担当不起。你给学校捐个车，我一直以为你给我长脸呢，却原来是打我的老脸啊！"说着，他和吴老师一前一后，一起弯下了腰，一个轻飘飘的纸轿子，两人像付出了千斤重的力。他俩抬起了轿，慢慢直起了腰，刘校长拉大了嗓门，仰起了头，大声吆喝道："金老板，我祝你世世代代多子多孙、荣华富贵……"

金老板嗫嚅着还想说什么，这时，葬礼的时辰已经到了，主持的司仪一声喊，"咣"的一下，砸碎了一个瓦盆子，顿时，一片哭声，惊天动地……

（题图、插图：谭海彦）

· 本刊信息传真 ·

故事会 ■ 新浪 微故事大赛

10月征集主题：最美好的事

篇幅最短、含"金"量最高的故事，等待你的挑战！

《故事会》杂志和新浪微博（weibo.com）联合主办微故事大赛继续进行，邀请各路故事名家、草根英雄和世外高人展开较量！

本次大赛所有作品通过新浪微博平台征集（搜索＃微故事大赛＃），每月一个主题，当月设金奖1名，奖金1字10元（字数低于120的按120字计），银奖2名，奖金1字5元，另设年度奖项。优秀作品将在每月的《故事会》上刊登，并结集出版。8月官场故事获奖结果已经揭晓，详情请登录故事中国网（www.storychina.cn）查看。

10月微故事征集主题：最美好的事 在我们经历的岁月长河里，总有一些永远不会褪色的美好记忆；在我们的遐想和憧憬中，也总有关于美好的期许画面，请把这些动人的情节写下来……正文字数在130字以下，力求情节出人意表，立意隽永深远，文字鲜明生动。本月的微故事达人或许就是你！截稿日期：10月21日。（本期刊物特别选登8月微故事大赛优秀作品，详见P81）

别让人生
"乌龙"了

□ 李兴春

何信是个大学生，在读大四。有一天，他和几个同学到郊外游玩，晚上住宿在一个农民的家庭旅馆里。可就在这天晚上，出了一件神神道道的怪事。

那天半夜，旅馆里突然红光冲天，客人发现之后急忙跑出来，大家都以为是发生火灾了，乱了一阵之后才知道不是火灾，而是一道奇异的红光，那红光不知从何而来，穿透了房顶和墙壁，竟然投射到了何信的身上。这红光只是亮，不发热也不冒烟，何信身上也没什么不舒服的感觉。旅馆老板是个七十多岁的老头，他的举止也很古怪，他一面招呼住店的旅客回房睡觉，一面偷偷地把何信请到外面，神色诡异地密谈起来。

老头问了何信的一些情况，又说

他叫高占吉，然后带着何信来到后面一间屋子。屋子正中放着一个大箱子，何信一进门，箱子里就透出一道红光，照到他的身上。

高占吉告诉何信：箱子里是一杆古时流传下来的大旗，这是可以预卜吉凶祸福的神旗。当年他经过一座道观，叫神旗观，观里供奉的就是这杆神旗。当时，高占吉走进道观，放在供桌上的神旗就投射出一道红光，照到了他的身上，于是，观里的老道就说他和神旗有缘，把旗传给了他。

何信听到这里，有点不解，问道："那么，这神旗观，又是从哪里得到这神旗的呢？"

高占吉说，当时老道士也讲了这旗的来历：早年间，一帮穷汉扯旗造反，但算不准到底能不能成功，于是决定祭拜大旗，如果把旗拜起来了，起事一定成功；拜不起来就准是失败。结果，那伙穷汉连连磕头，头都磕出血来了，这旗一直没有立起来。就在他们准备偃旗息鼓的时候，他们再次祭拜了神旗，出人意料的是，那神旗竟然立了起来，于是，造反的首领认为这是神旗在预卜他们起事成功，便立即带领队伍杀进县城，把县官杀了，开仓放粮。就在他们欢天喜地庆贺胜利的时候，朝廷调来大军镇压，一帮穷汉死的死，逃的逃，为首的几个全被抓起来押到京城，在菜市口砍了头……

高占吉说了这些，何信听得云里雾里，似信非信。接着，高占吉打开了箱子，何信探头一看，里面是用锦缎包着的一杆红旗，旗杆一节节拆开了，祥光就是透过锦缎发出来的。接着，高占吉说了祭拜神旗的方法：在僻静的旷野之处，将旗杆一节节地接起来，将旗帜平放在地上，焚香祷告。要是祈求之事能够成功，这旗就能竖立起来；如果不成，旗帜还会躺在地上，一动不动。

高占吉还告诉何信，自己患了不治之症，将不久于人世，今天把神旗传给何信，以后遇上什么大事，可以求问神旗。

到了这个时候，何信不能不相信神旗的神奇了。他谢了高占吉，瞒着几个老同学，悄悄把神旗带回了家。

从此以后，何信严守秘密，对谁都没说。一直到读完大学，他都觉得没有什么值得预测吉凶的大事，所以，一直将神旗束之高阁。

本科毕业后，何信很想考一所名校的研究生，这所学校自主招生，考题一向很难，他对能否考上没有把握，看来这算得上是一件值得祭拜神旗、预测吉凶的大事了。

那天夜里，何信带上神旗，偷偷来到野外，把神旗取出来，接好旗杆，放在平地上，点起三炷香，磕头祷告："要是我能考取那所名校的研究生，请神旗起身——"

祷告完了，可神旗一动不动，何信拜了几十遍，也没把神旗拜起来。他知道，他和那所名校无缘了。何信把神旗收起来藏好，报考了另外一所学校的研究生。他考取了，但那是一所普通学校，等他把这所学校的研究生读出来，也只是找了一份马马虎虎的工作。

干了两三年，何信感到没有前途了，打算跳槽。他看好了一家公司，但是他曾经因为一笔业务，得罪过那家公司的副总裁，真要跳槽过去，行不行？好不好？那天夜里，何信又带着神旗来到了旷野，燃起了三炷香，对着神旗祷告起来："要是我跳槽跳得成，未来有好的发展，请神旗起身——"

可神旗平放在地上一动不动，虽

然何信心有不甘，但不敢违抗天意，只得继续在原来的公司一天天地混下去。

事业无望，何信不愿家庭也无着落，便开始考虑起自己的终生大事来。公司销售部有一个女经理温柔贤淑，才貌双全，何信和她相处时间长了，日久生情，但总觉得高攀不上，于是何信第三次取出了神旗祭拜。

那天夜里，何信又点燃了三炷香，对着神旗虔诚地祷告着："要是我能和女经理喜结良缘，请神旗起身——"

神旗纹丝不动，目睹此景，何信真正感到了一种彻底的悲哀，就在那一刻，突然，一个念头一闪而过，何信决定反过来试一试，他跪在地

上，神情虔诚地说了一句："要是我不能把那个女经理追到手，请神旗起身——"

话音刚落，"哗"的一声，那神旗猛地无风自起，高高的旗杆竖得笔直，这下何信彻底相信了，他断绝了向那女经理求爱的愿望，打消了一切非分之想。后来，他找了个姿色平平的女业务员成立了家庭，凑合着过日子，那杆神旗也被他藏在了箱底，再也没有取出来。

婚后没多久，何信一位朋友的儿子要考研究生，请他帮忙讲解一套试题。何信自己先把试题做了一遍，百分之九十都做对了，何信无意中一问，出题的那所学校，竟然正是当年他放弃了的名校！

紧接着发生的事，更让何信惊悸不已、扼腕叹息：有一天，何信偶然间得知一个消息——当年他想跳槽过去的那家公司，他们的副总裁，其实从未对何信有过芥蒂，反而一直向公司极力推荐他；而那个女经理，当年真正喜欢的人竟然就是他何信，但她很矜持，自然不会主动示意，她在等何信向她开口表白……

考研、事业、婚姻，人生的三次机缘，全都因为听了"神旗"的预言而错失了，何信的心里充满了无穷悔恨，他百思不

得其解：神旗的预示怎么会和事实截然相反呢？

何信原本以为这一切永远都是谜了，不料在一次出差路上，他竟然意外地找到了答案。

那天，何信乘坐的车驶过一条乡村公路，公路旁有一座道观，在车窗外一闪而过。恍惚间，他看到了道观门上的匾额，心中猛地一动，急忙请司机停车。

何信下了车，走到道观前，一看匾额，上面写的果真是"神旗观"三个字，这是不是高占吉曾经提起过的那座道观呢？为了弄个明白，何信走进道观，只见一个须发雪白的老道士在供桌旁打坐，老道士是闭目而坐的，他等何信走近，却突然开了口："你就是高占吉传旗给你的何信吧？我算着你也该来了。"

何信上前见了礼，然后把自己的经历和困惑讲了一遍，急切地问道："道长，请帮我解释一下这些事吧！"

老道士沉吟片刻，缓缓地开了口："其实，这其中的玄机，也是我后来才慢慢悟出的，现在我就告诉你——"

老道士说，一切玄机，全在一个问题上，那就是——旗帜的本来面貌应该是怎样的？其实，旗帜应该是笔直竖立的，这才是它的本来面貌，是它的"正位"。祭拜的人祷告"请神旗起身"，就是要它改变本来面貌，从

"直立"的"正位""起身"而变为倒下，所以，旗帜平放在地上，其实已经是"起身"了，就是预卜事情能够成功。所有人都没有领悟到这一点，想当然地一开始就把神旗放倒在地上，以为请神旗起身是要它立起来，其实错了，是人们把正反的位置搞错了，你让它"起身"，它要预示"成功"，要改变"直立"的"正位"，那就只好一动不动地躺在地上了……

如此看来，当年那帮造反的穷汉们，也是吃了同样的亏：当他们祭拜时，神旗躺在地上不动，那是告诉他们起事能成。过了一段时间，起事的时机过了，再拜神旗，要它"起身"，它不"起身"，要保持"直立"的"正位"，于是旗帜就从地上"立"了起来，那是预卜起事要失败，而首领偏偏以为起事能成，结果被抓杀头，死了都不明白是怎么死的。

何信在这一瞬间恍然大悟，要是自己敢考那所名校的研究生，敢跳槽，敢大胆追求女经理，那么，他现在过的就是完全不一样的另一种人生了！命运真是不可捉摸啊，自己竟然把一生的荣辱得失寄托于一面旗帜之上，结果反被旗帜"乌龙"了，想想真是可笑！

何信大彻大悟了，他告别了老道士，扬长而去……

（题图、插图：张恩卫）

故事会■新浪 微故事大赛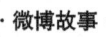

8月优秀作品选登　　主题：官场故事

@亳州李景强　一局长退休后，身体不断出毛病。这几天，他的右手食指麻得厉害，就去了医院。"我这手指麻木可是以前签字累的？"他问医生，医生摇头。"可是握手、端酒累的？"医生又摇头。"那到底怨啥？"他拍起桌子。医生慢慢地说"你以前头抬得过高，现在头低得过低，颈椎抬压出毛病，导致手麻！"

@新闻诗评　"猪肉价钱怎么样啊？""近期国内多地台风等恶劣天气因素对我省生猪价格的波动有较大影响，天气逐渐转凉，猪肉消费需求有所增加，也是这轮生猪价格上涨的一个因素。但我们已经采取有效措施来抑制……""死老头子，我就问你今天猪肉多少钱？你给我来这么一大套，犯职业病了吧？"

@xihaizi　机关会议室里，市长正在给下属各单位的头头们开会。只见他先不温不火地说"这个星期吴局……"转而他满怀欣喜地说"建文……"旋即他又严肃道："李立辉同志……"会后，被市长直呼了大名的那个局长哆嗦又孤单地过了很久，直到下次会议上市长又亲切地恢复他为"立辉同志"。

@四季春风80　小赵走进教育局王局长办公室："王局，这是您明天参加市一中新校区落成仪式的具体流程。"王局看过之后说"你去跟李校长说，把这个仪式改在室内，明天气温太高。""王局，这您放心，我已经跟李校长沟通过了，他说搭建的主席台上有遮阳篷。""我不是说我，我是怕台下那些孩子吃不消。"

@杨信社　马副县长被免职，人走茶凉。这天他正喝闷酒，在县城卖水果的三叔来了，提着一兜水果和酒菜，说："侄儿，铁打的官场流水的官，下来就下来吧，别太难过！"他顿感温暖，对饮了几杯酒后，忽然问："叔，我下来的事还没公开，你咋知道的呢？"三叔叹息道："今天城管踹了我一脚，我就来了……"

@吃素的沙漠狼　王秘书是头次下乡搞调研，听乡长说午饭安排在"宏德酒店"，连忙摆手说，不必如此破费，安排个农家饭就行了。"你嫌酒店饭菜不好？"乡长阴着脸说。"不是，不是，"王秘书见乡长误会了自己，赶忙说，"我又不是领导，随意点嘛。""哦，"乡长笑了，"王秘书，你别生气，农家饭只有领导来了，才能安排……"

@茹纤的梦　车祸现场，几位群众仍苦苦哀求救救已毫无生命体征的陈乡长。记者大受感动，随即进行采访。老头："乡长在俺饭店打了三万多元的白条呢！"大嫂"乡长在俺超市拿了两万多元的烟酒，连白条也没打！"孕妇："孩子都快生了，他答应给俺二十万赔偿呢！呜呜……"

（大赛启事见本期P33）

根据美国作家斯韦芬尼·麦迪森的作品改编

连环杀

□温 荣 编译

双簧表演

克莱尔是一位很有名气的探长，因为他的办案效率一向很高。这天，他接到了丽娜女士的电话，电话那头说她姐姐爱德娜突然死亡。

克莱尔探长觉得事不宜迟，就叫上法医，火速赶到现场。

案发地就在爱德娜家里，克莱尔探长到时，看到丽娜正抱着姐姐的尸体，悲痛欲绝地哭着。

法医检查了爱德娜的尸体，摇摇头说："她的身上没有任何痕迹，似乎就是自然死亡。"

爱德娜也就是二十五六岁的样子，这样年轻怎么会突然死亡呢？克莱尔探长想到这里，问道："爱德娜有没有既往病史？"

丽娜抽泣着回答说："爱德娜的身体总是不好，她有心脏病。"

克莱尔探长又看了看法医，法医若有所思地点点头，大家一时陷入沉默。

突然，一个沙哑的声音打破了这种沉默"出了什么事？让开，让我进去，让我进去。"来人叫亨利，他是爱德娜的丈夫。亨利跑进房间，吃惊地望着地上的尸体。因为过度的悲痛和惊吓，他的表情显得相当复杂。

丽娜在哭泣中抬起头，只见亨利一下子瘫倒在地，哭喊着说："这究竟是怎么回事？爱德娜她怎么了？"

克莱尔探长说："亨利先生，非常抱歉，您的妻子已经死了。"

亨利发疯地喊道："你在说什么！这怎么可能啊？"他呆呆地看着爱德娜的尸体，一副精神失常的样子。

在克莱尔探长对亨利和丽娜一番询问之后，爱德娜的尸体被推车推了出去。亨利垂下头，一副不忍心看着妻子离去的样子。克莱尔探长摇摇头，向他们表达了同情就离开了。

现在，屋子里只剩下亨利和丽娜了，亨利伤心地流着泪——他整个人看上去真的是痛不欲生。

沉默了一会儿后，亨利终于开了口："我要去打几个电话。"

丽娜看着亨利，嘴角浮现出一丝淡淡的微笑，可亨利并没有对她微

笑。丽娜忍不住了，她说："亨利，现在只有我们两个了，我们不要相互伪装了！"

亨利冷冷地说："伪装什么？"

看到他一脸迷茫、无辜的样子，丽娜感到特别意外。她耐着性子，说："亨利，你和爱德娜结婚，无非是为了她名下那笔巨额信托基金，不是吗？我们仍旧相爱着，不是吗？你刚刚的眼神不是在告诉我——我们终于可以在一起了吗？我明白你的暗示……"

亨利却打断她的话："我要到楼上去。"

丽娜拦住他："慢着。我要你先帮我找到一个东西——一管樱桃味的润唇膏。姐姐一向把它放在手包里的，可是，我翻遍了她的包，也没有找到。你知不知道姐姐会把它放在哪里？"

亨利似乎有些愤怒："你现在还有心情找别的东西，你姐姐人都死了！真是可笑！"他转身上了楼，不再给丽娜其他的说话机会。

精心设局

丽娜留在楼下，开始在房间里四处寻找。这时，楼上传来亨利的声音，那是他在给别人打电话，说："爱德娜死了。"接着又传来他的哭声："没有她，我该怎么办啊！"

听到这些，丽娜窃笑了几声，自言自语道："亨利的表演还真投入啊！"

丽娜听见亨利抽泣了几声，接着放下了电话，于是她决定上楼去看看。

她轻轻地转动了把手，门开了，眼前的情景令她大吃一惊——亨利正拿着一管樱桃味润唇膏，把它慢慢地伸向自己的嘴唇！

"不要啊！"丽娜慌忙地冲进房间，但还是晚了一步，就在她夺下那管润唇膏的瞬间，亨利已经用它抹了他的嘴唇。更加可怕的是，她还撞倒了亨利，而那管润唇膏竟然掉进了他的嘴里。

亨利爬起来，莫名其妙地问："这是怎么了？丽娜！"丽娜一把抓住亨利的胳膊，心急如焚道："快，快，马上清洗你的口腔。这管润唇膏上有毒药，我就是这样解决了她！"

亨利却一动不动，只见他一脸恐惧和不解的样子："你解决了什么？你把谁解决了？"丽娜看着亨利，更加焦急了："来不及了，亨利，求求你快点儿。你怎么还不明白啊，当然是解决了爱德娜！正如我们一直计划的那样——我杀了她！"

亨利的脸色变得异常难看，他喊道："我们计划的那样？我们计划什么了？你疯了吗！"丽娜急得声音都变了："我知道，你爱的是我。我杀了她是为了我们的幸福，我不想让你为这件事情操心。现在爱德娜死了，我们终于可以在一起了，但是你必须活下去。"

就在这时，门突然开了，克莱尔探长出现在卧室里。他微笑着说："你们刚才说的话已经被录了下来。"他抓住丽娜，拿出手铐，铐住了她的双手。

亨利几近哀求地喊道："不，警官，请不要伤害丽娜，她的精神不怎么好。"

听到这里，丽娜大叫："亨利，你还爱着我，不是吗？"然而，她话还没说完，就被带走了。

正当亨利长出了一口气的时候，克莱尔探长又进来了。亨利平静地问："丽娜认罪了吗？"克莱尔微微地点了一下头："是的，我刚录完口供。她都承认了。"

接着，克莱尔向亨利讲述了丽娜的供词——

四年前，爱德娜已经和别人订了婚，她居然抛弃了未婚夫，把亨利从丽娜的身边夺走，这让丽娜一直怀恨在心。于是，丽娜就下定决心要毒死姐姐。机会终于来到，她使用了一种致命的毒药——它可以让死者的症状与突发性心脏病的症状非常相似，这样很难引起人们的怀疑，只是它的毒性发作需要几个小时。还有很重要的一点，姐姐的嘴唇总是干裂，所以总是随身携带一种樱桃味的润唇膏。

丽娜正好是一家制药公司的员工，她从公司里偷了些毒药，并放到

了姐姐的润唇膏上，这样，润唇膏的樱桃味掩盖了毒药的异味。当爱德娜在嘴唇上涂抹润唇膏的同时，她会舔润嘴唇，自然会不知不觉地将毒药吞咽下去。看着姐姐痛苦地、慢慢地没有了呼吸，丽娜才给克莱尔探长拨打了一个电话。

听完克莱尔探长的讲述，亨利脸上浮现出一丝不容易察觉的欢喜，问道："你为什么会怀疑丽娜？"

克莱尔探长点了一支雪茄，慢慢地说道："因为有人向我提供了线索，丽娜的一位同事亲眼看见的，她从实验室里偷出了毒药。可是，等我们赶到你的家里，爱德娜已经中毒身亡，

而她的手里还攥着那管小小的润唇膏。可笑的是，心慌意乱的丽娜竟然没有发现它！于是我就对这管润唇膏产生了怀疑，经过化验，润唇膏上面果然有毒药。"

亨利问："既然已经查出来有毒了，为什么还要让我帮你演戏？"

克莱尔笑笑说道："单凭一管润唇膏，显然还不能证明丽娜就是凶手，所以，我才设计让你演了那出戏。证据确凿，丽娜只能接受惩罚。杀人偿命，天经地义。当然，我让你演戏用的那管润唇膏是无毒的，而有毒的那管已经被当做证物留交了。"

说到这里，克莱尔站起来向亨利告别："非常感谢你的配合。"

看着克莱尔探长离去的身影，亨利靠在椅子上，长长地松了一口气，他的嘴角露出一丝微笑——这次他的计谋真正成功了！

局外有局

原来，爱德娜和丽娜的父亲去世前，留给爱德娜一笔巨额的信托基金，条件是如果爱德娜死亡，这笔财产再由丽娜继承，而亨利作为爱德娜的丈夫却并不享有继承权。现在好了，丽娜亲手杀死了爱德娜，他就可以名正言顺地成为这笔财富的主人了。他觉得自己高明极了，他所做的，只不过是适时地给丽娜一些深爱她的暗示，私下里向她透露一下自己的想

法：一定要让爱德娜从这里消失，否则我们就没有机会在一起。没想到，丽娜真的会这么快、这么心甘情愿地钻进自己设计的圈套。

其实亨利才是第一个发现爱德娜尸体的人。案发的那天早上，他在爱德娜的手袋里找到了那管致命的樱桃味润唇膏。为了把丽娜送进监狱，他把这管不起眼的、致命的润唇膏放到爱德娜的手心里。接着，在上班的途中，亨利在街边的电话亭，伪装成丽娜的同事，给警察局打了匿名提供线索的电话。

亨利心满意足，靠在椅子上深深地吸了一口雪茄，雪茄的味道好极了，但是，他突然感到胸口开始剧烈地疼痛。

这时候，房门被打开了，克莱尔探长再次走了进来。

"你故意将润唇膏放到爱德娜的手上。"克莱尔取下亨利嘴里的雪茄，说道，"亨利，这样做，你反而暴露了自己。你打匿名电话向警方提供线索，打电话的时间与死者的死亡时间实在是太短了。更别说从你的住处到你的办公室，这段路上只有三个付费电话亭，可想而知匿名电话一定是出自这三个电话亭的其中一个。可惜这些证据不能证明什么。"

亨利惊讶地瘫倒在椅子上，他突然感觉自己已经透不过气来。

克莱尔探长抽了亨利的雪茄一口，狠狠地吹出了一口烟，冷笑着说："亨利先生，如果现在我不告诉你，你恐怕永远也不会知道你为什么会死去。为了让你表演，引出丽娜——我故意给你一管润唇膏，让你涂抹自己的嘴唇，实际上，这就是毒死爱德娜的同一管唇膏！除了我，再没有其他人知道这一点。而丽娜已经对自己的罪行供认不讳，现在那管致命的润唇膏已经安全地放回到警局的证物室了。一两天后，假如有人发现你的尸体并且报了警，我会主动负责这件案子。不过我现在就可以告诉你我的调查结果：亨利先生无法承受失去爱妻的打击，心脏病突发而死。"

亨利用尽最后的力气，挣扎着说："法医会发现我体内的有毒物质……"

克莱尔探长笑了，淡淡地说："如果法医在你的体内检出有毒物质，我可以把结论改为：丽娜不小心用同一管润唇膏毒死了亨利先生。"

接着他弯下腰，对着亨利的眼睛悄悄地说："亨利，杀人偿命，无论是用什么样的方式来偿还。爱德娜本来是我的未婚妻，你抢走了她，又间接杀死了她，你要为你的卑劣行为付出同样的代价。"

慢慢地，亨利的身体变得越来越僵硬……

（题图、插图：佐　夫）

QQ被盗了

□ 马少华

Q Q是大家常用的一种网络聊天工具，但它有一个问题，就是经常被盗，也因此引发了许多故事。

这天，在一列火车上的一间软卧车厢里，住了四个人，老王、老李、小林和一位女孩儿小陈，他们就在讨论关于QQ被盗的事儿。话题是老王发起的，他给大家讲了一个故事……

一件坏事

有一天，老王的一位朋友突然给他打电话，问他出什么事了。老王说没出什么事啊，朋友说，那你刚才还在QQ上跟我借一万块钱？老王说，怎么会呢，我的QQ都两天没上了。朋友说，肯定是你的QQ被盗了，那个人正在到处骗钱呢。老王一听，赶紧用手机登陆QQ，果然，提示密码已被更改。

老王心里一急，赶紧给朋友们群发了一条短信，说自己的QQ被人盗了，如果有人向他们借钱，千万不要相信。不一会儿，朋友们的短信就络绎不绝地来了，都在说，放心吧，这样的骗局没人会相信的。不过也有一位朋友非常懊悔地说，自己已经把钱打过去了！

说到这儿，旁边的老李说："你这个朋友也真够实诚的，这样的事儿媒体上早都曝光过无数次了，怎么还会相信？"

老王叹了口气，说："可能是事情没发生在你身上，我跟你想的不一样。如果在QQ上借钱的人真的是我呢？"

老李沉默了一会儿，接腔道："照这样说，直接给骗子打钱的那位朋友

倒是真正的朋友，一看你有事，立刻就给你打钱，也没管是不是骗局。"

老王笑了一声，说："一开始我也是这么想的，这样的朋友实在难得，咱老王不能让朋友吃亏。于是，我就请他去最好的饭店好好吃了一顿，郑重地把那一万块钱还给了他。"

老李和小林、小陈都叫了一声"好"，说："对，不能让这样的朋友吃亏，老王你做得对！"

但是，老王紧接着叹了口气，说："后来我听另一位朋友说，那天他跟打钱的这位朋友在值班，一直没用电脑，他俩的手机也没开通上网的业务。"

老李他们三人面面相觑，愣了："难道——他在说谎？"

老王点点头，说："应该是的，那天他根本没有机会上网，怎么可能会遇到骗子向他借钱呢？"

老李叹了口气，说："唉，现在的人啊……"

老王说："这样也好，一万块钱让我看清了一个朋友，也算值了。本来我还想在生意上多照顾照顾他呢，现在好了，我敢说他的损失远远比这一万块钱要多得多。"

大家感慨了一会儿，老李开口说："盗号的骗子可恨，装'真朋友'的'假朋友'可恶！不过，我经历过一件事儿，我不光不恨那个盗我QQ的人，我还要感谢他呢！"于是，老李也讲起了故事。

一件好事

老李的儿子在读大三，前两年，除了每个月的生活费之外，经常跟老李要钱，也不知道在干什么。

后来，大概半年前吧，老李的QQ被人盗了，怎么都登不上去。老李一想，算了，本来我对QQ就没什么兴趣，都是儿子给弄的，说是用这个联系更方便。说来也真是的，老李打儿子的手机经常打不通，一上QQ准能看见他，不管白天晚上都在线。

小林和小陈听到这里，忍不住笑了，小陈打趣说："年轻人都这样，一天到晚挂着QQ，手机倒成了摆设。"

老李没接腔，接着讲自己的故事。那时老李想，QQ没了就没了吧，反正我也不常用，儿子要是有事会给我打电话的。不过从那以后，儿子再也没跟老李要过钱，老李也没当回事儿。

过了几个月，儿子放暑假回家，竟然第二天就提出要去打工。老李很纳闷儿地看着他，他白了老李一眼，说："放心吧老爸，经过你的教导，我已经改邪归正啦！"老李还是莫名其妙，就追问他怎么回事。儿子说，几个月前他在QQ上跟"老李"要钱，结果遭到"老李"一顿狠批，说什么这么大了还无所事事，也不嫌丢人，想当初你老爸十八岁就出来挣钱养家，你都二十了还天天问家里要钱，还是个男子汉吗？

老李一听，我什么时候说过这话啊？又一想，肯定是盗QQ那个人跟儿子说的。老李正想解释，就听儿子说，从那以后，我决定自己挣钱养活自己，于是就再也没跟老爸在QQ上说话。老李听到这儿，决定还是不跟他说明了，将错就错吧。

老李对大家说："这世上的事儿真是不好说，你们看，QQ被盗了，结果还成了一件好事儿。"

老王看着旁边发呆的小林，说："你们年轻人用QQ更多，肯定也有很多故事，你也说一个听听。"

小林叹了口气，说"常在QQ混，哪能不被盗。不过，我的QQ被盗，却让我伤心到现在。"

一桩心结

那是两年前，小林在QQ上认识

了一个女孩儿，聊得很投缘，小林觉得她就是自己这辈子要找的那个女孩儿。两人聊了有半年时间，相互之间已经很了解了，于是就相约见面。

小林记得那是"五一"的前一天，他准备晚上回家就跟女孩儿表白，约她"五一"一起去泰山。可是晚上回到家，却怎么也打不开QQ了，想了很多办法都没用，小林当时都快急疯了。

老王问："你们没有对方的手机号吗？"

小林说"为了保持神秘感，我们没有留其他联系方式，连视频都没有过，我只知道她的网名是泉天使……"

这时，一直在旁边静静倾听的小陈突然抬起了头，望着小林问："你的网名是不是泉水叮咚？"

小林一听，惊讶地看着小陈，说："你怎么知道？你、你就是泉天使？"

小陈默默地点了点头。

小林猛地抓住小陈的手，追问道："你真的是泉天使？"

小陈眼里开始有了泪水，但也有躲闪，轻轻挣脱了小林的手。

旁边的老李注意到了小陈的动作，就劝说小林："小林别太激动了，先听听小陈怎么说。"

小陈轻轻地揉着被小林抓疼的手，缓缓地说："那天晚上我打开QQ，看见你在线，当然那已经不是你了，就问你在哪里见面，你好久没回复，我就问你是不是后悔了，如果后悔的话，我们还没见过面，就当什么都没发生。这时你说那就在大明湖吧……"

小林插话说："我记得在我QQ被盗之前，你提出过去大明湖，那时我没同意，我说想去一个更值得纪念的地方。"

小陈说："可能就是这么巧吧，他提的地方正是我最想去的，所以当时就答应了。"

小林激动地说："这不是巧，他肯定是看过我们俩的聊天记录！"

小陈表情复杂地看了小林一眼，接着说："第二天，我就跟他见面了，说实话，他正是我想要的那种人，虽然当时也感觉出他跟平时聊天有点不一样，但也没想那么多，就一直跟他相处下来了。"

小林猛地站起来，叫道："你怎么能跟他在一起，你忘了……"

老王忙把小林拉住，问小陈"他对你怎么样？"

小陈用眼角瞅了小林一眼，说："他对我很好，我们下个月就要结婚了。"

一听这话，小林当即像泄了气一样，斜倚在卧铺上。

老王拍了拍小林，说："姻缘天注定，小陈找到了她的归宿，你应该替她高兴才对。"

这时，列车在一个站上停下了，小陈冲着窗外招了招手，又回头对小林说："对这件事我非常抱歉，希望我们以后还是朋友。"说完，她转身下了火车，跟站台上一个男孩儿手拉着手走了。

小林望着他们的背影，轻轻地叹了口气。

老王拍了拍他的肩膀，说："别难过了，今天就算是了了这段缘分了。"

小林长长地吁了一口气，说："嗯，这桩心事困扰我两年了，今天总算是有个了结了，也算不虚此行。"

最后，老王说"这网络给了大家方便，也难免会产生很多误会，特别是你们年轻人，不能天天宅在家里，光靠着网络跟外界联系，多打个电话，多出来聚聚，比光在网上聊要好得多！"

（题图、插图：张恩卫）

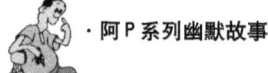

餐桌文化

□ 张小燕

　　阿P学历不高，没读多少书，可造化难测，世事弄人，星移斗转之际，他偏偏当了个文化局的副局长，这个职位，没文化咋行？阿P脑瓜子好使，为了显示自己有文化，他隔三岔五地琢磨出个新词，人前背后，会场酒桌，到处炫耀，显得自己很"文化"。最近，阿P又琢磨出了一个新词——"餐桌文化"，对这个"餐桌文化"，阿P的儿子小P不以为然。小P在读大一，学的是古典文学，专门研究中国四大名著，小P说，什么"餐桌文化"？不就是在酒桌上胡侃的那些段子吗？为此，对"餐桌文化"，阿P说雅，小P说俗，父子俩经常争论不休。

　　这一天，阿P外出应酬，又在席上大侃特侃"餐桌文化"的文化内涵，

　　正说着，有人提议，不妨在席间说几个段子，做个游戏，来点奖励，也算是对"餐桌文化"的发扬光大。阿P听了，表示赞同，当下商定了奖励的细则，优胜者可得两千元奖励，奖金由出席者集资。

　　一会儿，有人先说了第一个段子："你们都吃过麦当劳吧？麦当劳会做生意，经常会推出一些小玩具。这一天，上海一家麦当劳门店里人山人海，原来这里正在发售新上市的'海贼王'玩具。有个男青年，是个海贼王迷，他好不容易凑齐了一套海贼王，开心啊，双手捧着玩具，发疯一般从店里奔出来，嘴里大叫着'我要当上海贼王——'没过多久，冲上来几个便衣，看样子是管治安的，他们一拥而上，把他扭送到了派出

所……"

那人说到这里，笑眯眯地问："治安员为什么要把那青年扭送到派出所呢？"

按照游戏规则，如果有人把答案说出来，两千元就归他，说不出来，这钱就归说段子的人了。众人全傻了眼，喊几声要当"海贼王"，这也不算犯法呀！一桌子上的人正在着急，阿P开口了："我知道了，肯定是这青年在喊话时出问题了……"

众人一愣："出啥问题？"

"他喊成了'我要当——上海贼王'，是不是？"

阿P这么一说，说段子的那人顿时呆住了："P哥，你也太厉害了，兄弟服了！"阿P轻松地得了两千元奖金，喜不自胜，连嘴巴都笑歪了。

接着，第二个人开始说：3月5日，那是学雷锋的日子，每个路口，都蹲守着一大群准备做好事的人。可哪有那么多的好事等着他们做呀，那一大帮子人一个个等得口干舌燥、两眼冒火，可也没辙，总不能把好端端走着的行人强行推倒后再扶起来吧？

正在这时，弄堂里走出一个老大妈，手里拿着一个酱油瓶，她是要去打酱油的。老大妈颤颤巍巍地走到路口，见是绿灯，就准备穿马路，就在这时，守候在马路口的那些人立刻一拥而上，推推搡搡的，一起簇拥着老大妈过马路。老大妈被一帮人死拽活

扯，好不容易过了马路，正想去打酱油，可守候在马路这一头的人，一见老大妈，早等急了，也不问从哪儿来、到哪儿去，不管三七二十一，一起簇拥着老大妈，又穿过马路，回到了原来的地方……

就这样，老大妈在半个小时里，被两边的人搀着，来来回回过了七八次马路，老大妈急了，这么折腾，什么时候能打上酱油啊？情急之下，老大妈突然使出了"杀手锏"……

讲到这里，说段子的那人出了这样一个题目："请问——老大妈使了什么法子，使自己转危为安、轻松脱身？"

酒桌上的人你看看我，我看看你，全都答不上来。突然，阿P开口了——"说时迟那时快，老大妈身子一歪，倒在地上，一动不动，昏了过去——老年人突然倒下，谁敢上前搀扶？原先准备做好事的那些人全都吓退了，有些甚至溜了。当然，老大妈是装的，一会儿，她见人走得差不多了，这才慢吞吞地站起来，打酱油去喽……"

说段子的那人顿时蔫了，哭丧着脸说："P哥果然厉害，把我的两千元奖金抢去了……"

接着，第三个人开始说段子，他说，现在时兴"穿越"、"混搭"，他这个段子也是"混搭"的，说的是孙悟空大闹天宫，后来在天庭当了个"弼

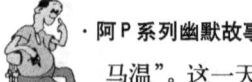
马温"。这一天，有衙役来报，说是少了一匹马。悟空一惊，立刻张开千里眼，一看，这马居然正安逸地躲在曹操的兵营里呢。后来，这马被曹操赏给了关云长，关云长骑着它，过五关，斩六将，护送着甘、糜两位夫人，一路前行，去找刘皇叔。一行人正走着，前面出现了一座山岗。天实在太热，云长就叫随从将马车赶到树荫下，唤两位夫人下车歇息。一会儿，从前方过来了几个脚夫，挑着担子，一问，是卖酒的。大家都口渴，于是就买了酒喝。谁知这酒喝下不久，所有人全都一一倒地，他们谁都没有想到，这里竟然就是江湖上赫赫有名的"黄泥岗"！众人倒地后，那几个卖酒的立刻上前搜他们的行囊。这一路上走得急，曹操赏赐的又都没带，所以也没什么值钱的东西。几个毛贼正在丧气，有人突然叫了起来："你们来看！"几个毛贼走上前一看，原来甘夫人的颈上佩戴着一块玉，这玉非同小可，它是女娲补天炼石剩下的最后一块，在青埂峰下自行修炼，后来被空空道人带入凡间，名为"通灵宝玉"……

嗨，第三个人说的段子十分有趣，他把《西游记》、《三国演义》、《水浒》、《红楼梦》四部名著"混搭"起来，说了一段话，妙趣横生，大伙儿全都捧腹大笑。

一会儿，按照游戏规则，说段子的那人出了一道题："请讲一句话，话里必须包含四部名著的内容。"

这题目一出，众人全都哑口无言，这题真够损的，不要说是像阿P这样的"文化人"，就是名牌大学的硕士生、博士生，要想答好这题，也并非易事。

一直到曲尽席散，大伙儿也没能把这道题目解答出来，自然，这两千元就归了说段子的人喽。

阿P郁郁寡欢地回到家里，儿子小P见老爸不开心，就问为了啥事，阿P说了席上的题目，小P一听，"扑哧"笑了："你们这些人，真是没文化，这题目太容易了，你听着——"小P朗朗有声地念了起来，"宝哥哥，你的如意金箍棒真让俺铁牛乐不思蜀啊！"

这话真是太精彩了，阿P想，如果当时在席上，自己能把这话说出来，那该有多荣耀！阿P正懊恼着，又转念一想，能做出这道题的，不就是自己的儿子吗，我叫阿P，儿子叫小P，老P和小P，都是P家的人，还不都一样？这么一想，他又开心起来了……

（题图：顾子易）

红版编辑部各编辑邮箱：

姚自豪：yaobianji68050@126.com；

吕　佳：lujia411@yahoo.com.cn；

叶小萌：xiaomeng.ye@gmail.com；

石莎莎：ssasha@163.com；

丁娴瑶：dingxianyao@126.com。

酒鬼的传说

□ 牛大宝

清朝嘉庆年间，汉中有个家伙嗜酒如命，每天早上起床，穿衣服前要先抿一口高粱酒，不然起不了床；晚上脱了衣服，躺在床上还得再灌半壶，不然睡不着觉。他腰里挂着个酒葫芦，走不到三五步就得拿起来喝一口，哪怕酒葫芦空了，也要凑到鼻子上闻一闻，久而久之，人们都叫他张大葫芦。

偏偏有一天，也不知道张大葫芦是没吃饱饭还是怎么回事，反正就是状态不好，喝得酩酊大醉了，你看他，一边走一边喝，嘴里还嚷嚷着："好酒……好酒……好酒！"

这一晚正是年三十，除夕之夜，大家都在家里吃年夜饭，路上也没什

么人。恰巧这晚天色特别暗，伸手不见五指。张大葫芦走着走着，一不小心，掉进了一个红薯窖里边了。

窖不深，底下全是松软的黄泥巴，张大葫芦爬起来，浑身上下摸了一遍，嘿，还真没什么事！他一仰脖子，又结结实实地灌了一口："真是好酒啊！喝了这么多摔窖里都没事，明年说什么也得说服老婆子，再多酿个几百斤才行。"

这时，他隐隐约约听见好像有人说话，还有锁链在地上拖着走的声音，咯吱咯吱的。张大葫芦只当是幻觉，狠狠掐了一把大腿，不成想一下子疼得差点叫了出来，是真的！他害怕极了，赶紧捂住嘴巴，只听一个威严的声音说道："今天晚上我们要去原公庄抓那个张大葫芦，黑白无常，准备好铁链！师爷，查一查时辰。"

师爷应了一声，传来一阵窸窸窣窣的声音。张大葫芦想，这大概是在翻生死簿了吧，又听见是要抓自己，吓得大气都不敢出一口。

这边师爷在生死簿上找了几遍，总是不见原公庄张大葫芦的名字，于是师爷就问土地公："土地公，你知道张大葫芦这个人在哪里吗？我们这阴间的生死簿上没有，阳间怎么也不见他呀？"

土地公回答说："你找的这个人已经入了土了，你在阳间再找也是白搭！"

师爷半天没说话，应该是在思考，最后他说了一句："不要紧，今天晚上在这里没抓着他，以后我们在常山那里也要把他抓去。"

这句话说完，就再也没有任何声音了。

张大葫芦听得冷汗直流，心里死死记下了——今后一辈子，一定不能去常山，千万要记牢！

他躲在地窖里一夜没敢出声，直到天亮了，才敢大喊救命。正好窖主人来取红薯，听见里面喊救命，连忙把他救上来。

张大葫芦上来后，连声拜谢，还不断地向地窖磕头，搞得窖主人莫名其妙的。不过张大葫芦倒精明，前一个晚上的事一个字儿也没敢提。

此后几十年，张大葫芦一直死守

着自己定的规矩，无论何事，死活都不去附近的常山庄，落了个平安无事，转眼都活到七十多了，一直把这天机暗藏在心底。

可是无巧不成书，有一年，张大葫芦嫁到常山庄的孙女家里闹了矛盾，一家人吵得很激烈，非请他去调解不可。张大葫芦犹豫了很久，还是禁不住宝贝孙女的软磨硬泡，答应了。到常山后，他果然迅速化解了矛盾，主人家很感激他，又请他喝酒，他毫不例外地又一次喝醉了。

家人把他抬去放在床上安顿好，都回去睡了。

半夜里，张大葫芦被尿憋醒了，起床去了趟厕所。他晚上多喝了点，加上不太熟悉环境，回来后怎么也找不着原来睡的屋子了。这风一吹冷飕飕的，当时又困得不行，这可急坏了张大葫芦。所谓关键时刻好运到啊，就在又困又冷难以忍受之际，他摸到了一个柜子，里面还铺着褥子和被子，暖和得紧呢！他也顾不得这是给谁睡的了，先暖暖和和地睡下再说吧。

你还别说，这柜子里是既没风又有新褥子新被子，张大葫芦睡在里面别提有多美了。过了大概有一个时辰吧，他被一阵奇怪又熟悉的声音吵醒了，一阵脚步声伴着锁链拖地的声音向他慢慢靠近，听起来还不止一个人。

这时，一个尖尖的声音响起"奇

怪啊，阎王爷让咱俩来抓张大葫芦，出地府前查过他还在，怎么过来就找不到他了呢？"

一个瓮声瓮气的声音回答道："应该就在这里了，我们仔细找。"

张大葫芦一听，差点吓尿了，阎王爷真的派小鬼来常山抓他了，这下看来要歇菜了！

可奇怪的是，这两个小鬼走来走去，转了几圈却没来抓他，最后到柜子边停下来了。尖尖的声音说"奇怪啊，怎么会找不到呢？"另一个声音回答："我也纳闷了，我们把土地爷找来问一下吧！"

不一会儿，土地爷就来了，尖声音的家伙说："土地爷，我们奉阎王爷之命来抓张大葫芦，出地府前查过，他该在这里，怎么会找不到？"

另一个声音接话道"土地爷，是不是你收了好处在搞鬼啊？"

土地爷连称不敢："不是，不是，我怎么敢？那个人明明已经进了棺材了，当然找不到了，你们还是回去再查查生死簿吧！"

这句话说完，就半天没有声响了，大概是小鬼他们在商量吧。约莫有半炷香的时间，脚步声和锁链声再次响起，只是慢慢远去了。

张大葫芦长吁一口气，精神一放松，困意随之袭来，沉沉地睡去了。

第二天一大早，孙女儿早起，惊叫起来："爷爷！你怎么睡在棺材里

啊！"

张大葫芦闻言起身一看，可不是吗？自己躺着的哪是什么柜子啊，分明是一口棺材！他仔细一想，肯定是昨晚摸黑找不着床，恰好摸到人家为老人提前准备的新棺材，稀里糊涂就躺进来了，没想到歪打正着，正好再次帮助自己躲过一劫！

想明白了这些，张大葫芦乐了，自己真是吉人天相啊，阎王爷又能奈我何！不过得意归得意，他再次下定决心，以后说什么也不来常山了。

张大葫芦回家后，又平平安安地过了几年，在那个年代里已经是非常

高寿了，可他喝酒的嗜好却是一点儿没变。这天，他跟几个老友聚在一起，聊起了年轻时的事儿，都很开心，于是约好晚上去老哥们常太保家喝酒。

几个老朋友喝得很尽兴，席间，有人不禁聊起为何张大葫芦嗜酒如命却偏偏能够长寿，张大葫芦一时兴起，就得意地把那两次奇遇说了出来。不料，别人根本不信，反而怪他心眼多、不够朋友，刻意隐瞒长寿秘诀。张大葫芦说了真话反倒没人信，不免有些失望，这顿酒席最终不欢而散。

当天晚上，张大葫芦就在常太保家住下了。夜里，他睡着睡着，突然感觉身体一下子变轻了，睁眼一看，身旁一左一右各有一个小鬼，手里拿着铁链锁在自己脖子上，再回头看床上，自己的身体还在床上沉沉睡着。

小鬼大喝一声："张大葫芦，前两次让你耍诈使阴逃脱了，今天我看你还往哪里跑！"

张大葫芦一看自己的魂被勾离了身体，吓得浑身直哆嗦，说话也不利索了："两位大……大人，你们别生气，之前两次我也不是成心躲……躲

着的，不知者不罪，你们就原……原谅我吧！不过今天你们真……真的搞错了，这里不是常……常……常山啊！"

另一个小鬼瓮声瓮气地说："怎么会弄错呢？常太保在家里排行老三，不就是常三了吗？"

张大葫芦一听，急了："你们怎么能这样呢，这常三和常山能一样吗？"

那个小鬼一抖手里的锁链，指着张大葫芦的鼻子大喊道："你还敢跟我们理论？第一次你躲在窖里假装入了土，第二次你躲在棺材里假装进了棺，让你逃脱了两次，阎王爷已经责罚我们两次了！这次你在常太保常三家里被抓，跟生死簿上写的一模一样，你还有什么话说！"

张大葫芦还想争辩："这个……"

瓮声瓮气的小鬼不耐烦地打断了他的话："还挣扎什么啊？你以为偷听到我们讲话就可以永保太平啊？你抬头看看这阎王殿门口的对联！"

张大葫芦抬头一看，上联：阳世三界谁无死？下联：古往今来放过谁？再看那横批是——正要抓你！

（题图、插图：杨宏富）

在柴、米、油、盐、酱、醋、茶的平淡中，你是否愿意始终爱护她、保护她，不论贫穷或富有、疾病或健康、失意或得志、坎坷或顺利，直到生命的末了吗？先别回答。这个问题很长，长到需要你用一生去解答……

借手镯

□ 韩春玲

柴静是班主任，李远是她还算比较喜欢的一个学生，上午放学时，柴静对李远说："回去问问你妈妈，下午放学时她能不能到学校来一趟。"李远一听，脸上立刻露出了恐惧的神色，显然，他将老师的话理解成平时的"喊家长"了，于是柴静就解释说："告诉你妈妈，不是你的事儿，是我有事求她帮忙。"

下午放学时，李远的妈妈来到了办公室，她满脸疑惑地进了门：她怎么也想不通，自己儿子的班主任，会有什么事儿请她帮忙？

柴静倒了一杯水，放到了李远妈妈的面前，说："刘女士，我有件事，想请你帮忙——"

刘女士诚惶诚恐"柴老师，您甭客气，您尽管说，什么事？"

"我想借你的手镯用一下，明天就还你，你看可以吗？"

刘女士看了一下左手腕上的镯子，这是一只翡翠手镯，质地还算可以，是当年老公送的订婚礼物。据老公讲，他二十岁那年去云南出差，花两千六百元买了这只手镯。那时他就决定，要把这只镯子当作订婚礼物送给他心爱的人……

柴静见刘女士盯着手镯发呆，就轻轻地唤了声："刘女士——"

刘女士从恍惚中惊醒过来，忙说："柴老师，可以的，当然可以。"说着，她就使劲地往下撸镯子。镯子还是十多年前戴上的，那时刘女士很苗条，手腕也细，现在刘女士胖了，手腕粗多了。很快，刘女士的手腕处就起了一道道红印，可镯子还是未能撸下来。

柴静看得有点惊心：她能理解刘女士作为学生家长的一片心意。几个月前，柴静和刘女士有过一次简短的谈话，说李远这孩子虽有点调皮，但脑瓜还是很好用的，是块好料子，希望刘女士能对他管得再严一点。而刘女士呢，把这次谈话当成了一种暗示，第二天她就把一张购物卡塞给了柴静，说里面有二百元钱。柴静知道刘女士的日子过得并不太好，执意没有收。

现在，刘女士好不容易能帮上柴静的一点忙，她的心情，就像一个宫女终于得到了皇帝的召幸，这个形容一点也不为过。柴静有点心酸，说："刘女士，要不算了吧，其实——"

刘女士抬起头，憨憨地笑着，说"柴老师，有办法的，挺好摘的。"说着，她站起来，环顾四周，终于发现了窗台上的香皂，急忙走过去，抓起香皂，对柴静说了句"我一会儿就来"，说着，她就冲出门去。

柴静这点常识还是有的，用点肥皂，容易把镯子之类的佩戴之物取下

来，果然，几分钟后，刘女士回来了，手里拿着那只翡翠手镯。

柴静看了看刘女士红红的手腕，很不好意思，说："早知这样，我就不——不过，我真的很感激你。今天晚上我有个约会，我这个朋友非常喜爱翡翠，我没有翡翠手镯，想来想去，就想到了你曾经戴着一只翡翠手镯……"

刘女士一下想了起来，前段时间住院，柴静来看她时，就曾提及过这只手镯，当时刘女士还给柴静介绍了这手镯的来历呢。

晚饭后，柴静戴着借来的翡翠手镯，来到了约定地点——欧典咖啡馆。落座后，柴静看了一下表，离约定的时间还有十多分钟。

今晚来和柴静约会的这个男士叫李雷，是柴静在网上认识的，半年多来，两人聊得一直挺投机，关系呢，也仅仅是朋友，可就在几天前，李雷突然向柴静表白心迹，说要和柴静见一面，还要送给柴静一只翡翠手镯。

柴静从聊天中得知，李雷是本市一家机械制造公司的业务员，负责云南地区的销售工作。这次他带来的翡翠手镯，是从云南买来的毛料，然后请人加工成了镯子，光加工费就花了两千多呢。

过了几分钟，李雷来了，他很快看到了柴静。两人视频过，不算陌生。

李雷走过来，和柴静打了招呼，

然后坐下，招呼服务员要了两杯咖啡。稍稍聊了几句，李雷就打开了随身带来的皮包，说："一个小惊喜，送给你的。"说着，他拿出了一个装饰盒。

柴静微微笑了笑，说："别急着打开，这么伟大的时刻，不来点序曲吗？"

李雷准备打开装饰盒的手停住了，他看了看周围浪漫的环境，微微一笑，说："我是个大老粗，不懂这个，要不你来说两句？"

柴静看了看那个装饰盒，说："那么，我就先问问你吧，知道我今天为啥来见你吗？"

关于这个，李雷还真不知道。他和柴静在网上认识半年多，这期间，李雷倒是多次提出要见个面，但柴静都拒绝了。尤其是李雷表白心迹后，柴静似乎生他的气了，好几天都没理他，直到李雷说送柴静一个翡翠手镯后，柴静才勉强答应了，这让李雷多少有点看不起柴静，女人，嗨……这个原因不能说，所以李雷只是摇了摇头，柴静说："就是因为——你把你的真实姓名告诉了我，这说明，你终于真实地面对我了。"

李雷想笑，可还是忍住了，心想："好蹩脚的借口，哼，你还不是看上我带给你的翡翠手镯？"

柴静似乎看穿了李雷的想法，话锋一转，说："说说你的婚姻状况吧。"

一提起这个话题，李雷头皮一阵发麻，尽管他知道柴静会问及这个，尽管他事先准备了"台词"，也反复排练过，但柴静毕竟没结过婚，比他小八岁，这足够让李雷底气有些不足："这、这个我结过婚，三年前离婚了，孩子归我，九岁了。"

柴静似乎并不太在意，说："孩子三年级吧？谁来带？"

李雷忙说："对，是三年级，一直是我妈带的。你看我常年漂泊在外，对孩子关心太少，只知道他上三年级，连几班都不知道。我这个爸爸，不

称职啊……"

柴静安慰李雷道:"都是为了生活,不容易。说起学生,我想起了我班上的一个学生,他妈妈那叫一个不容易啊,两个月前住院了,是子宫瘤,还好,是良性的。这么重的病,都没告诉她老公,说她老公马上要升职了,又常在外地,怕影响他的工作。我去医院看她,看她怪可怜的,我都落泪了。"

李雷觉得这个"序曲"跑题了,这么浪漫的时刻,怎么能探讨这种伤感的话题呢?于是说道:"可生活总归还是美好的,比如现在,我要打开这个盒子了——"

柴静神情淡淡的,说:"序曲完了,可以打开了。"

李雷打开了装饰盒,从里面拿出一只翡翠手镯,那手镯果真是个上品,晶莹剔透,几抹翠根点缀其中……李雷微微一笑,说:"最好的手镯,配在最美的手腕上,来,我给你戴上。"

柴静今天穿了件宽口的长袖,从刘女士那里借来的翡翠镯子正好被衣袖掩住,从外面是看不出来的。现在,柴静把右手臂伸过去,袖子一扯,那只翡翠手镯就露了出来……

李雷一愣,他没想到柴静的手腕上竟然也有一只手镯!

柴静一笑,说:"我也有一只,你把这两只放到一块儿比比,哪个好?"说着,她摘下手镯,递给了李雷。

李雷接过来,仔细地看着,好久才说:"这个、这个真是你的?"

柴静说"这个镯子,是我向那个学生家长借的,明天就还她。"说完,柴静站起身,拿过手镯,大步出了门,只留下李雷坐在那儿发呆。

过了很久,柴静收到李雷的短信:"还是旧的那个手镯好,戴了十几年旧手镯里的感情,没法儿跟新手镯比,谢谢你。"

柴静给他回了一条短信:"你能认出手镯,说明你还没迷失方向。"随后,她就删掉了李雷的号码。

其实,这个李雷,正是柴静的学生李远的爸爸,当他第一次和柴静视频聊天时,柴静就发现李远很像他,后来经过多方打探,终于确定李雷正是李远的爸爸。柴静觉得,生活之中,也可以有相交、相知的网友,但后来李雷向柴静表白了心迹,又说要送她一只翡翠手镯,这时,柴静就想替刘女士教育一下李雷,于是就借了那只手镯。

第二天,柴静给刘女士打电话,说:"刘女士,下午放学,是你来接李远吗?我想把手镯还给你。"

电话里,刘女士的心情似乎很好,她说:"柴老师,是孩子他爸来接……"

(题图、插图:刘斌昆)

人生是盘棋，下子须谨慎，小心一步错，万步难挽回……

欠债还钱

□ 李坤学

1. 猎物凶猛

最近，阿飞心头不太畅快，没啥别的原因，就是手头缺钱花。

于是，他一听说有人在平安街开了家地下赌场，就兴冲冲地跑去玩了。可他运气不太好，几把牌过去，输了个精光。

阿飞后悔不迭，带着一肚子怨气离开赌场。路过一家商店时，他看到门口停了一辆崭新的本田，很是气派。阿飞一下子怒上心头，想想自己，连一辆电瓶车都买不起，可偏偏有人开得起十几万的汽车，上哪儿说理去

啊？于是阿飞越发看这车刺眼。此时天色将晚，周围没几个人，阿飞掏出随身带的一把折叠刀，发狠似的向车上划去。

车上的警报器蓦地响了起来，一个人叫喊着从商店里冲出来。阿飞一手捂脸，不让那人看清自己，一手举着刀子，示威似的挥舞一下，然后撒腿就跑。

一会儿工夫，阿飞就把那人给甩没影了。想起那人脸上又痛又恨的表情，阿飞心里痛快极了，可是肚子却"咕咕"地叫了起来，他饿了。他搜遍身上的口袋，只找到了三块钱，他想，得想办法弄点钱了。

阿飞突然想起，刚才在赌场里看到过一个大胖子，戴着块名牌手表，赌起钱来非常狠，像个有钱人。而且，以前阿飞见过这人，知道他住在哪里。胖子回家要经过一条小巷，那地

方晚上人少，是个抢劫的好去处。

阿飞再次来到赌场，那胖子还在。一直到天全黑了，阿飞离开赌场，来到那条小巷，埋伏了起来。

也不知过了多久，本来昏暗的灯光突然闪了几闪，然后彻底灭掉，四周一下子陷入了绝对黑暗之中。阿飞愣了一愣，这种鬼环境虽然适合打劫，但怎么分辨来人是不是胖子啊？几乎同一时间，外面响起了一阵脚步声，一个影子转过街角，走了过来。

想想口袋里仅剩的三块钱，阿飞果断地扑了出去，一手搂住来人脖子，一手将刀子横在了对方脸上。

被阿飞制住的人却不是胖子。

这个倒霉鬼名叫张涛，刚和朋友们喝完酒，酒足饭饱地往家走，哪想到突然被一把刀子逼住了？他不由得吓了一跳，只听得对方说："别他妈乱动，我只想弄俩钱花，别逼我杀人。"

张涛又惊又怒，放松了身体，示意自己没有反抗的意思。

阿飞又喝道："把钱包掏出来。"

张涛慢慢地掏出钱包，心里暗暗后悔。今天下午快下班时，好哥们儿王大庆给他打电话，说要借两千块钱，让他帮帮忙。张涛因为晚上有个酒局，就对王大庆说喝完酒再给他，所以现在自己钱包里有两千多块。这钱可不少，要是被抢可心疼死了。

刚才从饭店出来时，张涛已经打了电话通知王大庆来，要是他恰巧现在过来，撞上这个劫匪，或许自己能保住这些钱。正当他瞎琢磨时，阿飞已经一把夺过钱包，问："还有什么值钱东西？项链？戒指？都拿出来。"

张涛恨声说："没有！"

阿飞在他脖子和手上摸了一遍，确定他说的是真话后，才挪开刀子，慢慢松开他的脖子，说："数一百个数再动，否则别怪我……"

张涛早憋了一肚子闷气，哪肯听话？阿飞刚松开他的脖子，他就猛地转身扑了过去。阿飞身手倒也敏捷，猝不及防下竟然躲了过去，随后撒腿狂奔。而张涛的酒劲还没过去，身子不听使唤，再加上脚底下踩到了块砖头，差点摔倒在地。

2.善恶相间

就这一眨眼工夫，阿飞已经跑远了，张涛心里大恨，顺手捡起那块砖头，冲着前面狠狠砸了出去，只听得"扑通"一声，好像有人摔倒在地。但是，阿飞奔跑的声音竟然越来越远。

就在这时，街灯忽闪了两下后大放光明。张涛赶上前去，见一个人倒在地上，已经昏了过去。再仔细一看，张涛险些叫出声来，竟然是跟他同一栋楼的住户——大胖。

大胖就是阿飞在赌场盯上的胖子，赌完了钱，心满意足地打道回府，没想到摸着黑刚转过街角，便被一块砖头打中额头。这一砖头是张涛含恨而发，势大力沉，大胖只觉得脑袋一痛，哼也不哼一声，便昏倒在地。

大胖身体很虚，上两层楼都会喘，这身体也干不了打劫的勾当，张涛立刻明白自己误伤了他人。

看着大胖脑袋上的大口子血流不止，张涛头皮发麻。这大胖平时嚣张跋扈，以前因为一点小摩擦，两人还曾经闹个半红脸，如今自己打伤了他，他能善罢甘休吗？

想到这里，张涛决心一走了之，可转身之际，突然看到大胖的上衣边缘，露出一角钱包。也不知怎地，张涛鬼使神差地抓起钱包，打开一看，好家伙，厚厚一沓子百元大钞，至少得有五六千块的样子。

四下无人，张涛的贪念一起便不可收拾，揣了钱转身就跑。

刚跑了几步，张涛又停了下来，万一大胖流血过多死了，自己的罪孽就大了，再说邻里邻居的，不能见死不救啊，还是通知一下他的家人吧。

张涛拿出手机，随即醒悟到自己的愚蠢。他赶紧跑到大胖面前，掏出他的手机，调出个"老婆"的号码拨了过去，刻意压

低声音说"我路过平安街拐角，看见手机主人倒在地上，脑袋流血，好像被人打晕了，快来救他吧。"

说完，张涛挂断电话，用衣服擦掉指纹，扔回大胖身上，然后警惕地左顾右盼往家走。

这时他的手机响了，张涛心里一惊，却是王大庆打来的，王大庆说临时有事，来不了了，明天再过来取钱。张涛刚经历了惊心动魄和善恶抉择，心情正震荡起伏，巴不得他不来，便痛快地说："好，那就明天再说吧。"

回到家，张涛慢慢平静下来，打算请两天假，关掉手机，出去避避风头，以防万一。

张涛很庆幸，自己钱包里什么卡呀、证呀都没有，劫匪无法通过钱包得知自己的身份。否则，当大胖家人报警后，他丢钱的事情就会传出，劫

匪就会判断出，是自己拿走了大胖的钱，那样说不定会有麻烦。

但张涛忘记了，他钱包里有一张话费缴费单，只不过不是他的，而是王大庆的。半年前，王大庆开着车去省城，路上手机被提示说即将欠费停机，于是打电话给张涛，让他帮忙缴一百块钱话费，张涛帮了忙后，将缴费单塞进钱包，心想等王大庆还他钱时，再把缴费单给王大庆。可谁想到王大庆转头把这件事给忘了，一直也没给他钱。这张缴费单被挤到钱包最底下，不见天日，张涛还以为这张单子早丢了呢！

3. 天道循环

要说这人运气不好的时候，喝凉水都塞牙缝儿。阿飞逃跑的时候，差点撞上从街角拐出的黑影，随即听到耳畔呼啸的风声，和砖头砸在那人脑门上的声响。他飞也似的逃出巷外，没想到一辆车正好迎面开来，见了他，那车边刹车边打方向盘，但还是没躲过去，把阿飞撞出去之后，车头顶到了路边的一棵大树上，熄了火。

阿飞只觉得浑身上下无处不疼，尤其是腰，拧着劲地疼。这时车上跳下个男人，与此同时，所有街灯凑趣似的，蓦地大放光明。阿飞一眼认出了撞他的，正是下午被他把车一通乱划的倒霉蛋。他划了人家的车，人家却撞了他的人，真是天道循环，报应不爽。

开车撞人的正是来找张涛取钱的王大庆。他为什么要找张涛借钱呢？因为今天下午，他的车被阿飞划花了，需要用钱修车。可他这个月还完了房贷还车贷，工资所剩无几，只好向朋友求援。

但因为阿飞划车时，用手挡住了脸，所以他没认出被撞倒的这人，就是害他要借钱修车的坏蛋，更不知道这家伙刚抢了张涛准备借给他的钱！

见阿飞倒在地上挣扎扭动，王大庆吓坏了，哆哆嗦嗦地问："你怎么样？没事儿吧？"

这要是平时，阿飞肯定讹死王大庆，但如今时机不对，被抢的那疯子要是追上自己，可不是好玩的。他吃力地站起身来，不理王大庆，一瘸一拐地走了。

王大庆蒙了，自己都准备好付医药费了，这人居然分文不取就走了，自己这是走的什么运道？感慨了一会儿，才想起自己的车，只见保险杠都被树撞弯了。这下子，他没心思去取钱，况且他的车现在需要的不是两千，恐怕得三千、四千了。

于是他一边火速撤离，一边给张涛打了个电话，说明天取钱，张涛答应得很痛快，好像还长长地出了口气。这是什么意思？王大庆猜了半天也没猜明白。

再说那倒霉的阿飞，强忍着伤痛逃离了现场，却悲哀地发现，腿钻心地疼，骨头可能出问题了。好在不远处就有一个康复骨伤科医院，他一步步挪过去，拍了片子后，大夫告诉他："骨裂，住院治疗吧。"

阿飞这个恨啊，自己也就一时兜里没钱，才冲昏头去抢了一次，怎么就遇到了这么个大爷，不过是被抢个钱包，至于跟疯了似的不依不饶吗？要不是这家伙那疯狂的气势吓到了自己，自己怎么会被车撞成这样？

这样想着，阿飞打开了抢来的钱包，一看，里面有两千三百多块钱，还行，不少。钱掏光了后，好像底下还有东西，拽出来一看，是张手机缴费单，名字是——王大庆。

原来，这混蛋叫王大庆！阿飞咬牙切齿，就想把缴费单撕了，可转念想想，还是留着吧，或许将来能用上也说不定呢。

4. 巨额悬赏

阿飞不知道，自己做出了一个既聪明、但也很愚蠢的决定，不过这话暂且搁下不表。

这边，大胖的老婆晓丽将信将疑地赶到现场，一见老公的惨样，吓坏了，赶紧把他送进医院，又报了警。等大胖清醒了些后，刑警队

的刘队长问他发生了什么事，大胖茫然地说："我不知道啊，就觉得脑袋被砸了一下，然后就晕过去了，但我钱包不见了，里面有五千多块钱呢。"

因为当事人大胖无法提供第一手资料，这件案子的线索少得可怜。大胖摔倒时，手表被磕碎了，指针停在9点41分的位置上，由此可知具体的案发时间。三分钟后，晓丽接到电话通知，可奇怪的是，虽然这电话是从大胖的手机拨出去的，但手机上干干净净，明显被人抹去了指纹，而且据晓丽说，这人说话时声音古怪，好像在刻意隐藏真实的声音。如果这人真是过路的，哪至于如此小心谨慎？难道打电话的就是劫匪本人？

虽然得出了这个结论，但对找出劫匪却没什么帮助。晓丽十分愤怒，说："把我老公打成这样，这是要杀人

啊，我绝对不会放过这王八蛋，刘队长，帮我向社会悬赏，如果谁能提供有效线索，我愿意出五万块赏金。"

刘队长很支持晓丽的决定，重赏之下必有勇夫嘛！他立刻安排人把这消息发布了出去。

第二天这件事情就传开了，阿飞听说之后，惊讶地张大了嘴，稍一思量，便推测出了事情真相。

警察推测大胖是遭人打劫，所以受伤，但阿飞知道警察错了，真正拿走大胖钱包的，不是抢劫的人，而是被抢劫的王大庆——当然，这是他自以为是地把张涛当成了王大庆。他以为是王大庆误伤了大胖，然后起了贪心拿走了钱包。不过，只要自己不暴露，这个王大庆就算长八张嘴也解释不清了，他将成为警察眼里的抢劫犯。既然如此，自己是不是可以把王大庆卖给大胖的老婆，把那五万块悬赏赚到手呢？

阿飞忙打电话给狐朋狗友们，让他们帮忙查一下大胖老婆的联系方式，很快，号码查到了。他关好病房门，用匿名卡拨通电话，捏着嗓子，低声说："我知道是谁打伤了你老公，你说准备出五万块赏金，算不算数？"

晓丽激动地说："算数算数。"

阿飞早就想好了说辞，故作犹豫地说："可是，我这人胆小，怕到时候遭到报复，所以我不能暴露身份。这

样吧，你按我说的方式，把钱先给我，我就告诉你是谁干的。"

晓丽一听就火了，问："我把钱先给了你，你要是骗子咋办？"

阿飞只好退而求其次，说可以把凶手的名字和电话告诉晓丽，但作为回报，晓丽必须先给他一万块。晓丽当然不肯答应，不过最后许诺，如果证明这人真是凶手，她愿意加一万块赏金。

因为自己见不得光，阿飞也实在没有好办法，只寄希望于自己真能顺利地收到六万块赏金，于是把王大庆的资料给了晓丽。

5. 逮狗抓鸡

晓丽立刻通知了警察，一个小时后，王大庆已经被带到了公安局。刘队长面无表情地说："王大庆，知道我们为什么找你来吗？"

看来那个被撞的家伙到底还是报了警，王大庆理所当然地这样猜测，于是他沮丧地点了点头，说："知道，不过，这事可不能怪我，他受伤了不假，可我也没打算逃避责任啊！"

他这话说得没什么问题，可刘队长哪里知道，他指的是撞人的事情啊！刘队长还以为他在说大胖的事，就沉着脸继续问道："没打算逃避责任？那你为什么跑了？"

王大庆叫起屈来："他理都不理我就那么走了，我还能傻到去自首？

我也冤呀，黑灯瞎火的，谁想到他突然就钻了出来撞我车上？害得我一下子又撞树上，我怎么这么倒霉啊……"

刘队长终于发觉了不对劲，细一追问，才知道两人说的根本不是一回事。本来以为王大庆犯了抢劫伤人案，结果他却招出了一件车祸肇事案。想抓狗却逮住了只鸡，也算没白忙活，只不过这个王大庆肇事时间和地点跟抢劫案都挺吻合，难道这两者有什么联系吗？想到这里，刘队长问："你是说，那人匆匆忙忙地钻出来，所以你才撞了他？"

王大庆悻悻地说："是啊，我一看到他就踩刹车，要不是他逃命似的跑那么快，根本就撞不着他。"

刘队长觉得被撞的人很有可能就是劫匪，否则正常人被撞了，起码也会让车主送医院检查一下，哪会一瘸一拐地就那么走了？但这里面仍有不合理的地方，既然劫匪打昏了大胖，为什么还玩命似的逃跑呢？难道背后有什么人在追他？还有，这个向晓丽提供线索的人是谁？他怎么知道王大庆当晚也在平安街？

刘队长派人核实王大庆证词真伪，发现平安街被撞的那棵树，以及王大庆的车，都显示他说的是真话。

晓丽得知这个消息后，正失望呢，她的手机响了，一看正是阿飞的号码，赶紧按下录音键，然后接起来，

只听阿飞笑嘻嘻地说："怎么样？抓到打伤你丈夫的人了吧？赏金什么时候给我啊？"

晓丽没好气地说："你提供的线索不管用，王大庆死活不承认是他干的，你还有没有其他证据？"

"你那六万，我还真就赚定了。"阿飞得意洋洋地说，"这小子做案的时候，把他的电话缴费单丢现场了，现在就在我手里，只要拿到钱，缴费单就是你的了。"

晓丽哪肯轻易付钱？于是两人你来我往讨价还价，可因为双方都不肯让步，最后不欢而散。刘队长拿到录音后，反复听了几遍，然后命令技术人员放大其中的一段杂音，声音被一

点点还原，原来是一段悠扬的铃声。

当铃声越来越清晰时，一个警察突然一拍大腿，说："这是病人召唤护士用的铃声，去年我追小偷时崴了脚，在康复骨伤科医院住了几天，他们那儿用的就是这种铃声。"

刘队长精神大振，立刻带人赶到那家医院，一查，前天晚上入院的只有阿飞一人。

阿飞做梦都没想到，自己打电话时，小心翼翼地关上了门，不让别人听见他的话，可其他病房召唤护士的铃声还是出卖了他。几番审讯后，他把自己做的事情全招了出来。

6. 欠债还钱

因为是事实，所以显得非常可信。根据大胖摔坏的手表显示，他遇袭的时间是9点41分，而晓丽接到的电话时间是9点44分，据此，刘队长作出了和阿飞同样的判断，是那个被抢劫的人，误伤了大胖后，又偷走了他的钱，并且打电话通知了晓丽，这三件事都是同一个人所为。

阿飞会为抢劫的事情受到惩罚，但是他和伤人的事件无关。根据王大庆的通话记录，张涛打电话通知他去取钱时，是9点33分，而案发地点，正是张涛回家的必经之路，而且阿飞抢的钱包里有两千三百多块钱，跟张涛想借给王大庆的钱数差不多。事情

的关键，还在于王大庆的缴费单，张涛是王大庆的朋友，很有可能他替王大庆缴过话费，所以缴费单才会在他的钱包里。

刘队长问王大庆"六个月前，你有没有让张涛帮忙缴过话费？"

王大庆抓耳挠腮想了半天，苦恼地说："真的想不起来了。"

刘队长对此只有苦笑，本来，只要能证明阿飞抢来的钱包是张涛的，张涛就在劫难逃，但那个笨蛋阿飞，住院时居然用刀子割碎了钱包，扔进下水道冲走了。如今他们只能通过种种迹象判断，张涛极有可能就是那个被抢劫者，于是刘队长在四处寻找张涛的同时，也让王大庆不断地拨打张涛的手机。

这几天，张涛去了市里亲戚家，谁也不联系，可是他越来越不安，思来想去，决定打个电话探探虚实，没想到刚打开手机，王大庆的电话就打进来了，问他在哪儿。张涛敷衍着说："我在外地呢，你有什么事儿吗？"

按刘队长的指示，王大庆说"也没啥，就是跟你借钱那事。这两天你跑哪去了？打你手机也打不通，都急死我了。"

"这两天手机坏了，刚修好。"张涛顺势问道，"对了，家里那边没啥事吧？没谁找我吧？"

王大庆在这边装糊涂："除了我，没听说谁找你，你什么时候回来

啊？"

张涛彻底松了口气，高兴地说："我现在就回去，估计十二点能到家，咱们'好运来'饭店见，我请你。"

张涛哪里知道，他跟王大庆通话的时候，刘队长一直旁听呢。所以十二点多的时候，他刚踏进"好运来"饭店，就被等在那里的警察带回了公安局。尽管事发突然，但张涛也早有心理准备，对那天晚上的事情，他一口咬定，出了饭店后直接回家，路上什么事都没遇到。因为当晚漆黑一片，阿飞没见过他的容貌，他又一共只说了"没有"那两个字，所以阿飞也无法确切地指认他。

因为没有证据，刘队长除了对张

涛进行讯问，也没有什么好办法，当规定羁押时间一过，他对张涛说："那天晚上的事情，如果你想起什么有用的东西，别忘了及时通知我们，现在你走吧，你朋友王大庆在门口等你呢。走，我送你出去。"

王大庆就是刘队长的后续手段。刘队长留了个心眼，绝口不提缴费单的事情，并且暗地里安排王大庆，等张涛出去后用话试探一下，看看张涛是不是曾经为他缴过话费？

可是张涛不知道这些啊，他只当警察在他嘴里没套出话来，已经黔驴技穷，拿他没办法了，于是趾高气扬地出了门。王大庆看见他出来了，赶紧亲热地迎上去，拍着他的肩膀说："兄弟，没事吧？我就知道你没事，所以才积极配合警察找你来，走，兄弟请你喝酒压惊。"

一听这话，张涛的火腾地就起来了，这王八蛋，这一切事儿都是因他借钱引起的，他反而转手就把自己卖给了警察，太不仗义了，跟这种人就别讲什么不好意思。也不管刘队长等人就在一旁，张涛冷着脸，说："王大庆，你还欠我一百块钱呢，忘了吧？半年前，你开车在路上，手机快没话费了，我帮你缴的，还钱，赶紧还钱……"

王大庆傻了，刘队长吃惊地张大嘴，然后笑了……

（题图、插图：杨宏富）

"人"字仅两笔，做人需一生。做人难，最难控制是情绪，最难坚持是本色，最难留住是光阴，最难把握是机遇，最难战胜是自己，而最难看透的，则是人心……

眼尺传奇

□ 许张彬

1. 树大招风

相传裁缝的祖师爷是黄帝，后人将他传授的制衣秘诀记述下来，留下了一部奇书，叫《衣经》，那书里记载了裁制衣裳的种种奇异门道，这些门道中，最神奇的当属"眼尺"。什么是眼尺？就是用眼睛丈量身高、肩宽、腰围的尺寸，一双眼睛，就像尺子一样。据说，有眼尺能力的人，除了做衣服，还有更多的功能，今儿个就讲一个关于眼尺的故事。

清朝雍正年间，扬州府东关街口新开了一爿小小的裁缝铺，名叫"修身"。"修身"裁缝铺所裁制的衣裳，款式新潮多样，而且价格低廉，深得当地百姓的喜爱，因此，店面虽小，却客流如织。

俗话说，树大招风风撼树，人为名高名丧人。这一天早上，"修身"裁缝铺的伙计刚刚打开店门做生意，忽然听到街上"轰隆隆"的一阵响，转眼间七八个壮汉就来到了门外，吓得伙计扔下门板就溜，跑进后堂找老板去了。

没过一会儿，裁缝铺的老板黄耀

祖匆匆赶了出来，一看这伙人中领头的，心里顿时"咯噔"了一下。

领头的是扬州府有名的"小武松"雷豹，说起这雷豹，扬州府是妇孺皆知。雷豹这人，其实算得上是个好人，碰到灾荒之年，他经常施粥放粮，接济穷人，只是这雷豹有一点不好，平时争强好胜，最喜欢和别人比试，有时还会弄些馊主意、恶作剧戏弄旁人。

黄耀祖心中暗暗叫苦，他知道雷豹家境殷实，开了好几家铺子，其中就有一家是裁缝铺，这次说不定又要来比试什么了。果然，雷豹见了黄耀祖，笑嘻嘻地一拱手，说："听说黄掌柜技艺精湛，什么人的衣服都能做，所以今日我就带了个人来，您帮忙给做身衣裳……"说罢，他一拍手，几个家丁立刻从外面用绳子牵进一个女人来，这女人的手被绳子系着，她刚一站定，立刻从她身上散发出一股浓烈的异味，家丁们立刻捂着鼻子，躲得远远的。

黄耀祖一看，不由眉头一皱：这个女人裹得像个粽子一般，连头都用布条给缠起来了，只露出了鼻子和一双眼睛；更让人感到恐怖的是，这个女人露在外面的皮肤全都长满了红红的小疙瘩，十个手指也残缺不全，而且怪异地扭曲着。忽然，黄耀祖像明白了什么似的，慌忙用手捂着口鼻，连连后退，指着那女人，一脸惊惧地说："她、她……"

"不错，她是个麻风病人！"雷豹笑嘻嘻地说着，"您看她一身破衣烂衫的，多寒碜哪！我有心给她做套新衣裳，可我铺子里的裁缝没什么本事，都不敢给她量体裁衣。听说黄掌柜艺高人胆大，我们就赶紧来这儿麻烦您了！"

"修身"店铺的门口，原本就已站了很多看热闹的街坊，此刻听说眼前这个女人竟然是"麻风病人"，顿时骚动起来，"哗"的一声全都跑得远远的，但并没有走开，而是在远处观望。他们都知道，今天的戏热闹了，因为裁缝做衣裳，首先要丈量尺寸，不近身怎么行呢？可眼前这女人生的是麻风病，一近身就会传染啊，大家不由为黄耀祖捏了一把汗……

2.眼尺量体

黄耀祖看着洋洋得意的雷豹，皱着眉头说："雷老板，这、这玩笑可开不得呀！"

"黄掌柜说的这是什么话？我确实是有心来求助啊，要是您做成了，我拜您为师；要是您做不成，就拜我为师，怎么样？"雷豹依旧笑嘻嘻的，不紧不慢地说着。

一听这话，黄耀祖脸上一会儿红一会儿白，他看了看那麻风病人，又看了看围在门口看热闹的街坊，一咬牙就打算认输了，可拜雷豹为师，这

"修身"店铺的招牌算是砸了！就在这时，从裁缝铺里走出一个面貌清秀的小伙子，他一把扶住就要下跪的黄耀祖，不卑不亢地说："这活儿我们接！"

"你怎么尽捣乱啊，这可不是闹着玩儿的！"黄耀祖急得直跺脚，说完，他又朝着雷豹连连赔笑，"雷老板，这是小店新来的裁缝师傅姚天赐，他年纪小，不懂事，您别跟他一般计较。"

姚天赐却一把拦住黄耀祖，说："承蒙黄掌柜收留，我才不至流落街头，现在店里有难，我怎能袖手旁观？您放心，我应付得了！"

雷豹听了，"哈哈"大笑，说："好，姚师傅就开始量体裁衣吧！"

"不用了，我看一眼就行。"姚天赐此话一出，在场的人全都傻了，什么，看一眼就能知道这女人的肩宽、

袖长、腰围？就能给她裁衣了？众人正在发呆，只见姚天赐不顾旁人惊讶的眼神，自顾自地绕着那麻风病人走了一圈，一边走一边微微点头，似乎在默默记着什么。半盏茶的工夫，姚天赐便对着雷豹和黄耀祖一拱手，说："两位稍待片刻。"说完，他转身去了里间。

雷豹惊得瞪大了眼睛，再看黄耀祖，也是一脸茫然，看样子黄耀祖也不知道怎么回事。

一炷香的工夫，姚天赐便拿着一件蓝色长衣走了出来，递给那麻风病人，说："你穿上试试。"那麻风病人接过衣服，往身上一穿，不大不小，不长不短，正好合适。这时，围观的街坊缓过神来了，纷纷吆喝，叫起好来。

雷豹没想到这小小的裁缝铺里居然有这等高人，只得不情愿地掏出钱来扔在柜台上，算是做衣服的费用，然后朝着黄耀祖等人一拱手，说"佩服佩服，我认输了！"说罢，他带着随从灰溜溜地走了。

等雷豹走远了，黄耀祖才缓过神来，他捏了一把冷汗，急匆匆地将姚天赐带到里间，问"你刚刚用的是不是眼尺？"

姚天赐老老实

实地说："不敢欺瞒掌柜的，这正是眼尺，是我流落江南的时候，一个老乞丐传授给我的。"

"原来如此，没想到传说中的眼尺居然是真的！"黄耀祖一屁股跌坐在椅子上，喃喃自语，"这次多亏了你，不然我们裁缝铺的脸可就丢大了，只是那雷豹这次吃了亏，肯定不会善罢甘休，你还是赶紧离开吧。"

姚天赐闻言一惊，连忙说"黄掌柜对我有收留之恩，我怎么能为了自己的安危而置大家于不顾？掌柜的，您别劝了，我是不会走的！"

黄耀祖叹了一口气，说"那就小心些吧。"

3. 相出生死

"修身"裁缝铺里暗藏高人的消息一经传出，店铺的生意就更加火爆了，你想，古往今来，历来有男女授受不亲的说法，因此一些豪门富户的大家闺秀想要做身合适的衣裳是难上加难，现在听说姚天赐会眼尺的绝活，眼睛一瞄，不用手摸，尺寸就有了，于是纷纷派人来接姚天赐上门裁衣。

生意越来越红火，黄耀祖开心得整天合不拢嘴。这一天，有人上门了，黄耀祖一看，顿时吓出一身冷汗，原来那雷豹又来了，他的身后还跟着一个精神矍铄的白胡子老者。

雷豹笑嘻嘻地说："黄掌柜别来无恙？这次我不是来为难你的，而是来给你介绍生意的。这是我远房的叔父，他听说姚师傅会眼尺，就让我带他来开开眼界。"

黄耀祖闻言，只得将姚天赐唤了出来。

姚天赐看了白胡子老者两眼，说："不知老先生喜欢什么样的布料？"

白胡子老者摸着胡须，笑呵呵地说："姚师傅看着办吧。"

姚天赐点了点头，随后就绕着白胡子老者走了一圈，走完以后，他的眉头不由得皱了起来。雷豹见状，连忙说："姚师傅不用着急，衣服明后天来取都可以。"

"不用，雷老板稍等，不过这位老先生年纪大了，还是先回去休息吧。"说罢，他也不和黄耀祖商量，便急匆匆地往里间去了。黄耀祖一看，只好先派人将白胡子老者送了回去，然后将雷豹带进客厅，陪着喝茶，等姚天赐做衣。

过了两三个时辰，姚天赐才一脸疲惫地走了出来，说"衣服都摆在外面了。"

雷豹大喜，连忙跑了出去，没过一会儿，立刻传来了雷豹惊天霹雷般的怒吼声："好你个姚天赐，看看你做的是什么！"

黄耀祖连忙跑出去，一看，只见柜台上摆着五件杏黄色上衣，三件裙裤，而且清一色都是汉服，他不由大吃一惊：姚天赐做的居然是"五领三腰"一整套的寿衣，也就是死人用的丧服！

原来，清军自入关之后，便颁布了剃发易服令，汉人据理力争，最后有人向清政府提出"生变死不变"的要求，那就是活着的时候穿清朝的衣服，死时穿汉族的传统服装。清政府见民意如此，只好答应下来，于是汉服便成了死人的寿衣。现如今，姚天赐做了"五领三腰"的寿衣给雷豹的

叔父，这不明摆着咒人死吗？

看着这一大摞的寿衣，雷豹气得脖子上青筋直暴，他冲上前去，一把扭住黄耀祖的衣领，说："这是怎么回事？"

黄耀祖吓得连连拱手："雷老板，误会、误会啊，这衣服肯定是拿错了，是我们做给别人的寿衣！"

"没有拿错。"姚天赐这时也出来了，对雷豹说，"这些衣服，那位老先生今晚就用得着。"

雷豹气极了，一把甩开黄耀祖，走到姚天赐面前，狠狠地瞪着他看了又看，欲发作，又竭力忍着，好一会儿才说："我只知道你会眼尺，没想到你也会算命啊！好，我就给你一个晚上时间，等明天早上我再过来拆你们的店铺！"说罢，他也不拿衣服了，气呼呼地甩门而出……

4.看透世态

看着雷豹怒气冲冲地走了，黄耀祖急得团团转，嘴里不停地念叨着："这可怎么办呀？那老先生不是好好的吗，你怎么这么糊涂呢？"

"掌柜的，您放心，晚上他们还会来的。"姚天赐说完，转身回房休息去了，只剩下黄耀祖一个人对着那堆寿衣唉声叹气、哭笑不得。

这一个晚上，黄耀祖躺在床上翻来覆去睡不着，好不容易迷糊了一会儿，就听见大门被人敲得山响，他心

里一沉，坏了，雷豹来砸店了！

黄耀祖急忙将所有人都叫上，每个人手里都拿着家伙，准备奋力反抗。片刻后，大门打开了，可黄耀祖一看，傻眼了，门外的一群人全都穿着孝服，为首的正是雷豹，他哭哭啼啼地走上前来，拉着黄耀祖的手，说是他叔父昨晚已经去世了，连夜赶来，是打算取走那些寿衣。

送走雷豹等人后，黄耀祖觉得这事儿太不可思议了，好好的一个人，怎么说死就死了？姚天赐微微一笑，说："这其实没什么难的，眼尺并非只是看一个人的身材尺寸，还要观其颜，闻其味，听其声，辨其息，方能作出准确判断。我之所以让老先生先行回去，是不想让他看见寿衣之后气急攻心。尽管如此，那老先生也熬不过昨晚，因为他的太阳穴两旁经络凸起，并且呈紫黑色，显然是经络阻塞已久，一旦破裂，积血冲脑，神仙也难救啊！"

黄耀祖听了，惊叹不已。

这事儿传得好快，"修身"裁缝铺里那位会眼尺的高人，不仅能裁衣，还会"看相"，说是今晚死，绝熬不过天亮……一传十，十传百，竟然传到了扬州知府大人的耳朵里。知府大人立刻差人将黄耀祖和姚天赐请来府上，一来是想裁制一套新衣，二来也顺便见识一下眼尺的神奇之处。

黄耀祖得到消息后，开心得不得了，连忙带上姚天赐来到知府的官邸。到了府上，姚天赐绕着知府大人转了一圈，然后问了个莫名其妙的问题："小人斗胆问大人一个问题，大人为官几年了？"

知府大人愣了一下，好奇地问："这个问题跟做衣服有关吗？"

"没有，没有，我只是随口一问。"

知府大人笑了起来，说："承蒙皇恩浩荡，本官刚刚上任一年有余。"

姚天赐微微点头，拱手说道"大人，小人已经丈量完毕，即刻回店为大人裁制衣裳。"

在回去的路上，黄耀祖感到百思不得其解，问："你问大人为官几年却是为何？怕不是真的仅为闲聊而已吧？"

姚天赐一笑，说："自然是有用处的。"说完这句，他却不肯再说了。黄耀祖虽然被撩拨得心头痒痒，却也不好一个劲地追问。

回到店铺后，姚天赐就动手为知府大人裁制起衣裳来，只见剪刀翻飞，针线曼舞，不到一个时辰的工夫，衣服就做好了。

黄耀祖拿过衣服，一看，顿时惊得目瞪口呆，倒不是因为姚天赐的裁剪功夫，而是他做出来的衣服，衣襟居然是前长后短！黄耀祖也算得上是个老裁缝了，他知道一般人的衣服前后衣襟基本上都是一样长短的，若是碰上驼背，则是前短后长，而这种前

长后短的衣服，恐怕只有怀孕的女人才适合穿了。

黄耀祖刚想发问，姚天赐却拦住了他，说："掌柜的放心，我自有分寸。"

5.难识人心

第二天一早，黄耀祖和姚天赐便带着做好的衣裳，送到了知府府上。知府大人听说衣服做好了，非常开心，当即决定试穿一下。

黄耀祖心惊胆颤地将那件衣服拿了出来，脸上都开始冒汗了，他看了一眼边上的姚天赐，姚天赐倒是气定神闲，一副胸有成竹的样子。

知府大人穿上新衣后，半天没说话，对着镜子看了好长一会儿，这才"哈哈"大笑起来，说："还是姚师傅的手艺好，这一年来，我可没穿过这么合身的衣服啊！"听到这里，黄耀祖一颗悬着的心才放了下来。

在回去的路上，黄耀祖又问："现在你该告诉我答案了吧？"

姚天赐笑着说："说起来其实也不难。为官者，刚刚上任的时候，难免志气高昂，走路时就会挺胸凸肚，所以，缝制衣服的时候就要前长后短；如果为官者已经有了一定年限，那个时候，他已经心气平和，裁制的衣服就要前后一般长短；如果做官已经很久了，那时候他就要退下来了，则内心忧郁不振，走路时就会低头弯

腰，裁制的衣服就应该前短后长。所以，如果我不问清楚知府大人做官的时间长短，怎么能裁出称心合体的衣服来呢？"

黄耀祖闻言，恍然大悟，说："眼尺果然非同凡响，不仅能一眼定生死，还能看透人世百态啊！"

然而，让众人没有想到的是，几天之后，一群官兵忽然把"修身"裁缝铺团团围住，将姚天赐给带走了。

三天后，黄耀祖花钱买通了监牢的狱头，这才得以进去探望。

关押姚天赐的是一间单人监舍，黄耀祖进了牢房，见姚天赐遍体鳞伤，黄耀祖满脸悔色，说："都怪我贪杯误事，口没遮拦，将你那天说的做官和做衣的话讲给别人听，没想到这话居然传到了知府大人的耳朵里，这才把你给害了……"

姚天赐摇了摇头，苦笑着说："不怪你，只怪我自己说话太直率了。"

黄耀祖看了看监舍外面，见没人注意，就小声地说："听说知府大人抓你进来是另有所图，他是想从你手里拿到那本《衣经》！"

"《衣经》？我没有这东西啊！"

"都这时候了，你还瞒我？"黄耀祖说，"木匠有《木经》，郎中有《医经》，咱们做裁缝的当然也有《衣经》。咱们的祖师爷黄帝当年曾教百姓用骨针穿麻线，缝树叶和兽皮做衣裳，让百姓不至于衣不蔽体，这些制衣秘术

都在《衣经》里，传说这里面就记载着眼尺。现在知府大人知道你有《衣经》这个宝贝，怎么可能会放过你？"

姚天赐听了，摇了摇头，说"《衣经》这事儿我还是第一次听说，我怎么敢欺瞒掌柜的？"

黄耀祖听罢，叹了一口气"我原本想用这书向知府大人求情，救你一命，既然你说没有，那我也救不了你啦……"说完，他一脸无奈，唉声叹气地离开了牢房。

一个月后，姚天赐终于被放了出来，那个时候，他已被折磨得奄奄一息了，可让他没有想到的是，站在牢房外接他的不是黄耀祖，而是雷豹……

6. 旁观者清

看到姚天赐吃惊的样子，雷豹笑嘻嘻地说："姚师傅终于出来了，走走走，回我家去静养几日！"说罢，雷豹也不等姚天赐点头，命人将他抬回了家里。

姚天赐毕竟是年纪轻，身体也算壮实，调养几天后便能下地走路了。这一天，雷豹来看他时，姚天赐便开门见山地说："雷老板怕也是为了《衣经》来的吧？只可惜我也是不久前才听说有这本书的，

我并没有见过，只怕要让你失望了！"

"我想要《衣经》？你说的这是什么话？"雷豹脸色微变，朗声说道，"我雷某虽然不是君子，但也算得上是光明磊落、顶天立地的一条汉子，怎么可能为了一本书害你呢？再说了，上次比试我输给了你，说好了要拜你为师的，虽然我嘴上没叫，可心里早将你当成我的师父了，而且，上次我叔父的事情，我还没报答你呢。这次我把你从牢房里救出来，就是为了报答你的大恩！"

"原来如此，是我错怪雷老板了。"姚天赐作了一揖，"现在我的伤已经好了，该回裁缝铺了，我家掌柜的估计还在为我的事烦恼呢。"

"你说黄耀祖？哈哈，那老家伙心眼坏透了，他不敢见人，早已经逃走了！"雷豹说，前一段日子，他听说姚天赐被知府衙门抓了，想到姚天

赐对自己有恩，便前去寻找黄耀祖，商量救人一事。谁知黄耀祖却支支吾吾，顾左右而言他，显然是不想救人。雷豹一怒之下，拂袖而去。后来，他派人暗中跟踪黄耀祖，结果发现姚天赐被抓实际上是黄耀祖搞的鬼，那天，姚天赐说了做官和做衣那番话，黄耀祖就添油加醋地说给了知府听，知府一怒之下就将姚天赐抓了起来，而黄耀祖就想趁此机会从姚天赐的手中骗取《衣经》。后来，雷豹上下打点，想方设法将姚天赐从牢狱中解救出来。那黄耀祖闻讯，恐有不测，而且也无颜和姚天赐见面，竟然变卖了店铺，一夜之间远走高飞了。

姚天赐一把抓住雷豹的手，颤抖着声音问："你说的都是真的？"

"当然是真的！"雷豹拍着胸脯说，"我雷某是真小人，可那也比黄耀祖这个伪君子好得多啊，我再怎么着，也不会陷害自己的师父和恩人的！"

姚天赐跌跌撞撞地跑到东关街口一看，那块"修身"裁缝铺的匾额早已不见了，现在成了一家臭豆腐店！刹那间，姚天赐只觉得胸口一阵抽搐，眼前一黑，"噗"的一声吐出一口鲜血……他明白过来了，黄耀祖当初见识了自己的眼尺绝技后，就已经心生邪念了，他哀叹道："眼尺，眼尺，你虽然能看透世间百态，也能看透生

死，可为什么偏偏看不透人心呢？既然看不透人心，我要这双眼又有何用？"说罢，姚天赐忽然抬起手来，竖起两只手指，猛地朝双眼戳去……紧随而来的雷豹见状，慌忙上前阻拦，但为时已晚，姚天赐的一双眼睛已经废掉了……

三年之后，扬州寒山寺里，一位法号"了尘"的和尚正在佛堂诵经礼佛，门外忽然传来一阵脚步声，了尘和尚听到声响，说："雷施主，这么早赶来本寺有何贵干？"

雷豹"哈哈"大笑，朗声说道"天赐师傅……啊，不，了尘大师修为精进啊，居然一听就听出我来了！"说罢，他让人将带来的礼物放下，然后又说："我打探了这么多年，终于知道黄耀祖的消息了。这老东西，也不知道从哪儿弄到了一本书，说是《衣经》。拿到书以后，他就兴高采烈地求人将书献给当今皇上，想要借此飞黄腾达，谁料想这书还没送到皇上的手中，黄耀祖就被拖出去砍了脑袋。据说，这本《衣经》原本就是皇家之物，深得太后的喜爱，后来不知被谁偷了，皇上暴怒之下，就命人严查。那些当官的正愁找不到替死鬼，没想到黄耀祖自己就送上门来了……"

了尘和尚听后，喃喃自语道"人心叵测，世事多变，不求善因，只求善果，害人终害己啊！"

（题图、插图：黄全昌）

动感地带 "码" 上开始

——《故事会》超炫视听新体验

请用手机或电脑扫描下列二维码，开启一段全新的视听旅程！（推荐使用"快拍二维码"，下载地址：www.kuaipai.cn/client.htm）

听故事

《故事会》带您畅听中国传统童话故事！由专门从事中国传统文化出版的台湾汉声出版社授权，《盛梓钰故事集·汉声中国传统童话》将通过《故事会》平台推荐给您，借助二维码和移动终端，您和孩子每天都能听到一个和中国传统文化有关的童话故事。

扫描右边的二维码，您就可以收听到本期（9月22日~10月7日）的16篇故事。（不能使用二维码扫描的读者，也可直接登录www.storychina.cn收听）

农历八月十五是中国传统的中秋佳节，我们特为您准备了一组关于中秋节的故事，不容错过哦！本期部分故事篇目：唐三藏西天取经、月饼里的秘密、月亮上的兔子、砍不倒的桂树、嫦娥奔月、文成公主嫁吐蕃王、近视眼的一天等。

微故事大赛

"故事会·新浪微故事大赛"正在如火如荼地进行中，您读了本期刊登的优秀作品（P81）后，是否也跃跃欲试、想要一试身手呢？扫描右边的二维码，即可进入本次大赛的新浪官方微博，最新作品、比赛详情、一码搞定！

看视频

扫描右边的二维码，您将看到一组我们精心挑选的幽默视频，定会让您开怀惬意，捧腹不止！本组视频由 sina新浪视频 提供（视频内容会定时更新，每次打开都有惊喜哦）。

囧段子

是不是嫌一期《故事会》上的笑话不过瘾？我们为您搜集了网上流传的爆笑段子，每周更新，保证内容新鲜火热，让您看得合不拢嘴哦！扫描右边的二维码，立刻体验吧！

您对于本栏目的设置有任何意见或建议，欢迎登录故事中国网 www.storychina.cn 论坛反映。

> **提示：**尽管《故事会》是免费向您提供以上增值服务，不过如果您用手机上网下载音频、视频文件，将产生额外的流量费，且速度较慢，建议您在wifi环境下顺畅使用。

·神探夏洛克·

走哪条路

夏洛克路过一个小镇，此时天色已晚，于是他便去投宿。当他来到一个十字路口时，他知道肯定有一条路是通向宾馆的，可是路口却没有任何标记，只有三个小木牌。第一个木牌上写着：这条路上有宾馆。第二个木牌上写着：这条路上没有宾馆。第三个木牌上写着：那两个木牌有一个写的是事实，另一个是假的。相信我，我的话不会有错。夏洛克不出一分钟，便选择了一条路，大踏步往前走去。你知道他是怎么判断的吗？

超级视觉　绿格子领带

这里有条非常漂亮的绿格子领带。接下来得考考你的眼力了：领带中间那一路格纹的颜色，究竟是 A、B、C 里的哪一种呢？

疯狂 QA　诡异陶壶

小北在一家古董店淘到一个有趣的陶壶。陶壶的盖子是打不开的，但摇一摇壶身，却会发出硬物碰撞的声音。小北问老板，老板也不知道，提议上医院借个X光机照照看。小北正准备出发，一不小心，陶壶掉在地上，摔成了碎片。奇怪的事情发生了，陶壶里竟然没有任何东西。那么，到底是怎么回事呢？

思维风暴　火车司机

你正驾驶一列火车前行，在南京站停靠时，有25人上车。紧接着在徐州站停靠时，有55人上车，43人下车。在济南站停靠时，有4人下车，1人上车。下一站是天津站，19人上车，13人下车。终点站是北京，司机跟随人群也下了车，去了洗手间，在那里照了照镜子。现在得问你了，火车司机戴不戴眼镜？

想知道答案吗？方法一，直接扫描二维码。方法二，http://t.cn/zW8RGJA 查询"动感地带"答案的同步更新。方法三，购买10月下《故事会》！动感地带，与您不见不散。

上期答案见本期P25。

丝绸业祖师马头娘

很久以前，太湖边有一户人家，老父亲出远门了，家里只剩下一个女儿，喂养着一匹白马。

这天，女儿很思念父亲，就开玩笑地对马说："马儿啊，你要是能把我父亲叫回来，我就嫁给你。"谁想那马飞奔而去，一直找到父亲。

父亲见到马跑来很惊异，心想"莫非我家出什么事了吗？"他立刻骑着马回家了。

回到家后，这马就开始不吃饲料，而且每当看见女儿，它就乱蹦乱跳，显得精神异常。

时间一长，父亲觉察出问题来了，就悄悄地询问了女儿。知道原委后，父亲大怒："这事儿可别往外说，你这几天也不要出门了。"

可是那马每天在女儿的窗前又踢、又蹦、又叫，不吃草也不饮水。父亲就狠了狠心，设下暗弩，将马射死，又把马皮剥下，晾在了院子里。

过了几天，女儿刚走出屋门，院子里就刮起一阵旋风，那马皮从竹竿上滑落下来，正好裹在女儿身上，顺着风冲出门外，飞上了云端。

父亲忙追出去，一直追了七天七夜，终于在西山脚下的一棵树上，找到了女儿。可是，雪白的马皮仍然紧紧地贴在她身上，她的头也变成了马头的模样。看见父亲，她从嘴里吐出一条白色的细丝来，缠绕在树枝上。

好奇的人们前来围观，看到她吐出的丝能"缠"住自己，就取谐音，称其为"蚕"；又因她是在这棵树上"丧"了性命，就把这树叫做"桑树"。

后来，人们尊奉她为丝绸业的祖师，因其头形状如马，又谓之"马头娘"。

（**搜集整理**：任　聘）

膏药行祖师铁拐李

传说，彰德府有个制膏药的王掌柜，为人乐善好施。

这天，王掌柜赶庙会，半道遇到一个瘸腿乞丐。乞丐的腿上长了个小疮，他想让王掌柜给治一治。王掌柜当下取出一帖膏药给他，说："明天准好。"

谁知，第二天一大早，瘸腿乞丐就坐在王掌柜家门口，大骂道："彰德府的膏药净是假货，真坑人！"

王掌柜一看，不得了了，那疮竟变得碗口大了。他十分过意不去，忙赔不是："我再配一帖更好的给你！"

说完，王掌柜就将乞丐往家搀扶。不料刚进院门，家里的大黄狗就扑过来，狠命咬住乞丐的腿。王掌柜一急，抄起乞丐手中的木棍，一棍将狗打死。乞丐笑了："这下有狗肉吃了。"

王掌柜来到后院，找出几味名贵药材，为乞丐配好了一帖膏药。当他走出来时，看到乞丐正吃着狗肉，旁边还摊着几块狗皮。

乞丐伸手接过膏药往瘸腿上贴，又拿起一块狗皮捂在疮上。一会儿工夫，乞丐将膏药揭下。神奇得很，碗口大小的疮已没了踪影。

王掌柜接过狗皮膏药，才明白，这原来是神仙铁拐李在授他仙方呀！

从此，彰德府的狗皮膏药远近闻名。

不过，因为铁拐李曾说过卖膏药的坏话——"净是假货"，所以，人们经常把那些专靠吆喝、说假话骗人过日子的，称作"卖狗皮膏药的"。

（搜集整理：任　骋）

酒家祖师杜康

很久以前，有个叫刘伶的，出了名的好喝酒。有次，他来到洛阳南边，走到杜康酒坊门前，抬头看见门上有副对联，上面写道："猛虎一杯山中醉，蛟龙两盏海底眠。"再一看，高处那横批是"不醉三年不要钱"。

刘伶进了酒坊，杜康便拿出酒来叫他喝，连喝了两杯，他还要喝，杜康说，再喝就要醉了。他不听，又要了第三杯。三杯下肚，刘伶说道："头杯酒甜如蜜，二杯酒比蜜甜，三杯酒一下肚，只觉得头脑发晕，眼发蓝，又觉得桌椅板凳、盆盆罐罐把家搬。"他果真醉了，钱也没给，出了酒坊往家走，一路上东摇西晃。

回到家，刘伶自觉不行了，交代妻子说："我要死了，把我埋在酒池内，上边埋上酒糟，把酒盅酒壶给我放在棺材里。"说完，他就死了。

不知不觉，三年过去了。一天，杜康找到刘伶的妻子，说："刘伶三年前喝了我的酒，还没给酒钱呢！"刘伶的妻子一听，十分恼火："他三年前不知喝了谁的酒，回家就死了，原来是你呀！"杜康忙说："他不是死了，是醉了，你快带我到埋他的地方去。"

到了地方，他们打开刘伶的棺材一看，只见他穿戴整齐，面色红润，像生前一样。杜康上前拍拍他的肩膀，叫道："刘伶醒来，醒来！"刘伶果然打了个哈欠，伸伸胳膊，睁开了眼，还喃喃夸道："杜康好酒，好酒！"

从那以后，"杜康美酒，一醉三年"的话就传开了……

（搜集整理：任 聘）

刘伯温是明代的开国谋臣，这天，他做了一个梦，梦见自己独自一人走进了深山老林。

看看四周无人，刘伯温想找一处隐蔽地儿方便，慌忙间惊走一群野鸡，腾空而飞。正走着，只见不远处有一座古庙，刘伯温上前一看，庙匾额上书"诸葛武侯"四字，左右贴着对联："金鸡土狗奔马时，留头金刀在此溺"。

刘伯温来不及细想，先在僻静处方便之后，抬头一看，坏了！怎么能在庙中撒尿，其罪不小，他赶忙给庙中神像深深施了一礼，随即发现神像下有一块木牌，上写："三分天下诸葛亮"。

刘伯温心想：我一统天下还没说什么，你三分天下有啥了不起？就把木牌摔断在地。谁知断牌里还有一个小牌，写着："一统天下刘伯温"。

此时，刘伯温才大吃一惊，诸葛亮果然是神人也！早在一千多年前，他就算定我会跑到这里小便。再回头看看庙门上的对联：那"留头金刀"不是分明指自己的姓吗？"留"去田加金、刀旁，正是"刘"字（刘的繁体）。上联那"金鸡土狗奔马时"，很明显是指时间。此年是丁酉年，酉即鸡；九月九日的地支是戌，戌的生肖是狗；奔马时，是指正午时辰，现在正是正午啊！

刘伯温连忙在诸葛亮像前跪下请罪，却怎么也站不起来了。正在不解时，又见对面墙上写有四个字——"弃甲而走"，他想：这是不是暗示脱了盔甲才能脱身？他赶忙脱下盔甲，果然得以脱身。此时，他的梦也醒了。

（搜集整理：梁智华）

相面行祖师刘伯温

画匠祖师吴道子

画匠的祖师是唐代的绘画大师吴道子。话说他有个好朋友，是个小伙子，在地主家当长工。

一天，小伙子一边帮吴道子研墨，一边诉苦：财主叫他上山打柴，不料老天下雨，衣裳都淋湿了。吴道子听后，想了想，画了一棵水灵灵的大白菜，叶子上还趴着一只蝈蝈，他说："你回去把这画贴在墙上，要是看见蝈蝈在叶下，就是雨天；蝈蝈在叶上，就是晴天；蝈蝈在叶边上，是刮风天。你知道了天气变化就不会受风吹雨打之苦了！"小伙子谢过吴道子，带上画就走了。

三夏来临，小伙子家里种的麦子

熟了，母亲等他回去扬场，但财主家的麦子也要扬场。一天早上，小伙子看见画上的蝈蝈趴在叶边上，就向财主请假回家扬场。财主看看天，没有风，就答应了，没想到小伙子刚走，风就刮起来了。

又过了几天，早上万里无云，财主叫长工晒麦子，小伙子说："别晒了，今天有雨。"财主不信，百十石麦子全叫人摊在场上。中午，忽然下起大雨，满场的麦粒被冲跑了一半。财主又生气又奇怪，小伙子咋能预知天气好坏？就到他屋里去看，却发现了吴道子的画。财主想："哼！我几次求他，他都不给我画，今天总算落在我手里了。"财主立即将画拿走了。

第二天，天放晴了，财主看画时发现蝈蝈竟从叶下跑到叶上了！他恍然大悟，原来小伙子是从画上看出天气变化的。

小伙子得知后，沮丧地去找吴道子，说财主把画拿走了。吴道子就画了一只雪白的兔子，说："你拿去卖，要二百两银子，就说从兔子肥瘦上能看出年景的好坏，故意让那财主买下。"

次日，财主果然买下了画，回到屋里，将两张画贴在一起，十分高兴。

哪知第二天一看，玉兔跑到另一张画上，吃了白菜，踩死了蝈蝈，财主方知上了当，气得把画撕了……

（搜集整理：孙钦良）

（本栏插图：安玉民 梁 丽）

穷人的大学

□陶 娟

王教授是电脑编程界的泰斗，最近，受几家著名的IT公司委托，他组织了一次大规模的青年编程比赛，获胜者不仅有一笔可观的奖金，还有望直接被这几家企业录用，诱惑力实在不小。

赛事通知发出后，王教授直接给自己的学生李大海打了个电话。

王教授向来是个举贤不避亲的人，这李大海是他的研究生，刻苦加上天分，年纪轻轻，已在编程界小有声誉。王教授给他的指示是：只能拿第一。

李大海哪里敢含糊，连忙动手准备参加比赛，每天大把大把的时间都耗在电脑前。谁知人算不如天算，就

在比赛前一周，李大海在和几个同学去溜冰的时候，不小心摔了一跤，右手骨折，左手软组织严重挫伤，双手全打上了绷带。这件事把王教授气得脸发青，他痛骂了李大海一通，又心疼地让李大海赶紧住院治疗，尽快恢复健康。

没了李大海，这比赛还得继续，王教授就集中注意力，想看看能否有别的青年才俊从中脱颖而出。

比赛这一天，王教授早早来到考场，这是个很大的机房，足足能够容纳二百多人同时上机操作。这"编程"，说得高深点，就是人和计算机交流的过程，王教授凭着多年的经验，几乎能够从人操作电脑的神态、动作，判断出一个人编程水平的高低。

比赛开始后，王教授在二百多人的考场中不断巡视着，很快，他发现

了一个不错的选手，那选手编程的速度以及神态、举止都能充分证明，他比其他人的水平高出一大截。

果然，规定的时间刚过一半，这个年轻人站了起来，举示意自己已经完成了任务。王教授来到那年轻人操作的电脑前，认真看了看，惊讶地发现他编程的指令准确、清晰、高效、简捷，看来真是塞翁失马焉知非福啊，李大海没能参加比赛，却冒出了这么个百里挑一的佼佼者！

王教授把这个年轻人叫到隔壁的办公室，问他是从哪个学校毕业的，那年轻人支吾了半天才说："老师，对

不起，我没上过大学。"

王教授十分惊讶，正在这时，助手匆忙进了屋，凑到王教授耳朵边耳语了半天，从王教授的表情来看，助手告诉他的事很不一般。果然，等助手走出屋子后，王教授的脸就严肃起来了："你要实话告诉我，你是不是还有个弟弟，不过今天没来参加比赛？"

年轻人点点头，接着不安地把头低了下来。

王教授的语气这才缓下来："你叫李大江，我有个学生叫李大海，你们是不是亲兄弟？"

见王教授已经猜到了，那年轻人也没遮掩，点头称是。

王教授疑惑地问："可你说你没上过大学，那这编程是谁教的？李大海？"

年轻人连声说"是"，接着娓娓道来，这一说，就把王教授给惊呆了。原来，弟兄俩差了一岁，当年哥哥上学晚了一年，结果两人同一年参加高考，而且都考上了大学。可他们家地处西北，缺水少地，穷得叮当响，怎么可能两人都上大学呢？最后商量来商量去，决定让弟弟去上学，哥哥做点牺牲。

穷人家的孩子有时是没有什么选择余地的，弟弟李大海就背着一捆破被来到了学校。新学期开始后，李大海突发奇想：难道一定要坐在教室里

头才叫上大学吗？难道在家里好好学习就不是上大学吗？有了这个想法，他就认真听课，笔记做得十分详细，每隔一个月，他都会坐上那趟最便宜的绿皮火车回到小山村，然后赶紧给哥哥讲课，就这样，四年大学他火车票攒了厚厚的一摞。哥哥李大江一边在家务农，一边认真听课。大二那年，李大海用奖学金给哥哥买了台二手电脑，哥哥就可以在电脑上编程了。兄弟俩就这样一路坚持，共同完成了大学业。

听到这里，王教授感慨万分，问："你怎么会想到来参加比赛的？"

李大江神情有些黯然，他说："虽然我没上过大学，但我相信自己比大部分在校大学生学得还要投入，但来到城里才发现，没有文凭，我连份像样的工作都找不到。有些单位电脑都舍不得让我碰，说我不懂，别给弄坏了。这次，正好有推荐工作的机会，我弟弟说无论如何也要让我来参加比赛，说不定会有个好工作的。"

王教授动情地点点头："你虽然没有文凭，但你毕业于这个世界上最伟大的大学。放心，你的工作推荐我来写，凭你的实力，没问题的。"

有了教授的许诺，李大江开心极了，连忙起身，说是要去医院看大海去，王教授站起来，主动给他开了门。

在一个安静的病房里，李大海正在焦急地等待着，突然，门开了，哥哥满脸喜色地跑了进来，李大海顿时一激灵："是不是成功了？"

哥哥李大江激动地点点头。

李大海这才长长地吐出了一口气，不急不慢地说："哼，你要是没考个第一回来，怎么对得起我这两只手？咱老家缺水，挑着水桶在冰上走，我从来没滑倒过，那天我故意去摔了一跤，才摔出一个右手骨折、左手软组织挫伤啊！"

这时，哥哥李大江轻轻握住了李大海受伤的胳膊，两双充满青春活力的眼睛，全都蒙上了一层晶莹的泪花……

（题图、插图：安玉民　梁　丽）

如此孝顺

□ 铁马冰河

老李头三十岁才得了个宝贝儿子小李，对他那叫一个百依百顺、娇生惯养！

这不，小李都大学毕业六七年了，还窝在家里做"啃老族"，就靠着老李头那点子微薄的退休金混日子。不但如此，小李对父亲很骄横，动辄大吼大叫、挖苦讽刺。

一天，小李在网上发现了一个

"寿命计算器"的测试游戏，自己测试了一番，还心血来潮，把老李头叫到了电脑前，也要为他算一算。

老李头早年间有抽烟喝酒的嗜好，可是自从小李当了"啃老族"，老李头那少得可怜的退休金就捉襟见肘了，只能主动戒了烟酒；而且，为了养活小李，已经六十岁的老李头还找了一份送报纸的工作，每天天不亮就得骑着自行车满城跑。说来这也是不幸中的幸运，老李头的身体反倒越来越结实了，经过这"寿命计算器"一算，老李头能活到九十岁！

没想到，自从"算过"寿命以后，小李对老李头的态度大变。小李不但每天晚上都为父亲烧热水让他泡泡脚，有时甚至还帮忙送送报纸……宝贝儿子这一番殷勤，弄得老李头头晕脑涨、莫名其妙，问道："你是不是欠人家钱了呀？为啥对我这么好？"

小李一笑，说道："没有，没有！我就是想让您多活两三年。"

"你说的是真话？"

"当然是真话了！"

"为啥？"

"唉！'寿命计算器'算了，你只能活到九十岁。你比我大三十岁，也就是说，你只能养我到六十岁。可计算结果显示，我能活到六十二岁，剩下那两年你叫我依靠谁来生活呀？所以，你还得坚持坚持，再多活上个两三年……"

这不是重点

□ 陈庆蔚

小约翰、迈克和布尼三人在原始森林中探险，不料迷失方向了。布尼负责食物配给，靠着剩下那点物资，三人在丛林中转了两天了。

到了第三天，布尼开始有点不对劲了，常常低着头嘟哝些什么。小约翰好奇心重，悄悄凑过去听，模模糊糊听他在说"完了……完了……"什么"完了"？小约翰对迈克说了自己的发现，两人不禁紧张起来。

就在这时，布尼走了过来，低声说了一句"我去做饭"，然后就走进了丛林深处。

迈克胆小，不敢跟去察看，小约翰就独自一人悄悄跟了上去。

等了半天，小约翰终于回来了，他脸色苍白："完了，完了……"

迈克慌了："到底怎么回事？"

小约翰说："布尼的状况简直差到极点，连我走到他身后都没有发觉。"

"天哪，他肯定有问题！"

"这不是重点！你猜我在锅里看到了什么？"说到这儿，小约翰的神色显得极为恐怖，"我看到了布尼的脑袋——"

迈克大惊失色："啊，你真的在锅里看见了布尼的脑袋？"

小约翰的脸色显得更恐怖了："这还不是重点！这时，布尼终于发现我了，他说本来想瞒着我，不想让我们俩恐慌……不料这时，我在锅子里竟然也看到了我的脑袋！"

"真、真的吗？"迈克吓得从地上跳起来，倒退几步，一脸惊恐地看着小约翰。

"这还不是重点！"小约翰一脸痛苦，"重点是——谁往锅里看，都能看到自己的脑袋，因为那锅里是清得照得出人影的东西，而它就是我们的晚餐！这下真的完了，我们一点吃的都没有了！"

汤姆玩穿越

□ 谭金金

汤姆是个美国大叔，从小就非常喜欢中国。自打两年前来到中国，更是对中国依恋得一塌糊涂。

不久之前，汤姆学会了玩穿越。在去了几趟明朝和清朝后，对中国文化崇拜得五体投地。这不，他刚从康熙年间回来，顾不上旅途辛苦，就约了大刘等一群中国朋友，到一家小饭馆里面吃饭。席间，汤姆兴奋地说起穿越的见闻。

在座的大伙都是玩过穿越的，和汤姆越聊越开心。酒过三巡，大刘问："汤姆，还准备穿越到哪儿呢？"

汤姆意犹未尽，说："等我有时间了，我一定到宋朝看看。不过，那太远，得请到长假才行。"

说话间，服务员端上来一盘水煮鱼，颜色鲜艳不说，那香味四溢，把汤姆馋得不行。吃了几筷子，汤姆对这菜产生了兴趣，问大刘："你说这菜这么香，是不是做菜的油特好呢？"

大刘随口搭理一句："应该是吧！"

汤姆是个认真的人，想了想，说："不行，我要探个究竟，去生产这油的地方看一看。"说完，他从口袋里掏出穿越器，对着水煮鱼调了调，一摁，"嗖"一声，人就消失了。

不到两分钟，汤姆回来了，一头扎进卫生间，吐了起来。

等到汤姆吐完回到桌旁，大伙儿问："汤姆，到底怎么了？"

"别说了……"汤姆叹了口气，"我穿越到了这家酒店的后门，几个人正扒开下水道井盖，在那舀呀舀的，我见了赶紧跑了。"

大伙儿你看看我，我看看你，又看看桌上的水煮鱼，忽然"哇"一声都吐了，敢情那里面的油是地沟油啊！

拉人气

□ 李英梅

王老头做饭手艺好，退休后也不闲着，在小区门口承包了家饭馆，准备开业。

开业前，王老头把三个女婿找了来，商量说："这饭馆能不能站住脚，就看头三天的气势了，你们三个帮我拉人气，一人负责一天，咋样？"三个女婿一听，都连连点头，说没问题。

第一天由大女婿负责，他是做生意的，人脉广，一招呼就来了不少朋友。这些人点菜痛快，给钱豪爽，晚上王老头一看账本，乐得合不拢嘴。

第二天就由二女婿出面了，二女婿是一家重点中学的教导主任，把岳父开饭馆的消息一说出去，当天就来了不少学校同事和学生家长。晚上王老头看着账本，美滋滋地想：今儿赚得比昨天还多！

看完账本，王老头忽然想到，头

两天这么好的业绩，会不会对三女婿有压力呀？三女婿前两年下了岗，现在就在小区物业上班，他能拉什么人气啊！想到这儿，王老头拨通了三女婿的电话，关心地说："明天的事儿你不用太操心，我准备把亲戚朋友都喊过来撑门面！"没想到三女婿一口拒绝："爹，明天您就看我的吧，一定让您老满意！"

第三天刚到饭点儿，吃饭的人就像潮水般涌了进来，不但挤满了店堂，还有不少人排在外面买外卖。一天下来，把王老头累得腿肚子发软，晚上一看，天啊，这一天的营业额竟然比前两天加在一起还多！

王老头忍不住去问三女婿，这是咋回事儿。三女婿嘿嘿一笑："爹，我不正好在咱旁边的小区干维修吗？我就是把水电检修的时间安排在了今天中午，您想啊，今天正好是周末，小区里停水停电，大伙儿没法做饭，可不都跑出来找饭馆了嘛！"

要钱不要命

□ 李大勇

从前，有一天，一位县令正在大堂上打瞌睡，忽然听见外面有人击鼓鸣冤，于是便命衙役将击鼓之人带上来。

进来的是一位民妇，她跪着哭诉说："大人，民妇今早想回娘家去，不料在路上被人抢劫，我死命搏斗，不想被捅伤臀部，钱财被抢。"

县令深感奇怪，抢劫伤人倒也听说不少，但伤其臀部，实属罕见。为

何劫犯要按倒民妇、专捅臀部呢？他当即下令，要捕快三日之内将劫犯捉拿归案。

捕快不敢怠慢，但茫茫人海，哪里找得到？捕快从民妇口中得知，被抢钱物里有翡翠玉镯一只，于是就到各典当行进行暗访。

说来也巧，那抢劫的人急于要钱，抢得玉镯后就到典当行当了，当时有人认识劫犯，于是捕快一路追踪，很快将此人抓获了。

在大堂上，县令问民妇"劫犯手拿凶器，你为何还要死死和他搏斗？"

民妇说："大人，民妇包裹中虽钱物不多，但都是辛苦积攒的，为给母亲买药所用，必须与他性命相搏。"

县令听了，感叹地说："你真是要钱不要命呀！"说着，县令掷下令签，喝道："给我将劫犯拉下去，重打一百大板，入狱……"

不等县令说完，劫犯当即磕头不断，说："大人，小人抢劫时也如大人所言，要钱不要命，当请大人从轻处罚。"

县令一愣："你也要钱不要命？此话怎讲？"

劫犯说："大人，小人抢劫时，所以捅伤那女人的臀部，那是因为该处不伤筋骨，无性命之忧，小人只要钱，不要命，故请大人从轻发落。"

（本栏题图、插图：顾子易　包丰一）

521

2012 SEMIMONTHLY 下半月刊

10月

STORIES

欢迎登录本刊主办的"故事中国网"（www.storychina.cn）

故事会
—STORIES—

2012 年 10 月
下半月刊·绿版

何承伟：社 长·主 编
夏一鸣：副社长
吴 伦：常务副主编（兼绿版负责人）
姚自豪：副主编（兼红版负责人）
本期责任编辑：黄美舟
电子邮箱：huangmeizhou@163.com
绿版发稿编辑：
朱 虹 刘迎曦 颜轶超 陶云韫
美术编辑：李宝强
电脑制作：郭瑾玮
本社办公室电话：021-64375030
上半月刊编辑部电话：021-64335114
下半月刊编辑部电话：021-64336469
（上海市绍兴路 74 号 邮编：200020）
主管、主办：上海文艺出版（集团）有限公司
出版单位：《故事会》编辑部
发行范围：公开

出版、发行总监：张 凯
电话：021-64313938
广告业务：上海故事会文化传媒有限公司
广告总监：张 淮
广告业务：021-34010383
广告投诉：021-64333738
广告经营许可证
沪工商广字3100320080016 号
发行：中国图书进出口上海公司

·笑话·

介绍对象

单位的保洁阿姨特别喜欢帮人介绍对象。一天，保洁阿姨看见办公室一个恋爱总是不成功的小伙子，就十分热心地问："小伙子，你喜欢什么样的女孩？阿姨帮你介绍一个。"

小伙子挠挠头，说："我也不清楚。"

保洁阿姨依旧不放弃，继续追问："那你想想，你喜欢过的女孩有什么共同特征？"

小伙子想了想，失落地说："我喜欢过的女孩很多，她们的共同特征是都不喜欢我。"

（周广清）

（本栏插图：包丰一）

印 证

一个女人总是怀疑丈夫对自己隐瞒行踪，担心他有外遇。有一次丈夫开会时，她给主持人送去一张条子，主持人拿着条子走到麦克风前宣读道"请某某先生立即离席，你家里有急事！"

于是，一位男子立即站起来，正准备离席。这时，后面传来那个女人的声音："坐下吧，我只是想看看你是否真的在这里。"

（余 娟）

游 泳 狂

一个男士身着泳装在撒哈拉沙漠游玩。一个阿拉伯人看见了，觉得在沙漠里穿泳装很奇怪，就好奇地盯着他看。

男士说："你是好奇我穿泳装吗？我打算去游泳。"

阿拉伯人提醒他："这地方离大海有800海里远呢。"

男士高兴地喊道"好家伙，多大的海滩啊！" （杜 聪）

什么都敢赌

丈夫特别爱赌博，而且什么都敢赌。这天半夜，妻子又被丈夫和赌友的吵闹声吵醒。她从卧室走到客厅，对丈夫和赌友说："听着，这是我家，能不能让我在自己的房子里安安静静地睡一会儿？"

丈夫说："轻点儿，亲爱的，现在这已经不是我们的房子了……"

妻子失望至极地说："你这个败家子，那还不收拾东西一起走！"

丈夫说"对不起，我不能和你一起走，因为刚才我又输了一把，你已经不是我老婆了……"

（雷 樵）

你真像我妻子

一个醉汉从一家酒吧出来，又晃晃悠悠走进另一间酒吧，他发现角落里坐着一个女人，然后就朝她走过去，出其不意地吻了她。

女人一下子跳起来，狠狠地扇了他一巴掌。

醉汉似乎醒了，向女人道歉说："对不起，我还以为你是我妻子，你看起来太像她了。"

女人尖叫道："你这个杀千刀的酒鬼。"

醉汉喃喃自语道："你骂起人来都和她一模一样。"

（余长生）

补牙

老王去一家牙科诊所补牙，补完却发现自己竟然没带钱，只好窘迫地向牙医解释。

牙医先是愣了下，然后挥挥手说"没关系，钱啥时候送来都可以，来，张开嘴，我再给你检查检查。"说着，又在老王的嘴里捣鼓了一阵。

老王回到家，张嘴向老伴炫耀刚补好的牙，并且表示牙医是多么宽厚。

老伴看后大惊道："你的两颗金牙呢？"

（吴本慧）

逻辑推理

有一个学理工的男生到女友家见家长，一进门外面就下起了大雨。女友妈妈抱怨女友的爸爸出门买菜不带伞。理工男生听了连忙拿起门口的伞往外冲，女友也要和他一起去。

理工男生拦住女友："这雨太大，我一个人去接就行了。"女友问："你又没见过我爸爸，怎么接？"理工男生思索了一下，说："没问题，通过你和你妈的样子就能推导出你爸的长相了。"

（张承明）

寻找饭店

有一个推销员在一个小城市出差，他发现很多小馆子都没有卫生间，一点也不方便。这天，他找了很久，才找到一家规模稍微大一点的饭店，就问服务员："你这儿有卫生间吗？"

服务员说："有。"

推销员特兴奋地说："太好了，就在这吃了。"

（刘　灵）

极品骗子

有个骑摩托车的小伙子是个"黑摩的"，这天，他途中载了一个女的，刚开到拐弯处，就碰到个交警。小伙子不敢开了，他知道警察对黑车拉客处罚极重，于是就要那女的下车。谁知那女的说："大哥，你开吧，没事，我有办法。"

后来，摩托车还是被交警拦下了。只见那女的跳下车，对交警说："他是我老公，送我上班的，我就在对面公司上班。"

那交警一看不是黑车，挥挥手，准备放行，谁知那女的一转身对小伙子说："老公，我上班了。对了，今天我忘了带钱，给我几百。"说完，把小伙子的钱包掏了出来，拿了三百就走了……

（余　娟）

儿子吃饭

儿子吃饭一向不乖。吃晚饭时，妈妈让儿子坐定吃饭，儿子看了一眼菜，说："都是我不爱吃的，我不吃了。"然后，站起来就走。

妈妈一听大怒，儿子一看妈妈脸色不对，顺着餐桌绕了个圈回来了，说："我要从这边过来才喜欢吃。"

（黄蓓蕾）

教　训

老婆养了一只藏獒。一次两口子吵架，结果藏獒冲出来把老公手咬了。

事后，老婆问老公："夫妻间闹矛盾，都闹成流血事件了，真是不应该。从这件事中，你得到了什么教训？"

老公顿了顿，说："下次和老婆吵架时要把藏獒拴好。"

（赵　成）

开　幕　式

妻子对一款盗墓网游十分痴迷，而丈夫却是个地道的体育迷。这天，丈夫想要妻子和自己一起看奥运会开幕式。

丈夫很兴奋地问妻子："夜里要不要起来一起看开幕式？"

妻子一脸惊愕地看着丈夫说："开谁的墓？"　（陈　超）

劝　架

办公室有两个姑娘。她们一胖，一瘦，总是爱吵架。

一天，一位老员工对她们俩说："都是同事，有什么好吵的？你们要像自行车的两个车轮那样，互相配合！"

听了这话之后，胖姑娘说："她如果是自行车车轮，那也是扁的，没有气。"

瘦姑娘反驳说："你看她像自行车轮胎吗？分明就是拖拉机轮胎嘛！"

（胡　科）

（本栏目欢迎原创作品、翻译作品，来稿可从邮局寄发，也可从网上传递。如为电子邮件，请发以下信箱 huangmeizhou@163.com）

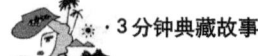

远见

1985年，牛津大学发生了一件"学校大事"。

校方在工程检查后发现，有350年历史的学校大礼堂的安全性已经出了问题，20根由巨大橡木制成的横梁已经风干朽化，失去了支撑力，必须更换才行。

校方请人估算了更换横梁的价格。由于那么巨大的橡木已经很稀少了，预计每根横梁要花25万美元，但也没把握能找到那么大的橡树。

巨额预算一出来，校方焦头烂额。若不募款，恐怕没有办法进行修缮。这时，一个天降的好消息化解了

危机。园艺所负责人前来报告：在350年前，设计大礼堂的建筑师已经想到后代将要面临的困境，所以，早早请园艺工人在学校的土地上种植了一片橡树林。现在，每一棵橡树都能满足要求。

不知名的建筑师墓园已荒芜，但在350年后，他的用心让人肃然起敬。这才是真正的远见。

（推荐者：吴本慧）

弯腰拾起尊严

很久以前，一位挪威青年男子漂洋过海到了法国，他要报考著名的巴黎音乐学院。考试的时候，尽管他竭力将自己的水平发挥到最佳状态，但主考官还是没能录取他。

身无分文的青年男子来到学院外不远处一条繁华的街道，勒紧裤带在一棵树下拉响了手中的琴。他拉了一曲又一曲，吸引了无数人驻足聆听。饥饿的青年男子最终捧起了自己的琴盒，围观的人们，纷纷掏出钱来，放在了琴盒里。一个无赖鄙夷地将钱扔在青年男子的脚下。青年男子看了看无赖，弯下腰拾起地上的钱，递给无赖说："先生，您的钱丢在了地上。"无赖接过钱，重新扔在青年男子的脚下，傲慢地说："这钱已经是你的了，你必须收下！"青年男子看了看无赖，再次深深地对他鞠了个躬说："先生，谢

谢您的资助！刚才您掉了钱，我弯腰为您捡起来。现在我的钱掉在了地上，麻烦您也为我捡起！"无赖被青年出乎意料的举动震住了，最终捡起地上的钱放入青年男子的琴盒，然后灰溜溜地走了。

围观的人群中有双眼睛一直默默关注着青年男子，他就是刚才的那位主考官。他将青年男子带回学院，最终录取了他。这位青年男子叫比尔撒丁，后来成为了挪威小有名气的音乐家，他的代表作是《挺起你的胸膛》。

有的时候，弯下的是腰，但拾起来的，却是你无价的尊严！

（推荐者：张礼梦）

在市中心的一条商业街上，有两家相隔不远的百货商店。不论是经营规模，还是商品种类，两家店都相差无几。最近一段时间，两家店都遭了窃，而且越来越严重，给商店造成了不小的损失。对此，两家店的老板拿出了不同的方法和对策。

一家店的老板决定：在店内加装10个摄像头和一套先进的监控设备；同时，还增加了一些员工，专门负责在店内巡视，防止小偷下手。经过这番整改后，店里的失窃商品数量明显减少了。可是，随之而来的却是营业额的大幅下降。老板对此疑惑不解。后来，听了几位顾客的对话，老板才明白其中的原因。

被偷后的商机

原来，人们来店里购物时，看到又是摄像头监控，又是员工警惕的眼神，立刻产生了一种不被信任的感觉。许多人来了几次后就不愿再光顾了，店里的生意也因此大幅下滑。

另一家店的老板则不同。在看过员工交上来的商品损耗单后，老板发现有些商品频繁地被偷，而有的却很少。他灵机一动，既然小偷如此喜欢偷这些商品，不正好说明这些商品比较受欢迎吗？于是，他加大了这些被偷商品的进货量，并把它们都放在店里非常显眼的位置。如此一来，不仅商品好卖了，小偷也再难有下手的机会。经过改进后，店里的人气和销售额很快有了大幅提升。

这个故事告诉我们：危机往往孕育着机会，打破常规思维，说不定就会有意想不到的收获。再者，信任是处世的基本要素，没有了信任就等于失去了一切。

（推荐者：丁　强）

（本栏插图：安玉民　梁　丽）

学写作文，
从读故事开始

你也有舞台

□ 何德铭

我是区团委书记，平时工作挺忙。一年前，我和丈夫离婚，独自带着上幼儿园的儿子生活。

这天傍晚，我接儿子放学，发现前面也有一对母子，似乎也是从幼儿园出来的。那个儿子嚷嚷着要吃冰激凌，还将母亲往旁边的小店里拉。母亲却不为所动，说："天都已经这么凉快了，还吃什么冰激凌啊，要节省一点，还是回去吃饭吧。"

说着，母亲强行把眼泪汪汪的儿子拉走了。这时我发现，那个母亲就是区政府机关大楼里的保洁员阿珍。阿珍是负责走廊清扫的，我经常能在走廊里看到她，但阿珍却好像从不看人，总是低着头默默地工作。第二天在走廊里看到阿珍，我说："昨天你儿子想吃冰激凌干吗不给他买？三元钱，随便哪里一省就省下来了。"

阿珍还是没抬头，说："三元钱是不算多，但我不能让孩子养成吃零食的习惯。我们农民工收入不高，开支却不少，要付房租，孩子上幼儿园还要赞助费，能省一点都是好的。"我知道了农民工生活的不易，很同情他们。

转眼到了年底，按照惯例，机关里都要发一些福利，但这些福利是要正式编制的人员才有的，农民工是无权享受的。于是，我就找到分管这档事的副区长，要求在发福利时将农民工也考虑进去，东西少点没关系，至少也体现一下对他们的关怀。那位副区长也是十分赞同，决定给每个农民工发一袋米和一桶油。

到了发福利的这天，我也去帮忙了，也看到了阿珍。原来阿珍的丈夫也在大楼里做保安，这样他们就能分到两袋米和两桶油。我对阿珍说："东西虽然不多，但毕竟也能省下一些买米买油的钱，最好能给孩子买些他喜欢的东西，可不能苦了孩子。"

阿珍说："我知道，谢谢，谢谢你。"她仍然低着头。在以后的日子里，阿珍仍旧像往常一样低着头默默地清扫着走廊，无论谁从她身边走过，她都不会抬起头来。我开始明白，这些农民工给自己筑起了一道防火墙，我走不进阿珍的内心世界，阿珍的生活轨迹也不会因为那两袋米和两桶油而改变。

冬去春来，每年五月，区政府机关都要举办一个艺术节。今年和往年一样，这项任务又当仁不让地落到了我的头上。经过紧锣密鼓的准备，艺术节终于在五月四号这天开幕了，内容有文艺表演、游乐活动和有奖问答等，历时两天。第一天的文艺表演在顶楼的大会堂里举行。看得出各部门准备都很充分，表演的节目个个都很精彩。这时我突然注意到，有不少农民工也站在会堂的后面观看，他们都用一种羡慕的眼神盯着舞台上的表演，而且神情都很投入，看到精彩的地方，也会情不自禁地和在座的其他

观众一起鼓掌叫好。

就在这一刻，我突然产生了一个极大的冲动，想让这些农民工也来参加单位的艺术节。我觉得艺术节既然旨在丰富大家的精神生活，那么就不应该把农民工排除在外。于是我立刻就对活动的安排作出了调整，将原定一天时间的游乐活动和有奖问答合并在半天内进行，多出的半天，临时安排了一项"达人才艺秀"活动，并声明凡是在大楼里工作的人，

不论什么性质的员工都可以报名参加。

我认为，像这种"达人才艺秀"，农民工不一定有勇气报名，所以要开这个先河。他们也许不大可能有什么好的才艺，主要是想让他们知道，这个舞台也是平等地向他们开放的，他们也是这个大家庭中的一员。但出乎我意料的是，农民工的报名竟然非常踊跃，以至于我不得不压缩编制内人员的名额。

第二天下午，"达人才艺秀"开场了，更使我没有想到的是，这些农民工还真的称得上是多才多艺，唱歌、弹琴、画画的居然都有，有的甚至还

展现出了不错的水平。最后一个出场的是夫妻组合，他们将表演湖南花鼓戏《刘海砍樵》，秀的是戏曲唱腔。当这对夫妇站在台边准备上场时，我发现，原来就是阿珍和她的丈夫。阿珍的花鼓戏唱得很标准，嗓音也好，尤其是她在回答"刘海"时的那声"哎"，清脆而又动情，简直能把人的魂都勾走。比赛结果，他们夫妇竟获得了才艺秀的第一名。

接下来就是颁奖了。虽然奖品不过是意思意思的，像阿珍那样得第一名的，也不过是一条价值二十多元的毛巾，但她却笑得非常灿烂，似乎比上次分到两袋米和两桶油还高兴。

第二天我来上班时，突然听到有人对我说："书记早啊。"我扭头一看，惊奇地发现，和我打招呼的竟然是阿珍。从此，阿珍像是变了一个人，头不再总是低着了，还和经过身边的每一个人热情地打着招呼。

我这才明白，对待农民工，不但要物质关怀，更要关注他们的精神需求，让他们知道自己和别人是平等的，给他们一个平等的精神舞台。我想到了自己，因为工作忙，个性强，以为自己了不起，却忽略了丈夫的感受。这些都不是物质上能解决的，正如阿珍和她的丈夫不富裕，但却那么恩爱。通过这些，我感悟到很多，也知道该怎么做了。

（题图：安玉民　梁　丽）

> 中华民族历史悠久，有很多精辟又生动的民间俗语流传了下来，这些俗语有着极高的实用性和艺术价值。

无巧不成书

相传，施耐庵在写景阳岗武松打虎这回书时，横也写不好，竖也写不好，总觉得肤浅，没有神气，真是伤透了脑筋。正当施耐庵十分苦闷的时候，书房外传来一阵吵闹声。

施耐庵放下笔，站起身来，信步到门口，往外一看，只见邻居阿巧正和一条狗在恶斗。阿巧喝醉了酒，袒着胸，露着背，向那条狗拳打脚踢。狗也不示弱，一会儿扑，一会儿掀，一

会儿剪，冲着阿巧乱叫乱咬。忽然，狗朝阿巧一扑，阿巧闪身一让，顺势骑在狗背上一阵狠打，那条狗顿时动弹不得。施耐庵不禁看呆了，眼前似乎都是武松与虎搏斗的身影。

刹那间，文如泉涌，施耐庵赶紧回到书房，一口气写下了名传千古的武松打虎。他把这件事告诉妻子，妻子笑着说："真是无巧（阿巧）不成书啊！"

目不识丁

以前，有个财主姓丁，他有一个儿子，都十多岁了，还什么都不懂，请了好几个先生，就是教不会他一个字。丁财主心里可急坏了，一天他出榜文，声称谁要是教会丁少爷一个字，赏银十两。

一位老秀才见了，心想：这孩子再笨，也不至于不知道自己的姓吧？况且，这个"丁"字笔画简单，又好写，又好认，我怎么会教不会他一个"丁"字呢？于是，他便揭了榜。

到了财主家后，老秀才每天都叫丁少爷学习"丁"字，一晃就过了九天，丁财主要考丁少爷。老秀才怕丁少爷忘了，特意准备了一个钉子，让少爷拿着，说："万一忘了，看看手里的东西，就想起来了，懂吗？"少爷点了点头。

秀才领着少爷去见丁财主，写了一个"丁"字说："小少爷，这个字怎么念？"

谁知少爷看了半晌，还是想不起这是个啥字。秀才赶紧提醒他："你手上拿的是什么东西？"

少爷低头一看，说："一根铁棒棒。"

秀才一听，气得直跺脚"真是朽木不可雕也！你目不识'丁'不要紧，我的十二银子可完了。"

从此，"目不识丁"这个词便传开了。

不管三七二十一

据说从前有一家大户，户主名叫李元。有一年，李元雇了一个五大三粗的长工给他家干活。那长工初到时，李元对老婆说："你每天管他三顿干的吧！免得稀的吃多了，他老是借上茅房的机会偷懒。"他老婆照办了，那长工每顿三碗干饭，干起活来一个能顶两个用。

十天以后，李元又对老婆说："这个长工长了一副憨相，干活虽然卖力气，但他的饭量太大了！一年要吃我们几百斤粮食。从今天起，你一天管他三顿稀饭吧！"他老婆又照办了。那长工每顿吃七碗稀饭，干起活来有气无力，还不如一个弱女子。眼看稻田

中杂草猛长，不抓紧时间除草就要减产。李元如油煎心，想再雇一个短工，又舍不得花钱管食，因此他十分恼火。一天吃饭，李元责问长工："你一天吃我三七二十一碗饭，为啥干活不像个男子汉？"只见长工边用筷子敲着碗边唱道："干干干，一天吃九碗饭，周身汗毛都有劲，打个喷嚏响过山！稀稀稀，三七二十一，尿像下竹竿雨，脚酥手软如烂泥。我着急，没有力；你着急，有啥益？"

李元听了，想了半天回过神来，当着长工的面对老婆说："从今天起，管他三三九碗干，不管他三七二十一。"他老婆又照办了。那长工干活又一个人能顶两人用了。

这件事逐渐传开，被人们当作笑谈。刚开始的时候，人们把改变错误的主张称为"不管三七二十一"。后来，将其含义慢慢引申开去，把不识好歹、不分是非的言行也称为"不管三七二十一"。

三个臭皮匠，胜过诸葛亮

话说有一天，诸葛亮到东吴作客，为孙权设计了一座报恩寺塔。其实，这是诸葛亮先生要掂掂东吴的分量，看看东吴有没有能人造塔。那宝塔要求可高啦，单是顶上的铜葫芦，就有五丈高，四千多斤重。孙权被难住了，急得面红耳赤。后来寻到

了冶匠，但缺少做铜葫芦模型的人，便在城门上贴起招贤榜。时隔一月，仍然没有一点儿下文。诸葛亮每天在招贤榜下踱方步，高兴得直摇鹅毛扇子。

那城门口有三个摆摊子的皮匠，他们衣衫破旧，又目不识丁，大家都称他们是臭皮匠。他们听说诸葛亮在寻东吴人的开心，心里不服气，便凑在一起商议。他们足足花了三天三夜的工夫，终于用剪鞋样的办法，剪出个葫芦的样子。然后，再用牛皮开料，硬是一锥子、一锥子地缝成一个大葫芦的模型。在浇铜水时，先将皮葫芦埋在砂里。这一着，果然一举成功。诸葛亮得到铜葫芦浇好的消息，立即向孙权告辞，从此再也不敢小看东吴了。"三个臭皮匠，胜过诸葛亮"的故事，就这样成了一句寓意深刻的谚语。

霍元甲是清朝末年的武术大师。当时男子都留长辫。霍元甲除了有一手好拳术之外，还练就一种独特的辫功，他后脑勺的辫子可以像老虎尾巴一样直竖起来，力大无穷。左右扫起来，又以柔克刚，胜过三节棍。

光绪年间，上海滩来了个走江湖耍拳术的俄国人，名叫伊凡诺夫，身高两米有余，能举起两百多磅重的哑铃，能掰断碗口粗的铁链，扬言要拳打东亚病夫，脚踏大清愚民。霍元甲得知，决心教训教训他，就约他比武。

比武那天，人山人海。两人一交手，伊凡诺夫仗着身材高大，一拳接着一拳朝霍元甲打来。霍元甲为了弄清对方拳路，有意先守不攻。几十个回合后，霍元甲刚想还击，想不到盘在头上的长辫子抖散了，垂了下来。伊凡诺夫以为有机可乘，一把揪住辫梢，想用蛮力把霍元甲摔倒在地。霍元甲向前一低头，脑后的辫子一下翘了起来，将两百多磅重的伊凡诺夫悬空甩出两丈多远。伊凡诺夫仰面躺在地上，一命呜呼。围观的群众高声欢呼："翘辫子了！翘辫子了！"

从此，"翘辫子"就被借用来作为"死"的代名词。

翘辫子

天高皇帝远

明朝嘉靖年间，江苏昆山县知县杨廷桢，是一个贪赃枉法、吃人不吐骨头的家伙。他是抱着"千里做官只为财"的念头才来昆山县的。他勾结了兵部尚书毛尚达的儿子毛七虎，骄横跋扈，狼狈为奸，专门榨取民财，搜刮民脂民膏，直弄得昆山百姓叫苦连天。

这年，杨廷桢四十岁，说是要做寿，老百姓少不得又要凑钱去巴结他。他要大家除了送财物以外，再要给他送块匾，说什么来昆山做官几年了，功劳没有，苦劳总有点的。就这样，老百姓只好照此办理。可匾上写什么字呢？大家想来想去，最后想出了四个绝妙的字："天高三尺"。杨知县生日那天，敲锣打鼓，好不热闹。大家憋着一肚子气，还得装着笑脸去送礼。这天，正巧当朝宰相顾鼎臣告老回到昆山。顾鼎臣的大轿一到，给县老爷送礼的百姓岂有不让之理，大伙就站立在街道两旁。顾鼎臣在轿窗里朝外望见"天高三尺"这块匾，觉得奇怪，就命停轿，问了送匾的百姓。送匾的百姓一听顾老相爷来询问他们，个个高兴，就都一五一十如实告诉了顾鼎臣："匾上写'天高三尺'，意思是杨知县来昆山刮了好多年地皮了，地皮被刮低足有三尺，那

不是天高了三尺吗？我们老百姓实在没有办法，皇帝又远在京城，我们有苦向谁去诉呢？真是天高皇帝远，有苦无处诉呀！"

顾鼎臣听了百姓的哭诉，甚觉不忍，就安慰大家道："你们再忍一忍吧！只管照常办事，这事我知道了，我自有安排。"

顾鼎臣明察暗访，查实昆山知县杨廷桢确是一个罪大恶极的贪赃官，就趁处理毛七虎企图霸占有夫之妇、行贿勾结杨廷桢一案，处决了毛七虎和杨廷桢，为地方除了大害。

事情是早过去了，可"天高皇帝远"这句话，却一直在人们口头流传着。

（本栏插图：安玉民　梁　丽）

2012年10月(上)动感地带答案

神探夏洛克：假设第一个木牌是正确的，那么第一个小木牌所在的路上就有宾馆，第二条路上就没有宾馆，第二句话就该是真的，结果就有两句真话了；假设第二句话是正确的，那么第一句话就是假的，第一二条路上都没有宾馆，所以走第三条路，并且符合第三句所说，第一句是错误的，第二句是正确的。

疯狂QA：陶壶里装的是碎陶片。

超级视觉：C，你可以试着将领带的左右两部分遮挡起来看。

思维风暴："你"是火车司机，所以答案由你自己决定。

□ 王月生

事故里的故事

事故是假的?

刘涛是省电视台的记者。这天,他接到一个热心观众的电话爆料,说登州市的一所小学发生了教室坍塌事故,多人受伤,一名小学生重伤入院。刘涛让他说一下学校名称,对方却并不清楚,说自己是去医院看病时偶然听人说的,详细情况并不了解。

刘涛跟领导汇报后,立刻驱车赶赴登州。因为没有出事学校的详细信息,他到达登州后,先来到教育局了解情况。

教育局工作人员得知他是记者后,非常热情,一位姓张的副局长亲自出面接待,问此行有何贵干。刘涛开门见山,说我听说有一所小学出了坍塌事故,有学生受伤,我想去现场采访一下。张局长闻听一怔,吃惊地问:"你是从哪里得来的消息?绝对没有这种事。"

刘涛用眼睛盯着他,问:"你确定没有?"

张局长略一犹豫,随即拍着胸脯保证,说肯定没有这种事情,我们教育局从上到下对学生安全非常重视,经常对全市中小学的教室进行拉网式的检查,发现危房都会立即加固、翻修,已经很多年没有发生过坍塌事故。

刘涛见他矢口否认,也在意料之中,为逃避责任,主管部门刻意隐瞒

事故并不少见，这样的小官僚他见过的太多了。于是，就话中有话地说："我的消息是很确切的。张局长，会不会有人在发生事故后故意隐瞒，没有上报？这种事情是隐瞒不住的，请你再去落实一下。"他这是给对方一个台阶下。

张局长心神不定地沉吟片刻，说："那……请您稍等，我再打电话问问。"说罢，起身慌慌张张地离开办公室。

过了不长时间，张局长返回，表情一扫刚才的紧张，像吃了定心丸一般轻松、淡定，他对刘涛说"刘记者，我已经一一询问了全市的所有中小学，他们都保证绝对没有发生教室坍塌事故，你的消息肯定是错了。"

刘涛见他仍是否认，也有些拿不准了，难道这是一个假消息？他思忖

片刻，起身告辞，说："我也希望是假的。不过，真假我一定会查清楚的。"

张局长热情地把刘涛送到门外，握手时将一个红包递进刘涛的手心，嘴里说招待不周、欢迎再来。

刘涛脸色一变，没事献殷勤，显然心里有鬼，他烫了手似的把红包还给对方，说谢谢，无功不受禄。

张局长也不以为忤，打个哈哈，说只是点车马费，没有别的意思，我敢用我头上的乌纱帽保证，我们市绝没有发生教室坍塌事故。

事故是真的！

从教育局出来，刘涛打电话给那个爆料的观众，询问此事真假。对方说绝对是真的，那个被砸伤的学生还在住院呢，就在市第二医院。

刘涛随后来到第二医院住院部，向值班护士打听是否有个被砸伤的孩子住在医院。护士显得很警惕，上下打量刘涛几眼，问你是谁，孩子家属吗？刘涛见状，担心医护人员也被做了工作，帮助隐瞒事故，就不敢暴露记者身份，说我是孩子的亲戚。

"亲戚？"护士眼里一亮，怕刘涛跑了似的一把拽住他的衣袖，高兴地说，"太好了，既然你是孩子的亲戚，那你赶快去帮她交齐手

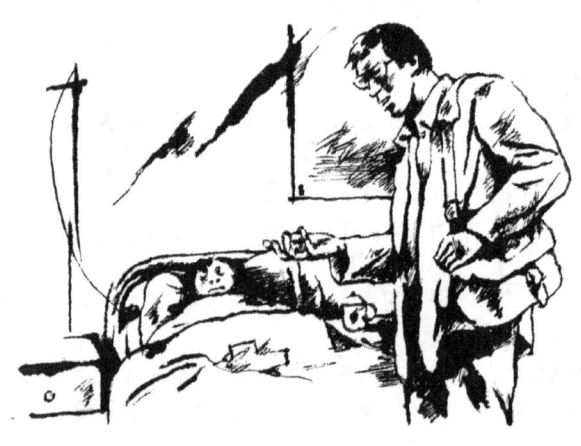

术押金吧。"

刘涛诧异道："押金还没交齐?孩子的父母呢?"

"她父母都不在,只有一个老太太在这里陪她,只带了五百块钱。"

刘涛问:"孩子在学校被砸伤,难道学校不管她?"

护士摇头说:"这我就不知道了,反正不交齐押金是不能做手术的,你别啰嗦了,快交钱吧!"

刘涛心中火起:学生被砸伤,校方不但隐瞒事件真相,连医药费都不肯出,我一定要揭穿真相,给受伤的孩子讨回公道。

他先去收费处为孩子补齐押金,随后来到孩子病房。

受伤的小女孩大概十二三岁的样子,瘦瘦弱弱,浑身是伤。刘涛进来的时候,她还在昏睡,脸上却兀自挂着泪痕,令人疼惜。一个老太太坐在床边,愁容满面。

刘涛问老太太"大婶,你是孩子的奶奶吧?孩子是怎么受的伤?"

老太太告诉刘涛,她们是河头镇卧虎岭村人,受伤的女孩子名叫英子,昨天下午在村小学上课时,教室的屋顶突然坍塌,英子本来可以脱险,但她为救另一个孩子,奋不顾身将其护在身下,结果自己被房梁砸中,受了重伤。

事故是真的!

刘涛将她的话都录了下来,又给孩子拍了几张照片。随后离开医院,驱车前往河头镇卧虎岭。

卧虎岭位于群山深处,到达河头镇后,刘涛沿着一条沙路驱车约莫四五公里,公路已到尽头,然后弃车步行,翻山越岭,又跋涉了一个多小时,才到达这个偏僻、贫穷的山村。

村小学就位于村头,那间塌掉屋顶的教室相当扎眼,门旁还挂一木牌,上面歪歪扭扭地写了"卧虎岭小学"几个字。旁边的另外几间房子也是破败不堪,摇摇欲坠。若不是亲眼所见,刘涛实在是难以相信,这样的危房居然会用来做教室,这简直是在拿孩子的生命和健康开玩笑啊。

刘涛取出相机,将断壁残垣、校牌等一一摄入镜头。在他拍照的时候,一个放羊的老头赶着几只山羊路过,停下来好奇地看着他。

刘涛向他打听:"大爷,学校的校长和老师呢?"

老头说这儿没有校长,只有一个老师。而老师昨天被砸伤,送医院了。

原来受伤的不止孩子,还有老师。

事故确定无疑,的确是发生在这所小学。

是真还是假?

返回登州后,刘涛再次来到教育局。

张局长只看了两张照片，就脸色大变，惊慌失措地道："刘记者，我真的不知道这件事，你先别着急，我再去落实一下。"

"还用落实吗？"刘涛一一指点着照片，"你看，这是学校！这是倒塌的教室！这是受伤住院的学生！事实摆在面前，你还有必要再隐瞒吗？我这儿还有录音，你要不要也听听？"

张局长额上冒出冷汗："刘记者，我对天发誓，我没有隐瞒。这事我是

真的不知情。"他边说边抓起电话，拨了一个号码。

电话通了。张局长气急败坏地问："宋校长，你怎么回事？我这里有个记者，说你们那边有间教室塌了，砸伤了一个学生。你告诉我，到底有没有这回事？"

对方回答："没有啊，我们的教室都好好的呀。"

刘涛见对方还在扯谎，忍不住大声对着电话说："你就别睁眼说瞎话了，现场我都看了。我提醒你一下，学校的名字叫卧虎岭小学。"

电话那边显然是吃了一惊，停了一下才说："这就更不可能了！现在根本就没有卧虎岭小学这所学校，因为它在五年前就撤销了，我们镇的所有中小学生现在都是在镇中心学校上学。不信的话，我们随时欢迎你来调查。"

没有卧虎岭小学？

刘涛愣在那里：对方好像不是在说谎话，可如果学校撤消了，自己明明刚去过卧虎岭小学呀，孩子也的确是在里面被砸伤的，这到底是怎么一回事？

张局长放下了心，长舒了一口气，道"你看，刘记者，我没隐瞒吧？看来里面有点误会。"

刘涛呆呆地看着照片，实在想不明白问题出在哪里。

张局长怀疑地问："你是不是搞

错了？照片上的那几间教室五年前就不用了，不会是早就塌了吧？"

刘涛肯定地说："不是，教室黑板上还写着算术题，笔迹绝对是新写的。而且，那个受伤的孩子现在就躺在医院里，老师也受了伤。你要不信，咱们现在就一起过去看看。"

张局长也是疑惑万分，起身说："行，我和你走一趟，看看到底是真还是假。"

事故里的故事

两人走进孩子病房时，受伤的孩子已经清醒过来。

张局长仔细看了看她的伤，不相信地问："小姑娘，不许撒谎，你真是在学校里被砸伤的？"

孩子微微点头。

"在卧虎岭小学？"

孩子又点头。

"这怎么可能呢？那所小学明明已撤消了呀，难道是穿越回去了吗？"张局长百思难解，心想这孩子大概是被砸糊涂了，还是问一下她老师吧，就连声问道，"你的老师呢？他叫什么名字？他不是也受伤了吗？住在哪里？"

小姑娘被他的样子吓坏了，嘴唇哆嗦着说不出话来。旁边的老太太上前一步，挡在张局长身前，不满地说："你别吓着孩子，这个孩子就是老师。"

什么？此言一出，刘涛和张局长面面相觑，都愣在那里。

"她是老师？"张局长质疑道，"她才多大呀？有教师资格吗？你们以为老师是随随便便就能当的吗？"

老太太叹了一口气，说"这不怪英子，要怪，只能怪……怪我们山里太穷啊。"

接下来，老太太就说了事情的原委。

卧虎岭地处偏僻，出山需要翻山越岭走十几里山路。以前，村里有小学的时候，女孩子一般读完小学就辍学了，除了嫌出山读书麻烦，家长们也认为女孩子迟早要嫁人，读书没什么大用。等到村小学撤消，需要到镇上读书后，许多家长干脆就不让自家的丫头上学了。

跟她们比，英子算是幸运的，一直读完了小学。她下面还有个妹妹，却没有机会上学。英子知道没文化的可怕，辍学后，劳动之余，经常教妹妹认字、做算术。村里别的没机会上学的孩子见了后就很羡慕，也跑来跟英子学，后来因为人数太多，英子都没地方教她们了。村长听说后，觉着这是好事，就让人把原先村小学那几间荒废的教室收拾了一下，让孩子们有个学文化的地方。

英子当上了老师，虽然是编外的学校、编外的老师，她却很有成就感，

还兴奋地写了一块招牌挂在门口：卧虎岭小学。

老太太说，村里也知道那几间房子有些危险，一直在筹钱维修，可惜没等筹够钱，就出事了。

张局长听完事情经过，气得驴推磨一样转了两圈，呵斥道："没有文化真可怕！你们以为学校是随随便便就能办的？真是胆大包天！你们有什么资格建学校、当老师？现在出事了，差点出了人命，这就是违法犯罪，村长、还有这小老师，是要坐牢的！"

老太太不服地说道："你还真能胡扯，村长和英子都是好心，办的也是好事，犯什么罪啊？"

张局长道："即便是好心、好事，那也不能在危房里上课，出事了，就有责任。"

老太太说："危房？你去看看，村里有哪栋房子不是危房？这几间房子就是不做教室，里面也天天有人在下棋打牌，谁摊上了这事谁倒霉呗。"

张局长摇头道："算了，我跟你也说不清楚，你就别再为你孙女狡辩了。"

老太太却道："英子可不是我孙女。我是在说良心话。"

刘涛和张局长一怔，都没想到老太太并不是孩子的奶奶。

老太太说："英子的父母在外打工回不来，她奶奶身体不好，我就替她来照顾英子。我跟你们说，我家娃娃也是跟着英子学文化，也受了伤，但我不怪村长，更不怪英子。村里也没有一个人怪他们，相反，英子是因为救人才受伤的，她是我们眼里的英雄。"

张局长还要再说，老太太盯了他一眼，问："你是管学校的干部吧？你又不让办学校，又不准当老师，你要是有办法，那就给我们村派个有资格的老师，再给孩子们盖个结实的大教室吧。"

"这……"张局长愣住了，他看看老太太，又看看病床上的"老师"，不知该如何回答。

（题图、插图：张恩卫）

先见之明

□滕 飞

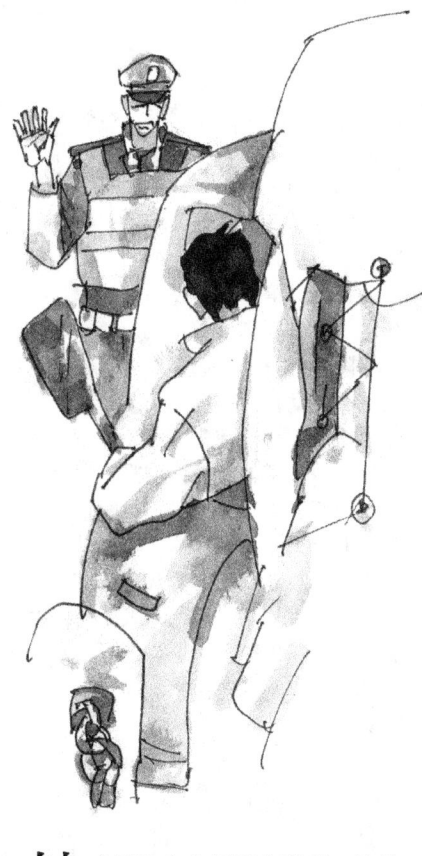

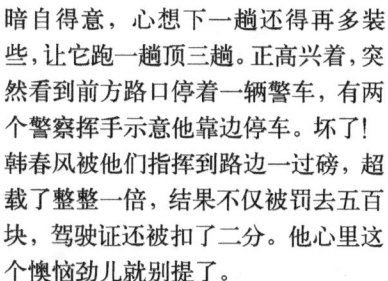

韩春风这个人好耍小聪明，他见这两年跑运输能挣钱，就学别人也去干这个。买上车他才知道这行的艰难，每次除去油钱，没啥剩头。不过他很快就找出了原因：因为运费按吨位结算，人家限重三十吨的大货车，能拉近一百吨，而他第一趟拉的货连限重都不到，能挣到钱才怪呢！

第二趟出车，韩春风就多拉了一倍的重量，当然钱也能多赚一倍。他

暗自得意，心想下一趟还得再多装些，让它跑一趟顶三趟。正高兴着，突然看到前方路口停着一辆警车，有两个警察挥手示意他靠边停车。坏了！韩春风被他们指挥到路边一过磅，超载了整整一倍，结果不仅被罚去五百块，驾驶证还被扣了二分。他心里这个懊恼劲儿就别提了。

就在他接受违章处理的时候，却忽然发现了一件怪事：一辆辆超载的大货车大摇大摆地从警车旁驶过，甚至还有好几辆货车连牌都没挂，可那两警察就跟没看到似的。韩春风纳闷了，为什么这些超载车能不挨罚呢？

等卸完货，正好到了吃午饭的时候，韩春风瞅个机会跟一个叫阿康的司机套上了近乎，从阿康嘴里打探出，原来这些车之所以超载不挨罚，是因为他们挂靠了一家"路路通"物流公司。阿康告诉他，"路路通"公司

有一个自制标志，只要把这个标志贴到车的前挡风玻璃上，就能够一路畅通，再也不用担心超载被罚了。

打探明白以后，韩春风直奔阿康说的那家物流公司。工作人员拿出一个标志，只见标志中间印着"路路通"字样，上端印着年度和月份，下面印着一个编号。工作人员得意地说："只要贴上它，保你一路畅通。"韩春风喜出望外，可接下来一听价钱，顿时犹如被兜头泼了一盆凉水，从头凉到脚。原来想要挂靠这家物流公司，每月要交四千块钱。

要不怎么说韩春风好耍小聪明呢，他很快想出来一个办法，偷着用手机到阿康车上拍下来一张照片，又联系了个做假证的，依葫芦画瓢给"山寨"了一个标志，然后把它贴到车上，大模大样地上路跑起来。跑了几次后发现，自从贴上这个标志，一次也没被拦过，这下他彻底放心了。

谁知好景不长，这天，韩春风又像往常一样，驾着超载的货车去送货。突然，前方路口有几辆警车拦住了去路，一大堆"大盖帽"冲上来围住了他，原来是好几个部门在联合执法。给韩春风的车一过磅，超载了两倍还多，处理结果是罚款一千，驾驶证扣三分。这下可把韩春风心疼坏了，不过他也很纳闷，不是有这"路路通"标志吗？别人都没事，可怎么

就单单逮着他了呢？难道人家看出他这是个假标志？

为了弄个明白，趁中午吃饭的时候，韩春风又跟阿康套起了近乎，阿康听说他被罚了，也挺纳闷，问他怎么没收到短信。韩春风心里一惊，赶紧掩饰说今天忘了带手机。

阿康告诉他，遇到联合执法，或是集中行动，"路路通"物流公司都会提前给他们发短信告知，如果不听他们的，被罚了就得自认倒霉。说着阿康给他看短信，只见第一条短信上写着从几点开始在哪个路口联合执法，提醒司机不要从此路口经过。第二条短信通知执法结束，从哪条线路撤离，提醒司机注意。韩春风看得心惊肉跳，他奶奶的！没想到这帮猴崽子还有这么一手。

不过这也难不倒韩春风，他很快就想到了解决的办法，那就是以后多个心眼，处处留意其他带标志车的动静，在路上看到他们停下，他就赶紧也跟着停下，等人家开始走了，他再跟着走。这样跑了一个多月，一直平安无事。韩春风又开始洋洋得意起来，只要平时自己小心一点，一个月就能省下四千块钱啊！

可人要是不走运，喝凉水都能塞牙缝。恰巧赶上这么一天，韩春风的亲戚结婚，他停了一天车去喝喜酒，喝得昏头昏脑，一直喝到半宿才回家。等他第二天出车的时候，

分，直接把他的车开进停车场扣下了。这下韩春风慌了神，到底出了什么事？怎么会就我一个人超载呢？

韩春风又找到阿康，一打听，原来事情出在坑洼不平的公路上。由于不少大卡车长期超载，把路压坏了。昨天有位上级领导从本市外环路过，竟然被颠得心脏病复发。更可气的是，等救护车拉着这位领导去抢救的时候，又不知道从哪儿冒出一辆大货车，因为超载太多刹不住车，直接撞到了救护车的屁股上，差一点要了领导的老命。

韩春风这才明白为什么今天会严查超载，他假装懊恼得直跺脚，说："真是不走运，今天又忘了带手机，要是看到了'路路通'发的短信，我今天也就不会超载啦！"阿康没好气地看了他一眼，说"还'路路通'个屁！那家公司昨天就被查封了，和他们勾结的几个腐败分子也被查了出来，移送到了司法机关！你还指望着他们在看守所里给你通风报信啊！"

听了阿康的话，韩春风愣了半天，没想到上级领导一发话，效率会这么快啊！他好像忘记了车被扣的事儿，竟然得意地跟人家吹嘘起来："看！我早知道他们被抓是早晚的事儿，所以从一开始我就没交那'保护费'……"

（题图、插图：谭海彦）

不知道怎么回事，总觉着哪儿有点不对劲，可看了看路边，没有一辆货车停下来躲避检查，这就说明一切正常，放心大胆地开吧。刚跑到前面一个路口，韩春风的脑袋"嗡"的一声就大了，前方又出现了一堆"大盖帽"，正在挨辆车过磅检查。到这时候韩春风才觉出了是哪个地方不太对劲，那就是今天别的货车好像都没有超载，唯独他的车超了好几倍。这次人家既不罚款也没扣

灯
又不亮了

□ 刘庆元

江口村紧靠江边，县里为美化环境，沿江造了绿化带，安装了一排景观灯。这天晚上，村长回家经过绿化带时，看见一个人在偷景观灯的电线，村长一看那人走路的身形，叹了一口气："这不是李拐子吗？"

李拐子四十几岁，有残疾，走路一瘸一拐，是一个特老实的村民，家里条件差，还供着个女儿上学。村长看他挺苦的，念在他初犯，就转身走了。

村长以为李拐子卖了钱就会收手，可没过几天，发现又有人偷电线了，村长骂："这个该死的李拐子，偷一两次就算了，怎么偷上瘾来了？"

于是，村长就走进了李拐子家，只见李拐子坐在院子墙角，用工具去除电线外的绝缘皮，碎皮撒了一地。村长大骂起来："你这是造孽啊！"

李拐子被骂急了，就指了指自家的老房子："当年我是种菜能手，这房子不就是那时候盖的？可现在呢，菜地被你们这些当村长、当乡长的卖掉了，变成了别墅。征地征地，把我们吃饭的庄稼地都征掉了。"

李拐子的嗓门越来越大，村长的嗓门越来越小。村长心想：上面要征地，我有什么办法。李拐子说："我还有个读书的闺女呢？我不想办法弄钱供她，成吗？"村长说："你就是说到天上去，也不能这样弄钱！"

村长走出李拐子家，忽然接到派出所所长的电话，口气挺急："村长，紧靠你们村的景观灯电线又被人偷了，你们村可出名了，都上报纸了，那是打你的脸呢。快跟我去调查。"

村长赶紧跑到江边，所长已经等在那里了，旁边还有不少围观群众。

所长对村长说："你带路，哪家嫌疑大，就去哪家。"村长皱起了眉头："所长，景观灯靠近我们村不假，但你根据这个就断定是我们村民偷电线，太武断了吧？"所长指着村长说："你嘴硬！"村长说："我不怕你扣帽子，不怕你查。"于是，一行人便向村子走去。

村长跟着所长挨家挨户地查了，可每调查一户，村民的脑袋摇得像拨浪鼓似的。快查到李拐子家了，村长说："这家主人是个拐子，很老实，我看算了。"所长说："一家都不能漏，进去看看。"

李拐子见村长带着所长进来，不阴不阳地说："村长啊，你动作挺麻利的啊，带着领导和大伙儿来资助我家闺女啊？"以前，村长确实带着记者来资助过他闺女。他闺女确实挺优秀，学习方面的奖状每学期都得，还有各种竞赛得的奖，贴了一面墙。

所长只扫了一眼墙上的奖状，就走进了李拐子家的院子。所长边边角角转了一圈，看了个仔细。村长注意到了，院子的墙角空空如也，知道他把东西转移了，心里暗暗松了口气。

所长和村长出门时，李拐子正往饭盒里装菜，一看只有素菜，米饭是那种发黄的廉价米。所长问："你中午就吃这个？"李拐子说："这是给我闺女带的，山区孩子有爱心午餐，这里不是山区，我给她带饭，给她节省点

时间。你们要没事了，我可送饭去了啊。"李拐子等他们一出门，"嘭"地关上门，骑上自行车就走了。

所长对村长说："我们去废品收购店，肯定会有人把电线卖给废品店，走。"村长钻进路边的一个厕所撒了一泡尿，然后带着所长七拐八拐，走到靠近别墅区的一家废品收购店。

废品店老板正满头大汗地往车上装废品。所长忽然打起电话，满脸焦急的神情："好好，我马上回来。"所长查了一遍废品店，没看到什么就出来了。然后，他对村长和周围的群众说："所里有急事，我先回去了，这事情我下次再来查。"

所长回到所里，往办公室的椅子上一躺，拨通了村长的电话，说："李拐子就是偷电线的人，他家院子的角落有一些绝缘皮的碎片。你装着上厕所，是给废品店老板打电话报信，电线就在车上，要拿可拿个正着。"

村长叹了一口气："唉，老伙计，这是沿江路装的第三批景观灯了，每批质量都有问题，早就不亮了，都是豆腐渣工程。李拐子他们也清楚，这电线其实也已经废了。我看还不如让村民偷去换几个零钱花，那个李拐子还能给他女儿买几块肉吃。你不也是这么想的吗？你和我今天唱的这一出，其实是台面上给人看的呀。"

（题图：刘斌昆）

夫妻那点事儿

□ 吴模定

有个叫李文的男人，得了1500元稿费，心思便活络起来。稿费一到手，他就邀了几个好友去喝酒，一直喝到深夜才散伙。

李文醉醺醺地往家里走，到了一个僻静处就被一个女人叫住了，她嗲声嗲气地说："哥，来陪妹妹玩一会嘛！"说着，还用手去拉李文。俗话说：酒是色媒人。李文睁开醉眼，见是一个衣着暴露的年轻女人。他一下热血沸腾起来，竟情不自禁地搂住那女人，相拥着去了她的住处。

等李文再出来已经是凌晨一点多了，酒也差不多醒了。回想起刚才发生的事，他有点后悔，虽然这是第一次，但如果要让妻子知道了，不晓得要如何伤心哩。李文不知不觉就到了家里。妻子雅琴被他的开门声弄醒了，闻到他的酒气，不满地说："怎么搞得这么晚，得了一点稿费就去喝酒？"

李文心说：她消息怎么如此灵通？我得稿费的事这么快就知道了？这么想着，他的手下意识便往衣袋里掏，这一掏却掏出了一身冷汗，因为所剩的一千来元钱不翼而飞了。

李文断定，是那女人趁自己酒醉时全部拿走了，脸上不由露出又心痛又后悔的表情来。

雅琴从李文的脸部表情看出了情况，便问："是不是钱丢了？这个我倒是暂时不追问，只是你赶快交代，这么晚才回来，到底是去干什么了？"

李文稳住表情说："你不是闻到了我的酒气吗，还不是和哥几个喝酒去了？"

"这个我已经问过他们了，说是你得了一千多元稿费，邀了三个哥们去喝酒，十一点你们就散了场，他们都已回家，但是我打你的手机却一直关着。我问你，这一段时间你到哪去了？为什么要关机？"

李文一听，又吓出了一身冷汗，显然妻子已做过调查，他只好硬着头皮编故事："我们分手后，我又独自喝酒去了。"

雅琴追问道："去哪里喝的？"

李文继续编说："就在路边的又一村。"

雅琴定定地望着他，不满地答道："撒谎也不动动脑子，又一村十一点半就打烊，咋接待你？"

李文见故事没编圆，马上强词夺理说："我进去时他们是正准备关门，但来了顾客，他们还能不做生意？"

雅琴轻蔑地笑了笑说："就算你又喝酒去了，又没吃龙肝凤胆，要用上千元吗？"

李文冒出了一身冷汗，唉，自己编的故事漏洞太多，搁谁都不信啊。但是在穷追不舍的雅琴面前，故事总得朝前发展啊，于是李文又改口说："其实，我又去麻将馆打了麻将，全输光了。"

雅琴知道李文偶尔也打打麻将，但只是应酬或者消遣，从来不打大的。而且麻将馆有规定，顶多只准打五元的。所以，她又冷笑一声，问李文："你玩了多少圈麻将？就算全输，每圈输五元，那得打多久才能将一千元输光？那是二百多圈哩！"

李文还想再辩驳，雅琴将他的头一下扳过来，双目炯炯地盯着他"十多年的夫妻了，你平时是不说谎的，今天怎么就瞒着我躲躲闪闪不说实话了呢？"

李文和雅琴的目光相对，一下慌了，考虑到事情再也瞒不过去，如果继续漏洞百出地编，只会越弄越糟。他知道，妻子是个贤惠、宽容的人，不

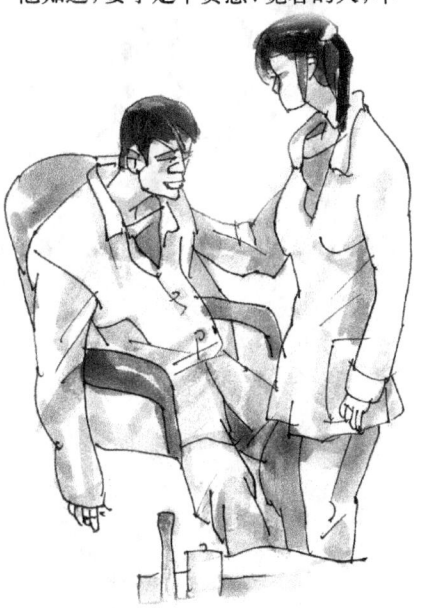

如趁早承认错误，她可能看在自己醉酒，又是初犯，会原谅的。

想到这里，李文下了破釜沉舟的决心，"扑通"一声跪在妻子面前，说"琴，我该死，我对不起你，酒后一时糊涂，在外头睡了别的女人。"

李文说罢，闭上眼睛。他想，听到这个消息，雅琴一定气得脸都会变色，一定会揪住他的头发，大哭大闹。他不愿看到妻子那种痛苦万分的表情。因为是自己做了对不起她的事，他决定，无论她怎样打，怎样骂，都

会默默地接受，以此来赎罪。

然而，非常奇怪，雅琴并没有揪他的头发，也没有骂他打他。这让李文更加害怕，都说暴风雨前反而宁静，看来是世界末日要到了。

又这么静静地过了一会儿，李文大着胆子，偷偷睁开眼睛一看，发现雅琴竟对着他笑，笑得他只觉毛骨悚然。

见李文睁开了眼睛，雅琴说："我早就知道你会这样说的。"

真是什么事都瞒不过精明的妻子，她现在可能是"欲擒故纵"，先不发作，等一会暴风雨就要降临了。是祸躲不过，是灾逃不了。李文只好硬着头皮等待。

谁料，雅琴竟然笑着说："我还不了解你吗？你就是有那个贼心也没那个贼胆呀！我知道，那钱肯定是你醉倒了睡在路边被人掏走了。"停了一会，雅琴又带着关切的口气说，"我劝你多少次了，少喝点酒，但你总是管不住自己。你想一想，喝多了有什么好？你挣稿费也不容易，就这么平白无故丢了。不过这已经算是老天保佑了，万一躺在路边被车轧了呢？这次的钱丢了就算了，也不要生气懊恼，以后再写就是了。"说完，雅琴又拿出早已准备好的换洗衣服，让李文赶紧去洗澡睡觉。

李文捧着衣物来到卫生间，流下了悔恨的眼泪……

（题图、插图：谭海彦）

狗肉浪子

□ 胡秀欣

李福贵今年三十岁，光棍一条，蜗居在父母过世前留下的老房子里。他平时偷鸡摸狗，尤其爱吃狗肉，名声不好。不过这李福贵狗肉吃多了，竟然自己摸索出一套做狗肉的绝活，那就是只用蒜泥这一味作料，就能把狗肉做得美味无穷，别有一番风味，所以人送绰号"狗肉李"，渐渐地，大家都忘记他的本名了。

这天，狗肉李在街上闲逛，捡到一只被汽车撞死的流浪狗。狗肉李乐坏了，急忙将狗拎回了家，烧水煺毛。可狗毛煺净后，狗又瘦又小不说，大概是死的时间长了，竟有一股臭味儿。狗肉李吸了吸鼻子，觉得用独门的蒜泥烹制法做，应该还能吃。于是，狗肉李打算去菜市场偷顺一点蒜。路过来福顺酒店，快到酒店门口时，他瞅见从酒店里跑出一只胖胖的小狗，嘴里还叼着一元钱纸币，朝他这边跑来。狗肉李一眼就认出了，这是酒店老板张子强养的一条宠物狗。

张子强不到四十岁，习过武，为人很仗义，生意做得不错。这条宠物狗叫牛牛，张子强训练过牛牛，它会自己叼着钱到食杂店买吃的。很快，牛牛跑到狗肉李脚边，他身后不远处就是食杂店。看着牛牛叼着的一元钱，狗肉李眼睛立马放光了，一元钱，能买一颗大蒜哩，就不用偷蒜了。他左右四下看看没人，一弯腰，一把抓住牛牛，伸出另一只手去拽牛牛嘴里的钱。牛牛急了，一松口，扭头照着狗肉李的手就是一口。狗肉李条件反射，大叫一声，用力甩开牛牛。这一下用力过猛，牛牛的脑袋砸到了电线杆上，当场就死了。一看牛牛被自己摔死了，狗肉李害怕了。

俗话说，打狗还得看主人，这要是让张子强知道了，还能有自己的好果子吃？他可是把牛牛当儿子养的。趁眼下没人看见，还是赶紧溜吧，狗肉李走出几步，突然思想斗争了起来，这肥嘟嘟的狗就这么扔了，太可惜，可这牛牛毕竟是宠物狗，吃它是不是太残忍了？可转念一想，既然是死狗了，就不必管太多了，烂在那里也浪费。于是，他向牛牛拜了一拜，然后将它往怀里一揣，一溜小跑地回了家。

狗肉李烹饪狗肉的技术是一流的，不多时，牛牛就被端上了餐桌。喝着劣质老白干，狗肉李吃得是额头冒汗，满嘴流油。正吃着，听到院子里有动静，狗肉李隔着窗户向外看去，张子强正从院门外走了进来。狗肉李心里一"咯噔"，暗叫不妙。他啥也顾不得了，光着脚就下了地，将装着狗

毛的脏水桶往床底下一塞。刚做完这一切，张子强就进屋了。他一眼瞅见饭桌上那一堆骨头和几块还没吃完的肉，脸色顿时变得铁青，怒目圆睁，上前一把揪住狗肉李胸前的衣衫，吼道："小子，我一猜就是你干的，我看你是活腻了，连我家牛牛你都敢吃。"狗肉李连连解释"大哥大哥，有话好说，你说的话我咋一点都不明白？"

张子强死死地盯着狗肉李的脸，一字一句地说："我家牛牛丢了，说，是不是你吃了？除了你能干出这事，还有谁？你饭桌上的一看就是狗肉！"狗肉李一听，暗暗叫苦，这真是怕什么来什么。他眼珠转了转，说"大哥，没错，我吃的确实是狗肉，但不是你家牛牛，是我捡的流浪狗，被车撞死的。我可以发誓……"见狗肉李极力否认，张子强松了手，但还是咬牙切齿地说："狗肉李，你最好拿出证据，证明你吃的不是我家牛牛，否则，我做了你！"说完，张子强气哼哼地转身走了。

狗肉李是吓出了一头冷汗，这上哪找证据呀？狗肉李冥思苦想，一拍脑门："有了！"当下，狗肉李也顾不得继续吃狗肉了，关上门窗。然后从床底下把装着狗毛的脏水桶拽了出来。这里装着流浪狗和牛牛的狗毛，流浪狗

是条长毛狗，牛牛是条短毛狗。如果把这两条狗的狗毛分出来，把长毛拿给张子强看，岂不是最好的证据嘛！想到这，狗肉李就下手了，也顾不得腥臊屎臭，从脏水桶里一撮撮往外挑长毛。狗肉李忙了一个下午，精疲力尽。傍晚的时候，他终于将长狗毛和短狗毛分开了。他把牛牛的狗毛统统塞到灶炕里，点火烧了。然后拎着流浪狗的长毛，来找张子强。

狗肉李把狗毛送到张子强面前，说自己吃的就是这只长毛狗，并信誓旦旦，说若是吃了牛牛，将不得好死！张子强正忙着招呼客人，没时间搭讪狗肉李，只是冷冷地说："将狗毛留下，你可以走了，别忘了，举头三尺有神灵，你好自为之……"

狗肉李忐忑不安地回到家，越想越害怕。本来以为张子强看一眼狗毛就让自己带走了，他现在留下狗毛是什么意思？自己挑狗毛时若是没看清，带进去几根牛牛的短毛，可就糟了，岂不是不打自招嘛。狗肉李胡思乱想着，觉得右手臂开始发疼，越来越厉害，渐渐地肿了起来。

狗肉李这才想起来，自己被牛牛咬伤后，没在意，也没去打狂犬疫苗。天啊！会不会是狂犬病呀？摸摸头，自己已经开始发烧了。狗肉李一点点绝望起来，他知道，一旦染上狂犬病，那可是要命的事。他开始后悔了，后悔自己不该好吃懒做，后悔自己不该

嘴馋……

半夜里，狗肉李胳膊肿得比腿都粗了，发烧也越来越厉害。求生的欲望使他挣扎着出了门。想去医院，可兜里没钱，硬着头皮，来到了张子强酒店门口，一咬牙，只能要命不要脸了，敲吧！"咚咚……"他用尽所有力气，几乎是在砸门了。片刻，还真把张子强敲醒了，他披着衣服开了门，一看是狗肉李，眉头顿时拧成了一个疙瘩，怒道："你大半夜不睡觉发哪门子神经？"狗肉李艰难地抬起自己那粗肿的胳膊，伸到张子强面前，喘息着说："你家牛牛咬伤了我，你得赔。"张子强一听，眼立刻瞪大了："什么？我家牛牛咬了你，那牛牛在哪儿？"

狗肉李的胳膊越来越痛，浑身难受得要命，站都有点站不稳了。他吃力地将身子倚靠在门上，低声说"牛牛让我吃了。"

一听这话，张子强脸都紫了，拳头攥得咯咯直响，那架势，真想一拳砸倒狗肉李。但他还是努力克制住了自己，用鄙夷的口气说"你说牛牛咬了你，证据呢？你今晚刚刚送来的可是没有吃我家牛牛的证据呀！"

狗肉李一屁股瘫坐在了地上，绝望地叫道"牛牛的毛都让我烧了，我上哪找证据去……"

"没有证据，你给我滚出去！那么可爱的小狗，你也下得了手……"

张子强怒斥着，反手关上了店门。

此时的狗肉李，可真是叫天天不应，叫地地不灵了。他好容易爬起来，踉跄着走了几步，只觉得眼前一黑，一头栽在了地上……

狗肉李醒来时，已躺在医院，经检查，不是狂犬病，是伤口感染了。过后细想，一定是在脏水桶里挑狗毛时，弄脏了被牛牛咬破的伤口，被病菌感染了。当狗肉李知道送他来医院并出医药费的是张子强时，真是羞愧难当。那天晚上，张子强赶走狗肉李关上店门后并没有马上离开，他只想给狗肉李一点教训。当他从门缝里看到狗肉李栽倒，意识到狗肉李性命堪忧时，觉得他再坏再可恶，但罪不至死，毕竟是条人命，于是连忙将他送进了医院。

病好出院后，狗肉李红着脸来找张子强，向他赔罪说："我真不是故意弄死牛牛的，我也是人，怎么忍心刻意杀死宠物狗吃呢？但牛牛死了，我又控制不住馋虫，是我没出息！"狗肉李接着又发誓，表示从今以后，再也不偷鸡摸狗了，准备出去打工了。他从衣兜里掏出一个小本本，递给张子强，不好意思地说他这多年狗肉吃得多了，摸索出一套吃狗的方法，知道狗肉怎么做最好吃。他把蒜泥狗肉的做法都写了下来，想送给张子强。他的意思是张子强可以根据他的配方，在酒店里卖狗肉。

张子强一听，乐了，一拍狗肉李的肩头说："浪子回头金不换，我看你对烹饪挺有天赋，你也别走了，就在我酒店里做个厨师，我一定给你最高工资。"

狗肉李连连点头，含着泪笑了，第一次感觉到多年来从未有过的开心……

（题图、插图：张恩卫）

2012年"山阳杯"全国幽默故事创作大赛征文启事

为进一步繁荣幽默故事创作，《故事会》杂志社与上海市金山区文广局、山阳镇人民政府决定联合举办2012年"山阳杯"全国幽默故事创作大赛，并面向全国征文。

一、征文要求：1.内容贴近生活；2.情节生动有趣；3.语言活泼，具有口头文学特点；4.作品尚未在公开出版物上发表；5.篇幅在1500字以内。

二、奖项设置：本次大赛设一等奖3名，奖金各3000元；二等奖5名，奖金各2000元；三等奖10名，奖金各1000元；创作奖20名，奖金各500元。优秀作品将陆续在《故事会》上发表，并结集出版。

三、征稿时间：2012年5月1日—2012年10月31日。2012年11月颁奖。

四、来稿方法：来稿可直接发至各编辑信箱，并请注明"山阳杯"幽默故事征稿。

□ 楚横声

不该
占便宜

李光明是个黑车司机，特爱贪小便宜，前几年买了辆二手破车，他将车伪装成正规出租车的样子，开始做起了生意。这天一大早，有一个年轻小伙子和他姐姐要雇车，说去西山扫墓。清明这几天连着下了几场雨，去西山的车很少，正是宰人的好时机，李光明热情地问："到了地方，要不要等你们啊？"

小伙子表示要在山上待一个小时。李光明心里高兴，却叫苦说："这么久？那你们得给我一百三十块钱。"

小伙子的姐姐吓了一跳，说："好贵！要不咱们别坐车，走着去算了。"

小伙子一边安慰姐姐，一边转头对李光明说："师傅，你要的太贵了，不过你也不容易，我给一百块，你给我张名片，下次我帮你介绍生意。"

李光明知道已经赚不少了，就答应了。几分钟后，车子来到去西山必经的江桥，却见前面堵了好多车。李光明一看动了心思，说："兄弟，你这趟活儿我本来就没赚什么钱，现在又不知道要等多久，我每一分钟都是钱啊，要不每等一分钟，就多加一块钱，不行的话，你们另找车去吧。"

小伙子皱着眉头说："你这要得太离谱了吧？我又不是没坐过出租，你这不是宰人吗？"

李光明眼皮一翻："嫌贵，你可以不坐啊。"

小伙子的姐姐不干了，一个劲要下车，但都被小伙子拦住了，最后姐姐让小伙子去看看，到底还得多长时间才能处理完事故，小伙子就去了。见小伙子走远了，姐姐赶紧问李光明：

"这车我们不坐了，应该给你多少钱？"

李光明狮子大开口："到这二十，刚才等了十五分钟，给三十五块吧。"

小伙子的姐姐希望李光明少要点，但李光明寸步不让，姐姐无奈，只好付了三十五块钱。这趟活拉得太便宜了，李光明一边哼着小曲，一边调转车头往回走，倒车镜里，他看到那小伙子正从桥上回来，赶紧加快速度离开这里。两分钟后，他的手机响了，接起来一听，竟是那小伙子打来的，这才想起刚才给了小伙子名片。小伙子愤怒地说："有你这么办事儿的吗？明知道我不可能让我姐走着去西

山，你太不仗义了吧？"

李光明理直气壮地说："这你可不能怪我，是你姐非说不坐车了，我还嫌少赚了呢。"

小伙子沉默了一会儿，语气缓和了下来："我们在这儿打不着车，而且桥上也不堵，你赶紧回来吧，想要多少钱，你说。"

李光明霸道地说："还是一百三十块，别跟我讲价，少一分都不行。"

小伙子毫不犹豫地答应了。李光明把小伙子和他姐姐送到西山，然后在车里美美地睡了一觉，等他们回来后，开车往回赶。可刚走了没一会，只听发动机一阵异响，然后熄了火。

李光明慌了，下车打开机盖一通检查，可他对修车根本就不懂，看了半天也看不懂。这时，小伙子说话了："你到底能不能走了？我可告诉你，我的时间也金贵着呢，你要是不能送我回去，别怪我一分钱都不付。"

李光明知道，小伙子的说法挑不出毛病，要怪只能怪自己的车不争气。他擦了擦脑门上的汗，说："你别急，我这就打电话叫人来修车。"

李光明好不容易七绕八拐地联系上一家修理行，人家一张嘴就说，要是到西山这来修车，除了他得报销来回打车费用外，还得加五十块跑道费，而且修车钱另算。

李光明一听就恼了，这也太黑了吧？正想跟人讨价还价，没想到人家

二话不说挂了电话。正不知如何是好，一辆出租车开了过来，李光明赶紧拦住，请司机帮忙给看一下车。司机挠了挠脑袋，说自己根本不会修车。

就在司机准备走的时候，小伙子却让他等一等，然后对李光明说："按那修车铺子的价钱，你这车修下来，至少得两百块钱吧？你给我两百块，我帮你修。你同不同意？不同意的话，我就坐这师傅的车走了。"

李光明在心里算了笔账，小伙子要是真走了，他不但一分钱没赚着，还得赔修车钱，还是让小伙子修车划算。于是他赔着笑说："那你就帮帮忙吧，不过，你要的价太高了吧？"

"嫌高？那可以不修嘛。"小伙子依然笑眯眯的，用李光明说过的话来回敬他，"我得向你学习，一口价，修就修，不修我这就和我姐走了。"

李光明哭丧着脸，答应了小伙子的要价，于是小伙子让那个司机离开，然后上前只鼓捣了几下，就放下机盖说可以了。李光明怀疑地瞅着小伙子，以为他在耍自己，可小伙子进了车里，片刻后，车子重新响起马达的轰鸣声。

李光明看得目瞪口呆，只好乖乖地掏出两百块钱递过去。小伙子揣起一百，又递过去一百："这是车费。"

这趟活儿一分钱没赚着，反倒搭了六十五块。李光明悻悻地问："你这手艺挺不一般啊，你是修车的？"

"是啊，如果你以后车子有什么毛病的话，可以随时来找我。"小伙子掏了张名片给李光明，李光明一看，上面写着"谭树林"这个名字。

李光明突然想起来，好像以前听人说过这个名字，说这人修车手艺高超，而且为人厚道，要是一些小毛病的话，根本就不收钱，当时自己还琢磨着，以后修车就找他呢，没想到今天在这儿碰到了。

他试探着问："谭师傅，正常情况下，我车这点小毛病，你也收两百吗？"

谭师傅悠悠一笑："正常情况下，这种活我不收钱。其实，一开始我听你发动机的声音，就知道你这车要坏，但这两天，恐怕没人会跑过来给你修，所以，我才坚持坐你的车，打算车熄火了免费给你修的，没想到……"

李光明赶紧转移话题，说："谭师傅，你想去西山扫墓，随便一个电话，多少司机争着抢着送你，还不花钱，放着这便宜车不坐，你打的什么车呀？"

"就因为那些司机会免费送我，所以我才不好意思用他们的车，占人便宜，那是人干的事儿吗？"

李光明闹了个大红脸，不知道说什么好了……

（题图、插图：谭海彦）

这几年，农民们富裕起来了，不少人家都买了电脑，学着城里人的模样，贴吧了，QQ空间了，博客了，微博了，一切的一切都整上了。

微博时代

□ 孙瑞林

农民于德水家有头配种的公牛，前几天，被人偷走了。于德水火急火燎地找了几天都没找着，他想到了网络。为了寻找那头被偷走的公牛，他专门申请了一个博客，四处发消息，还用上了微博，他在微博中声称：我家的配种公牛，白脖领白尾梢，是从科尔沁草原引进的纯种蒙古牦牛，于12月12日，在东大山吃草时，被梁上君子顺走。提供线索者有奖，帮助找回来者重谢，详情见本人的寻牛博客。

有人登录于德水的寻牛博客一看，嗨，你别说，于德水还整得挺专业。博客分几大板块：牛的写真照，牛的简历，牛的特征，牛的市场价格评估等等。看完后，有人忍不住发帖子

感叹："真是一头好公牛，可惜啊，我家的母牛痛失了一位如意郎君！"

于德水折腾了一阵子后，见没人来还牛，只好在微博中，再次声明：各位，我家那头牛是闲得无聊，自己溜达走的。如果有人把我家的公牛送回来，不算偷，我再奖励三千！

这下子，偷牛的成了爷，被偷的却成了孙子，这一反常举动，引来更多人的围观。于德水寻牛博客的访问量一天比一天多，牛微博也引起更多人的关注。

不想这事就闯出祸来，消息捅到乡长那里，乡长"腾"地从椅子上弹了起来，连声说："胡闹，胡闹！"为啥？原来今年乡里有望评上文明乡，文明乡很重要一条，就是"路不拾

38

遗"，于德水这样大张旗鼓地找牛，不是明摆着"晒黑暗"吗？

乡长急匆匆地来到德水家，阴沉着脸说："老于啊，为了一头牛，也不至于这么折腾吧。这样整，不是让全世界的人都晓得咱们乡偷牛的丑事了吗？你赶快把它给我删了！"

还没等于德水说话，于德水媳妇蹦了出来，跺着脚说："影响好不好的，我管不着。我就是想把丢的那头牛，给找回来！现在公安局不也流行网上追逃吗，我这是跟公家人学的。"乡长气得直翻白眼，刚要来硬的。于德水媳妇可不是好惹的，抄起铁锹，用身子护住电脑，然后，扯开嗓门儿，杀猪似的嚎叫起来："没法活了，这是什么世道啊，无法无天了！"

叫喊声很快就引来了很多村民围观，议论纷纷。于德水媳妇一见这阵势，更来了劲："我家的孩子正在上大学，急等着钱用，我们就指望这头公牛配种，供我儿子上大学呢。没了这头牛，我儿子的大学也上不成了。我的天啊，我可咋办啊！"

面对着这样的泼妇，乡长只好耐着性子劝道："大嫂，你别着急，我这就通知派出所，让他们尽快把你家那头公牛找回来。"于德水媳妇止住嚎叫，"哼"了一声，说："指望派出所，那黄花菜都凉了。"

乡长一时也没有了法子，只好灰溜溜地走了。

没过几天，县长的小轿车，嘎吱一下子，停在于德水的家门前。于德水两口子赶紧跳下炕护住电脑。出乎他们意料的是，县长既不指责于德水影响不好，也不让于德水删除寻牛博客和微博，而是摆出一副笑脸，拍着于德水的肩膀，详细地询问了丢牛的过程。

于德水有些不好意思了，他悄声问县长秘书，那些寻牛的玩意儿还删不删。秘书正色道："删不得！"要说这县长就是有水平，原来这事传到县长那里后，县长沉吟了片刻后，批了四个字：挖掘亮点。很快一篇《新农民新意识，寻牛点子就是奇》的稿子就发到市报。市报也觉得这是个新闻卖点，在头版登了出来，还发了编者按。

这一来，于德水的寻牛博客一时间成了街头巷尾议论的话题，访问量更是大增。人们在谴责偷牛人的同时，还不断地有人为于德水支招和提供线索……

经过这么一折腾，那个偷牛的人，再也坐不住了，他在于德水的寻牛微博后面跟帖道："老东西，你就别瞎折腾了。你再怎么折腾，我也不会把到嘴里的肥肉吐出来的！"于德水也不含糊，在网上说："这位老兄你想错了，我那头牛是花了六千多元买来的，你偷去之后，肯定要急于出手，至少也得打八折吧？"

偷牛的人又跟帖："八折也有五

千来块，比你给的赏金多！"于德水狡黠地一笑，写道："如果在我没有建立牛博客之前，就出手了，这算你捡着了。不过，从你说话的语气来看，你肯定还没有出手。我这个牛博客一公布，你还得再打两折，卖偷来的牛是要冒风险的，那两折算是风险补偿费。"偷牛的人有些生气了，说："狂啥狂，六折也是三千六呢，也比你那三千多。你就死了这份心吧，这头牛我是不会还给你的！"

于德水不屑一顾地说："如今，我的那头牛已经上市报了，成了知名牛，你想出手，又有谁还敢买呢？杀了卖肉吧，时下牛肉行情并不好，最多你也只能卖两千多块，还不如我那个悬赏钱，何苦呢？老兄，把牛还给我吧，你还算是赚了。"

偷牛人无言了。

于德水看到有门，继续给他施压："老兄，你可要想好了啊，说不定过几天，那篇稿子被省报转载了，这事可就真的闹大发了。现在人家记者都在关注此事的后续进展呢。我这头牛虽然不值几个钱，可人家为了报道，说不定还会请上级的公安部门来破案呢。那些警察可不是吃干饭的，到时候，弄不好，你会鸡飞蛋打，说不定，还有可能蹲局子。"

偷牛人跟帖道："老东西，你真是 2010 年的大蒜。"于德水问："怎么讲？"偷牛人回了三个字："算你狠！"

几天后的一个早上，于德水媳妇一开门，惊讶地大叫起来："牛真的回来了。"于德水出来，见那头公牛果然丝毫未损地站在门外。

这次丢牛事件，让于德水家的大公牛名扬百里，来于德水家配牛的人络绎不绝，着实让他赚了不少钱。

到了暑假，儿子从城里回来，悄悄问："爸，咱家配牛的生意好起来了吗？"于德水"嘿嘿"一笑，说："好起来了，好起来了。儿子，你是怎么想到这么绝妙的鬼点子的？"

儿子不以为然地说："这算啥？跟那些影视明星比起来，咱这点炒作那真是小儿科了。"

于德水满足地感叹道："懂了，懂了，牛跟人一样，得炒作，不炒没有人知道，不炒身价不高。"

（题图、插图：张思卫）

故事会 ■ 新浪 微故事大赛

9月优秀作品选登 （主题：颜色故事）

@ 风铃炸弹　"以后作业要独立完成，不要总依赖父母！"办公室里，孙老师对小良、雯雯和宁宁说。三个孩子使劲点头，心里满是同样的疑惑：老师是怎么知道我的作业是家长教的？他们并不清楚：__颜__色这道填空题，班里其他孩子写的都是五和六，唯独他们三个，被当官的爸爸填了察与观。

@ 警格尔　老婆逛街回来，我忍痛问道：老婆，你这鞋子多少钱？老婆笑道：便宜，就两张红的！我又问：裤子呢？老婆回答：三张红的啊！我急道：那外套呢？老婆说：四张红的啊！我痛心疾首：就没绿色的吗？老婆哈哈大笑，拿出一张银行卡，说：有啊有啊，后来我发现现金不够了，就用它！

@ 新闻诗评　他是少白头，结婚后都在家里由妻子给自己染头发，为此街口开理发店的张师傅老是笑他抠门。有一天，妻子去世了，没人给他染白头发了。张师傅安慰他说："我给你染吧，街坊邻居的住着，搭把手的事。"他摇摇头，说："老伴不在了，我染黑了给谁看啊？"

@ 长年一博　文文脸上有块红色胎记，幼儿园的小朋友没人喜欢和她玩，她讨厌死红色了。这天，老师对大家说："每个小朋友来到世间前，都会被天使亲吻，被轻吻的脸上什么也看不到；只有天使最喜欢的才会被重重地吻一口，脸上就会留下红色的印记。"小朋友们支着腮帮子听完，都找文文玩了，她顿时觉得红色好可爱。

@长城上看海　团里文艺队来我们连队演出，夜里大家躺在炕上议论："那个绿衣服小姐真漂亮。""不对，还是那个穿花衣服的好看。"班长严厉道："你们都是资产阶级思想，明天做出深刻检查！"大家吓得谁也不敢出声了。过了好半天，班长嘀咕："你们都啥水平，还是那个穿红衣服的好看……"班长在说梦话呢。

@张冰　老师让孩子们讨论最喜欢的颜色。不同于其他孩子各种缤纷的色彩，同同最喜欢黑色。老师问原因，同同眼中闪出光彩：那是爸爸的颜色！爸爸挖煤，身上总是黑黑的！同同眼中的光彩暗淡下去，低下头：我最后一次看见爸爸，他干干净净地躺在那里，都不起来抱我，只有黑黑的爸爸才会抱我……

@ 老窑河　他误伤了人命，外逃前，准备回家见一眼妻儿。他短信告诉妻子，家里如果没有警察蹲守，就在阳台挂一条白裙子；如果有，就挂黑的。深夜，离家老远他就看到家里阳台亮着灯，却挂了一件黑白条纹的外套。他短信责问妻子。妻子回信说：我相信你还能分辨黑白。思忖良久，他走向了派出所。

（大赛启事见本期P62）

快递员
之死

□啸声培思

新城大道中段有一个路口，这个地方因配套工程需要，好好的公路挖出了深深的大坑，挖坑的地方用可移动木板拦了起来，给人行车往带来了很大的不便。

这天下午一点左右，大道上往来车辆不多，一个三十多岁的男子驾驶着一辆摩托车飞驰而来。只听见"哐当"一声响，那辆摩托车撞歪了坑前挡着的一块木板，车子在惯性的作用下斜向蹿出去，"砰"的一声猛撞在弯道的隔离栏上。车子倒地，人飞了出去，硬生生摔在混凝土隔离栏边角上，霎时鲜血喷溅，人当即气绝身亡。

事故发生以后，有目击者马上打手机报了案。交警赶到现场，立即着手调查处理。很快案情弄清了。死者是城捷快递公司送货员张猛，执行送货任务时因撞上围路施工的一块拦板引发了事故。经法医检验，张猛体内

留存的酒精浓度很高，属于醉酒驾驶。这样，这起交通死亡事故的善后处理就变得复杂起来。

张猛的妻子麦英哭哭啼啼地说："张猛是独生子，父母年龄均在60岁以上。家在农村，除了最低农村保障金外，没有其他收入。平时生活就靠张猛补济，我因照顾孩子没有工作，一家人的顶梁柱突然倒下，这如何是好？"

处理事故的交警看到这样情况，也非常同情，于是，就积极为她查找交通事故责任单位，即那家在公路上施工的工程公司。然而负责接待的分队长很是理直气壮，他毫无余地地说："我们在此施工作业，都是手续齐全规范操作的，不存在不当之处。因此不可能对这起事故承担赔偿责任。

交警又针对本起事故的客观情况，进行了仔细认真的分析，最后作出责任认定"张猛醉酒驾车是导致这

起事故的主因，而工程公司在施工时虽然手续完备措施得当，但有路口录像和证人指证，最前面的那块可移动木板已经脱开移位，冒出路中将近60公分，导致了张猛摩托车碰擦，属管理疏忽，应负本起事故的次要责任。

最终，工程公司由于可移动木板冒出去60公分，而承担30%的事故责任。

麦英拿到了赔偿款回了趟老家，表妹珍珍听麦英如此这般一说，就告诉她老家最近发生的另外一件事。有一老乡因在单位上班时打盹，在高处掉下来被认定工伤，赔了不少钱。珍珍见过世面，她觉得麦英应向张猛的工作单位讨个说法，张猛无论有多大过错，但他毕竟是在为公司工作中出的事故，理当认定工伤。

事情闹到城捷快递公司，快递公司的老总虽然表示出相当的同情，但他说道："公司下达给张猛的快递任务是在上半天，他没有按时完成。中午喝酒后自行决定再去送货，因醉酒驾驶出的事，公司不应承担责任。至多从人情道义出发，适当给一点抚恤金。"麦英不能接受，于是一纸诉状告上了法庭。

麦英诉讼之后，庭审中出现的局面让她和珍珍感到吃惊。法官明确告知麦英和珍珍：本案可能面临败诉结果，理由是尽管张猛确实是在工作时间，在工作当中出的事故，但问题是按照有关法律条文，"醉酒"却是在工伤事故之外的范畴。

最终，麦英她们知难而退，法院通过调解，城捷快递公司同意一次性补偿麦英3万元。

律师点评：

根据法律规定："工伤是指在工作时间和工作场所，因工作原因受到的事故伤害。"这些条件《快递员之死》中张猛都是符合的，但为什么他就不能认定为工伤呢？我们要从工伤的几种"除外"情况分析。由于犯罪或者违反治安管理处罚条例导致死亡的；酗酒导致伤亡的；自残或者自杀的。这些都不得认定为工伤或者视同工伤，而张猛的"醉酒"恰恰就是除外的一种。

（题图、插图：佐　夫）

买宝

□ 张仰发

李家庄的李进财一早去乡里赶集，在路过村里的李阿婆家门口时，看到村里的李京正在跟李阿婆嘀嘀咕咕地商量着什么。出于好奇，李进财停下脚步，竖起耳朵偷听起来。

原来，这李京是想买李阿婆家的一只快要病死的狗。可不管李京怎样哀求，李阿婆就是不肯卖。为了达到目的，李京一咬牙出了两千元的高价。可李阿婆还是不肯卖，说这只小狗是自己养来做伴的。尽管狗快死了，但自己还是不会卖。

李进财听了，顿时惊呆了。他没想到一只快死的狗竟然还这么值钱，要知道，这李京可是村里的大能人，见多识广，自己开着工厂，早就有几千万的资产了，是村里的成功人士。现在为了一只普普通通的狗，竟然肯出两千元，听起来让人觉得不可思议。这其中肯定另有隐情。

想到这里。李进财集也不去赶了，赶紧回家。

说起来，李进财这人也算是一个精明的人，是那种闻到荤腥就想捞点肉吃的主儿。现在碰到这样的事，他能放过吗？回到家里，李进财冥思苦想起来，想找出李京高价买这将死之狗的理由来。如果里面有利可图，自己可得先下手为强。

上过高中的李进财知道狗肚子里会生一种名贵药材，叫什么"狗宝"来着，可值钱哩！可这想法一出现，就被他自己给否定了。因为这只是一只才四五个月大的狗，哪里可能有这种宝物？

难道这是一只名犬？这更不可能。因为李进财清楚地知道，这只狗就是李阿婆家自己的母狗生的，原本生了五只，没想到在前几天的晚上被人偷走了，只剩下了这一只。为这事，李阿婆还在大路上整整骂了一天，诅咒这个千刀万剐的偷狗贼不得好死。这也难怪，李阿婆是一个孤老婆子，平时就与狗为伴，本来指望把这几只小狗给卖了换点零花钱的，没想到连母狗也被人偷去了，难怪她会如此伤心。

排除了以上两种情况后，李进财再也想不出其他的理由。不过，这难不住精明的他。俗话说：知己知彼，百战不殆。李进财决定先探听李京买狗的理由，再作打算。

直接向李京打听，肯定不行。只能采取迂回策略。当然，这难不住精明的李进财。这天中午，李进财正要回家吃饭，看到李京刚刚上一年级的女儿李玉正在前面玩耍，便有了主意。

李进财来到李玉的面前，笑嘻嘻地说道："玉玉，叫伯伯，伯伯拿糖给你吃。"说完，便从口袋里掏出几粒花花绿绿的糖果。

李玉看到糖果，咽了咽口水，清脆地喊道："进财伯伯。"

李进财哈哈一笑，摸了摸李玉的头发，夸她真是个懂事的好孩子。然后把糖果给了她，逗她说话，问她家

里这几天有没有发生好玩的事。

李玉一边吃糖一边把家里近几天发生的事都说给李进财听。

从李玉的口中，李进财得知李京要花二千元去买李阿婆家的那只狗，是因为前两天李玉的妈妈做饭时，嫌手指上戴的戒指碍事，将它取下来放在桌上。李玉见了，想跟妈妈玩电视上的寻宝游戏，便偷偷把它藏在了早上吃剩的馒头里，准备到时让妈妈好好地找一找。谁知馒头一不小心掉在地上，刚好隔壁李阿婆家的小狗闯了进来，一口叼起馒头，吞了下去。

李进财一听，顿时欣喜若狂。要

知道李京可是一个有钱人，他的老婆戴的戒指，自己见过，是价值不菲的钻戒。要是自己能把这只狗搞到手，那这钻戒不就是自己的了吗？

当天晚上，李进财就偷偷地来到李阿婆家，想把这只狗偷走。谁知自从上次发生偷狗事件后，李阿婆加强了戒备，每天晚上抱着狗入睡，白天也和小狗形影不离，根本没有下手的机会。

硬的不行，看来只能"智取"了。这天上午，李进财骑着摩托车到乡里赶集，就在经过李阿婆的家门口时，刚好她家的那只狗正在路上。李进财车头一歪，摩托车从狗的身上碾了过去。狗在路上抽搐了几下就不动了，死了。

李阿婆一看狗死了，赶紧跑来，抱着小狗嚎啕大哭。村民们见了，都围了过来，看李进财如何处理这事。李进财站在一旁，对李阿婆说，愿意出钱赔她的狗，要她开个价。李阿婆听了，擦了擦眼泪说："这狗前两天李京出了两千元我都舍不得卖，现在你就赔两千元吧！少一分都不行。"

大家一听，都惊呆了。一只小狗就要人家两千元，心也太黑了吧！虽说李进财碾死狗不对，可大家都是乡里乡亲的，抬头不见低头见，亏李阿婆说得出口。

谁知更出乎大家意料的是，平时见便宜就占、偷鸡摸狗、鱼肉村民的李进财听了，满口答应下来，当场就拿出二十张百元大钞赔给李阿婆，提起死狗一声不吭地回了。

李进财一到家，就赶紧将狗开膛破肚，不顾熏人的恶臭，在狗屎里寻找起钻戒来。经过一番仔细搜寻，果然在狗的胃里找到了一枚钻戒。洗干净后，璀璨夺目。李进财见了，顿时欣喜若狂。

第二天一早，李进财兴冲冲地带着钻戒来到城里的珠宝店。谁知店里的营业员一看，说这是一枚假钻戒，在地摊上都可以买到，顶多值几十元。

李进财一听，顿时呆了。他没想到自己竟然花了两千元买了一只死狗和一枚假戒指。这事要是传出去，还不让人笑死？没办法，李进财连声都不敢吭一下，悄悄地自认倒霉。

再说在李阿婆家，李京笑眯眯地对她说道："阿婆，这一下可把你那几只被李进财偷去的狗都一起要回来了。这个狗东西，看他以后还敢不敢偷你家的东西。"

原来，在李阿婆家的狗被盗的那天晚上，有人看到是李进财干的。但由于惧怕李进财，这个目击者不敢出来作证。这唯一剩下的小狗，正好得病，眼看着就要死了，李京知道后，便和阿婆设下这个圈套，狠狠地教训了他一顿。

（题图、插图：刘斌昆）

46

四儿子

□ 谢 二

有个老头姓赵，单名一个范字。这赵老头早些年做过假和尚，因为那时候闹饥荒，为了讨口饭吃，他就想到了这个方法。

那一年，赵范来到一个小村庄，这庄子里有百十户人家，他就挑了个大宅院，走了进去。这家宅子的主人姓王，庄子里的人都叫他王老憨。王老憨家里有三个儿子，分别是王小一、王小二、王小三。可认识王老憨的人都知道他有个四儿子。其实啊，这四儿子就是他们家养的一条大黄狗，因为平时能帮王老憨看家护院，所以深得王老憨喜欢，叫它四儿子。赵范一进王老憨家，就赶上王老憨和他四儿子大黄狗说话呢："四儿子，今

天咱们家改善生活，吃蒸馒头，待会儿啊，我也给你吃一个。"

吃蒸馒头其实不算什么，但闹饥荒那会儿，别说馒头，连窝窝头都吃不上。说是蒸馒头，其实呀，就蒸那么几个，家里的人，每人能分上一个，就算不错的了。赵范听见这话，赶紧把话接过来："阿弥陀佛，施主真是仁德，想这天地间的万物都是一般的平等，施主竟能认这狗儿做儿子，想来施主是极有善缘的啊。"就这么几句奉承话，就管用了。怎么管用了啊？那时候的人本来就善良，看到要饭的，逃荒的啊，都会帮上一把。王老憨一看来了个和尚，马上拿出三个馒头给了赵范。

这一下，赵范倒是心满意足了，可是气坏了仨儿子。怎么呢？您想啊，本来馒头就不多，赵范一下就要去了三个，这小哥仨儿吃什么呀？王

家这小哥仁儿也都很淘气，等赵范一走，王小一就跟小二、小三说："看见没，这活儿好啊，剃了光头，披个床单子就行，待会儿咱们就这么办……"

等到了这天下午，因为庄子里有个老人去世了，王老憨就带着媳妇去那家帮着做点事情，打打下手。小哥仁儿见机会来了，马上找出剪刀，准备剃光头，做和尚。小孩子哪会剃头啊，头发是剃了，但是没剃光，哥仁儿的小脑袋上全都剩下了几绺头发，左一块右一块的，跟被驴啃过的草地似的。

接下来，哥仁儿开始找"袈裟"了。家里没有多余的床单了，但王小一有办法。他打算用面袋子改，面袋

子是用白布做的。小哥仁儿就把白面口袋剪开，脱光了衣服，披在身上。最后，王小一跟小二和小三说，有这样的好事，咱们得带着四儿大黄狗啊。于是他们也给四儿做了件衣服，然后一起帮着四儿剃狗头。忙了大半天才剃完，瞧那四儿脑袋上一根毛都没剩，连胡子都给拔了。等到都忙完，天也黑了，小哥仁儿美滋滋的带着四儿出去显摆去了。

小哥仁儿带着四儿到了老人去世的地方，没从正门走进去。从哪儿进去的？跳墙。小哥仁儿倒是能爬到墙头上，四儿爬不上去啊，四儿晃悠着大秃头在墙底下急得直转悠。小哥仁儿也没管四儿，直接就跳下去了，跳是跳下去了，可是等小哥仁儿站稳了脚跟，定眼一瞧，全都傻眼了。怎么了？他们发现赵范和尚也在院子里，而且就在他们眼前。

原来，赵范和尚从王老憨家出来就到这家了，这家的主人要留赵范在老人家的灵位前念念经，超度超度。赵范一口答应了。他想得好啊，等到夜深了，大伙都散了，他就偷偷地把祭品吃了，吃完就跑。

这会儿，赵范正假装念着经文呢。他念的声音小，别人都听不见，是这么念的："老人家啊，您走好啊，您可别跟我一般见识啊，我这是糊弄人呢，绝对没有糊弄鬼的意思，千万别跟我计较啊。佛祖爷爷呀，您赶紧派

行礼了，赶紧把那个烧鸡拿来，我尝尝，在天上总想吃，就是吃不着。"赵范也是吓糊涂了，没多想，就把烧鸡递给了小哥仨儿。

小哥仨儿吃得这个香啊。王小一一边吃，一边小声说："吃完了咱们三个就跑啊。"正说着，四儿大黄狗进来了。它怎么进来的？四儿在门外望了半天了，瞧见里边人多，没敢进。这会儿看见小哥仨儿吃得正香，禁不住诱惑，就跑进来了。

它这一跑进来不要紧，当时就吓晕过去三个老太太。四儿那造型，披着个白面口袋，光着个狗头，大白天的也吓人啊。大家伙儿一害怕，一起哄，把四儿也吓着了，它也顾不着吃烧鸡了，赶紧跑到主人王老憨的身边。

王老憨一看这个怪物冲自己来了，吓得赶紧跪下磕头。正好被王小三看见了，王小三是个本分的孩子，他急得赶紧喊：爸爸呀，爸爸呀！你怎么给它磕头啊！它是您四儿子啊……

（题图、插图：谢 颖）

几个神仙把老人家接走吧，大伙儿也赶快散了吧，散完了，我好开饭啊。"

赵范正念着呢，只听"扑通"一声，小哥仨儿从墙头上跳下来了，赵范也是做贼心虚，再加上那时候没有电灯，四周黑糊糊的，又是在超度老人的时候，突然从天上来了三个穿白袈裟的小和尚，还冒着白烟。这哥仨儿穿的是白面口袋，那玩意儿，一抖，能不冒白烟吗？赵范哪见过这个，吓得赶紧跪下就喊："恭迎神仙爷爷！恭迎神仙爷爷！"小二和小三年龄小，一见这阵势，吓傻了。王小一有主意啊，他一看眼前的情形，再一看祭品，赶紧装模作样地说："老头，别

乔治·J·康登，加拿大著名短篇小说家，作品带有科幻色彩，耐人寻味。本故事根据其作品《成名作家》改编。

成名作家

□〔加〕乔治·J·康登

贺逍薇　编译

霍华德醉心于小说创作，自诩为作家。这些年来，他靠打零工维持生计，主要精力用来创作。霍华德写出五部作品，可都被出版商退了回来，这让他受到巨大打击。

霍华德决定自杀。这天清晨，他带了把手枪只身走进公园。

在准备自杀之前，他做了精心的安排。他在衬衫的胸前口袋里塞了一张纸条，纸条上写着自杀原因，轻生者通常都会留下这样的条子。他将纸条折叠好放在一个塑料袋里，这样就不会被血浸染了。

霍华德从口袋里拔出枪，慢慢地将枪举起，对准了自己的头部。就在这时，他听到一声响，就像飞蛾撞上了电蚊拍时发出的那种声音。只见一个光球出现在他前面三米处，这团光球闪烁着，越变越大，最后变成了一个胡子拉碴的胖男人站在那里。这个陌生人全身都包裹在金属样的衣服里。霍华德慌忙把手枪放回口袋里，这个胖男人四处张望着，看见了霍华德，便对他笑了笑，然后对霍华德说了一串奇怪的话。

霍华德一句也听不懂，于是问："我听不懂你在说什么，你会说英语吗？"

胖男人大笑起来，用手拍了拍自己的前额，说："当然，我跟着历史资料学了点英语。你们这个时代还在说英语吗？那我一定是走过头了。"

霍华德惊恐不已，胖男人接着说："我来自未来，是通过时间机器来到你所在的时代。我叫麦克，你呢？"

霍华德说："我……我叫霍华德，是一个作家。"

这个胡子拉碴的胖男人盯着霍华德看，用力地拉着自己的右耳垂，似乎在回想着什么事情。突然，胖男人惊呼："是那个大作家霍华德吗？怎么可能？哇，我真是太荣幸了，先生，我从没想到过我居然会有幸遇见您。"

霍华德有点兴奋了，他急切地问："你的意思是说，你听说过我？"

胖男人十分激动，语无伦次地比划着说："在我们那个时代里，学校里的每个学生都要背诵您的作品，还有许多以您的名字命名的城市广场，你对人类文学做出了杰出的贡献！"

霍华德有点疑惑地说："可是我的作品还从来没有正式出版过呢。"

胖男人说："还没出版？怎么可能。不，等等，我明白了，我一定是走过头了。是这样的，到目前为止，你的天才还没有被发现。历史上很多天才，在一开始都不顺利，直到后来……"

霍华德激动得全身颤抖，热泪盈眶。渐渐地，他终于镇定下来，说"经过这些年的努力尝试，我已经放弃希望了。如果不是你今天出现在这里，

我现在已经自杀身亡了。现在我知道了，一切都会有转机。我的天哪！我将会天下闻名。谢谢你，麦克先生，太感谢了。"

突然，又响起了和刚才一样的声音，又有两个光球出现在面前，然后光球变成两个男人。他们也像胖男人一样全身披盖着金属样的服装，只不过他们的颜色是深蓝的，衣服上还别有证章。

其中一个新来者一把抓住胖男人，胖男人推开他的手，恼怒地看着他。

胖男人叫道："别碰我！我是麦克，宇宙的统治者，我和我的朋友哈罗德在这里说英语，他是一个舞蹈演员。"

第二个穿蓝衣服的人将手伸到腰

部，握着一个像武器一样东西的柄部，那个先前和胖男人说话的人阻止了他，然后转身对着胖男人弯腰鞠躬，谦卑地说："请原谅，大人阁下，您在精神病院里的臣民们已经为您准备好了盛宴，我们都发誓效忠于您，敬请您大驾光临。"

"为什么你不早说呢？"胖男人问道，"有没有我喜欢的那种黄色布丁？"

"多得很，堆得山一样高，阁下。"这个警卫人员说着，对着他的同伴眨了眨眼。

胖男人说"那好吧，我们走。"他

转过身来和霍华德挥手道别："再见，亨利。继续练你的歌吧，总有一天你会出名的。"

一阵声响，这三个人的身上微光闪闪，然后就都消失了，只留下霍华德一个人呆立在那里。霍华德这才反应过来，那个胖男人是从未来的精神病院逃到霍华德的时代，现在，他们被精神病院的人带回去了。怎么能相信一个精神病人的胡话呢？霍华德心灰意冷。

突然，一声枪响，惊起了一群鸽子，飞了起来，霍华德还是自杀了。

后来，警方根据霍华德衬衫里的遗嘱找到了他自杀的真相，在整理霍华德遗物时发现了他的五部小说。这事不胫而走，记者们纷纷涌向警局，这事情成了这个城市的头条新闻。霍华德的作品因此被出版商当成噱头，奉为至宝。令每个人都大吃一惊的是，此书出版后很快就销售一空，大伙儿评价很好，成了非常红火的畅销书，霍华德真的成了一个知名的作家。

（题图、插图：佐　夫）

绿版编辑部各编辑邮箱：

吴　伦：wulun54@126.com
朱　虹：zhong98305@sina.com
刘迎曦：liuyingxi1203@163.com
颜轶超：yanyichao1004@sina.com
黄美舟：huangmeizhou@163.com
陶云韫：tao1985110111@gmail.com

公馆魅影

□ 陈效平

时的京剧旦角，拿手好戏《窦娥冤》令无数观众为之倾倒。苏曼嫁给曹世清，是迫于他的淫威。曹世清是宁波当地说一不二的土霸王，凡被他看中的女人，只能乖乖顺从。

就在苏曼死后一周年的祭日，当天深夜，她的鬼魂突然出现了。苏曼身着戏装，在曹公馆后花园时隐时现，悲悲切切地唱着《窦娥冤》。第一个看见这恐怖场景的，是曹世清的七姨太陆晓岚。陆晓岚所住的跨院紧挨着后花园，从她卧室的窗户望出去，能看清花园里的一切。

打这天起，苏曼的鬼魂经常在花园里出没，凄惨的《窦娥冤》时有所闻，曹公馆里的人个个吓得毛骨悚然。但曹世清却满不在乎，对闹鬼之事根本不信。

这天晚上，曹世清宿在七姨太房中，打算亲眼瞧瞧闹鬼的情形。

睡到半夜，陆晓岚将曹世清轻轻

花园闹鬼

1934年夏天，宁波城出了桩耸人听闻的奇案，案发地点在城防司令曹世清的公馆。

曹公馆后花园有一口阴森森的古井，据说这口井邪气很重。一年前，曹司令的六姨太苏曼就因为中了邪，在后花园跳井自杀了。苏曼曾是名噪一

推醒。曹世清朝墙上的自鸣钟瞥了一眼，见时针正指向12点。他冷哼一声，光着膀子跳下床，站到了窗前。

就在自鸣钟"当当"敲响的同时，从花园古井里冒出了一股青烟。

"苏曼，苏曼的鬼魂来了！"陆晓岚指着窗外，颤声说。

曹世清吃了一惊，两眼死死盯住青烟腾起的地方。

不一会儿，青烟渐渐散尽，身着白色戏装的苏曼赫然出现在井台边。她舒展长袖，呜呜咽咽唱起了《窦娥冤》。那些唱词凄婉悲怆，在寂静的夜里，听起来格外阴森……

曹世清只觉头皮阵阵发麻，长满络腮胡的胖脸瞬间变得惨白。

苏曼唱罢，长袖一甩，周遭顿时又腾起一股青烟。等烟雾散尽，飘飘荡荡的苏曼不见了。

曹世清看得两眼发直，口里喃喃道："鬼魂，真的是苏曼的鬼魂。"

一旁的陆晓岚跟着说："是的，苏曼的鬼魂经常在花园里游走，似乎要找谁报仇。"

一听这话，曹世清的额头立刻冒了汗，紧张地说："明天，我去请些和尚尼姑，好好超度她的亡魂。"

陆晓岚点头称是。

第二天一早，曹世清命管家请来两班僧尼，大张旗鼓为苏曼超度亡魂。超度时，曹世清还在苏曼的灵前捻香祷告，态度十分诚恳。

然而，这一切都无济于事，苏曼的鬼魂依旧我行我素。曹世清着了慌，当即找来工匠，在花园的古井口安了个厚重的铁盖，用一把大锁牢牢锁住。可这遭仍不奏效，才消停了几天，《窦娥冤》的唱词又在曹公馆响了起来。

看曹世清急得团团转，管家赶忙献计，让曹司令请道士来公馆捉鬼。曹世清听了连连点头。

但是，道士们来了一拨又一拨，六姨太的鬼魂非但没捉走，反而越闹越凶了。公馆里的人个个吓得胆战心惊，连白天也不敢去后花园。自此，后花园日渐荒凉，更显得阴森恐怖。

曹世清虽然生性凶蛮，但对苏曼的鬼魂却十分害怕。因为陆晓岚的住处紧挨着后花园，从此曹世清不再去那儿过夜。最后，他干脆命人把后花园的月亮门锁了起来。

道士捉鬼

曹公馆闹鬼的消息不胫而走，在宁波城传得沸沸扬扬。

这天，一个鹤发童颜的老道来到曹公馆，他说自己姓王，能降妖捉鬼。曹世清对此很怀疑，态度十分冷淡。可王道士却拍着胸脯，保证三天后一定把鬼捉住，否则甘愿受罚。曹世清见王道士说得这么硬，就安排他住了下来。

转眼过了三日。这天晚上,曹世清打开月亮门,陪着王道士悄悄进了后花园。

来到古井边,曹世清指着井口说:"苏曼的鬼魂,就是从这儿钻出来的。"

王道士走上前,用手电把井口的铁盖照了照,又仔细检查了那把大铁锁,然后问:"曹司令,这把锁经常被打开吗?"

曹世清摇摇头,说:"不是的,自从铁盖安好后,这把锁再也没开过。"

王道士又问:"那么,锁钥匙一共有几把?"

曹世清说"钥匙只有一把,我天天带在身边。"

一听这话,王道士立刻皱起了眉头。他让曹世清打开井盖,然后举着手电,向井里仔细查看。看完之后,王道士猫着腰,在井台周围进行地毯式搜索。搜来搜去,终于在草丛中发现了一串清晰的脚印。

王道士盯着脚印,问:"曹司令,这后花园封闭多久了?"

曹世清说:"快七个月了。"

王道士的眉头皱得更紧了,他打着手电,沿脚印向前仔细搜索,曹世清紧紧跟随。最后,他们来到一堵院墙下,那串脚印突然不见了。王道士用手电照了照墙头,然后问院子里住着谁,曹世清说是七姨太。

这下,王道士的眉头顿时舒展了,他对曹世清说:"在花园夜半唱戏的,既不是妖也不是鬼,而是一个活生生的人。"

"不,这绝不可能!"曹世清连连摇头,"我是亲眼看着苏曼入殓的,除非她能死而复生。"

王道士笑着说:"苏曼当然不会

死而复生，因为唱戏的是个青年男子。"

"青，青年男子？！"曹世清听得目瞪口呆。

王道士点点头，道出了自己的分析：

据曹世清讲，井盖上的铁锁从来没开过，可长时间风吹雨打，那锁孔却没生锈，这说明，事实上井盖经常被人打开。另外，在井壁上，王道士发现了一个经过伪装的暗道口，上面有架设软梯时留下的刮痕。后花园封闭了半年多，可草丛中的脚印却是新的……以上几点表明，有人通过暗道，从公馆外偷偷潜入了花园。就脚印的大小和深浅来看，那显然是男子留下的，此人作案手法相当灵活，应该还很年轻……

王道士一边说，一边把各个疑点指给曹世清看。曹世清瞪着一双蛤蟆眼，不住点头。

听到最后，曹世清挠着头皮问："那家伙装神弄鬼闹了大半年，可公馆里的财物却分毫不少，这如何解释呢？"

王道士微微一笑，说："此人潜入曹公馆，并不是为了偷窃。"

"那，那是为了什么？"曹世清大感意外。

王道士略显犹豫，迟疑着说："若贫道讲得不中听，还请曹司令多多包涵。"

曹世清忙接口道："不妨，不妨，道长有话只管说！"

王道士这才指了指七姨太的住所，压低声音说："从墙头的痕迹上看，那男子曾多次翻墙进入卧室，如果贫道没猜错，花园闹鬼事件，恐怕跟七姨太有些瓜葛……"

听着听着，曹世清的脸色渐渐难

看起来。

见此情形，王道士又补了一句："捉贼捉赃，捉奸捉双，如果曹司令不相信，可以当场验证……"

说到这儿，王道士凑近曹世清，悄悄耳语了一番。曹世清频频点头，两眼凶光毕露。

第二天，曹世清谎称要去南京开会，坐车离开了公馆。等到天黑，他又悄悄回家，神不知鬼不觉地摸进了后花园。

花园里一片死寂，曹世清躲在一株大树后，密切监视井台上的动静。

午夜时分，井口升起了一股浓烟。和上次一样，当烟雾散尽时，身穿白色戏服的苏曼出现在了井台边。所不同的是，这回她没有唱《窦娥冤》。

苏曼就站在十米开外的地方，借着皎洁的月光，曹世清看得真真切切。王老道会不会弄错了，也许那真是苏曼冤死的鬼魂？想到这儿，曹世清的背上不由沁出了一片冷汗。

这时，井台上的苏曼朝四下里望了望，然后撩起裙摆，弯着腰一溜烟向七姨太的跨院奔去。那动作、那速度，分明是个矫健的小伙子……曹世清看得目瞪口呆，好半天才醒悟过来。他赶紧回头，紧盯着陆晓岚的卧室，只见一团白影熟练地翻过墙头，轻轻一跃跳进了半敞的窗户……

曹世清气得牙关紧咬，口里恨恨

地骂道："奸夫淫妇，等会看老子怎么收拾你们！"

说罢，曹世清蹑手蹑脚走到井台边，顺着挂在井口的软梯一级级往下爬。爬到梯子尽头，他在井壁上摸到了那条暗道的洞口。曹世清一抬腿，闪身钻进了暗道。在暗道里，曹司令掏出手枪，狞笑着将子弹推上了膛。

曹世清打算瓮中捉鳖，等那奸夫返回暗道时，冷不防给他一枪，然后再把井盖锁死，这样就神不知鬼不觉了。

放鬼还阳

王道士没猜错，从井里冒出来的，并非苏曼的鬼魂，而是一个身手敏捷的小伙子。

小伙子叫徐涛，二十刚出头，长得眉清目秀。徐涛和陆晓岚是高中同学，俩人情深意笃。后来，曹世清看中了美丽温柔的陆晓岚，他逼着陆家把女儿嫁给自己，做了七姨太。就这样，一对恩爱的恋人被活生生拆散了，曹公馆戒备森严，徐涛和陆晓岚连见面的机会都没有。

就在这时，徐涛爷爷的一句话，打破了曹公馆那高高的围墙。

曹公馆原先是清代某位巡抚的官邸。为了以防不测，建造官邸时，在后花园的井壁上挖了一条通向城隍庙的暗道。这个秘密鲜为人知，连买下巡抚官邸的曹世清都不晓得。徐涛的

爷爷当年在巡抚家做总管，知道这个机密，有一次无意中告诉了孙子。徐涛听后灵机一动，决定通过这条暗道进入曹公馆，和心上人经常幽会。于是，他买通曹家婢女阿红，把计划告诉了陆晓岚。

陆晓岚听了非常兴奋，但兴奋之余又惴惴不安。前不久，六姨太就因为和情人暗中往来东窗事发，被曹世清活活掐死。为了掩人耳目，曹世清把苏曼的尸体悄悄丢到后花园的井里，对外谎称她是投井自杀。那天晚

上，陆晓岚躲在窗帘后，看见了这恐怖的一幕。

陆晓岚既想和情郎幽会，又害怕步苏曼的后尘，几番冥思苦想后，她终于琢磨出一条避险的妙计。陆晓岚决定让徐涛扮演苏曼的鬼魂，以此吓住曹世清和仆人们，使他们不敢接近后花园，这样就便于徐涛通过暗道和自己幽会。打定主意后，陆晓岚让阿红把这个装鬼的计策转告给徐涛，徐涛对此赞不绝口。

徐涛从小酷爱京剧，尤其喜欢唱花旦，他多次看过苏曼的演出，对苏曼在《窦娥冤》中的唱腔烂熟于心。再加上徐涛长相清秀，扮演苏曼确实能以假乱真。

经过一番精心准备，徐涛化装成苏曼的鬼魂，开始在曹家后花园频频亮相。每次出场前，他先放一颗烟雾弹，然后借着浓烟的掩护爬出井口……这一招果然灵验，曹公馆里的人从此再不敢靠近后花园……后来曹世清在井口加了铁盖，陆晓岚又设法偷配了开锁的钥匙……半年过去了，一切都顺顺当当，两人的幽会从没出过差错……

此时，徐涛翻过跨院围墙，跳进了陆晓岚的卧室。

陆晓岚早就守候在窗台边，她对徐涛说："涛哥，我最近右眼皮老是突突跳，咱俩的事会不会露馅啊？"

徐涛说："那咱们还是瞅个机会，

赶快逃走吧。"

"哎，谈何容易呀！"陆晓岚泪湿双眸，"我的家人都住在宁波，如果我和你私奔，曹世清绝饶不了他们。"

一听这话，徐涛的眼眶也湿润了，哽咽着问："岚妹，那，那我们该怎么办呢？"

陆晓岚忧伤地说："走一步算一步，听天由命吧。"

不知不觉间，远处传来了第一声鸡啼。

陆晓岚见时候不早，便催促徐涛赶快离开。

徐涛哀叹道："我虽是个假鬼，但昼伏夜出东躲西藏，跟真鬼也没什么两样。"

陆晓岚红着眼圈说："在这暗无天日的世界里，咱俩是一对活鬼，我们的爱情是见不得人的鬼恋。"

沉默了一会儿，徐涛穿好戏服，流着泪和晓岚吻别。然后他轻轻一跃，从窗台跳到了花园里。

徐涛奔到井台边，发现虚掩的井盖已被人锁死了，而且那锁孔也用异物牢牢塞住，钥匙根本插不进去。这一切都表明，暗道的秘密已经暴露！徐涛吓得魂不附体。曹公馆戒备森严，他无处可逃，只得又潜回陆晓岚卧室，把自己看到的情形说了一遍。

陆晓岚听得面如土色，着急地问："涛哥，现在该怎么办？！"

徐涛绝望地说"此刻，曹世清肯定正带人朝这儿扑来，我逃不出去了。"

陆晓岚哭着问："涛哥，落到这一步，你后不后悔？"

徐涛坚定地摇了摇头："跟我心爱的人死在一起，我不后悔！"

陆晓岚扑进徐涛怀里，两个人紧紧相拥，泪如雨下。

天渐渐亮了，可抓捕的人迟迟未到，公馆里也没有任何异常。

接连三天，一切都安然无恙。最后，陆晓岚终于想出一个办法，将徐涛偷偷弄出了曹公馆。

徐涛意外捡回一条命，庆幸之余，他和陆晓岚都觉得这事太不可思议。

然而，更奇怪的事还在后头。

自打那天出门后，曹世清就再没回来过。曹家人去警备司令部询问，得知根本没有南京开会那档事。时间一天天过去，曹世清活不见人死不见尸，仿佛从人间蒸发了，警方四处搜寻，终无结果。

曹公馆里的人都认为，曹世清是被六姨太捉走了，因为打这以后，六姨太的鬼魂再也没有夜半唱戏。

时光匆匆，转眼又过了一年，曹世清依旧音讯皆无，这下，公馆里的人对他的生还再也不抱希望。仆人们一哄而散，姨太太们也各奔前程。

七姨太陆晓岚率先逃出牢笼，和情郎徐涛喜结良缘。

婚礼当天，一位白发老者来向徐、陆二人贺喜。陆晓岚觉得老者有些面熟，却想不起在哪里见过。老者说自己叫周文达，两年前曾假扮王道士去曹公馆捉鬼。接着，周文达悄悄道出了事情的原委：

在被迫嫁给曹世清之前，苏曼有个青梅竹马的恋人，名叫周俊，周文达就是周俊的父亲。苏曼成为曹司令的六姨太后，仍和周俊偷偷往来。曹世清发现后，秘密杀害了这对恋人。周文达怀疑曹世清是杀人凶手，但警察局听命于曹世清，所以周文达只能自己去破案。

听说苏曼的鬼魂频频出现在曹公馆，周文达认为这里头肯定有文章。于是他假扮王道士，进入曹公馆捉鬼，伺机调查儿子和苏曼真正的死因。住在曹家的那几天里，周文达弄清了真相，他悲愤交加，发誓要报仇雪恨。

那天晚上，在后花园捉鬼时，周文达发现了许多疑点，从而认定那个假扮鬼魂的男子与七姨太有私情。周文达深知曹世清绝不会容忍姨太太红杏出墙，于是就把自己的判断和盘托出，并面授捉奸"良策"，暗中设计除掉这个恶棍。

当曹世清躲在花园偷偷监视徐涛时，周文达也正潜伏在不远处。看见曹世清恶狠狠地钻入了井中，周文达立刻上前把井盖锁住，并将锁孔堵死。周文达之前就查清了井下密道的另一个出口，接着，他立刻赶往另一个出口，把它彻底封闭了。就这样，作恶多端的曹世清自投罗网，被活埋在了暗道中……

听完周文达的讲述，徐涛和陆晓岚如梦方醒。他俩并肩向周文达深深鞠躬，感谢老人的救命之恩。

（题图、插图：黄全昌）

□赵守玉

绝对有原因

小李大学毕业，刚分到工商局工作不久。最近一段时间以来，小李的心情很不好，因为单位一把手郑局似乎对他很有成见。

小李是怎么惹领导不高兴的呢？这个原因就出在小李的嘴上。周五那天中午，小李和同事一块聚餐，吃好饭，大家又回到了办公室。可能是酒精的刺激，众人开始高谈阔论。小李借着酒劲儿，讲了一个小三儿赶走正宫大老婆，最终被扶正的故事。正说到高潮，一把手郑局走了进来，大家顿时吓得鸦雀无声。郑局扫了众人一眼，只说了一句："中午喝了？"然后就离开了。

按理说这酒大家都喝了，可偏偏就他小李倒霉。小李实在搞不懂是怎么回事儿，只好私下里向和自己关系不错的张科长咨询原因，张科长犹豫了一下，说："你那张破嘴，说什么不好，非要说小三儿扶正。你知道吗，上次局座之争，老局长提前退休，二把手平调兄弟单位，原来是三把手的郑局直接坐了局长的位子！"

小李大吃一惊，原来郑局误认为自己是在含沙射影地讽刺他呀。这可怎么办？张科长拍拍他的肩膀头，告诉他要时时表现出对郑局的拥戴和忠心，而且一定要管住自己的嘴。小李这下可吸取了经验教训，每次说话也都是再三考虑，然后全是歌功颂德那一套，关键时候豁得出。别说，这一套"组合拳"下来，单位里同事们对他的印象和态度大不一样，就连郑局看他的眼神也不那么冷冰冰了。年底，张科长悄悄告诉小李，郑局对他的印象整体改变，他极有可能评上先进。

小李清楚，张科长向来都不说没有依据的话，而且也从不把话说死，他说极有可能自己被评为先进，那他就一定能评上先进，他激动得差点儿没跳起来。可谁知局里评选年度先进的文件一下来，上面根本就没有小李的名字。小李实在忍受不住了，他敲开张科长的家门，追问自己没被评上到底是什么原因。

"什么原因？绝对有原因！"张科长看了看他，"上月底上级来咱们局进行领导班子年度考核，对每个班子成员都要进行民主测评，郑局的测评票上有一票是'不称职'，郑局相当恼火，知道吗？"

小李一下子就明白了，郑局是把那个投他不称职票的人当成了自己，他诅咒发誓地说："那票真不是我投的，我对每个班子成员投的都是'优秀'票呀！"

"那你交票的时候是怎么交的？"

小李一愣，说："怎么交的？正常交呀！我按着考核组说的，把测评票一对折，然后交给他们了。"

"问题就在这儿！"张科长一拍桌子，"你没看看别人是怎么交的呀？人家都不折叠，而且是票面朝上交上去的，就是想让领导明白自己投的是优秀票。你说你心里没鬼，投的又是优秀票，你折它干吗？"

（**题图**：刘斌昆）

·本刊信息传真·

故事会■新浪微故事大赛

10月征集主题：最美好的事

篇幅最短、含"金"量最高的故事，等待你的挑战！

《故事会》杂志和新浪微博（weibo.com）联合主办微故事大赛继续进行，邀请各路故事名家、草根英雄和世外高人展开较量！

本次大赛所有作品通过新浪微博平台征集（搜索＃微故事大赛＃），每月一个主题，当月设金奖1名，奖金1字10元（字数低于120的按120字计），银奖2名，奖金1字5元，另设年度奖项。优秀作品将在每月的《故事会》上刊登，并结集出版。8月官场故事获奖结果已经揭晓，详情请登录故事中国网（www.storychina.cn）查看。

10月微故事征集主题：**最美好的事** 在我们经历的岁月长河里，总有一些永远不会褪色的美好记忆；在我们的遐想和憧憬中，也总有关于美好的期许画面，请把这些动人的情节写下来……正文字数在130以下，力求情节出人意表，立意隽永深远，文字鲜明生动。本月的微故事达人或许就是你！截稿日期：10月21日。（本期刊物特别选登9月微故事大赛优秀作品，详见P41）

有首老歌，叫《咱们工人有力量》。让我们看看咱们的工人老大哥面对挑战时是否力量十足。

咱们的老大哥

□ 任建顺

1.创业

在西水市城郊偏僻地带，有一家叫"老大哥"的饭店，饭店规模不大，装修也很简单，但却显得特别，如餐厅不叫餐厅，叫食堂；雅间也不叫雅间，叫车间，什么铸工车间、焊工车间、锻工车间、钳工车间等等，而各车间服务员都称"车间主任"，饭店老板则叫"厂长"。这哪是啥饭店呀，简直就是工厂嘛。其实呀，他们与工厂还真有着割不断的情感呢！

原来，饭店老板名叫刘大海，曾是东风机械厂的车间主任，而饭店的厨师、服务员，以及洗碗打杂的一干人等，都是他曾经的工友。因为饭店饭菜实惠，价格公道，服务周到，所以开张不久，生意就火得不得了。

说来当初刘大海决定开这个饭店也是偶然。

上世纪末，上千人的东风机械厂破产关门，工人们只得含着泪各奔东西，寻找生路。刘大海就骑着三轮车沿街卖盒饭，风里来雨里去，一干就是好几年。一年前的一天，他在车站门口遇到当年的工友大宋。大宋下岗后一直靠打零工为生，如今在车站卖苦力当搬运工。两人坐在路边抚今忆昔，不胜唏嘘。大宋仍住在机械厂宿舍大院，说现在大家的日子都挺难，王军在市场摆摊卖菜，张二春在医院当护工，咱们师傅老孙头因为岁数大，身子骨弱，如今竟靠捡破烂维持生计……大宋说到他自己时，长叹道：别看我现还能卖苦力，可再过几

年岁数一大，就不知到哪里找饭吃了。

大宋又发了几句牢骚后，向往地说："大海啊，现在要是有个老板能把我们这帮人都招去干活该多好啊，我们都经历了这么多，肯定会踏踏实实为他好好干。"

刘大海苦笑，说："哪有这种好事？现在人家都要高学历的年轻人，我们都是奔五的人了，又没啥文化，谁要啊？"

大宋突发奇想道："大海，要不你开个饭店吧，我们这帮老兄弟过来帮你，肯定省心。"

刘大海心中不由一动：卖了多年

盒饭，他曾有过扩大规模的想法，但开饭店可不是想的那么简单，他摇头说："我哪有那个实力啊？就是开个一般的饭店，没个五六十万根本下不来。"

大宋说："可以搞股份制嘛，你出大头，当董事长，剩下的我们几个凑一凑，当股东。咱们也不求发大财，只要解决了大伙的生存问题，就算是成功了。"

刘大海觉得这主意不错，大家齐心协力，好好经营，说不定这事能成。如果这事办成了，大家的日子好过了，自己苦点也值得。于是他说："如果大家都投资，倒可以试一试，不过，你愿意投资，不知别人愿不愿意。"

大宋兴奋地说："你放心，只要你肯牵头，剩下的事就交给我来办。"

就这样，经过一番筹备，刘大海和工友们在城郊租了个二层小楼，饭店就开张了。饭店取名"老大哥"，就是"工人老大哥"的意思，饭店的人员全部是当年的工友，大厨是当年职工食堂的孙光。孙光在一家星级酒店当大厨，收入不菲，刘大海上门请他，当他听说饭店是老工友们合伙开的，二话没说，一口就答应下来。

说实在话，包括刘大海在内，没想到饭店的生意会这么火爆。特别是一个工人出身的报社记者，偶然在"老大哥"吃过一顿饭后，对"老大哥"的饭菜味道、服务特色、经营理念赞不绝口，回去后不遗余力地在报纸、电台上一宣传，把"老大哥"称为"咱们的'老大哥'"，立刻就打响了"老大哥"的知名度。

半年后，在给股东们第一次分红时，刘大海说了自己的想法：咱们先不分红，再投资开一家分店，让更多的老工友加入我们这个大家庭，解决生存问题。

股东们一致同意，大家都对未来充满信心。

2.混混骚扰

然而，就在这个时候，"老大哥"却遇到了麻烦。

这天中午，饭店客满，刘大海正在帮忙上菜，忽听从"钳工车间"内传来哄闹声，还夹杂着碗碟破碎的声音。刘大海急忙进屋一看，只见地上杯盘狼藉，四个汉子围住服务员老陈叫嚷，其中一个臂膀上文了一只螃蟹的小伙子挥舞着拳头，正欲冲老陈砸去。刘大海急步上前把老陈挡到自己身后，说有事好商量，别动手。"螃蟹"上下打量一下刘大海，冷冷地说："你是老板吧？我正想找你呢。"

刘大海问老陈："怎么回事？"

老陈气愤地说："他们吃了酒菜，不想买单，反过来还要我们给他钱，真是岂有此理！"

刘大海明白了，遇到吃霸王餐的混混了，就赔笑道："小兄弟，天底下哪有吃饭不花钱、还要我们倒贴钱的道理？再说了，我看你们也不像是吃白食的人，是跟我们开玩笑对不对？"

"螃蟹"哼了一声："你说得不错，我们当然不是吃白食的，我们有我们的道理。"

刘大海一怔："什么道理？"

"螃蟹"扭头指了指门上的字，问："你们这里叫钳工车间是吧？"

刘大海说："是呀。"

"螃蟹"一拍巴掌，说："这就对了，车间是干活的地方，我们哥几个都是钳工，今天到这里来干活，完了你们不但不付我们工资，还要跟我们收钱？"

刘大海知道对方是无端找事，他忍住气，说："可你们是来吃饭的呀，怎么干活了？"

"螃蟹"一脸无辜状，装傻道"我们还以为吃完饭再干活呢，刚才这位陈……陈主任张口就跟我们要钱，我们当然不给了。"

大宋听到动静也进了屋，听"螃蟹"这么说，气得大吼起来："你简直是强词夺理，我问你们，难道你们进来的时候不知道这是饭店？"

"螃蟹"说："知道呀，我们本来就是来吃饭的，可进门一看，这门上写着'钳工'车间，哥几个正失业呢，就寻思着先找个工作，谁想进来一坐下，这位，"他一指老陈，"这位就自

称是车间主任，让我们点菜。我们还以为他要管饭呢，所以也就没客气。这事我觉得错在你们，怎么可以给包间起名叫车间呢？哈哈……"他的几个同伙也都阴阳怪气地跟着笑了起来。

刘大海拿过账单看了看，吃了将近一千块，他问螃蟹："消费了这么多，你们说现在怎么办？"

"螃蟹"一副若无其事的样子说："算了，我们就让一步，不跟你们要工资了，这事就算两不欠，怎么样？"

火爆脾气的大宋听了，再也忍不住了，他鼓着眼睛吼道："什么？你还让一步？告诉你，你别欺人太甚，我们也不是怕事的人！大海，今天他们要是不买单，就别放他们走。"

"螃蟹"一屁股坐下，抖着腿说："好啊，我们正不想走呢。你们不怕事，我们更不怕。弟兄们，都坐下，今天不走了，看他们能拿我们怎么样。"

刘大海见这几个人横眉竖眼，一副流氓嘴脸，心里一合计，觉得多一事不如少一事，吃点亏算了。于是笑道："好了，今天这顿算我请客，请各位走好。"

"螃蟹"得意地放声大笑，立起身还放肆地拍了拍刘大海的肩膀说："算你识相，今天就放你一马。弟兄们，我们走！"

等他们离开后，大宋气得脸都青了，愤愤地说："大海，他们分明是来找茬的，咱们可不能惯他们毛病。大不了就和他们打一场。哼，想当年老子跟人打架的时候，这帮小子还在娘胎呢。"

刘大海苦笑道："做生意讲究和气生财，刚才要是打起来，受损失的只能是我们，传出去也不好听，影响生意呢。"

大宋担心地说："我怕这事还没完，他们见你这么好欺负，肯定还会再来的。"

大宋所料没错，第二天中午，"螃蟹"又带着一帮人大摇大摆来了。一进门就对刘大海说："我现在明白你们的车间实际上是雅间，今天肯定买单。"刘大海知道来者不善，但又不能拒客，就推说雅间都预定出去了，只有大堂还有位置。"螃蟹"说没问题，大堂就大堂，一样不耽误事。

接下来他们就点了一桌子菜，推杯换盏海吃海喝起来。吃到中途，"螃蟹"突然一拍桌子，喊道："老板，你过来闻闻，这鱼怎么有臭味？"

大宋一直在附近盯着他们，见他们又要搞事，两步跨过去，对"螃蟹"怒目而视，道："你还有完没完？"

刘大海过去端起鱼闻了闻，说："没味啊，刚宰的鱼怎么可能有味？"

"螃蟹"大声说："那就是你们一定用了地沟油！"

刘大海见周围客人听说用了地沟油，都露出怀疑的表情。他忍住气，低声说："小兄弟，不知我们怎么得罪了你？你说出来，我们有错就改。你这样搞下去，我们的生意真的就没法做了。"

"螃蟹"摆出一副流氓嘴脸，嬉皮笑脸道："那就关门啊，实话跟你说，我们就是不想让你们做了。你生意这么好，我们看着不爽。你把饭店关了我们就不来了。"

对方道出用意，刘大海一时也是无计可施，他脸一沉，说："既然这样，我们只能报警了。"

"螃蟹"依然嬉皮笑脸道："要报请报吧，我只是怀疑你们用地沟油，看警察来了能把我们怎么着。"

大宋再也压不住怒火，一撸袖子，伸手揪住"螃蟹"的衣领，喝道："你是不是以为我们是软柿子啊？"

不料，"螃蟹"好像就等着他这个动作，立刻杀猪一般大叫起来"你打

人啦！打人啦！"边喊边双手一掀，就把桌子掀翻了。他的同伙立即冲上来，有的围殴大宋，有的到处乱掀乱砸。

其他客人见打起来了，吓得纷纷逃离饭店。

刘大海心里叫苦，一边吩咐人打电话报警，一边冲上去拼命拉开围攻大宋的混混。直到后厨的孙光等人听到动静，提着菜刀冲出来，"螃蟹"等人才罢手出门，跳上了一辆无牌面包车，扬长而去。

店内一片狼藉。大宋倒在地上，血流满面。

警察赶到后，歹徒早已逃得无影无踪，到哪里去找？

当天晚上，饭店当街的两面大玻璃又被人砸得稀烂。

3. 黑道插足

第二天，"老大哥"只好暂停营业。

刘大海把大伙召集到一起商量对策，大宋气愤地晃着拳头，说："他们要是敢再来，我一定给他们好看！哼，当年我们怕过谁来？"

刘大海摇头说："我倒不是怕他们，可他们在暗我们在明，要是他们背地里使坏，我们防不胜

防，一定得想个办法。"

他看着孙光："老孙，你在多家饭店干过，见多识广，你说遇到这种事该怎么办？"

孙光沉默了一下，说："据我所知，有些饭店怕混混骚扰，一般都是交保护费，找个道上的厉害人物罩着，花钱买平安。"

大宋立刻反对，道："不行，咱们挣钱多难啊，凭什么要白白送给别人？妈的，听到兔子叫还不种豆了？我就不信他们还敢来！"

大家正在商量，外面突然传来一声喇叭响。大家向外看去，只见一辆宝马车停在饭店门前，车上下来一个

戴着眼镜的中年人，他先抬头看了看"老大哥"的招牌，然后推门走了进来。

刘大海忙站起来，说："不好意思，今天我们不营业。"

对方像是没听见，抬眼在店内打量了一圈，点头道："果然有人来闹事。胆子真是不小啊。"说着，掏出手机，拨了个号，自顾自打起电话："老四，你给我查查，昨天是谁跑到'老大哥'捣乱的，查出来马上告诉我。"

刘大海等人听他那口气，不知他是什么来头，不由面面相觑。

这人收了手机，径直走到刘大海面前，问："你就是刘老板吧？我姓李。"说着，掏出一张名片，递给刘大海。

刘大海一看名片，上面写着：宏大集团董事长李明。旁边的孙光轻轻拽了一下刘大海，耳语道："大海，这人不简单，是个道上的厉害人物。"

刘大海听了一怔，觉得此人文质彬彬，不像黑道大哥，倒像是个中学教师。他小心地说："原来是李老板，对不起，我们今天不营业，请您改天再来吧。"

李明一摆手说："我不是来吃饭的，是有事想和你商量一下。"

刘大海只得狐疑地请李明进了一个雅间，落座后，没等刘大海发问，李明就问："刘老板，你想平平安安做生意吗？"

"当然，做生意的谁不想平平安安呢。"

李明说："那好，凭我李明两个字，黑道白道上的朋友都会给我面子，如果你愿意交我这个朋友，我敢保证，以后绝没人敢再来捣乱。"

刘大海当然知道没有白吃的午餐，他从兜里掏出一千块钱，双手放到李明面前，赔上笑脸道："李老板，我当然愿意交你这个朋友，但我们几个都是失业工人，为了糊口才开了这个小店，这点钱……您别嫌少，拿去买条烟抽。"

李明推开钱，说："刘老板，我可不是为了这点钱来的。"

刘大海以为他嫌少，又掏出一千："李老板，小店本小利薄，还请您照顾一下。"

李明脸一沉，说："刘老板，你以为我是要饭的？我来是为了钱？"

刘大海忐忑不安地问："那您是想……"

李明点上一支烟，吸了一口，慢慢吐个烟圈，说："刘老板，我今天来，是诚心诚意来跟你交朋友的。我也当过工人，知道你们不容易，前一段时间我见你们饭店的生意不错，从心里为你们高兴，虽然我手下弟兄提出要来为你们照看一下场子，但我怕给你们添麻烦，没同意。说实在的，收你们的钱我于心不忍啊。不过，现在看来，我们不来，别人也会来，昨天我听说有人来闹事后，很是为你们担心，怕你们以后会麻烦不断，所以，今天我就冒昧地来了。"

刘大海小心地问："您的意思是……？"

李明说："我有个想法，如果我李明做了'老大哥'的股东，那就绝对没人敢再来找'老大哥'的麻烦。"

"您想入股？"刘大海有些意外，不由又喜又忧，喜的是饭店正要扩大规模开分店，缺的就是资金，忧的是对方是个混混，跟他合作，那是与狼谋皮，怕是后患无穷。

于是，刘大海试探地问："李老板，您……想入多少钱？"

李明像是听到了可笑的事，哈哈一阵大笑后，说："刘老板，我'李明'二字就是无形资产，价值连城，我就用我的名字入股！"

刘大海不由吸了口冷气，明白了，他这是要入'干股'啊，怪不得他不收保护费，原来胃口大得很呢！刘大海自然不会答应，说："李老板，谢谢您瞧得起小店，您是做大买卖的，我们饭店本小利薄，赚这几个小钱您一定不会瞧在眼里，实在是不敢麻烦您。再说，这饭店是我们几个合伙经营的，大伙都有股份，我个人也做不了主。"

李明目光一冷，话语中充满威胁说："刘老板，你如果不同意，我也不

会强求，但我可以向你保证，没有我，你的饭店怕是很难经营下去，最后只能关门大吉。"他见刘大海不吭声，就语气稍缓一些，说，"其实，我加盟'老大哥'，我们是双赢。饭店如果不赚钱，我分文不取，你们什么损失也没有。如果赚了钱，我分的只是利润而已，而且只是一小部分，大头还是你们的。你想一下，由我为你们保驾护航，你们专心经营，照现在的势头，赚大钱是肯定的，你何乐而不为呢？"

听了这话，刘大海心想：对方虽是做无本生意，但如果真能保证饭店正常经营下去，少赚点总比关门倒闭要强啊。这样一想，就说："李老板，我可以把我的股份分一部分给你，您……想要多少？"

李明伸出三只手指头："三成就行。但不是你股份的三成，而是饭店总股份的三成。"

还没等刘大海出口回绝，雅间的门"砰"一声被推开了，大宋等人闯了进来。

大宋指着李明的鼻子，怒斥道："你还真敢要，就不怕撑着呀？干脆你把饭店全抢去得了。"

原来，刘大海和李明进房间后，大宋等人不放心，一直待在门外听，当听到李明说要入干股时，大宋就想冲进来，被孙光拦住，让他别冲动，咱们都听老刘的。后来听到李明开口要

三成股份时，连孙光都忍不住了，一起冲了进来。

李明神色不变地扶了扶眼镜，说："你们都是股东吧？利害关系我刚才都跟你们老板说了，你们可以不答应，我无所谓，不会有什么损失。不过，没有我，你们的饭店就等着关门吧。"

大宋忿忿地说："我们肯定不答应。至于饭店关不关门，你说了不算，你黑社会怎么了？我们不怕！"

李明皮笑肉不笑地盯着刘大海，问："刘老板，你也是这个意思？"

刘大海虽想息事宁人，但事关大伙的利益，绝不能妥协，于是斩钉截铁道："是，我听大家的。"

"那好吧。"李明站起来，整了整领带，"算我刚才什么都没说。告辞。"走到门口，他回头说，"提醒你们一下，一周之内，如果你们想通了，随时可以打我的电话。"

李明离开后，屋里顿时像炸开了锅，群情激愤，骂李明简直是强抢明夺。只有孙光不说话，等大伙平静下来，他才叹口气，说："大海，我看咱们遇上大麻烦了，你们是不知道李明这人，他可是什么事都做得出来。"

刘大海惊道："他到底是什么来路？"

孙光说"李明是本地一霸，手下纠集了几十号小混混，平常恃强凌

70

弱，看哪家店铺生意好，他就派人上门收保护费，不交的话他就治得人家干不下去。我怀疑，昨天那帮小混混也跟他有关，他先派人骚扰咱们，然后他再出面逼咱们就范。"

刘大海仔细一想，果是如此，他问大家："现在怎么办，要不要报警？"

孙光摇头说"报警没用的，李明这人很狡猾，他从不明着强取豪夺，而是跟你背后玩阴的，让警察抓不到证据，而且……这人很有背景，听说他妹夫是公安分局的一个副局长，不然的话他也不会这么嚣张。唉，得罪了他，我们以后怕是没好日子过了。要是他只要一成，我们不妨答应他，没想到他的胃口这么大，要三成，这样下去，怕是用不了多久整个饭店就都归他了。"

大宋摩拳擦掌，气愤地道"就是一成也决不给他，大不了跟他斗一斗。想当年，咱们在机械厂的时候，那是响当当的工人老大哥，怕过谁来？"

孙光苦笑道："好汉莫提当年勇，当年是当年，现在机械厂早关了，大家就像一盘散沙，我们就这几个人，他手下几十号人，听说都是坐过牢的亡命徒。我们怎么跟他斗？"

大宋挠挠头，气呼呼地说"那依你说怎么办，关门不干了？"

一时间大家都沉默了。过了片刻，孙光对刘大海说"大海，我们听你的，你说怎么办吧？"

刘大海说："不管怎么样，生意还得做下去，这个饭店是我们的希望啊。以后大家加倍小心点，从今天开始，晚上我们两人一组，轮流在店里值班。另外，我去派出所报一下案试试。"

当下，刘大海就去了派出所，说了李明来店里威胁的事情。接待他的警察非常热情，却也爱莫能助，因为李明只是语言威胁，又没实际行动，抓他证据不足。

刘大海说怎么没有实际行动，昨天那帮混混来店里捣乱，就是他安排的。

警察一听，说你有证据证明他派的人吗？有的话，我们可以传讯他。

刘大海尴尬地说："我……我没证据，不过，不是他还会是谁呢？"

警察遗憾地说："那就没办法了，你们只能自己小心点，一旦发现他们去捣乱，你就第一时间通知我们。"

刘大海提出，能不能安排个警察去饭店那边盯着？警察摇头说："这是不可能的，我们警力有限，还有很多大案子等着去办呢。这样吧，我们可以去警告一下李明，让他遵纪守法。目前，只能这样处理了。"

刘大海只得失望而归。

4. 笑里藏刀

一周时间转眼即过，李明那边毫无动静。饭店里也是平安无事。难道是李明见他们加强了防范，知难而退，或者是警察的警告起了作用？

然而刘大海却有一种不好的预感，觉得会有事发生。

星期五下午，刘大海去一中门口接住校的女儿菲菲，可等到学生们走尽了，也不见菲菲的身影。他的心不由提了起来，赶忙打电话回家问菲菲回家了没有，接电话的正是菲菲。听到女儿的声音，刘大海提起来的心才放下来，他问女儿怎么自己回家了，害老爸白跑一趟。菲菲开心地说："爸，我坐你朋友的宝马车回来了。"

宝马车？刘大海心里一颤，猜想可能是李明所为，顿时惊恐得浑身发抖。急切地问："菲菲，你……没……没什么事吧？"

菲菲说"没有呀，李权叔叔很随和客气，直接把我送回家了。"

果然是李明，刘大海生气地呵斥菲菲道"菲菲，你怎么这么不乖！怎么能随便上生人的车？"

菲菲委屈道："他说是你的好朋友，说你店里忙，托他来接我。爸，怎么了，他不是你朋友？"

刘大海只觉得浑身无力，叹口气，说："菲菲，等晚上回家爸爸再跟你说吧。"

刘大海关了电话，一颗心依然怦怦乱跳，没想到李明竟然盯上了女儿菲菲。菲菲可是他的全部，要是女儿有个三长两短……刘大海不敢往下想了。他由惧生怒：李明啊李明，你可以欺我、骂我、打我，但我绝不允许你碰我的女儿！

刘大海蹲在路边，思前想后，抽了半盒香烟后，打定了主意。他从兜里找出李明的名片，打电话给李明约他见面。

一个小时后，刘大海走进金阳光大酒店306号房。

房间内已经摆了一桌宴席，桌边坐了三人，李明居中而坐，左侧是个四十岁左右的胖汉，右侧是个左脸有一道刀疤横贯上下的精壮青年。李明冲刘大海点点头，一指对面一张椅子，说："刘老板，请坐。"

刘大海在桌边站定，说："不用，我说几句话就走。李老板，我来只是想亲口告诉你，有事你冲我来，请别碰我的家人，否则，我会跟你拼命的！"

李明一脸无辜道："是这事呀，刘老板，你误会了，我是见你太忙，怕你忘了去接女儿，这才为你代劳的，没别的意思。你女儿挺可爱的，呵呵……"

他左右两人也跟着淫笑起来。

刘大海感到头皮一阵发麻，他瞪着李明，一字一顿地说"我重申一遍，请你别碰我的女儿！"

李明收住笑，说："没问题，只要你够朋友，谁要碰你的女儿，我李明也跟他拼命。"说完，他向胖汉一使眼色，胖汉从包里拿出一份文件，放到桌面上，"刘老板，这是入股协议。"又把一支笔"啪"拍在桌面上，"这是笔。"

刘大海拿起协议看了看，问："你一定要三成吗？"

李明点头，道："四成也行。"

刘大海提高声音："你这就是强抢！"

李明耸耸肩，道："你非要这样理解，我也无话可说。"

刘大海拿起笔，把协议铺到桌面上，弯腰打算签字，嘴里则问："去店里闹事的那几个人也是你安排的吧？"

李明大笑道："哈哈，没有他们几个，我们怎么能合作成功呢？刘老板，签了字，我们就是一家人了，就等着一起发大财吧。"

刘大海摇摇头："发财的只是你。李老板，我永远不会和你这样的人成为一家人。"说罢，他把笔一扔，直起腰，问，"这字我要是不签呢？"

李明脸上的笑顿时消失，冷冷地说："如果我是你，我肯定会签的。"

刘大海说："可惜你不是我。李老板，我明白告诉你，第一，'老大哥'不是我个人的，我做不得主；第二，即

便我做得了主，我也不会签。你霸占三成股份，就成了最大股东，饭店就成你的了！"

刀疤脸霍地站起，一拍桌子，恐吓道："你今天签也得签，不签也得签！"说着，从腰里抽出一把匕首，"噌"插在了笔的旁边，凶狠地说"这两样，一文一武，你选一样吧。"

刘大海盯了匕首一会儿，然后，伸手拿起匕首，说："我选这个。"说着就将左手放到桌面上，右手举起匕首，他目光盯着李明，嘶声大叫说："你们别逼我！"

李明神色不变，冷笑道："想自残啊？跟我玩横的是不是？你就是剁下一只手，该要的我还要！不信你就试

试。"

两人目光交锋，对峙了将近一分钟，刘大海一阵惨笑后，颓然放下了匕首。

刀疤脸冲上前，挥拳结结实实地打在刘大海脸上，骂道："妈的，敢威胁我们，关公面前你敢玩大刀？"

刘大海被打得一个趔趄，伸手撑住桌面，这才没有倒下，大声说："李老板，你要怎样才能放过我们？"

李明冲桌上的笔努努嘴，说："你只要拿起笔签了字就没问题了，以后我们一起发财。"

刘大海提高声音道："这肯定不行，'老大哥'是我们的，无论你怎么逼我，我都不会同意。"

李明见他死不开窍，知道他的软肋在哪里，就哼了一声，说："好吧，我也不逼你，不过，希望你以后能照顾好女儿……"

刘大海再也忍受不了，怒道："别动我女儿！李老板，你也是一条汉子，有种就不要背后玩阴的，咱们当面锣对面鼓，来明的怎么样？"

李明问："好呀，什么叫明的？"

刘大海说："那就按你们江湖规矩，我和你单挑。"他估摸着按李明的身子骨，打架自己不一定落在下风。

李明笑道"我和你打？哈哈，又不是争武术冠军。我们的规矩，可是不讲究单打独斗啊。"

刘大海早已料到李明不会同意单挑，立刻又说："那我们就各自带着自己的人马，约个地方痛痛快快打一场，分个输赢。你敢吗？"

李明皱眉道："我们都很久没有动刀动枪了，弟兄们正手痒呢，既然你有这个要求，我满足你！"他翻了翻眼皮，说："刘老板，你不会是想要花招吧？是不是想到时候通知警察来抓我们呀？我可警告你，我们出来混的最恨不讲义气的，如果你报警，你的女儿会很惨。"

刘大海说："你放心，我决不会报警，即便你们把我打死、打残，我也认了。"

李明点头道："那好，我就答应你。不过，我们先说好，架打完后，即便把你打废了，你也别指望我会可怜你，这份协议你还得签。"

刘大海问："那如果你输了呢？"

李明像是听到了什么滑稽的事情，哈哈大笑道："如果我们输了，我李明以后还有脸在本地混吗？我以后就认你当大哥，决不再为难你。"

"希望你言而有信。下周日晚上九点，咱们西郊垃圾场见。"

刘大海说完，转身向外就走。李明突然喝道："回来！"刘大海停下，问："你是不是不敢了，要反悔？"李明阴沉着脸吩咐刀疤脸："你过去搜一下他的身。"

刘大海脸色顿时一变。刀疤脸在刘大海身上上下一摸，从衣兜里掏出一支录音笔，交给李明。

李明冷笑道："就知道你会玩花样，是想当证据交给警察吧？我警告你，下不为例！再敢耍花样，我保证让你女儿会跟这支笔一样。"说罢，将录音笔一折两断。

5. 单刀赴会

第二天，刘大海来到饭店，对大宋他们说自己老家有点事情，最近就不来饭店了，饭店暂时由大宋负责。他对大宋说，你脾气太急，以后有什么事情一定要和大家商量，凡事忍着点。

大宋见他左脸腮上有一团乌青，问是怎么回事。刘大海说昨天回家的路上骑车不小心，摔了一跤。

大宋将信将疑道："大海，你是不是跟人打架了？"

刘大海笑道："打架？你又不是不了解我，我活了几十年，和谁打过架？跟人说话都不敢大声，敢跟谁打架？"

大宋道："那倒是，咱俩认识了也二十多年了，我还真没见过你跟人动过手。"

刘大海心说：那是我以前从没被人逼到这份上，现在，为了我女儿、妻子，同时也为了咱们的饭店，我还真要跟人打架了。不过，他不想把这事告诉大宋他们，决定自己一人承担。

昨天他坐在学校门口的马路边，想了很久，认定李明盯上了自己的家人，肯定不达目的不会罢休，一定得把这事做个了结。他觉得要想让对方放弃，只有两条路：一，跟对方打架，打得对方怕了自己，主动服输放弃，当然，这个根本不可能，自己势单力孤，怎么可能打得过这帮流氓呢？第二，想办法让警方抓到李明违法犯罪的证据，将他绳之以法。

于是，他想了两个计划，第一个计划就是带着录音笔去见李明，偷偷录下他敲诈勒索的过程，不想却被李明识破。现在，只能施行第二个计划了：和对方打架，只要打斗中有人受重伤或出了人命，事情就闹大了，警方就会插手。当然，自己以卵击石，受伤的肯定是自己，甚至有丧命的可能。但他认为只要饭店能保住，自己的家人能平安，即便自己身残乃至丧命也值了！另外，他觉得，李明只是逼自己跟他签约，不可能要自己的命的。

他也想过把这事告诉大宋他们。但想到饭店加起来也就十几个人，大多还是老弱病残，去了只能白受伤害。于是他决定一个人去赴约。想想那场景，他甚至觉着好笑：李明一方肯定做了准备严阵以待，他要是看见自己一个人单刀赴会，一定会当场惊掉下巴吧？

离开饭店前，刘大海恋恋不舍地

把大宋拉到一旁，叮嘱说："大宋，饭店就交给你们了，另外，我不在的这段时间，我家里的事情你们也帮着照应一下，特别是菲菲，麻烦你多费点心。"

大宋看了他一眼，说"这个不用你说。可是大海，你怎么回事，我怎么听着你像是在托付后事呀？"

刘大海笑道："你少胡说八道！"说罢转身走了。

这两天正好是周末，刘大海陪妻子、女儿痛痛快快玩了两天。星期天傍晚，他把女儿送回学校，看着女儿的身影消失在校园里，他忍不住落下了眼泪。

接下来，他坐车回了农村老家。他怕人打扰，干脆关了手机，陪在父母身边安安静静地度过几天。

转眼到了双方约定的日子，刘大海提前来到了西郊垃圾场。这里并无

垃圾，是一大片空地，地处偏僻，晚上更是少有人迹。刘大海找了块砖头，垫在屁股下，然后点上一颗烟，坐在那里静静等待。

九点整，两辆面包车开进垃圾场。刘大海深吸一口气，站了起来。

面包车一停下，车门打开，先后从上面跳下了三十多人，一色黑西服、黑领带。李明最后下车，他四处张望一番，狐疑地走到刘大海面前，问："刘老板，你的人马呢？"

刘大海说："用不着别人，我一个人应付你们足够了。"

李明一愣道："刘老板，是不是没人为你卖命啊？啧啧，真是可怜，我看，你还是算了吧，乖乖把字签了，以后一起发财。"

刘大海断然道："你想都别想！"他一弯腰，抄起那块砖头，"来，你们要打要杀，开始吧。"

李明迟疑了一下，眼里凶光闪过，冷笑道"既然你自己想找死，就怪不得我了。"他退后两步，吩咐手下，"过去给我狠狠教训他一下，别打死就行。"

众手下嘻嘻哈哈走过来，把刘大海围了起来。刘大海神经紧绷，攥紧了手里的砖头，眼睛盯着最前面一个光头小子，心说我就只对准他一个人下手，找个垫背的。

双方距离越来越近。刘大海大吼一声："我跟你们拼了！"

刹那间，对方刀棍并举，一拥而上。

6.众志成城

就在这危急关头，突然传来一阵急促的汽车喇叭声，一队汽车朝垃圾场疾驰而来，大车灯光把垃圾场照得如同白昼。

李明见状大惊，赶忙喝止住手下，然后大声喝问刘大海："你是不是报了警？"

刘大海茫然地说："没有呀。"

说话间，这队汽车驶进了垃圾场，一字排开。但并非警车，而是两辆大客车，两辆面包车，还有四辆出租车。

大客车的门一打开，大宋率先从车上跳了下来，他手里握着一根铁棍，快步走到刘大海身边，大声说："大海，援兵已到，没来晚吧？"

刘大海诧异道："大宋，你怎么来了？"

大宋往后一指，笑道："你瞧，不光我，大伙儿都来了。"

刘大海回头看去，只见车上仍在不断地往下下人，有张二春、有孙光、有刘建设、有赵援朝……大多是当年机械厂的工友，厂子倒闭后大家各奔东西，不少人刘大海已多年未见，没想到现在都来了。另外，还有一些未

见过的生面孔。他们手里有握棍子的，有拿扳手、榔头的、有拎链条锁的……顷刻间，刘大海身边站了黑压压的人。

刘大海激动地问："大宋，你……你是怎么知道的？"

大宋得意地说："什么事能瞒过我啊？那天，我就觉着你不正常，但怎么也想不到你要跟这群氓拼命。直到前天，有个李明的手下来饭店找你，这人也是个下岗工人，同情你，所以来给你通风报信，说李明纠集了一批好勇斗狠之徒，让你最好不要去送死，我这才知道了经过。"大宋埋怨道，"大海，'老大哥'是我们大家的！这根本不是你一个人的事，你怎么能不告诉我们呢？"

刘大海眼窝发热，说"我不想牵连你们，没想到，你们还是来了。"他回头看看众人，"那……大伙怎么都来了？"

大宋一拍胸脯："当然是我通知的。不过，我也没想到会来这么多人，我只是通知住在老厂宿舍的几个工友，没想到一传十十传百，大家听说有人找咱们的麻烦，就都来了。大海，别看现在大家各奔东西，但还是工友、兄弟，心还是连着的。"说着，瞪着对面李明等人，大声道："哼，今天让你们看看，咱们工人可不是好欺负的！"

刘大海激动地冲众人抱拳说：

·中篇故事·

"我刘大海谢谢大家了。"然后转向李明,问,"李老板,你看,这架还要打吗?"

此时,李明和众手下已退到了十米开外,个个神色慌张。

李明感到进退两难,对面这些个下岗工人虽然都已四五十岁,但个个满脸怒火,像跟自己有深仇大恨一样,若单打独斗,自己手下自然不怕,可现在是打群架,对方少说也有二百多人,要是一拥而上,自己这帮人怕是谁也别想囫囵着离开。但若就此罢手,传出去,自己以后还怎么混?他见手下还在偷偷往后退,把心一横,从腰里抽出砍刀,大声说:"几个臭工人,不过是群乌合之众,大家都别怕,给他们点颜色瞧瞧!"

大宋一听,也喊道:"好吧,就让他们见识一下咱们下岗工人的厉害!为了我们的'老大哥',大家一起上,教训这帮王八蛋!"

众人齐声大吼,一起冲了上去。

李明也大喊一声:"打!"

"打"字一出口,他的手下倒真立即行动,呼啦一声,从他身边散开,不过,他们不是往前冲,而是往后跑,转眼间,跑得只剩下了李明一个光杆司令。别看他这帮手下个个好勇斗狠,但都是欺软怕硬的主儿,此时明摆着挨揍,谁还会为他卖命啊?于是,顿作鸟兽散,一个个跑得比兔子都快。

李明立刻被下岗工人们围在中间,眼看就要挨一顿揍。

刘大海见胜败已定,急忙大声让众人住手,但还是晚了一步,李明脸上已经挨了几拳,已经鼻青脸肿了。

大宋不甘心地说:"大海,今天一定要狠狠教训他一下,否则,他以后还会贼心不死。"

刘大海看看众人,感慨地说:"有你们大家做我的后盾,难道我以后还会怕他吗?"说着,他逼视着李明,问"李老板,你现在有什么想法?"

"我……我认栽,对不起……"李明狼狈地耷拉下了脑袋,他做梦也没想到,招惹这几个不起眼的下岗工人,竟是自己捅了马蜂窝……

(题图、插图 杨宏富)

千里追债

□ 童树梅

浩东大学毕业留在大城市工作好几年了，几年来他铭记一件事还李大爷的债！浩东是个孤儿，是邻居李大爷资助他八万元钱读完高中、大学的。李大爷资助浩东有两个条件：一是浩东要读完大学，二是浩东毕业挣到钱后必须还钱，为此浩东还打了一张欠条。

浩东有了工作后，慢慢存折上攒够八万元，他正要还债，谁知这时女友横插进一杠子，要他赶紧买房，说得很坚决："没有新房我是绝对不会嫁给你的！"无奈，浩东安慰自个儿说，反正李大爷有退休工资，也不急等着这钱用，这钱以后再还吧。这么一想他便拿这钱交了首付。

当浩东再次存够八万元的时候，他的心态又有了些微妙的变化。存下这八万元钱比起以前难多了，工作越来越辛苦，社会变得更复杂，没钱的日子从小到大过够了，太可怕了。思来想去，浩东一狠心做出一个决定：债再拖上一拖，李大爷孤身一人，要那么多钱干什么用？再说、再说……李大爷都七十多了，还能活多长时间？说不定一觉醒来人就没了，那时就用不着还债了。浩东这么狠心地想着，随即更换了手机号码，这样一来就不怕李大爷找自己了。

有一段时间，浩东到外地出差，回来得知，有个姓李的老大爷这些天，天天来公司找他，见左右等不到就走了，临走时还留下一封信。浩东吓了一跳，李大爷从千里之外找上门，肯定是来要钱的！

浩东提心吊胆看完信，果然不错，李大爷正是要钱的，信内只有一句话：孩子，还记得那张欠条吗？

李大爷以前经常这么叫他，现在这一声久违的"孩子"差点弹出了浩东的眼泪，可片刻工夫他又心硬起来：李大爷，钱来得太难，我真的不想还你了。

回过身浩东就辞了职，这样一来李大爷就彻底找不着自己了，反正这破工作也不值得留恋。

浩东辗转来到另一个城市，又找了一份新工作。可在夜深人静之时他却常常醒来，然后眼望天花板整宿整宿地睡不着觉：李大爷打我的老手机号码了吗？他到老单位找我了吗？他是不是真的急要钱用？对不起……

就在浩东无数次祈祷李大爷忘了这事时，意外出现了，一个偶然的机

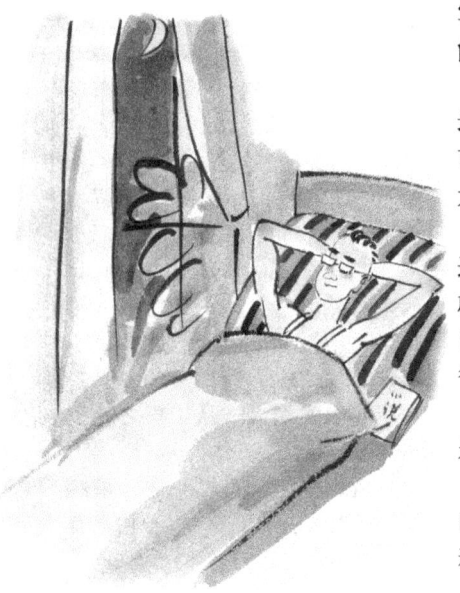

会，浩东在居所附近的电线杆上看到一则寻人启事，上面写着：浩东，我的孩子，你在哪里？你忘了那张欠条了吗？

难道李大爷曾经在这地段见过自己？浩东越想越紧张，决定再换工作、搬家，这座城市这么大，人口这么多，不信李大爷就能找到自己。

这么着浩东就又伤筋动骨地辞工作、找工作、退房子、租房子，大费周折了一番，谁知还没安稳多长时间，李大爷又出现了。

这天晚上浩东正看着晚报，忽然一个激灵全身一抖，像是给钢针狠狠刺了一下，手中的茶杯砰然落地。原来在晚报夹缝里看到一则寻人启事，写的是：浩东，我活不长了，你就不能见我一面吗？

李大爷如此不惜钱财、大动干戈地寻找自己，看样子这钱他是非要不可了！浩东不停地喘气，终于想和李大爷来个正面交锋。

浩东按晚报上留下的电话号码拨通后，还没来得及改变自己的声音，就听电话那头是个陌生人声音。那人自我介绍说是律师，浩东大惊，李大爷这是要通过法律手段索债？

谁知律师淡淡地说了一句："你是浩东吧？李大爷走了，刚刚走的。"

浩东听了张口结舌，心头一片空白，原先想好的假话一句也说不出来，一时间不知道是悲伤、惭愧，还

是庆幸,这时律师又说了:"李大爷临走时留下一封信,让我转交给你,你能告诉我你的地址吗?我好寄给你,要不,我当面交给你也成。"

浩东猛地回过神来,慌忙说"我忙得很,不方便收信,这样好了,你就读给我听吧。"

电话那头律师一下子听出了浩东的话里话,他从鼻子里哼了一声,说:"你放心好了,我根本不是引你出面要钱,李大爷已不要那钱了,现在我就把信读给你听。"

律师低沉地读了起来:浩东,我老了,离死不远了,可就是放心不下你,我是看着你长大的,你是个苦孩子,我喜欢你,也可怜你,所以当年资助你上学,到现在我还是不后悔。现在我千里迢迢地找你,确实是为了要钱,可也并不完全是为了要钱,我都要走的人了,要那么多钱干什么用呢?我只是告诉你一个做人的道理,那就是言而有信。孩子,你未来的道路还很长,一定不能昧着良心做人!

信一字一字地读完了,律师最后意味深长地说:"浩东,告诉你一件事,李大爷确实不跟你要钱了,欠条他也当着我面烧了,可他还是留下一句遗言,就是希望你还债。他要我给你三天时间考虑,到时候你想好了还打这个电话。浩东,记着李大爷信里最后一句话,一定不能昧着良心做人啊!"

浩东手握话筒好半天没回过神来,而接下来的三天时间更是度日如年、寝食难安,李大爷的遗书如冬日阳光、如涓涓细流,使他温暖如见亲人,有一种想痛哭的感觉,钱真的该还了,不能再拖了,再拖下去自个良心真的过不去啊!

谁知就在这时,未来的丈母娘出面了,她说:为了体面地让女儿出嫁,浩东必须拿出十万元!浩东一下子崩溃了,要知道房贷还月月压在肩头哩……

三天的时间到了,浩东走投无路,他一拨通律师的电话,就失态地叫道"律师先生,我真的拿不出这笔钱,我没办法,我对不起李大爷……"

律师听了半晌无语,然后长长叹了口气,说"你太辜负他老人家了!对了,李大爷还留了个遗嘱,他说如果三天后你还钱的话,钱你还是收回,并且,老家县城他名下估价四十万的房产也赠送给你。如果你不还钱的话,他将把房产赠送给县慈善协会,作为寒门学子的助学金。李大爷说他这辈子没有小孩,所以最喜欢小孩,最见不得孩子受苦,他永远不后悔对苦孩子的资助……"

放下电话,浩东抱头嚎啕大哭,他悔啊,揪心的悔,可这回真的不是因为房产,不为钱,只为债,因为李大爷的债他这辈子也还不清了。

(题图、插图:安玉民 梁 丽)

阿P勇出头

□吴泽鲁

阿P早晨去买早点，路过菜市场，看见一个二十来岁的年轻人，头发染成红色，左臂戴着一个袖章，上书"执法志愿者"。这倒新鲜，这家伙不穿制服，一副流氓腔调，不像是执法者啊。

阿P正想着，就见红毛走到一个老太太的摊位前，抓起一根黄瓜就啃，老太太也不敢向他要钱。阿P见状，火就蹿上来了，这哪里是什么执法者，简直就是强盗嘛。此时，红毛突然从老太太的摊位前，拿起一个马甲袋，把老太太的黄瓜全部装了进去，边拿还边说："味道不错，待会儿给兄弟们尝尝。"

光天化日之下，冒充执法人员，当街欺负可怜的老人，真是没有王法了！阿P怒火中烧，再也控制不住了，大喝一声："小子，你给我站住！把黄瓜还给老太太！"红毛愣了一下，随即怪笑一声："你是谁？"阿P答道："我是阿P!《故事会》读过吗？"红毛突然狂笑起来，上气不接下气地说："我当是谁呢，原来是那个爱吹口哨的阿P啊！"

阿P觉得受到了侮辱，决定教训一下红毛。这段时间，阿P一直在健身房健身，已经略有成果。他过去要夺红毛手中的马夹袋，红毛反手挥拳过来，阿P一猫腰，抓住红毛的右拳，再一伸右脚，"啪"红毛被甩出两米远，摔了个"狗吃屎"。

红毛躺在地上，吃惊地问："你……你……这是什么功夫？《故事会》没说你会功夫啊！"阿P嘴巴本来就贫，现在又很得意，就学着电视里的话说："他强由他强，清风拂山岗；他横由他横，明月照大江。借力打力，这就是太极！刚练的，还没来得及跟《故事会》的编辑说。"

阿P捡起散落一地的黄瓜，送到老太太面前，可老太太不敢接，只是惊恐地看着地上的红毛。阿P觉得这些人真是被欺负太久了，有必要彻底修理红毛。正在这时候，又奔过来两个人，他们跟红毛一样，都戴袖章。红毛一见，立刻来了底气，"噌"的一声，从地上跳了起来，一挥手，三个人围住了阿P。

红毛问另外两个人："黄毛呢？"其中一人回答说："别提了，那小子忒不讲义气了，他说你遇到武林高手了，吓破了胆，跑了。"红毛骂了一句，又给他们打气："别怕，我们三个人还打不过他一个？"

这回轮到阿P慌了，本身段数就比较低，对付一个还好……阿P这还没想好对策，三个人眼看就要一起扑上来了。老太太和其他围观者吓得面如土色，阿P的太极此时成了"太急"。

突然，阿P把手往天上一撑，大叫一声："孙子们！这些年你P爷一直低调，没人知道我底细，现在对你们这些混球，不得不亮底牌了。知道你P爷后台是谁吗？县委黄书记是我亲弟弟，真打起来，我进警察局喝杯茶，半小时就出来，而你们要拘留十五天！"

说着，阿P拿出一张照片，红毛接过照片，只见照片上，阿P和黄书记站在一起，两个人相同的个头，相同的发型。

红毛的帮手对红毛耳语道："这个阿P大号黄富贵，和县委书记的确一个姓，你看这照片，连发型都一样。再说，你看他这气势，应该错不了，就算不是亲兄弟，关系也非同一般。"

红毛有些吃不准，但他不能就此罢休，就试探一下阿P："凭一张照片就说你是黄书记的哥，你小子少扯虎皮作大旗！"阿P也不争辩，冷笑一声，掏出手机，拨了个号码，通了以后，对着手机大声说："黄荣华，你小子怎么当县委书记的！流氓横行菜

场，欺负老人，你居然都不知道！他们现在还敢跟你哥叫板！"说罢，要把手机递给红毛，让红毛直接对话黄书记。

老太太和围观群众都惊呆了，有黄书记撑腰，这次一定不能放过红毛他们。

红毛和两个帮手面面相觑，很显然是怕了，他们哪里敢接这个电话啊。阿P觉察到三人的情绪变化，于是更加自信，立刻叫道："来呀来呀！P爷今天就替大家收拾一下你们这群混蛋！"

红毛和那两帮手胆怯了，对阿P说："我们兄弟里出了个胆小鬼，我们去收拾完他，再找你算账。"准备撒腿走人，那边跑过来一个人，此人头发染成黄色，戴着一个袖章，不用说，他就是刚才逃跑的黄毛。

黄毛气喘吁吁地跑到红毛旁边，一边解释，一边得意地说："大哥，这个人是练家子，咱不能硬拼，我刚才跑到电话亭报警了，这小子当街打人，他要蹲班房了。"红毛双眼冒火，恨不得把黄毛吃了，低声骂道："你真蠢，这个时候跑过来，我们怎么收场？"

老太太和围观群众们都欢呼雀跃，气势高涨到极点，把红毛一伙团团围住，等待着警察的到来。阿P这时该吹胜利的口哨了吧？其实，阿P心里可紧张了，他根本不是黄书记的

哥，只是去年县里开千人表彰大会时，阿P作为劳模，黄书记和他握手时留下的这张照片。事后，阿P为了体现和黄书记是本家，就理了个和黄书记一样的发型。从此，阿P走到哪里，这张照片就带到哪里，也炫耀到哪里。至于刚才那个电话，阿P是打给小兰的，小兰听出异常，一定会采取行动。如今，劳模打架，而且还冒充县委书记的哥，要是被人揭穿，可是吃不了兜着走啊。

没过多久，警察就来了。阿P和红毛一干人被带到警察局。很快，警察就查明，红毛他们长期冒充执法者，欺负菜场的商贩，决定先拘留十五天，继续调查他们的其他罪行。阿P在处于弱势的情况下，冒充县委书记的哥，虽然损害了国家公务员的形象，但念在出于正义，并且有群众作证求情，故给予口头警告，当天上午就放了。

阿P临走时，看见红毛他们，还不忘挑衅一把，说："P爷说过，我进来，喝杯茶就走，你们先蹲满十五天吧。"走出警察局，阿P的头抬得高高的，我虽然进了警察局，但我这是见义勇为的行为，从大的讲，年底还会评个奖，发一笔奖金；从小的讲，明天买菜，老太太或许还会免费送点葱给自己，毕竟我是英雄啊。想到这里，阿P又开心地吹起了口哨。

（**题图、插图**：顾子易）

高学历门卫

□ 裴文兵

这天，小刘去宏大公司应聘，经过传达室时，他刻意与一位三十多岁的男门卫聊起天来。

聊了没大一会儿，小刘便了解到了宏大公司不少的情况。这时，那门卫问起小刘的身份来。小刘一脸骄傲地介绍起了自己：大学本科毕业，会计专业。

门卫点点头，又问了小刘几个问题。这一问，竟问得小刘惊讶地瞪大了眼，这些问题全是会计方面的，既专业又颇有深度。

小刘刚回答完那几个问题，那门卫将嘴巴一张，又提出了另外几个问题……随着时间的推移，门卫的提问越来越深刻，越来越尖锐，而小刘的回答越来越小心翼翼，最后，连额头上的汗都下来了。

半个多小时后，小刘终于回答完了那门卫所有的提问，他擦了一把额头上的汗，结结巴巴地问道："请问，你……你是啥文化程度？"那门卫随口而答："我是硕士，学会计的。"

门卫的这句话刚出口，小刘就猛地站起身，几步出了传达室，然后乘上了一辆出租车，落荒而逃，连门卫在他身后喊出的一句话，他都没能顾得上听。在车上，他不停地想：想不到，连个门卫都是硕士，那宏大公司真是藏龙卧虎啊！我一个小小的本科生，还去那儿应什么聘呢？

就在这时，一位五十多岁的汉子，走进了传达室，冲着门卫说道："让您这个财务总监来替我班，真是折煞我了，这不，我帮您把那个急件取来了，可不敢耽误您的工作啊。"而那总监却是一脸的疑惑："刚才有位小伙子来到了传达室，看样子是想应聘，可谈着谈着，他忽然转身跑了，连我说的那句'小伙子，你的专业水平不错，我愿意推荐你来上班'都没能将他给拽回来，真不知是为啥……"

·幽默世界·

得不偿失

□ 滕建军

老张是个门卫，喜欢喝酒，可因为家里穷，经常没钱买酒。

最近，他听说老李找了个好活，可以免费喝酒，就赶紧去问个究竟。老李说，他在一家批发白酒的公司当库管员，因为酒类商品属于易碎品，所以厂家允许有碎瓶率。老张马上明白了，只要搬运的时候小心一点，不就可以利用这个规定免费喝酒了吗？他问老李还有没有这样的活。

老李想了想，听说有一家批发啤酒的公司也要招一名库管员，你可以去看看。

老张听了非常高兴，因为他最喜欢喝啤酒。他打听着找到这家公司，一看要干的活和老李一样，不同的只是搬运啤酒。

和这家公司签完合同，老张跟老李约好，以后两人隔几天就聚一次，白酒啤酒地喝它个痛快。可过了几天，却连老张的影子也没见着，老李想可能是刚上班还不习惯，也许再过两天老张就该拎着啤酒来了。

又等了几天，还是不见老张上门。老李忍不住了，就去看看是咋回事。一见老张却吓了一跳，才几天不见，老张竟然憔悴得不成样子。老张叹了口气："唉！批发啤酒可不比批发白酒，一天到晚不是卸货就是装货，都快把我给累死了！"

老李只好安慰他：虽说工作累点，可毕竟咱有免费喝酒的待遇，这样想想，心里也能平衡一点。谁知道不提这事还好，一提免费喝酒，老张委屈得连眼圈都红了，原来公司分了两个仓库，另一个仓库的老头天天利用碎瓶率喝免费啤酒，可他却只有眼巴巴看着的份。老李纳闷了："为什么他可以，你却不行呢？"

老张声音一下子高了八度："因为我的仓库里全是罐装啤酒，轻易摔不碎啊！"

86

考驾照

□ 吴　滨

陈晓东在国外考驾照，听朋友说路考非常严，考官想尽办法难为学员，甚至不惜下"套"，可陈晓东没当回事。

这天到了考场，考官是个严肃的中年男人，车开了一段，考官突然说："左拐，我要上厕所。"陈晓东不敢怠慢，地方到了，考官却没下车，而是说："路口不能左拐，你违反了，没通过考试。"陈晓东很委屈："是你着急要上厕所让我这样开的。"考官笑了："你必须听法律，而不是车里某人。"

第二次，考官换成个金发碧眼身材高挑的美女。美女看陈晓东紧张，就主动找话题和陈晓东聊天。一来二去，陈晓东彻底放松了警惕，和人家天南海北一通神聊。考试结束，美女笑着说："对不起，因为您开车一直热衷聊天，这极为危险，所以暂时不能拿驾照。"

事不过三，陈晓东依旧不信邪。第三次的考官是个和蔼可亲的胖老头，有了前两次的教训，陈晓东学乖了。上了车，老人瞅见驾驶台上有个熊猫玩偶，就说："这个真漂亮，我去过中国，我孙子特喜欢那儿的熊猫。"陈晓东不搭腔，弄得老头很尴尬。不过路考倒挺顺利，老头一个劲夸陈晓东技术好，而陈晓东依然不搭话，只是专心按交规开车。

回到车场，老头向陈晓东祝贺，考试通过。陈晓东不敢相信自己的耳朵，高兴之余感觉刚才对人家过分了，想到这他拿起那个熊猫玩偶"谢谢，这个送给您孙子做个纪念吧。"

老头很惊讶"真给我？"陈晓东点点头说："过关还不是多亏您关照？"老头脸一板："对不起，考试成绩作废。"怎么翻脸真比翻书还快，陈晓东急了："又犯哪条了？"老头一瞪眼"向考官送东西是行贿，这涉及人品。开车技术不行短期能练习提高，人品要有问题就得认认真真反省。"

唱　歌

□ 周　捷

老胡不喜欢运动，一有闲空就打瞌睡，这可能是胖子们的一个通病。

今年"五一"单位组织去海南旅游，起先老胡不肯去，但经不住大伙儿劝，才让他上了"贼机"。

下飞机就坐长途车去三亚。长途

车刚开，老胡就进入梦乡，不一会儿就鼾声如雷了。大概过了三个多小时，大巴中途到一个县城停了车。导游见大家都睡得正香，就大声吆喝："起床了，起床了！"

一般的游客都知道导游在说什么。有人捅捅身旁的老胡，说"老胡，起床了。"

老胡迷迷糊糊睁开眼睛，没头没脑地问："怎么了，怎么了？"

这时，导游拿着喇叭一个劲地大声叫喊起来："大家请注意了，现在下车。下面有歌厅，请各位到歌厅里唱歌。男同志拿麦克风唱，女同志就清唱。"

大家"哄"的一声，被导游逗得前仰后翻，疲劳也少了许多。有人见老胡一副丈二和尚摸不着头脑的样子，就催道："下车吧，老胡。到歌厅唱歌呢！"

外出旅游上厕所导游都称为唱歌，这一点老胡不知道啊，他傻乎乎地说："唱什么歌？我不会。我嗓子不好，唱出来叫大家笑话。再说我也没带麦克风。"

男男女女都憋不住了，笑得东倒西歪。

最后工会主席悄悄告诉老胡，并好心劝道："你呀，整天呆在家里，这次如果不出来，还不晓得上厕所叫唱歌呢，还说没带麦克风。真丢人！"

真能说

□覃　旭

有一对亲兄弟，弟弟是开腊味馆的，院子里晒满腊肉。有一天，弟弟发现腊肉少了，想来想去，可能是隔壁的哥哥偷的。

为了弄个明白，弟弟选了一个哥哥可能下手的时候，躲在楼顶门口后面。

果然是哥哥！只见哥哥先把头探过围墙，东张西望了一会儿，然后伸过一根竹竿来，目标直指一条腊肉。

哥哥是当律师的，收入也不错，就为这点腊肉，也太丢人了！弟弟忍不住开门走出去，对哥哥说："想吃就说一声，何必搞得这么难看！"

没想到，哥哥挥挥竹竿，居然面不改色地说："老弟，你误会了。腊肉上面有苍蝇，我帮你赶走了。要是它死了沾在上面，让人看见，你的牌子就砸了。"说完从容不迫地回屋去了。

弟弟站在那里，傻了眼。弟弟可是长这么大，没见过这么淡定的小偷啊。好半天，弟弟才拍拍脑袋，责怪自己现身太早，应该等哥哥把腊肉撩下来，往回运到一半时，再抓他个现行，看他还能说什么。

又过了几天，弟弟发现腊肉又少了，于是决定守株待兔，抓哥哥一个现行。

这天，弟弟又躲在楼顶门后，果然发现哥哥故伎重演。这次弟弟也淡定了，等哥哥把撩着腊肉的竹竿往回抽时，才突然重重地打开门，然后一言不发，瞪着哥哥看。

还是想不到啊，哥哥仍然面不改色，说："这肉掉地上了，我帮你撩起来。要是老鼠啃过，或者爬过，不但可能危害消费者的健康，也可能影响你的声誉呀。"边说边把腊肉挂回原处，然后走人。

弟弟又傻眼了，到底是干律师

海鲜大餐 （崔东豪　编绘）　　　　（《故事会》漫画版精品选登）

的，真能说啊。虽说少了几块腊肉也不是大事，而且是自家人拿去的。但哥哥那神态实在让弟弟生气，弟弟心一横，想：我一定要人赃俱获，而且让你说不出口！

这天中午，弟弟守在门口。待哥哥下班回家，弟弟笑着迎上去，说："哥，有样好东西请你看。"哥哥有些莫名其妙，跟弟弟走进电脑房。原来，弟弟在楼顶装了摄像头，给哥哥看的，是他把一条腊肉拿回自家的录像。

弟弟想：这次你没话说了吧。谁料到，看录像的时候，哥哥始终面不

改色。看完录像，哥哥严肃地说："我听到有消费者反映，你销售的腊肉存在质量问题。为了还你一个清白，我亲自尝试了一下，没问题呀，已经帮你辟了谣。"

弟弟真的没了脾气，只得似笑非笑地说："哥啊，想跟你说个事。"哥哥说："有事你开口，亲兄弟，别不好意思。"弟弟说："哪天你不在了，一定要佢儿把你的脸皮捐出来。"哥哥这次没反应过来，问："为什么呢？"弟弟笑了，说："因为你脸皮太厚，应该捐献出来用于科学研究。"

（本栏插图：包丰一　顾子易）